KB180513

한국 모더니즘 문학 연구

(개정판)

한국 모더니즘 문학 연구

(개정판)

서준섭

역락

머리말

이 책의 초판은 지금은 사용하지 않는 작은 활자체에 한자가 혼용된 판본이어서 읽기가 어려운 점이 있었다. 젊은 독자를 위하여 진작부터 이 책의 개정판을 내고자하였으나 미루어 오다가 이번에 개정판을 낸다. 이번 개정판을 내면서 몇 가지 손을 보았는데, 초판과 달라진 점은 다음과 같다.

우선 가독성을 높이기 위하여 본문과 인용문의 한자 표기를 모두 한글로 바꾸고 필요한 경우 한자를 쓰되 모두 괄호 속에 넣어 처리하였다. 인용문의 표기에서는, 초판의 경우와 마찬가지로, 일차 자료의 고유성과 언어적 분위기를 살리기 위해 당시 표기법을 고치지 않고 그대로 두었다. 본문의 각주 인용 문헌 표기도 이에 준하여 한자 표기만 한글로 바꾸었다.

다음으로 생몰 연대 중 사망 연도가 불분명한 시인, 작가의 경우 전과 같이 미상으로 처리하되 그 사이 작고한 시인의 경우는 그 사실을 반영하였다.

본문 내용면에서는 그 맥락상 약간의 보충 설명이 필요하다고 생각되는 부분에 대해서만 몇몇 문장들에 한하여 수정하되 초판의 논지는 그대로 살리고자 하였다. 모더니즘과 동시대 영화 예술과의 교류와 관련된 내용 중에서 특히 쥘리앙 뒤비비에 감독의 영화 「망향(Pepe-le-Moko)」(1937)과 김광균의 작품 「눈 오는 밤의 시」와의 상호관련성 부분은 수정, 보완하였다. 집필 당시 볼 수 없었던 이 영화를 뒤늦게 구해보고 이 영화에 대한 보다 자세한 정보를 덧붙일 수 있게 되어 다행으로 생각한다.

이 책을 쓰기 위해 신문, 잡지를 뒤지며 관련 자료를 찾고, 특히 경성(서울)의 새로운 도시계획을 이해하기 위해 경성 지도를 앞에 놓고 보면서 관련 문헌을 찾아 동분서주하던 기억이 새롭다. 이 책에 서술된 해석과 평가는 그렇게 수집된 방대한 일차자료에 바탕을 둔 것이다. 그 사이 많은 관련 자료들이 발굴되고 공간되어 '30년대 모더니즘 연구자들의 노고를 크게 덜어주게 되었지만, 이 책에서 제시하고 있는 관련 자료들은 1930년대 한국 문학이나 도시 문화를 연구하고자하는 모든 분들에게 여전히 유용한 기본 자료가 될 수 있다고 생각한다.

1930년대 경성 모더니스트들이 지향하였던 한국문학의 근대성 구현 기획은 여러 가지 사정으로 인해 그 완성을 보지 못한, 미완의 기획이었다. 이후 그 기획은 완성되었는가, 아닌가. 그리고 만약 한국문학의 탈근대 문제가 제기될 수 있는 이슈라 한다면 그 구체적 기획과 지향점은 무엇일가. 이런 문제를 생각해보는 있어서 역사적 모더니즘이라는 주제는, 우리가 다시 돌아가 거듭 숙고해야할, 현재에도 여전히 중요한 문학적 과제의 하나라고 생각한다. 이 책의 개정판을 내는 이유의 하나도 이 부근에 있다.

책을 내는 번거로움을 맡아주신 도서출판 역락 이대현 사장님과 편집부 여러분께 감사드린다.

2017년 4월 춘천에서
서준섭

초판 머리말

이 책은 1930년대 한국 모더니즘 문학에 대한 역사적 연구로서, 특히 김기림·정지용·이효석·박태원·이상·김광균·오장환·최명익 등의 시인·작가들의 작품을 주로 다루고 있다. 모더니즘은 나라와 시대에 따라 다른 만큼 여러 가지 논의가 가능한 주제이지만, 30년대 한국 모더니즘은 '카프'중심의 리얼리즘문학의 상대적 침체기에 서울(당시 경성)에서 결성된 '구인회'의 새로운 문학운동과 긴밀히 연관되어 있다. 그런 점에서 저자는 그 대부분이 구인회 회원인 이들 시인(작가)들의 작품에서 모더니즘의 성격이 비교적 선명히 나타나며, 따라서 함께 묶어 다루어 볼 만하다고 판단하였다.

모더니즘의 이론과 작품을 함께 고찰해 보고자 한 이 연구에서 역점을 두고자 한 문제는 그 자체의 고유한 역사성과 관련된 것들이다. 모더니즘 세대로서의 구인회 세대의 성격, 작품과 서울을 중심으로 한 당시의 도시와의 관계, 리얼리즘과의 논쟁 등에 비중을 둔 것도 그 때문이다.

이 책은 부분적으로 구인회 연구이고, 또 근대문학과 도시와의 관계에 대한 연구이지만, 여러 가지 보충해야 할 부분이 적지 않다. 저자의 사고력의 깊이 부족에서 연유하는 그 부족함을 여기서는 그대로 남겨둘 수 밖에 없지만, 앞으로 근대문학과 언어, 사회 등에 대한 생각을 키우고 싶다.

끝으로, 이 책을 쓰기까지 자료의 수집과 원고 집필과정에서 많은 도움과 가르침을 주신 여러 선생님들과, 학문의 길로 이끌어 주신 최승순

(崔承洵)·유병석(柳炳奭) 선생님과 특히 정한모(鄭漢模) 선생님께, 그리고 모더니즘에 대한 지속적인 관심을 일깨워 주시고 이 책의 출판의 계기를 마련해 주신 김윤식(金允植) 선생님과, 출판의 호의를 베풀어 주신 일지사(一志社) 김성재(金聖哉) 사장님께 깊이 감사한다. 그동안 이 책의 제작을 위해 애써 주신 일지사 편집부의 여러분들께도 감사의 말씀을 드린다.

1988.8.15.

서준섭(徐俊燮)

차 례

I. 서론 ● 11

II. '구인회(九人會)'와 새로운 문학정신 ● 21

1. 리얼리즘 문학의 침체와 도시 세대의 새로운 문학정신 ·············· 23
2. 모더니즘 운동과 '구인회'의 역할 ····························· 47
3. 현대예술과의 교류 ························· 64

III. 모더니즘의 이론과 이데올로기 ● 83

1. 문학 형식의 역사적 변화와 근대성의 인식 ················· 84
2. 문학과 사회-자율성론과 매개론 ··················· 98
3. 모더니즘 소설론 ····························· 110
4. 국제주의인가 민족주의인가 ······················· 127

IV. 모더니즘 작품과 도시 ● 139

1. 근대 풍경의 발견과 문명 비판 ······················· 142
2. 물신주의적 사회와 문학 물신주의 ··················· 167
3. 도시의 인상화와 퇴폐적 생태학 ··················· 182
4. 기분·도덕의 해방·이야기의 세련성 ················· 208
5. 행복의 상실·내면 세계로의 후퇴·도시 거주민의 일상적 세계 ····· 218

V. 리얼리즘과의 논쟁-모더니즘 비판 ● 243

1. 모더니즘 시의 확산과 기교주의 논쟁 ┈┈┈┈┈┈┈┈┈ 245
2. 리얼리즘과의 논쟁-모더니즘 소설 비판 ┈┈┈┈┈┈┈ 265
3. 전체주의와 모더니즘의 역사적 의미 ┈┈┈┈┈┈┈┈┈ 282

VI. 결론 ● 299

참고문헌 / 305
찾아보기 / 312

I. 서론

한국근대문학사에서 1930년대는 여러 가지 의미에서 중요한 시기이다. 이 시기는 근대문학의 담당자였던 시인·작가들이 그 문학적 상승과 좌절의 징후를 심각하게 드러내면서, 그 체험을 그들의 문학 속에 날카롭게 투영했던 근대문학사의 한 전환기였다. 일제의 만주침략 (1931)·파시즘·경제공황·'구인회'의 결성(1933)·'카프'의 해체(1935)·중일전쟁(1937) 등의 사건들이 시사(示唆)하는 바와 같이, 이 시대는 역사적 격동기로서 문학의 침체와 새로운 활로 모색이 지속되고 있었으나, 시인들은 이상과 현실 사이의 심한 괴리(乖離)를 경험하였던 시대이다. 특히 1933년은 역사적 분기점(分岐點)이었다. 역사적 상승을 지속해 온 문학세대들의 힘의 방향에서 동시대 현실을 충실히 반영하고자 하였던 1920년대 중반 이래의 리얼리즘 문학이 이 시기에 이르러 침체되기 시작하고, 창작기술의 혁신과 문학형식의 변화를 추구하는 '구인회'중심의 모더니즘 문학이 본격화되는 것이다. 30년대의 문학은 역사문학·전원문학 등 다양한 양상으로 전개되지만, 이 두 문학은 현실주의적 경향을 강하게 띠고 있다는 점에서 다른 문학들과 구분되는 점이 있다. 그러나 이 두 문학은 문학적 이념과 지향점이 다르기 때문에 실제 작품의 양상을 달리하면서 1941년 태평양 전쟁이 일어나기까지 지속된다. 이 논문은 이 시기에 뚜렷한 실체로 나타났던 1930년대 한국 모더니즘문학에 대한 역사적 연구이다. 모더니즘의 발생과 전개, 이론과 작품 등을 이용 가능한 자료를 토대로 하여 면밀히 검토·해설하여 그 문학사적 의미를 고찰해 보고자 하는 것이 이 논문의 관심사이다. 여기서 새삼스럽게 모더니즘은 무엇이었는가 하는 의문을 제기하는 것은 모더니즘이라는 용어와 개념, 범위가 아직 충분히 검토되지 않았기 때문인데, 이 문제는 다음과 같은 몇 가지 관점에서 접근해 볼 수 있을 것이다.

첫째, 모더니즘은 문학 자료의 미적 가공 기술의 혁신과 언어의 세련 성을 추구하는 문학과 그 이론을 지칭하는 역사적 개념으로서, 시와 소설을 포함한다. 모더니즘이 역사적 개념이라고 말하는 이유는 이 용어가 두루 통용될 수 있으나 여기서는 1930년대의 한국 모더니즘이라는 특수한 시대의 그것을 대상으로 하고 있기 때문이다. 모더니즘은 각 나라와 시대에 따라 그 양상이 다르며 한국에서는 1930년대라는 특정한 시대에 나타났는데, 중요한 것은 그것이 왜 이 시기에 나타났는가 하는 점이다. 서구의 전위예술 또는 모더니즘은 제 1차 대전 후의 지식인들의 불안이, 일본의 그것은 관동대지진(1923)이 그 원인이 되었으나, 한국의 경우는 근대사의 특수한 상황이 그 계기가 되었다. 한편 모더니즘은 시뿐만 아니라 소설을 포함하는데 구체적으로는 정지용(鄭芝溶)·김기림(金起林)·이상(李箱)·이효석(李孝石)·박태원(朴泰遠)·김광균(金光均)·오장환(吳章煥)·최명익(崔明翊) 등의 시인·소설가들의 작품이 이에 해당된다. 시에 비하면 소설에 있어서의 모더니즘의 개념이 모호한 점이 있으나 미적 가공기술의 혁신이라는 점에서는 공통된다. 그리고 이들 소설가들이 모더니즘 작가인 이유는 무엇보다 동시대에 그렇게 인식되었기 때문이며, 이들을 포함시킬 때 모더니즘의 개념은 더욱 분명해진다.

둘째, 모더니즘은 문예사조적(文藝思潮的)인 개념이라기보다는 미학(문학이론)적인 개념이다. 30년대 모더니즘은 문학형식과 사회적 변화를 날카롭게 인식하는 가운데 제기된 문학(이론)으로 이론이 차지하는 비중이 크다. 이 이론정립의 노력이 없었다면 모더니즘 운동은 그 활력을 크게 상실했을 것이다. 따라서 30년대 모더니즘 문학연구는 그 이론에 대한

철저한 인식이 아울러 요구되고 있다. 문학이론상으로 볼 때 모더니즘
은 동시대의 리얼리즘 - 사회적 현실의 충실한 반영을 이념으로 하는 문
학이론 - 과의 관계에서 그 성격이 잘 드러난다.[1] 모더니즘과 리얼리즘
은 30년대 문학 전개에서 모두 큰 비중을 차지하고 있으나 문학이론상
의 이견(異見)으로 갈등하고 논쟁하는 경우가 있으며 그 논쟁을 통하여
서로의 특성을 객관적으로 나타낸다.

셋째, 모더니즘은 동시대의 도시를 중심으로 하여 전개된 도시문학의
일종이다. 30년대 한국모더니즘 문학운동은 당시 서울(京城)에 거주하는
시인·작가들을 중심으로 하여 전개되었으며, 그 이면에는 급격한 도시
화와 그 과정 속에서 성장한 도시세대 작가(시인)의 등장이라는 문제가
놓여 있다. 김기림은 그의 「모더니즘의 역사적 위치」(1939)에서 모더니
즘을 "문명의 아들", "도회(都會)의 아들의 탄생"이라고 규정하고 있다.[2]
김기림의 시, 박태원·이효석·이상의 소설은 도시적 생존 방식과 도시
적 감수성의 결합으로 이루어진 도시문학의 성격을 띠고 있다. 다른 모
더니즘 시인·작가들의 작품들도 그 대부분이 도시적 소재와 근대문명
을 다루고 있다. 한편 이들 도시세대 작가들의 집합체가 1933년에 구성
된 '구인회(九人會)'인데, 정지용·김기림·이효석·박태원·이상 등이
모두 그 회원이라는 사실은 구인회가 모더니즘 문학의 중심적인 단체
임을 말하는 것이다. 김광균과 오장환은 이들 중에서 특히 김기림과 긴
밀한 관계를 맺었던 시인이다. 그런데 구인회는 반드시 모더니즘 작가
들의 단체만은 아니었으므로, 모더니즘 운동에서의 이 단체의 역할에

---

1) 이런 관점에 의한 논의로는 김윤식(金允植) 교수의 「소설사의 역사철학적 해석 - 모
   더니즘과 리얼리즘의 넘어서기에 대하여」, 『한국근대소설사연구』(을유문화사, 1986)
   가 있고, 동시대 리얼문학에 대한 연구로는 김윤식·정호웅편, 『한국리얼리즘 소
   설연구』(탑출판사, 1987), 『한국근대리얼리즘 작가연구』(문학과지성사, 1988)가 있
   다. 이 논문은 이들 연구에서 계발(啓發)받은 바 크다.
2) 김기림, 『시론』(백양당, 1947), pp.74~75참조.

대한 관심이 요구된다.

모더니즘을 이렇게 이해하면 그것이 목표로 하고 있는 근대성(현대성, modernity)[3]의 실현이라는 문제를 한층 분명하게 드러낼 수 있다. 모더니즘의 본질적 성격은 무엇보다 그 자체의 역사적·동적 전개과정 속에서 나타나며, 그 근대성은 모더니즘 문학과 동시대의 사회 특히 도시와의 관계에서 파악될 수 있다. 근대 파시즘 하에서의 도시세대 시인들의 문학적 모험 - 그것이 30년대 모더니즘이다. 거기에는 시인 - 비평가 김기림의 이론과 문명비판, 박태원의 내면탐구, 이상의 자아 분열과 해체의 징후 등이 나타나 있는가 하면, 이효석의 세련된 남녀의 애정풍속 이야기가 포함되어 있다. 모더니즘은 그 이론의 전개와 병행되었으나 이론과 작품의 실제 사이에 차이점이 있으며, 리얼리즘 문학과의 논쟁을 거치면서 자체의 문제점을 드러내기도 한다. 한편 그것은 현대문명과 함께 호흡하고자 한 근대 도시세대가 시도한 도시문학인만큼 당시 서울을 중심으로 한 도시의 실상과 그것을 인식·표현하는 모더니스트들의 다양한 관심과 태도를 보여 주고 있다. 김광균의 도시의 인상화풍(印象畫風)의 이미지즘 시, 오장환의 도시의 충만한 충격체험을 묘사한 퇴폐적인 시 등은 그 구체적인 예이다.

30년대 모더니즘 문학에 대한 연구는 지금까지 폭넓게 수행되어 왔다. 그것은 대체로 문학사적 연구,[4] 개별 시인·작가 연구,[5] 문학이론

---

3) 한국문학의 근대성의 문제에 대해서는 김윤식, 『한국문학의 근대성과 이데올로기 비판』(서울대학교 출판부, 1987) 참조.
4) 송 욱, 『시학평전』(일조각, 1963)
   김용직, 「모더니즘의 시도(試圖)와 실패」, 『한국현대시연구』(일지사, 1974)
   김용직 외, 『한국현대시사연구』(일지사, 1983)
   김시태, 「구인회(九人會) 연구」, 김열규 외편, 『국문학논문선』(10) (민중서관, 1977)
   김윤식, 「모더니즘의 정신사적 기반」, 『한국근대문학사상비판』(일지사, 1978)
   _____, 『한국근대문학사상사』(한길사, 1984)
   _____, 「소설사의 역사철학적 해석」, 『한국근대소설사연구』(을유문화사, 1986)
   이재선, 『한국현대소설사』(홍성사, 1979)

연구6) 등의 형식으로 현재까지 지속되고 있으며, 최근 들어 더욱 활발해지고 있다. 그런데 모더니즘 연구는 점차 세분화되는 경향이 있으나, 그 총체적 성격에 대한 논의는 미흡한 감이 있다. 그 이론과 실제 작품, 시와 소설을 포괄한 연구를 시도하여 그 총체적인 개념 파악의 노력을 병행해 나갈 필요가 있다. 모더니즘은 방대한 주제이기 때문에 여러 작가들을 포괄하여 검토하면 각 작가들에 대한 구체적인 논의가 결여될 수 있는 문제가 생기지만, 그 전체의 윤곽과 개념을 이해할 수 있는 장점도 있다. 이 연구는 모더니즘의 전체적 윤곽을 파악하기 위한 시론(試論)이다.

30년대의 역사적 모더니즘은 이미지즘·주지주의·초현실주의·신감각파·심리주의 등 여러 가지 경향의 문학을 포괄하고 있다. 따라서

　　박창희, 「현대한국시와 그 서구적 잔상(殘像)」, 『한국시사연구』(일조각, 1980)
　　문덕수, 『한국모더니즘시연구』(시문학사, 1981)
　　정한모 외, 「현대문학전기」, 『한국문학사』(대한민국예술원, 1984)
　　원명수, 『모더니즘 시연구』(계명대학교출판부, 1987)
　　이강언, 「1930년대 모더니즘소설연구」(영남대학교 대학원, 1987)
　　조동일, 『한국문학통사·5』(지식산업사, 1988)
　　졸　고, 「모더니즘과 1930년대의 서울」, 『한국학보』·45(일지사, 1986 겨울)
5) 정한모, 『현대작가연구』(범조사, 1959)
　　김용직 편, 『이상(李箱)』(문학과지성사, 1977)
　　이상옥 외, 『이효석전집·8(효석론)』(창미사, 1983)
　　최동호, 「장수산과 백록담의 세계」, 『현대시의 정신사』(열음사, 1985)
　　김윤식, 『이상연구』(문학사상사, 1987)
　　장영수, 「오장환과 이용악의 비교연구」(고려대학교 대학원, 1987)
　　이승훈, 『이상연구』(고려원, 1987)
　　구　상·정한모 편, 『30년대의 모더니즘』(범양사출판부, 1987)
　　강은교, 「1930년대의 김기림의 모더니즘연구」(연세대학교 대학원, 1987)
　　김영숙, 「박태원 소설연구」(서울대학교 대학원, 1988)
　　김학동, 『정지용연구』(민음사, 1988), 『김기림연구』(새문사, 1988)
　　김학동 외, 『정지용연구』(새문사, 1988)
6) 한계전, 『한국현대시론연구』(일지사, 1982)
　　김윤태, 「한국모더니즘시론연구」(서울대학교 대학원, 1985)
　　졸　고, 「1930년대 한국모더니즘연구」(서울대학교대학원, 1977)

이 속에는 앞에서 언급한 시인·소설가들 외에 신석정(辛夕汀)·장서언(張瑞彦)·이시우(李時雨)(『삼사문학』동인)·백석(白石)·장만영(張萬榮)·이용악(李庸岳)·함형수(咸亨洙)·이종명(李鍾鳴)·안회남(安懷南)·유항림(兪恒林)(『단층』동인)·허준(許俊)·정인택(鄭人澤) 등의 작품도 포함될 수 있을 것이다.[7] 이들의 작품은 정도의 차이는 있으나 대체로 재래의 문학과는 다른 창작기술의 혁신이나 언어의 세련성을 추구한 것들로서, 특히 소설의 경우는 사실주의를 반대하고, 신감각파(이종명) 또는 심리주의('의식의 흐름', '내적 독백'의 수법에 의거하면서 시간·공간·사건·플롯 등을 재구성하는)의 방법을 보여 주고 있다. 그러나 이들의 작품은 그 성과가 미흡하거나(장서언·이종명·정인택, 『삼사문학』 및 『단층』파 동인들), 이 논문에서 다루고자 하는 김기림·이상·박태원 등의 작품과 비교해 볼 때, 그 표면적인 유사성 외에 본질적인 공통점을 발견하기 어려운 점이 있다(예를 들면 신석정·백석·이용악 등의 시와 김기림·이상의 작품 사이에). 그리고 30년대 후반기에 등장한 많은 신진시인들(서정주·노천명 등)은 김기림·정지용·이상 등의 시학에서 많은 영향을 받은 것으로 보이는데, 이들 모두를 포괄하여 논의하게 될 경우 모더니즘의 개념은 희석되어 모호한 것으로 남게 될 것이다. 따라서 이들 시인(소설가)들은 그 작품성과 외에 문학형식의 역사적 변화와 사회의 변화를 대응관계에서 인식하면서, 어떤 구체적인 창작계획을 가지고 근대성의 구현을 의도적으로 추구한 경우와, 그렇지 않은 경우를 구분하여 논의하는 관점이 요청된다. 모더니즘은 문학과 근대 사회와 관련된 문제로서 어떤 시인이 동시대에 얼마나 충실히 살고자 하는 문학적 자의식의 산물이기 때문이다.[8] 그래서

---

7) 김기림, 「모더니즘의 역사적 위치」, 앞의 책; 백철, 『조선신문학사조사·현대편』(백양당, 1949), pp.315~322, pp.343~358; 최재서, 「단층파의 심리주의적 경향」, 『문학과지성』(인문사, 1938); 임화, 「1933년의 조선문학의 제경향과 전망(8)」, 『조선일보』(1934.1.14) 등 참조.

8) 유진 런은 서구 모더니즘의 일반적 특질을 1) 미학적 자의식 또는 자기반영성, 2)

이 논문에서는 비교적 뚜렷한 작품성과를 거두었고 어느정도 본격적인 의미의 모더니스트들이라 할 수 있는 김기림·정지용·이상·박태원· 이효석·오장환·김광균·최명익 등의 시인·소설가들을 중점적으로 다루면서 그 밖의 작가들에 대해서는 부분적으로 언급하거나 배제하였 는데, 그것은 모더니즘의 본질적 성격은 구인회 세대를 중심으로 한 그 도시문학적인 측면에서 드러날 수 있다고 생각했기 때문이다. 그렇다고 해서 그 밖의 작가들의 문학적 의의가 부정되는 것은 아니며 이 연구를 통해 이들의 모더니즘 문학내의 위치도 어느 정도 드러날 수 있으리라 기대한다.

30년대 모더니즘 문학의 역사적 성격은 그 동적인 전개과정을 재구 성해보는 가운데서 드러날 수 있다. 그리고 그 총체적 의미를 이해하기 위해서는 그 작가·작품뿐만이 아니라 그 당시의 사회적 현실을 충분 히 고려하여야 한다. 당시의 서울을 중심으로 한 도시의 실상과 문학과 의 관계, '구인회'의 역할, 이론 전개와 논쟁 등이 아울러 고찰되어야 할 것이다. 모더니즘 문학은 사회와 유리된 시인·작가들의 단순한 영 감(靈感)의 소산이 아니라 동시대의 독특한 사회구조 내에서의 생산물이 기 때문이다. 이러한 사실에 유의하여 여기서는 모더니즘 문학을 그 사 회적 생산조건, 이론과 작품, 작품의 수용과 논쟁 등으로 구분하여 논의 하고자 한다. 그렇게 함으로써 모더니즘 문학의 전체적인 개념과 성격 이 드러날 수 있으리라 본다. 구체적인 논의의 순서는 다음과 같다.

동시성, 병치 또는 몽타주, 3) 패러독스·모호성·불확실성, 4) '비인간화'와 통합적 인 개인의 주체 또는 개성의 붕괴 등으로 설명하고 있다.(『마르크시즘과 모더니즘』, 김병익 역, 문학과지성사, 1986, pp.46~50 참조). 한국 모더니즘은 서구의 그것과 어느 정도 접맥되어 있어서 이러한 논점은 한국 모더니즘은 이해하는 데 있어서 시사적인 점이 있다. 그러나 이상(李箱)의 경우와 같은 예외가 있기는 하지만, 한국 모더니즘은 정지용·김광균 등의 예에서 보듯 그 형식실험의 정도가 온건한 편이 고 일제치하라는 그 특수한 정황으로 인해 문학의 '비인간화' 경향을 거부하는 면 이 있어서 서구의 그것과 반드시 일치하는 것은 아니다.

우선 30년대의 사회적 상황에 따른 리얼리즘 문학의 침체와 모더니즘 문학의 등장 과정을 검토한다. 모더니즘세대 즉 도시세대의 집단이라 할 수 있는 '구인회'의 결성과 모더니즘 운동에서의 그 역할을 고찰함으로써 이들이 내세운 새로운 문학정신의 실체를 이해하고 발생론적 측면에서 모더니즘의 성격을 일차적으로 파악하고자 한다. 이 세대문제는 문학외적 문제라 할 수도 있으나 모더니즘의 도시문학적 성격 이해를 위해서는 반드시 검토해야할 문제이다(Ⅱ장). 이어서 시·소설을 포함한 모더니즘 이론과 이데올로기를 다룰 것이다. 모더니즘 문학에서 이론이 차지하는 비중이 크므로 이에 대한 별도의 상론(詳論)이 요구된다. 이데올로기 문제는 그 국제주의적 측면에 못지않게 민족주의적 이념, 조선어 정신 등과 같은 한국 모더니즘의 특수성을 이해하기 위하여 다룬다(Ⅲ). 그다음 모더니즘 시, 소설 작품을 당시의 도시와의 관계에서 분석한다. 정지용, 김기림, 이상, 김광균, 오장환, 이효석, 박태원 등의 작품들이 구체적으로 논의될 것이다. 이상의 경우는 그의 소설도 논의에 포함시킨다. 각 시인,작가들이 도시를 어떻게 수용하고 있으며 그 결과 그들의 문학은 어떻게 변모하는가 하는 관심에서 작품을 검토하여 모더니즘 문학에 대한 개념 파악을 시도한다(Ⅳ). 이어서 리얼리즘과의 논쟁과 그 경과를 고찰하여 모더니즘에 대한 수용과 평가문제를 다룬다. 김기림과 임화간의 기교주의 논쟁, 최재서와 임화, 백철 등 사이의 「날개」·「천변풍경」해석 논쟁에 대한 비판적인 검토가 이에 포함될 것이다. 이들 모더니즘 수용문제에 대한 논쟁의 검토는 모더니즘의 사회적 기능과 그 성과 및 문제점, 다시 말해 전체주의 시대에서의 모더니즘의 역사적 의미와 그 세대들의 성격을 객관적·종합적으로 평가할 수 있는 계기가 될 수 있다(Ⅴ). 끝으로 이상에서 논의한 사항을 요약·정리하여 모더니즘의 역사적 의미를 재정의한다(Ⅵ).

30년대 모더니즘 문학의 사회적 생산조건, 이론, 작품, 수용 등의 문제를 논의한 각 부분은 모더니즘의 각 측면을 드러내기 위한 것으로 그 나름의 독립성을 띠고 있으나, 서로 밀접한 관련을 맺고 있는 만큼, 그 종합에 의하여 그 전체적 의미가 드러날 수 있으리라 기대한다. 그리고 이 연구는 30년대 한국 모더니즘 문학의 실체를 일단 인정하면서, 그것을 도시세대('구인회'), 구체적으로 말하면 근대도시 제 1세대의 일본자본주의 난숙기의 사회·문화적 충격에 대한 문학적 반응형식으로 해석하는 데 주안점을 두었다. 따라서 모더니즘에 대한 평가는 그것이 긍정적이든 부정적이든 이들 제 1세대들이 경험한 도시의 충격체험과 관련되어 있다는 것이 이 연구의 기본 입장이다.

II. '구인회(九人會)'와 새로운 문학정신

 1930년대 한국 모더니즘 문학은 30년대 초기의 정치적 상황의 악화에 따른 20년대 이래의 '카프'(KAPF) 중심의 리얼리즘 문학의 상대적 침체, 급격한 도시화의 과정 속에서 자라난 도시세대의 집합체인 '구인회'(1933)의 결성과 새로운 문학운동, 서구의 대도시를 중심으로 하여 일어난 모더니즘운동(전위예술운동)의 국내 확산 등의 요인이 복합적으로 작용하는 가운데 나타났다. 그러므로 이 시대의 모더니즘의 역사적 성격을 제대로 파악하기 위해서는 우선 동시대의 리얼리즘 문학의 동향과 모더니즘 문학을 서로 관련지어 검토하는 시각이 요구되며, 다음으로 모더니즘의 중심단체라 할 수 있는 도시세대로서의 구인회 세대의 정신구조와 그들의 문학적 역할에 대한 세심한 주의가 요청된다. 서구 모더니즘에 대한 적극적인 관심의 근거도 이들 구인회 세대들의 문학적 활동의 현실적 공간이 도시라는 사실과 관련되어 있다. 모더니즘은 이들 도시세대의 생존방식과 거기서 형성된 도시적 감수성의 결합으로 이루어진 일종의 도시문학이다. 서구의 모더니즘이 파리·베를린·런던 등 대도시에서 발생한 도시문학이듯이 30년대의 모더니즘 역시 서울을 중심으로 전개된 도시문학이다. 김기림은 "조선에서는 「모더니스트」들에 이르러 비로소 「20세기 문학」은 의식적으로 추구되었다", "그것(모더니즘 - 인용자)은 현대의 (······) 문명 그 속에서 자라난 문명의 아들이었다(······) 우리 신시 상(新詩上)에 비로소 도회(都會)의 아들이 탄생한 것이다"[9]라고 하여, 모더니즘을 '도회의 아들'의 문학으로 규정하고 있다. 그가 말하고 있는 도회가 다름 아닌 30년대의 서울임은 거의 의심의 여지가 없다. 김기림을 비롯하여 정지용·박태원·이상 등의 모더니즘의 핵심적인 시인·작가들이 서울에 집결해 있었기 때문이다. 구인회는 이들 모더니즘 세대-도시세대의 집합체였고 이것이 없었다면 리얼리즘 문학의 상대적 침체기를 극복할 수 있는 새로운 문학운동도 불가능했을 것이다.

여기서 이들 도시세대로서의 모더니즘 세대의 등장과 그들의 새로운 문학정신의 구조를 알아보는 일이 모더니즘 논의에서 선결해야 할 우선적인 과제로 떠오른다. 이 문제는 지금까지의 선행연구에서 거의 간과(看過)되다시피 하였는데, 이에 대한 이해 없이는 모더니즘 문학에 대한 정당한 이해를 기하기 어렵다. 본장의 목표는 이에 대한 약간의 구체적인 검토를 함으로써 이후의 논의를 위한 이론적인 단서를 마련하는 데 있다. 여기서 고찰하고자 하는 사항은, 첫째 리얼리즘의 침체와 도시세대의 새로운 문학운동 즉 30년대 문학론의 분화와 모더니즘 문학의 발생 과정, 둘째 모더니즘 문학의 중심 단체인 구인회의 결성과 활동, 셋째 도시세대들의 새로운 문학 생산을 위한 현대 예술과의 교류(交流) 양상 등이다. 이것들은 30년대 초기의 시대적 상황의 변화에 대응하고자 하는 모더니즘 세대의 생존방식과 그들의 정신구조와 관련된 세대론적인 문제들인데, 모더니즘이 강렬한 세대의식의 소산이었다는 점에서도 그렇지만, 그 문학사적 의미가 30년대 말의 신세대론 속에서 뚜렷하게 부각된다는 점에서, 세대론적인 관점은 모더니즘의 실상에 이르는 하나의 지름길이라 할 수 있다. 그리고 이들 세대들이 한국 근대 문학사에서 도시문학 제 1세대에 해당된다는 사실을 고려한다면, 모더

---

9) 김기림, 「모더니즘의 역사적 위치」, 『시론』(백양당, 1947), pp.74~75. 서구 모더니즘의 도시문학적 성격은 Malcolm Bradbury and James MacFarlane eds., *Modernism* (Penguin Books, 1976) 제 1부 3장 'A Geography of Modernism' 참조.

니즘의 성공이라든가 실패라든가 하는 평가문제도 기실은 이 세대 문제와 직접·간접적으로 관련되어 있음을 알게 된다.

1. 리얼리즘 문학의 침체와 도시 세대의 새로운 문학정신

30년대 모더니즘은 20년대 후반 이래의 '카프' 중심의 리얼리즘 문학이 객관적 정세의 악화로 상대적 침체기에 접어들면서 본격화되었다. 그러나 리얼리즘과 모더니즘은 문학의 방향 문제에 대한 이론상의 차이 때문에 서로 갈등·대립하면서도 동시대 문단에서 공존하는 양상을 보여 준다. 특히 두 진영이 치르는 기교주의 논쟁과 리얼리즘 논쟁은 30년대 문학에서의 리얼리즘과 모더니즘의 미학적 가정(假定)과 서로의 문제점을 분명하게 드러내는 계기가 되는데, 이 논쟁은 동시대 즉 일본 자본주의 난숙기(爛熟期)에서의 문학과 사회와의 관계를 객관적인 구도 위에서 이해하고자 하는 경우에도 중요한 단서를 제공한다. 이러한 사실은 리얼리즘, 모더니즘 문제가 이 시대의 중심적인 주제로서, 한국문학의 근대성은 이와 암암리에 결부되어 있음을 말하는 것이다. 따라서 도시 세대의 모더니즘 문학이 근대도시를 배경으로 하여 본격화되는 과정을 검토하기에 앞서 두 이론의 발생과 그 분화 과정에 대하여 간단한 개관이 요구된다.

30년대의 리얼리즘은 모더니즘과 마찬가지로 이른바 신흥 문학[10]과 기성 문학의 분립기(分立期)인 20년대 중반에 싹튼 것이면서도 그 이론 정립은 리얼리즘 쪽에서 먼저 이루어졌다. 리얼리즘론은 '카프'(1925)를

---

10) 박팔양(김여수), 「문예시평」, 『조선문단』, 1927.2 참조.

중심으로 한 박영희 대 김기진 간의 내용 - 형식 논쟁을 거쳐 1929년 김
기진에 의해 정식화된다. 이른바 변증적 리얼리즘이 그것인데,[11) 리얼
리즘 이론은 이후 안막·한설야 등에 의해 보완되면서, 1933년에 이르
러 사회주의적 리얼리즘론으로 수정되지만, 그 기본 정신은 역사의 주
체이자 객체로서의 신흥계급의 세계관을 작가가 묘사하는 사회적·물
질적 현실 속에 적극적으로 반영하자는 것이었다. 그래서 카프계 작가
들은 기성문단과 대립하는 입장에서 스스로 역사의 새로운 담당자로
자처하면서 역사 속에 상승하는 계급의 힘의 방향으로 문학의 제문제
를 이론적으로 통합하고, 이를 문학적 실천과 연결시키고자 했는데, 리
얼리즘이란 바로 그러한 문학운동의 한 소산이었다. 그들의 작품이 적
극적 주제를 강조하고 '매개적 인물', '적극적 인물'을 문제 삼는 것도
그 때문이다.[12) 그 밖에 신경향파 문학에 대해서는 비판적인 태도를 취
했지만, 사회운동과 민족운동의 지향점을 같은 것으로 인식하면서 '동
정적 인물'을 내세워 주관과 객관의 통일을 도모하려고 했던 염상섭의
리얼리즘론 - 그의 이론은 한때 김기진의 그것과 경쟁하기도 하였다 - 의
경우도 그 이념·내용면에서 차이가 있으나 역시 상승하는 세대의 힘
을 전제한 것이었다. 그는 카프 작가들이 표방했던 사회개조와 계급타
파라는 명제 옆에 현실타파라는 명제를 놓고 '병든 사회의 의술(醫術)로
서의 문학'[13)을 실천하고자 하였다.

그러나, 상승하는 세대들의 문학은 30년대 초 만주사변(1931)과 두 번
에 걸친 카프 맹원 검거 선풍(1931, 1934)에 휘말리면서 급격한 침체기에
접어든다.[14) 리얼리즘 문학의 전개 과정에서 보면 1933~34년은 그 정

---

11) 김기진, 「변증적 사실주의」, 『동아일보』, 1929.2.25~3.7 참조.
12) 리얼리즘에 대해서는 김윤식, 『한국근대문학사상사』(한길사, 1984), 김윤식·정호
    웅 편, 『한국리얼리즘소설연구』(탑출판사, 1987) 등 참조.
13) 염상섭, 「현대인과 문학」, 『동아일보』, 1981.11.7~19, 연재 7회.
14) 김윤식, 『한국근대문예비평사연구』(일지사, 1976) 참조.

점이자 하나의 전환기였다고 할 수 있다. 이기영의 「서화」(1932)·「고향」 (1933~34), 염상섭의 「삼대」(1931)·「무화과」(1934) 등 리얼리즘 문학의 대표작들이 모두 이 시기를 전후하여 씌어졌고,[15] 이후 작가들은 이론과 실천 사이에 심각한 갈등을 경험하면서 상대적 침체 상태에 빠져들게 된다. 리얼리즘론은 소설을 중심으로 한 것이었으나 역시 리얼리즘 정신을 표방하였던 시의 경우에도 사정은 마찬가지였다. 신흥 계급의 입장에서 사회성과 역사성을 적극적으로 구현하기 위하여 임화 등에 의하여 단편 서사시(프로 詩) 양식이 활발하게 모색되었던 시기도 그 계급의 상대적인 앙양기(昻揚期)였다고 할 수 있다.[16] 리얼리즘론이 이처럼 신흥문학 세대의 역사적 앙양기의 산물이었다는 사실은 한 리얼리스트의 다음과 같은 진술 속에 분명하게 나타나 있다.

> 테마가 고도의 사상성에 의하여 관철되고 전형(典型)이 창조에 있어서도 성공을 볼 때는 작가(가) 취재한 것은 지극히 풍부한 그의 체험에 속하는 세계이었고, 동시에 그 시기가 작가에게 가장 높은 사회적 관심을 요구한 시절이었던 것을 상기(想起)하면 문제는 더욱 명백하여질 것이다. 조선의 프로문학이 「고향」과 같은 작품을 가질 수 있은 것은 이렇게 하여서만 이해할 수가 있을 것이다.[17]

카프가 몇 명의 이탈자를 내다가 해산된 이후에 씌어진 이 글에서 필자가 문제삼고 있는 것은 '작가의 신념과 사상의 표현 문제'로서 그는 그것이 과거에는 가능했지만 현재에는 불가능하게 되었다는 점을 지적하고 있다. 새로운 문학의 담당자로 자처했던 작가들은 사상적인 전향

---

15) 염상섭에 대해서는 유병석, 『염상섭전반기소설연구』(아세아문화사, 1985) 및 김윤식, 『염상섭연구』(서울대학교출판부, 1987), 권영민 편, 『염상섭문학연구』(민음사, 1987) 등 참조.
16) 프롤레타리아 시에 대해서는 김용직, 『한국근대시사(하)』(학연사, 1986) 참조.
17) 김남천, 「창작방법의 신국면 - 고발의 문학에 대한 재론(4)」, 『조선일보』, 1937.7.14.

기를 맞아 이론과 실천 사이의 심각한 괴리를 경험하고 있었던 것이다. 이러한 상황에서 문학이 나아갈 수 있던 길은, 1) 리얼리즘을 완전히 포기하지 않은 상태에서 새로운 창작방법론의 요점인 전형론에 의지하여 이론적으로나마 계속 리얼리즘론을 모색해 보는 것과, 2) 리얼리즘이 아닌 가능한 새로운 문학이론을 마련해 보는 것이었다. 이 가운데서 전자는 30년대 후반에 주로 구 '카프'계 비평가에 의해 수행되고, 후자는 모더니즘의 이름으로 '구인회'(1933)를 중심으로 추진된다.

모더니즘론이 리얼리즘 문학의 전성기이자 하강기였던 1933년에 본격화 되었다는 사실은 그 성격을 이해하는 데 있어서 시사하는 바가 많다. 김기림의 비평, 박태원·이효석·이상의 소설, 정지용·이상의 시 등 '구인회'의 문학활동과 기타 신인들의 시·소설을 포함하는 모더니즘 문학은 30년대 초기 정치적 저기압과 정신적 불안의 시대의 소산이다. 더구나 1929년 한국에 밀어닥친 세계공황의 여파는 가뜩이나 어려운 처지에 있었던 지식인 작가들의 처지를 더욱 옹색하게 하였다. 이런 분위기 속에서 모더니즘 운동의 기수로 등장하는 김기림(당시 「조선일보」 기자)이 이상재·안재홍 등 조선일보사측 인사들이 참가했던 '신간회(新幹會)'(1927~1931)의 해소를 보고 쓴 논문 「인텔리의 장래」[18]의 논점은, 30년대 초의 정신적 상황을 반영할 뿐만 아니라 이후의 지식인 문인들의 삶의 전반적인 향방을 예고하는 것으로 주목된다. 그에 따르면 "브르즈와도 프로레타리아도 아니면서 그 중간에서 부동하는 존재"인 '정신노동자'로서의 지식인은, 자본주의의 발달이 가져온 지식인의 과잉생산과 경제공황으로 말미암아 이제 급격한 분화와 전락의 위기에 직면하고 있다. 지식인 자체는 힘이 없고 현대사회와 세계의 지배자는 지식인이 아닌 '금융자본'이기 때문이다. 그래서 그들은 행복한 경우에는

---

18) 편석촌, 「인텔리의 장래 - 그 위기와 분화과정에 관한 소 연구」, 『조선일보』, 1931. 5.17~24(연재).

'노예'로, 불행한 경우는 '실업자'로 전락한다. 이러한 관점에서 그는 당시 총독부에서 실시하고자 했던 지방자치제를 앞두고 사회 일부에서 이해관계 때문에 관념적·급진적 지식분자들을 불온시하여 배척하는 현상과, 좌·우파의 이해관계에 따라 신간회 해소론이 제기되었던 현실을 주목한다. 양심적인 지식계급이 급진적인 좌·우 양익에서 똑같이 배제되고 있는 현실은, 그에 따르면 지식인 자신이 중대한 역사적인 교차로에 서 있음을 뜻하는 것이다. 이러한 상황에서 그는 앞으로 지식인들 중에는 1) 브나로드를 외치면서 민중 속으로 가고자 하는 경우고 있겠지만 궁극적 헤게모니 문제에서는 제외될 것을 각오해야 할 것이고, 2) 좌우익의 대립이 날카로와짐에 따라 역사의 방향 쪽에 서기보다는 안전한 우익 진영으로 가는 사람이 많을 것이며, 3) 지식인 특유의 회의주의나 귀족주의적 태도를 보이면서 소피스트로 전락하게 되는 사람이 생길 것으로 전망한다. "필경 이들 「소피스트」는 벌써 난숙(爛熟)한 자본주의 문화의 한 결론으로서 제출된 존재며, 좋으나 궂으나 그 열매며 희생이기도 하다"고 그는 본다. 그들은 "저물어 가는 낡은 진리의 광야를 방황"하게 되리라는 것, 그러나 역사는 지식인을 동요시키면서도 그 필연적 과정을 "가장 냉혹하게 - 그러나 가장 합리적으로" 급속히 전개되리라 전망한다.

　게오르그 차르멘·카우츠키·부하린 등의 견해를 그대로 답습하고 있는 매우 도식적이고 거친 글이지만, 이 논문에서 또 한 가지 관심을 끄는 것은 그가 이 논점들을 예술 분야에 적용, "자본주의 난숙기"에는 생활을 잃은 지식인의 일부에 의한 "데카당 문학"과 전원도피에 의한 "전원문학"이 필연적으로 출현하게 되리라고 본 점이다. 그는 전자의 예로 19세기말 파리·비엔나·모스코의 허무주의적 데카당 문학(보들레르·랭보·베를레느·싸멘·아더 시먼스 등)을 들고, 후자의 예로 전원에서 자신의 이상을 찾고자한 러스킨·카펜터·톨스토이 등의 전원문학을 들고 있다.[19] 이 글은 필자인 김기림이 동시대를 일본 자본주의의 전성기(난숙기)로 보고 있다는 점, 지식인의 입장에서 그 불안의식과 관심사를 드러내고 있다는 점, 소피스트와 데카당문학·전원문학의 출현을 전망하는 논의를 편다는 점 등에서 특징적이다. 이 논점들은 이후의 정세변화 및 실제의 문학 판도와도 일치되는 점이 적지 않다. 예를 들면 카프를 중심으로 한 리얼리즘 문학의 침체, 박영희·백철 등의 전향, 카프 강경파를 포함한 많은 작가들의 친일행각이라든가, 신석정·김동명 등의 전원문학, 이상·오장환·서정주 등의 데카당문학이 실제로 나타났던 사실이 그렇다. 이효석(동반자 문학)·박팔양(카프 맹원) 등이 사상으로서의 문학을 포기하고 구인회의 모더니즘 문학에 가담한 것은 또 다른 예가 될 것이다. 모더니즘은 이와 같은 정세변화를 날카롭게 인식하는 자리에서 문학의 새로운 돌파구를 마련하기 위하여 제기된다.

모더니즘 문학은 작가에 따라 개인차가 있으나 정치주의적인 리얼리즘 문학을 반대하고 문학주의를 표방하면서 문학형식의 실험과 언어감각의 혁신을 강조하는 입장에 선다. 다시 말해, 문학을 현실의 반영이라기보다는 '언어의 건축물'로 인식하면서 창작의 방향을 문학적 재료의 가공기술 혁신 쪽에 두고자 한다. 1933년 김기림에 의해 제시된 '주지적 방법'[20]이라는 개념이 의미하는 것도 문학에 대한 인식의 전환과 창작기술 문제였다. 구인회의 작가들은 이 방법에 의거하여 기성문단의 감정주의적인 문학과 리얼리즘 진영의 내용 위주의 문학을 다 같이 비판하면서 자신들의 위치를 정립해 나간다. 그리고 그들은 모더니즘 문학과 기존문학과의 미학적 불연속성(aesthetic discontinuity)을 강조한다.

그런데 30년대의 모더니즘은 20년대 후반기의 박팔양·임화·김화산·김우진 등에 의해 시도되었던 다다이즘·표현주의 문학의 실험정

---

19) 위의 글, 연재 3회(1931.5.20) 및 5회(1931.5.22) 참조.
20) 김기림, 「시작(詩作)에 있어서 주지적(主知的) 태도」, 『신동아』, 1933.4 참조.

신과 언어감각을 비판적으로 계승하면서 이를 부분적으로 재활성화하고자 한 것으로 볼 수 있다. 다분히 자연발생적·단편적인 형태로 나타났던 전대의 다다이즘·표현주의 문학은 허무주의 또는 아나키즘 사상과 결합되면서 전개되었으나, 일부는 카프의 프로문학 속에 흡수되었고(임화·박팔양의 경우), 일부는 동조자나 계승자를 확보하지 못한 채 고립되거나 소멸되었다(김우진·김화산의 경우). 그러나 그 문학의 기본정신이었던 형식의 실험·도시적 감각·새로운 언어의식 등은 파괴나 부정보다는 건설적인 차원에서 모더니즘 문학 속에 발전적인 형태로 편입되었다고 할 수 있다. 다다이스트였던 김화산·박팔양, 그리고 최초의 모더니스트로서 평가되었던 정지용 - 그 역시 경도(京都) 유학시절에 몇 편의 다다풍의 시를 썼었다 - 이 모두 20년대 전반기에 서울에서 발간되었던 '요람(搖籃)'의 동인들이었다는 사실,21) 그리고 김화산을 제외한 정지용·박팔양이 모더니즘 문학 단체인 '구인회'에 가입하게 된다는 사실 등은 그 구체적인 증거이다. '요람'지는 다다이즘에서 모더니즘으로 이행하는 데 있어서 매개적 역할을 담당하였다고 할 수 있으며, 이상(李箱)의 형태 파괴적인 시편들은 다다이즘의 실질적인 계승으로 볼 수 있다. 그런데 한국 모더니즘시는 형식의 실험적 성격이 이상을 제외하면 매우 온건한 편이다. 정지용과 김광균의 이미지즘 계열의 시가 그것을 말해 준다. 그 이유는 한국 근대시의 역사가 아직 짧고 아직은 근대문학의 건설기였기 때문이라 할 수 있다. 그러나 이들의 시가 모더니즘으로 지칭되었다는 데 한국 모더니즘의 특성이 있다.

1930년대 초의 정치적 정세의 악화, 리얼리즘 문학의 상대적 침체, 전대의 다다이즘·표현주의 문학 등이 모더니즘 문학의 외적 게기가 되었음을 지금까지 살펴왔지만, 그러한 조건들만으로 그것이 지속적인 추진

---

21) 박팔양, 「요람시대의 추억」, 『중앙』, 1936.7 참조.

력을 얻게 되었다고는 말할 수 없다. 여기에는 보다 현실적인 물질적 기반인 도시사회, 특히 일제의 시장 확대정책에 따라 급격한 도시화의 과정 속에 있었던 서울과 그 속에서 자라난 도시세대의 등장이라는 문학세대적인 조건이 놓여 있다. 20년대의 다다이즘(표현주의)과 마찬가지로 30년대의 모더니즘 역시 런던·파리·동경(東京) 등 서구(일본)의 대도시를 중심으로 전개된 전위예술 운동의 동향과 밀접한 관련을 맺고 있는데, 그러한 가능성도 도시와 도시세대의 등장이라는 조건과 무관하지 않다. 일찍이 20년대의 한 다이스트는 "DADA는 도회의 산물"이며 "도회인의 극도로 예민해진 말초신경의 병적 감각하에 산출된 것"[22]이라고 말했지만, 그 발전적 형태인 모더니즘은 1920~30년대의 급격한 도시화 추세와 그 도시적 분위기에서 성장한 도시세대의 문학적 자기인식의 산물이라고 할 수 있다. '도회의 아들'과 30년대 서울(당시 경성부(京城府))을 중심으로 한 도시와의 문학적 만남이 모더니즘으로 나타난 것이다. 박태원의 「소설가 구보씨의 일일」, 김기림의 「기상도」, 이상의 「오감도」와 「날개」, 이효석의 「장미 병들다」, 김광균의 「와사등」, 오장환의 「수부(首府)」 등은 도시세대의 삶과 감각이 문학적인 형식으로 완성된 구체적 소산들이다. 경도(京都) 유학시절에 씌어진 정지용의 시편들도 이러한 범위를 벗어나는 것은 아니다. 이들의 문학적 출발은 대개 농촌 아닌 도시에서 시작되었다. 모더니즘 작가들은 김소월·한용운·이광수·이기영 등의 앞세대 문인들과는 달리 근대도시의 성장을 배경으로 하여 문단에 진출한 존재들이라는 점에서 독특한 위치를 차지한다.

근대도시란 무엇인가? 그것은 근대 산업혁명과 자본주의 발달의 한 산물이다. 근대란 합리주의 정신을 그 기본이념으로 삼고 있어서 그 정신에 입각한 여러 가지 제도적 장치를 만들어 낸다. 예를 들면 대량생

---

22) 방원룡, 「세계의 절망 - 나의 본 따따이슴」, 『조선일보』, 1924.11.1. 방원룡은 본명이 방준경(方俊卿)인 김화산과 동일인일 가능성이 높다.

산과 대량소비를 위하여 상품을 중심으로 한 운송제도·시장제도·금융제도·행정제도 등이 만들어지고, 학교제도를 창출하여 진보와 합리주의 정신을 고취·확산시키며, 법률제도를 만들어 사회적 질서를 부여하고자 해 온 것 등이 근대화의 과정이다.[23] 이 과정은 한편으로는 직업의 분화를 가져오고, 한편으로는 인구의 이동과 그에 따른 주거와 제도기관들의 밀집화를 초래하여 도시의 출현을 가능하게 만든다. 도시(city)의 어원(civitas, '도시 국가'라는 뜻)이 근대 문명(civilization)의 그것과 같다는 사실은, 근대문명이란 기실 제도 만들기였다는 사실을 생각할 때 시사적이다. 그런데 한국의 근대도시 건설은 개항기 이후 대한제국 시대에 이르러 철도(기차·전차) 개설과 도로정비 등의 형태로 상당한 진전을 보았으나, 그 선결조건이었다고 할 수 있는 강력한 중앙집권적 정치제도의 미비로 일찍 산업혁명에 성공한 일본의 침략으로 지속되지 못했다.

한국에 진출한 일본의 금융자본은 그들의 한국시장 확대정책에 따라 지속적인 도시화 정책을 추진하였다. 1930년도를 전후한 시대의 서울은 그 결과 19세기에 출현한 파리와 같은 대도시에 비교할 수는 없으나 이미 외형상으로나마 근대도시의 풍모를 갖추게 된다. 자료에 기대면 1928년 현재 서울 인구는 약 31만 5천이었고[24] 1934년에는 38만 2천 명에 이르고 있다.[25] 1934년 부산·평양·대구·인천·개성 등의 도시도 인구 15만~5만으로 되어 있다.[26] 서울의 경우 1910년 당시의 인구가 약 23만이던 것이 1941년에는 97만 명에[27] 이르는 것으로 보아 다

23) 김윤식, 『염상섭연구』(1987) 제 2부 제 4장 참조.
24) 『별건곤』1929.10. 「경성통계」, 인구 구성은 한국인 225,833명, 일본인 84,176명, 외국인 4,997명임.
25) 『개벽』, 속간호 1호(1934.11.), p.120 참조.
26) 부산 약 15만 6천, 평양 15만, 대구 10만 5천, 인천 7만 2천, 개성 5만 2천 명 등으로 되어 있음. 『개벽』 속간호 1호, p.120 참조.
27) 『서울 6백년사』제 4권(서울특별시, 1981), 「호구(戶口)의 동태」 및 「도시계획」항

른 도시의 인구 증가율도 상대적으로 높았던 것으로 보인다. 서울의 인구 급증은 1934년 총독부에 의해 마련된 '조선시가지계획령'과 그에 따른 인근지역의 서울 편입(용산·성북 등)이 주요인이라 하겠으나, 외형적으로는 1930년대 10년 동안에 약 70만 명의 인구가 늘어난 것이다. 서울은 수도(capital city)로서 북서쪽의 남만주로 이어지는 경의선, 북동쪽의 북만주로 통하는 경원선·함경선(1928년 10월 개통)과 남쪽 부산으로 이어지는 경부선 등이 통과하는 교통과 상업의 중심지로서, 한반도내에서 일제의 가장 큰 시장이었을 뿐만 아니라 정치·경제·사회·문화의 중심지였다. 마침 자본주의 전성기(이른바 국가독점 자본주의 확립기)를 맞고 있던 일제가 경제공황에 직면하자 1931년 만주사변을 일으켜 중국대륙 진출을 꾀했던 것도 한반도내에 확보한 그들의 시장의 안정을 기하기 위한 것이었음은 다 아는 바와 같다.

그들은 상권(商圈)에 따라 서울을 분할하여 통치하는 교묘한 방법을 만들어 냈는데 그 경계는 수도의 중심을 흐르는 청계천이었다. 당국은 일본인 거류지인 서울 남산 밑 충무로 진고개 일대('本町通')에 대규모 신시가지를 조성, 이곳을 서울의 메인 스트리트로 삼고 조선은행·경성 우체국 등의 행정관청을 짓고 三越·三中井·平田 등 각종 대기업·중소기업이 진출, 이 지역의 상권(商權)을 장악하여 서울 시장을 그들의 대자본으로 좌지우지하고 있었다.28) 2·3층의 건물을 주축으로 하면서도 三越(이 백화점은 옛 경성부청 건물을 헐고 그 자리에 세워졌다)과 같은 4층 이상의 현대식 건물을 신축하고 일본에서 실어온 각종 상품을 진열, 밤이면 화려한 전등불 아래 수많은 인파를 모여들게 하였다.29) 특히 밤에

참조
28) 정수일, 「진고개」, 『별건곤』, 1929.10. 및 조용만, 『울밑에 핀 봉선화야』(범양사 출판부, 1985), p.67 참조.)
29) 당시 『동아일보』, 『조선일보』 등 주요 신문사의 운영이 신문판매 외에 동경·대판 지점에서 유치해 오는 상품 광고비에 크게 의존하고 있었다는 점으로 보아 서

"불야성의 별천지"로 변하는 본정통 일대는 "그곳을 들어서면 조선을 떠나 일본에 여행나온 느낌"이 들 정도였고[30] 당국은 마차를 못 다니게 해 보행자들로 하여금 마음대로 다니며 상품을 사게 했고, 이 지역으로 가는 교통량도 늘렸다. 신축한 경성부청과 연해있는 을지로(黃金町通) 지역을 포함한 이 지역은 남촌(南村)으로 지칭된다. 한편 청계천 북쪽 종로통 일대의 북촌(北村)은 한국인이 상권을 갖고 있었던 지역이나 남촌만큼 화려하지는 않았다. 그러나 화신(和信)·한청(韓青) 빌딩·기독교 청년회관 등을 비롯한 현대식 건물이 아스팔트 도로변에 신축되었고 종로네거리는 차량과 인파로 붐볐다.[31] 이러한 외형적인 도시화는 말할 것도 없이 엄청난 희생과 불균형 속에서 타율적으로 감행된 것이다. 일제의 경제 활성화와 소위 '선만경제(鮮滿經濟) 블록' 구축에 전념하고 있던 것이어서 농촌의 상대적 피폐화 현상에 대해서는 당국은 아예 눈을 감고 있었다.[32] 그리고 도시의 화려함의 이면에도 거리를 헤매는 실업자·변두리 신당리의 빈민굴·'경성상인'들의 파산과 전락, 뒷골목의 거지·매음·마약 등 도시화가 가져온 어두운 부산물들이 놓여 있었음은 물론이다. 1930년에 쓴 김화산의 다다풍의 시 「사월도상소견(四月途上所見)」을 구성하는 여러 가지 풍경들은 이러한 당시 수도 서울의 분위기를 어느 정도 생생하게 보여 준다.

울에서의 일본 상품 판매액은 상당수에 달했을 것으로 판단된다. 무명거사, 「조선신문계 종횡담」,『동광』, 1931.12. p.79. 참조.
30) 정수일, 앞의 글, p.46 참조 당시 동경의 번화가의 분위기에 대해서는 이광수, 「동경구경기(記)」,『조광』, 1936.11, pp.67~69가 참고가 된다.
31) 유광열, 「종로 네거리」,『별건곤』(1929.10) 및 김과백(金科白), 「탑동공원」,같은 잡지 참조 1910년대 서울의 전체적인 분위기는『별건곤』1929년 12월호에 수록된 이광수의 「20년 전의 경성」과 유광열의 「처량한 호적(胡笛)과 찬란한 등불」을 참고할 것.
32) 당시의 농촌의 상대적 핍폐현상에 대해서는 金聖七, 「도시와 농촌의 관계」(동아일보 창간 15주년 기념현상논문,『동아일보』, 1935.5.29~6.7) 참조.

A

길.

눈물에 저진 포석로(鋪石路) - 서울의 마음

바람도 업시 나붓기는 점두(店頭)의 기(旗)·기·기

열병(熱病)에 걸닌 사람처럼 달음질하는 차(車)·차·차 ·차

매연(煤煙) - 하얀 스카아트

자욱한 연애의 분말(粉沫).

궁둥이 큰 여자에게 껄녀 가는 뺏적 말은 신사(紳士). (껄/ 뺏)

사람·사람·사람·사람……

오오 땀 냄새 품어오는 사월(四月) 낫의 서울은 (땀냄새)

정욕(情慾)에 몸달은 20줄에든 사나희로다.

B

푸른 나무닙과 붉은 꼿도 업시 차저온 봄! (꼿)

머리 질고, 검은 넥타이 한 청년아

일초(一秒) 30억 마력(馬力)으로 광란에 질주하는 두뇌(頭腦)와

주머니 속에 일전화(一錢貨)를 가진 비애와

주림과

여자에 대한 증오와

정거장적 잡다한 사상을 가진 군중(群衆)을 보는가?

오오 나는 길을 걸으며

공중(空中)에 부동(浮動)하는 군중의 질타를 듯는다.

C

쇼윈도에 밤마다 푸른 꿈을 맺는 샨데리아 Marublu

Baron 공작 - 카페의 홍수.

오오 길에 허터진 시네마 광고지와 공산당대(共産黨大)를

보(報)하는 신문지

4월·도상소견(途上所見).

서울은 광풍(狂風)을 애배인

XXXXX로다.33)

---

33) 『별건곤』, 1930.6, pp.125~126.

이러한 도시 분위기에 살면서 "「심보리스트」나 「네오 로만티스트」의 창시자의 시를 나는 고전이라고 부른다. 그 말류(현대에 있어서도 오히려)의 시를 나는 시체라고 부른다"[34]고 선언했던 김기림은 1931년도 발표 작품 「시론」(『조선일보』, 1931.1.16)에서,

「아스팔트」와
그리고 저기 「렐」우에
시(詩)는 호흡한다.
시 - 딩구는 단어(單語).

라고 쓴다. 김화산의 시가 새로운 감각의 문학작품이 일찍부터 제작되고 있었음을 보여 준다면, 김기림의 시는 그러한 새로운 시학을 좀더 적극화하고자 하는 열망을 드러낸다. 그것은 다다이즘에서 모더니즘에로의 전환을 의미하는 것이기도 하다. 1930년대의 서울의 모더니즘은 이와 같이 대도시, 즉 난숙기의 일본 자본주의를 일단 인정하는 가운데 전개된 문학운동이다.

모더니즘은 동시대의 서울을 중심으로 한 대도시의 조건을 제외하고는 제대로 파악되지 않는다. 일찍이 송욱은 모더니즘시의 지나친 이국 취미를 지적하면서 "모던 보이의 모더니즘"[35]이라고 비판했지만 그러한 현상의 발생 원인에 대해서는 적극적인 관심을 보여 주지 않았다. 30년대의 서울은 그 자체가 엑조틱한 것이다. 20년 전까지만 해도 "호적(胡笛)소리 처량하고 적막하던" 밤거리가 전등불이 휘황찬란한 거리고 바뀌고, [36] 일본어로 된 광고탑, 외국어로 된 카페와 다방 간판들,[37] 미

---

34) 김기림, 「피에로의 독백 - 포에시에 대한 사색의 단편(斷片)」, 『조선일보』, 1931. 1.27.
35) 송 욱, 「한국모더니즘 비판」, 『시학평전』(일조각, 1963) 참조.
36) 유광열, 「처량한 호적(胡笛)과 찬란한 등불」, 『별건곤』, 1929.12 참조.
37) 이헌구, 「보헤미앙의 여수의 항구」, 『삼천리』, 1938.5. 참조.

쓰꼬시(三越) 백화점, 에스컬레이터, 인천항을 통해 들어온 프랑스의 양주·코티 화장품, 영국의 립튼(茶), 미국의 커피와 '솔표(標)'석유,[38] 진열장의 마네킹들, 대판옥호서점(大阪屋號書店),[39] 자동차와 마차와 인력거, 한복과 일본옷과 양복, 네온싸인, 외국영화, 다방에서 흘러나오는 서양 고전음악·미국 째즈 - 이 모든 것들이 뒤섞여 자아내는 서울 풍경은 벌써 이국적인 것일 뿐만 아니라 그로테스크(grotesque)한 것이었다. 새로운 분위기는 새로운 문학을 산출한다. 일본 모더니즘의 한 줄기로 평가되는 안서동위(安西冬衛)·북촌동언(北村冬彦)·삼호달치(三好達治) 등의 동인지『亞』(1924)가 아나키즘적인 문화와 이국적인 분위기의 도시 중국 대련(大連)에서 시작되었다는 사실은 이점에서 시사적이다. 安西冬衛는 대련에서 쓴 시 「봄」에서 "나비 한 마리 달단해협(韃靼海峽)을 건너갔다"고 노래하였고, 중국과 일본 열도 사이에 있는 달단해협으로 날아가는 '나비' - 이는 일본 모더니즘을 예고하는 매니페스토와 같은 것으로 평가되고 있거니와,[40] 새로운 분위기가 새로운 문학의 생산을 가능하게 한다는 점에서 보면 서울과 대련은 유사한 점이 있다.

도시에서의 생존은 그 도시적 환경에 대한 적응과정을 의미한다는 점에서 감수성의 변모를 요구한다. 나날의 생활은 자연을 떠나 '인공적 자연' 속에서, 인파를 보고 달리는 차량의 소음을 들으며, 도시의 충만한 자극과 혼란의 와중(渦中)에서 영위된다. 자극은 반응을 요구하고 그

---

38) 『시가지의 상권(市街地の商圈)』(조선총독부, 1926), pp.33~44 참조.
39) 『조선문단』, 1935.6, 뒷표지 광고 참조. 명동에 있었던 이 일본인 경영의 서점은 경성 외에 대련(大連)·여순(旅順)·봉천(奉天)·신경(新京) 등에도 지점을 두고 있었고 김기림도 자주 들렀던 곳임. 박귀송, 「새것을 찾는 김기림」, 『신인문학』, 1936.2. 참조.
40) 川村 湊, 「모더니스트 이상의 시세계」, 유유정 역, 『문학사상』, 1987.9. pp.283~287 참조. 安西冬衛 등 『亞』의 동인들은 뒤에 일본 본토의 『靑騎士』 동인인 春山行夫와 동경에서 만나 일본 모더니즘시운동의 중요한 거점이었던 『詩와 詩論』(1928)을 창간하게 된다.

러한 과정의 반복·지속은 어느새 도시에 대한 주민의 친숙성을 높여 준다. 이른바 도시적 세련성이란 것도 이런 주변 환경·사물에 점차 익숙해지는 과정에서 얻어진다. 도시적 생활감각의 세련성은 도시적 생존 방식이 익숙해진 다음의 결과이다. 문학의 관점에서 볼 때 그것은 도시 거주 시인의 도시적 감수성의 획득과 그 세련화의 과정이라 할 수 있다. 서울의 모더니즘 작가들은 이런 바탕 위에서 그들의 문학 속에 도시를 수용하고 거기에 도시적 감각의 세련성을 부여하거나 의도적으로 언어 감각의 혁신을 추구하였던 세대들이다. 그들은 도시 생활의 친숙성을 진작부터 경험하였다. 그 대표적인 인물들인 정지용·김기림·이효석 등은 시골 태생이나 소년기부터 국내 또는 국외(일본)의 대도시에서 유학 생활을 하였고, 박태원·이상은 서울에서 나고 자랐으며(박태원은 일본 유학생이기도 하였다), 김광균·오장환은 소도시나 시골 태생이지만, 도시 생활에 일찍부터 적응하고 있었다는 사실은 주목을 요한다. 또 다른 모더니스트인 평양의 최명익의 경우도 사정은 비슷하다. 더구나 이들은 대부분이 1900년 이후에 태어난 20대 중후반의 청년들(1933년 현재 최연소자인 김광균이 20세, 최연장자인 정지용이 31세였다)로서 급격한 도시화의 과정 속에서 자라면서 문학의 꿈을 키웠던 세대들이다. 그런 점에서 그들은 근대문학 제 1세대인 이광수·최남선, 제 2세대 김동인·염상섭·김기진 등과 뚜렷이 구별되는 제 3세대, 즉 '도회의 아들'세대라 할 만하다. 30년대 말 문단의 세대 논쟁에서는 20년대 이전의 문학세대들을 제 1세대, 30년대 전반기 문학 세대들을 제 2세대(정지용·이상·이태준 등), 30년대 말에 등장한 신인들을 제 3세대(오장환·김광균·최명익)라 지칭하게 되지만, 그렇게 말한다 하여도 마찬가지이다.

이런 점을 인정할 때 비로소 그들이 왜 번역판 서구 현대시집, 블라맹코·피카소·달리 등의 작품이 수록되어 있는 사진판 세계미술전집,[41] 프랑스·이태리·미국의 현대 영화, 동경서 발행되는 문예잡지 『시와 시론』・『세르팡』(Les serpents)[42] 등에 열중하고, 빅타・콜림비아 등 수동식 축음기에서 흘러나오는 서양고전 음악과 재즈[43]음악에 함께 호흡하고자 하는지 이해하게 된다. 그들은 물질적 생산력의 발달이 가져온 도시문명과 그 문명의 산물인 기술복제 시대의 예술을 감지하며 거기에 어울리는 새로운 문학형식을 추구했던 것이다. 헤겔식으로 말하면, 그들의 체험과 의식, 즉 사회의식의 형태의 변화가 예술형식의 변화로 나타나고 있었던 것이다. 그러나 도시적 생존방식이 문학적으로는 감수성의 변화를 뜻하지만, 사회학적으로는 욕망의 무한개방과 인간의 소외 - 여기서 도시적 환상이 생겨나게 된다- 를 의미하고, 정치지리학적으로는 식민지의 통치 권력과 그 권력의 바탕인 시장의 확대를 의미하는 것이기도 하다. 여기서 시인들의 소외와 욕망의 개방에 따른 도시적 환상이 예견된다. 그런데 이들 도시세대들은 도시화 즉 근대화가 일본화를 뜻한다는 것을 분명히 알고 있었으나, 그렇다고 해서 그것이 전적으로 억압적인 것이라 하여 부정하지는 않았다. 그들은 근대화(도시화)는 억압적인 동시에 희망적이며, 소외적인 동시에 희망적인 것으로 보고자 한다. 얼핏 보아 모순되는 이 양가적(兩價的)인 반응이야말로 이들 첫 도시화 세대, 첫 산업자본주의 세대를 특징짓는 공통된 경험 현상이기 때문이다.[44]

물론 당대의 도시세대 작가들 전부가 그런 반응을 보였던 것은 아니다. 예를 들면, 임화・김남천 등의 카프계 작가들은 김기림・박태원 등과 같은 세대였지만 그 근대도시(일본 자본주의)를 거의 전면적으로 부정하고자 하였다. 그래서 그들이 택한 길은 혁명의 문학이었다. 김기림보

---

41) 김광균, 「30년대의 화가와 시인들」, 『김광균문집 와우산』(범양사 출판부, 1985) 참조.
42) 「세르팡」지는 이상의 수필 「첫 번째 방랑」에 등장하고 있다.
43) 당시의 째즈에 대해서는 이서구, 「경성의 짜쓰」, 『별건곤』, 1929.10 참조.
44) 유진 런, 『마르크시즘과 모더니즘』, 김병익 역(문학과지성사, 1986), p.43 참조.

다 몇 년 앞서 문단에 진출했던 그들은 그 문학에 대하여 어느 정도 낙관하고 있었지만 1931년부터 33년에 이르는 기간 동안 그들의 낙관론은 급격한 상황변화로 비관적·회의적인 것으로 뒤바뀌고 있었다. 일제의 한국식민체제 확립기에 이르게 된 것이다. 바로 이 시기에 조직된 '구인회'세대들은 그 때문에 문단 1세대인 이광수처럼 계몽주의자로 나설 수도 없었고, 2세대인 김기진이나, 임화와 같은 동년배 시인45)들처럼 혁명의 문학 쪽에 합류할 수도 없었다. 그들은 눈앞에 전개되는 현실을 일단 인정하는 지식인의 처지에서 문학의 체제안에서 '혁명의 문학'이 아니라 '문학의 혁명(혁신)'을 시도하는 길을 선택한다. 그들은 기성문인들이 외면하고 있는 도시 생활체험에 합당한 표현방식을 모색하는 것이 자신들에게 맡겨진 문학상의 중요한 과제라 인식한다. 그들은 도시의 충만한 자극을 직접 체험하면서 바야흐로 서구의 대도시에서 시도되고 있는 전위예술의 창작 방법에서 그 체험에 어울리는 표현 방법을 발견하고 이를 배우고자 한다.

바로 이점에서 한국 모더니즘의 특유한 성격이 나타난다. 즉 30년대 한국 모더니즘은 서구의 초현실주의, 이미지즘, 심리소설 등과 긴밀히 접맥되어 있으면서도 그 이념과 성격면에서 상당한 차이를 드러내고 있다. 일본 자본주의 전성기하에서의 한국근대문학의 한 형태인 모더니즘은, 엘리어트·스펜더 등으로 대표되는 영국 모더니즘에서 볼 수 있는 강렬한 문명비판의 징후46)나, 프랑스의 초현실주의 운동이 획득해 간 혁명을 위한 도취의 힘,47) 러시아의 미래파 시인들이 보여 준 혁명

---

45) 임화·김남천 등의 도시세대들이 김기림 등과 같이 모더니즘 미학을 선택하지 않은 이유는 이들의 계층, 기질 등의 문제와도 관련되었으나 궁극적으로는 그 사상적 경향(마르크시즘)때문이라 할 수 있다. 이들은 근대 자본주의를 전면적으로 부정하는 편이었고 그 결과 정치우위론적인 리얼리즘 미학을 선택하게 된다.

46) Malcolm Bradbury and James MacFarlane eds., 앞의 책 참조.

47) 발터 벤야민, 「초현실주의」, 차봉희 편역, 『현대사회와 예술』(문학과지성사, 1980) 참조.

적 열기,48) 관동대지진 이후의 사회주의 사상의 앙양기에 전개된 일본 모더니즘이49) 보여 준 사회의식 따위가 미미하거나 결여되어 있어서 서로 구분되는 점이 있다. 그러나 그러한 여러 나라의 모더니즘의 이념·정신을 나누어 갖고 있음도 사실이다. 뒤에서 논의되는 바와 같이 특히 영국의 모더니즘과 프랑스의 초현실주의 및 인상파 회화 이후의 미술운동, 1924년『문예시대(文藝時代)』의 창간에서부터 1931년 만주사변에 이르는 시기에 활발하게 전개되었던 일본 모더니즘 등은 한국 모더니스트들이 추구한 새로운 형식의 문학에 상당한 활력소가 되었던 것으로 보인다.

서울 출신이자 현대 건축을 공부한 이상과, 일본 유학을 하고 외국사회·문화의 동향에 민감한 신문사 기자 김기림은 새로운 문학의 필요성을 절감하였던 모더니즘의 선두주자였다. 화가 지망생이기도 했던 이상은 "기본적인 형체, 혹은 색채는 절대로 우리들의 창조로는 태어나지 않는다(…) 그것들이 조합되는 곳에 우리들은 창조의 경지를 찾아낸다"50)고 쓴다. 그는 자신을 "(…)전기기관차의 미끈한 선, 강철과 유리, 건물 구성, 예각, 이러한 데서 미(美)를 발견할 줄 아는 세기의 인(人)"51)이라 표현한다. 이처럼 첨단적, 도회적 예술 감각을 지닌 시인들이 대중과 거리를 유지하게 되는 것은 당연한 귀결이다. 현대의 시인은 "시대의 조류의 복판에서 일하지 않으면 안 된다. (…) 시대의 조류는 (…) 서재의 부근을 흐르는 게 아니라 실로 티끌에 쌓인 가두(街頭)를 흐른다"52)고 지적했던 김기림은 다음과 같이 적고 있다.

---

48) 조지 기비안·윌리암 찰스마, 『러시아 모더니즘』, 문석우 역(열린책들, 1988) 참조
49) 『日本文學全史·6』(現代편, 東京: 學燈社, 1979), pp.85~104. '모더니즘문학의 전개' 참조
50) 「창조와 감상」, 『이상수필전작집』(갑인출판사, 1977), p.241.
51) 「추등잡필(秋燈雜筆)」, 위의 책, p.90.
52) 김기림, 「시대적 고민의 심각한 축도」, 『조선일보』, 1935.8.29.

오늘의 지식계급을 형성하는 층은 인간을 떠난 기계적인 교양을 쌓은 사람들이며, 그들은 또한 도회에 알맞도록 교육되어 있다. 전원은 벌써 그들의 고향도 현주소도 아니다. (…) 현대문명의 집중 지대인 도회에서는 그들의 생활은 노골(露骨)하게 인간을 떠나서 기계에 가까이 간다. 인간에서 멀어지는 비례로 또한 그들과 민중과의 거리도 멀어져 있다.[53]

한편 이들의 친구이자 '구인회'의 대표적 소설가인 박태원은 도시 거주 작가로서의 자신의 생활감정을 심경소설(心境小說) 「피로」(1933)에서 이렇게 기록한다. 작가 자신이 주인공으로 되어 있는 이 소설에서 그는 지금 도심지대에 위치한 다방 「낙랑」에 머물고 있다.

밤이 되어, 그 안에 등불이 켜질 때까지는 언제든 그곳에 「약간의 밝음」과 「약간의 어둠」이 혼화(混和)되어 있었다. 이 명암(明暗)의 교착(交錯)은 언제든 나에게 황혼을 연상시켜 준다. 황혼을? 응 황혼을-, 인생의 황혼을, 나는 그곳에 분명히 보았다.

사람들은 인생에 피로한 몸을 이끌고 이 안으로 들어와, (2尺 X 2尺)의 등탁자를 하나씩 점령하였다. 열다섯 먹은 「노마」는 그 틈으로 다니며, 그들의 주문을 들었다. 그들에게는 「위안」과 「안식」이 필요하였을지도 모른다. 그러나, 그들이 어린 노마에게 구한 것은 한잔의 「홍차」에 지나지 못하였다.

그들은 그렇게 그곳에 앉아 차를 마시고 담배를 태우고, 그리고 「축음기 예술」에 귀를 기울였다. 이 다방이 가지고 있는 「레코드」의 수

---

53) 「신휴매니즘의 요구」, 『조선일보』, 1934.11.16. 지식인의 자의식과 고립감을 고백한 그의 이 진술은, 다음과 같은 한 익명의 신문 투고시의 보충을 받아 그 의미가 더욱 분명하게 드러날 수 있다. "노동자업는 도시 서울이어/ 산보로 업는 도시 서울이어/ 빠리케드를 싸허보지 못한 서울이어/ 비누 공장도 업는 서울이어/ 다만 화장품 광고탑의 서울아/ 인단(仁丹) 광고탑의 서울아/ 소화불량화자들의 서울아/ 노예의 도시 노예의 시장/ 오-서울이어 오-서울이어/ 너는 나에게 불충실한 애인이니/ 나는 오래도 너의 썩어가는 가슴에다가 기리시아의 아테네성(城)을 꿈꾸는구나" - 규선(叫船), 「노동자 업는 도시 서울이어」, 『조선일보』, 1932.2.2.

량은 풍부한 것임에 틀림없었다. 그러나 나의 기쁨은 한 장의 「엘레지-」에 있었다.

Enrico Caruso의 성대만이 창조할 수 있는 「예술」을 사랑하는 점에 있어서는 나는 아무에게도 뒤떨어지지 않는다.[54]

여기서 독자는 도시 생활에 어느새 지쳐 버린 한 소설가의 초상을 보게 되지만 여전히 다방 - 이 다방은 모더니스트들의 집회소이기도 하다 - 안에서도 도시의 관찰자로 남아 있으면서, 현대생활과 '예술'의 이해자로서 자부하고 있는 박태원의 모습을 확인할 수 있다. 그의 '축음기 예술' 이해자로서의 자부심은, 그의 영화에 대한 관심과 신문삽화 그림 실력과 함께 그가 이상에 못지않은 예술적 감각의 소유자임을 말해 준다.

그리고 이 부분은 모더니즘 소설의 성격을 잘 보여 주고 있는 하나의 구체적인 예로서의 의미도 지니고 있다. 모더니즘 소설의 특질은 위의 예에서 보듯 어떤 집단의 세계관보다는 작가 개인의 삶이나 개별적인 주체의 생활을 탐구한다는 데 있다. 박태원의 경우는 여기에 감각적인 언어 구사와 주인공의 심리의 추이를 포착하는 심리묘사가 첨가되어 있다. 모더니즘 소설의 이같은 특성은 특히 리얼리즘 소설과 비교해 보면 더욱 분명해진다. 리얼리즘 소설은 전형적인 상황에서의 어떤 집단의 성격을 대표할 수 있는 전형적 인물을 중요시하고, 사회적 총체성의 탐구를 그 기본이념으로 한다. 그러나 모더니즘 소설은 총체성의 구성이 불가능하다고 보는 입장에서 출발하기 때문에, 작가의 개별성이나 내면성을 탐구하거나 어떤 특정한 집단의식과는 상관없는 도시에서 거주하는 개별화된 인물들의 생활을 묘사하는 경향을 보여 준다. 모더니즘 소설의 이같은 성격은 박태원의 소설에서 보는 바와 같이 작가·화자·주인공이 동일인으로 설정되거나 동일인으로 인식되는 심경소설(心

---

54) 『소설가 구보씨의 일일』(문장사, 1938), pp.64~65.

境小說, 이상·최명익의 소설도 이에 포함된다), 도시의 세태나 풍속을 개별적인 상태로 묘사한 도시소설(박태원의 「천변풍경」, 이효석의 소설)에서 잘 나타난다. 모더니즘 소설은 시와 마찬가지로 단순히 도시적 소재를 다룬다는 소재적 측면보다는 그것을 인식하고 표현하는 작가의 방법론에 의해 특징 지워진다. 모더니즘 시인·작가들은 현실을 반영하고 집단적인 이념 구현을 의도하는 리얼리즘에서 벗어나 미적 대상의 즉물성을 재현하거나, 현실을 재구성하고 개인적인 삶의 진실을 추구한다.[55] 정지용·이상·박태원의 작품과 임화의 「다시 네거리에서」나 이기영의 「인간수업」 등을 비교해 보면 양자의 차이는 더욱 분명해질 것이다. 그리고 모더니스트들의 작품의 근대성은 근대문학의 전통·관습내에서 드러나는 것이어서, 임화가 박태원·이태준·이종명 등의 작품을 언급하면서 그 경향을 '「모더니즘」 혹은 신감각파'라고[56] 규정할 때, 또 이태준이 박태원·이상·김기림·이효석 등의 문장(문학)이 전대(前代)의 이광수 등에게서는 결여되어 있는 '현대성'을 추구한 것이라고 설명할[57] 때, 그 역사적 위치와 의미가 한결 선명해진다. 소설에서의 모더니즘은 새로운 감각의 언어 구사 외에 제임스 조이스류의 '의식의 흐름', '내적 독백', 이상 소설의 경우와 같은 형태실험 등을 배제하지 않는다.

모더니즘 문학은 현대에 살고자 한 시인·작가들의 문학이다. 따라서 그 전형적 속성은 역시 현대의 도시적 생존방식과 도시적 감각이 결합된 도시문학에서 여실히 드러난다. 그 언어의 세련성이라든가 실험정신의 물질적·현실적 기반이 다름 아닌 도시로서, 도시 문명 속에 거주하는 시인·작가의 문학적 감각의 혁신성(세련성)이란 그 도시로 표상되는 물질적 생산력의 발달과 대응된다. 여기서 신석정의 전원적 牧歌 시

---

55) 모더니즘의 이론에 대해서는 Ⅲ장에서 다룰 예정이다.
56) 임화, 「1933년의 조선문학의 제경향과 전망(8)」, 『조선일보』, 1934.1.14.
57) 이태준, 「문장의 고전·현대, 언문일치」, 『문장』, 1940.3, pp.135~136 참조. 이 글은 같은 필자의 『문장강화』 끝부분에 재수록되고 있음.

편들, 백석의 평안도 풍물시편, 장만영의 다분히 전원적인 작품 등은 모
더니즘 문학의 전형적인 예라 하기 어렵다. 이들의 시들은 이효석의 「메
밀꽃 필 무렵」의 경우처럼 모더니즘적인 창작기술을 전통적인 문학소
재로 확대시켰거나 모더니즘의 방법에 영향받은 작품들이라 할 수 있
다. 그리고 이태준의 경우는 분명히 새로운 언어를 시도한 소설가임에
는 분명하지만, 그의 소설은 현대문명에 밀려난 노인들을 자주 다루고,
창작 태도면에서도 작가의 개별성보다는 도시의 서민들의 삶에 관심을
기울이는 등에서 볼 수 있는 바와 같이 재래의 리얼리즘에 가까운 작품
을 쓰고 있어서 역시 진정한 전형적인 모더니스트라 하기 어려운 점이
있다. 그는 이상이나 이효석과는 달리 골동취미를 즐기고 전통에 관심
이 많았던 상고주의자(尙古主義者)였던 것으로 알려져 있다.58) 작품의 수
준면에서는 문제점이 있으나 신석정·이태준 등의 경우보다 연희전문
문과생들의 집단인『삼사문학』(1934) 동인들, 또 다른 도시인 평양의 젊
은 세대들인『단층』(1937)파 동인들 및 이들과 간접적으로 연결되어 있
던 최명익 등의 작품이 도시문학으로서의 모더니즘의 성격을 잘 드러
내고 있다고 할 수 있다. 그러나 이들의 작품성과는 최명익을 제외하면
구인회 작가들의 수준에 미치지 못한다.

　그런데 도시소설의 개념을 도시를 배경으로 하여 살아가는 인간을
그 사회적·환경적 측면에서 묘사한 사회소설의 일종으로 볼 때, 그 속
에는 염상섭·채만식·유진오 등과 김남천·이북명('카프'계) 등의 30년
대 소설도 포함될 것이다. 20년대 이래의 도시화의 추세에 따라 1930년

---

58) 다음 절의 '구인회'에 대한 논의에서 제론되는 바와 같이 「조선중앙일보」 학예부
　　장이었던 그는 '구인회'에서 상당한 역할을 수행하였고, 소설의 기교에 대해서도
　　깊은 관심을 보이기도 했지만,『달밤』(1934)·『가마귀』(1937) 등의 그의 창작집에
　　수록되어 있는 작품들은 모더니즘의 전형적인 작품으로 규정하기 곤란한 점이
　　있다. 그가 쓴 장편 「사상의 월야(月夜)」는 사실주의적인 작품으로 볼 수 있다. 이
　　하에서 필자는 그의 소설론 자료만을 부분적으로 언급하고자 한다.

을 전후한 시기에 한국 도시소설의 증대화 현상은 두드러지게 나타나, 카프계 작가들만 하여도 농촌(농민)소설에서 도시소설의 영역을 확대해 갔던 사실은 잘 알려져 있는 바와 같다. 그러나 집단의 세계관이나 모랄을 강조하는 이들의 리얼리즘 소설과 언어감각과 실험을 중시하는 모더니즘 소설은 일단 구분할 필요가 있다. 모더니즘계 도시소설은 도시의 옛스런 모습과 새로운 면에 두루 관심을 기울이면서도 도시의 충만한 감각의 현장에 직접 뛰어들고자 하거나(이효석의 경우), 도시인의 심리묘사에 큰 비중을 둔다는 점에서(박태원·이상의 경우) 리얼리즘계 소설과 구분될 뿐 아니라 양 진영의 논쟁에서 드러나듯 서로 상충되는 면이 있다. 시인들을 포함한 모더니즘 작가들은 말하자면 도시의 충만한 자극과 그 현란함·유혹·비애·분노·허망함·배반감을 모두 느끼고자 한다. 그점에서 그들은 「돈 타령」·「生과 돈과 死」와 같은 시를 쓰면서도 그 '돈'이 운용되고 있는 현장을 피해 갔던 말년의 김소월(그들이 비판했던)과 같은 시인(그는 모더니즘 운동이 전개되던 30년대 초엽에 자살했다)과도 구별된다. 요컨대 그들은 '현대'를 살고자 한 현대시인(작가)들이었다.

당시의 2천만 인구 중에서 전인구의 8할이 농촌 거주민이고 그들이 도시 아닌 농촌에 살고 있다는 당시 현실에 비추어 볼 때 이들의 도시(서울)에 대한 관심 집중은 조선의 리얼리티를 도외시한 것으로 비쳐질 수도 있다. 그러나 서울시민 특히 실업자의 많은 수가 가중되는 농촌의 궁핍화에 따라 일자리를 찾아 상경한 농민이라는 것, 산동네나 수구문 밖 신당리 빈민굴의 주민들의 대다수가 무작정 상경하여 전전하는 농민 출신이거나 하층 노동자였다는 것[59](이 두 문제는 현진건의 20년대 소설 「고향」과 「운수 좋은 날」에서 벌써 다루어지고 있다), 뒷골목의 매춘부 중에는 농촌 출신이 많았다는 것 등을 고려할 때, 당대의 조선의 리얼리티가

---

59) 우석생, 「경성 7대 특수촌」, 『별건곤』, 1929.10, pp.107~108. 참조.

도시에 있느냐 농촌에 있느냐(그 탐구가 농민소설이었다) 하는 문제는 본질적인 것이 아니다. 여기서 문제가 되는 것은 그 도시를 새로운 각도에서 깊이있게 통찰할 수 있는 작가의 도시적 상상력의 개발 여부이다. 비평가 최재서가 뒤에 '도회문학' 즉 모더니즘을 옹호하고 나오는 것도 그런 문맥에서이다.[60] 이상의 다음과 같은 발언은, 그중의 '윤리'라는 단어를 '미학'으로 바꾸어 읽을 때, 갑자기 한국 사회에 나타난 일제 자본주의 전성기하의 서울의 급격한 도시화의 물결에 부응하여, '도시적 감성'을 개발하고 시대적 조류에 능동적으로 대응하는 새로운 미학을 정립하고자 했던 대부분의 당시 모더니스트들의 정신적 지향을 단적으로 대변한 것이라 이해된다.

> 무슨 물질적인 문화에 그저 맹종하자는 게 아니라 시대와 생활시
> 스템의 변천을 좇아서 거기에 따르는 역시 새로운, 즉 이 시대와 이
> 생활에 준거(準矩)되는 적확(適確)한 윤리적 척도가 생겨야 할 것이고
> 가 아니라 의식적으로 입법(立法)해 내야 할 것이다.[61]

문학은 그 본성에 있어 늘 구체적인 현실 체험에 근거하지 않을 수 없는 분야다. 시인의 임무는 그 체험에 어울리는 효과적인 표현을 부여하는 것이다. 이상을 포함한 모더니즘 작가들은 도시의 운영이 외국자본에 의해 이루어지는 것을 알고 있었지만, 문학의 자리에서 볼 때 그런 것은 문제되지 않을 수도 있다. 어느 시대 어느 사회건 현대의 시인들은 도시에서 하나의 시민으로 살아갈 따름이지, 도시는 결코 그들의 것이 아니기 때문이다. 이러한 사실에 대한 자각이야말로 근대적인 것이라 할 수 있다. 현대 시인에게 중요한 것은 현대성의 인식과 그 표현

---

60) 최재서, 「도회 문학」, 『문학과 지성』(인문사, 1938), p.281 참조.
61) 이상, 「조춘(早春) 점묘」, 『매일신보』(1936.3.3~26), 『이상수필전작집』(갑인출판사, 1977)

방법의 문제인 것이다. 그러나 이미 저 거대해진 도시에 이성이 아니라 지적인 감각으로 접근하고자 하는 모더니즘은 약간의 문제점을 안고 있었던 것도 사실이다. 시인들이 도시에 더 깊숙이 진입하고자 하면 할수록 그들이 그 대도시에서 패배자가 되리라는 것은 이후의 시대적 분위기와 그들의 접근 방식에서 예견되기도 한다.

2. 모더니즘 운동과 '구인회'의 역할

　30년대 모더니즘은 1933년 '구인회(九人會)'의 조직과 함께 이를 매개로 한 본격적인 운동기에 접어든다. 이 문학 단체가 조직되기 전에도, 다다이즘에서 벗어나 서정성을 가미한 모더니즘풍의 시를 쓰고 있었던 김화산·박팔양의 활동, 『시문학』(1930)·『카톨릭 청년』(1933.6)지를 중심으로 한 정지용·신석정·장서언·이상 등과 비평가 김기림의 새로운 감각의 시작 활동이 있었고[62] 박태원·이태준 등의 새로운 스타일의 소설이 시도되고 있었다.[63] 그러나 이들 중에서 역량 있는 시인·소설가들이 대거 구인회 회원으로 참가하고, 그들이 중심이 되어 그 새로운 문학에 대한 이론을 체계화하는 한편, 이를 적극적으로 실천하면서 모더니즘은 동시대 문단의 중심적인 문학양식의 하나로 부각, 문학운동적인 성격을 획득하게 된다. 이는 구인회가 모더니즘의 중심적 단체임을 뜻하는 것이다. 모더니즘이 외면적인 뚜렷한 조직이나 선언서, 그리고

---

62) 김기림, 「현대시의 발전」, 『조선일보』, 1934.3.25~4.3 및 「1933년 시단의 회고와 전망」, 『조선일보』, 1933.12.7~13 참조.
63) 김기림, 「스타일리스트 이태준씨를 논함」, 『조선일보』, 1933.6.25~27 및 박태원, 「이태준 단편집 '달밤'을 읽고」, 『조선일보』, 1934.7.26~27 참조.

이렇다 할 기관지도 없이 문단에 그 위치를 정립시키고, 창작방법론적인 면에서 이후 신진 시인(작가)들에게 상당한 영향력을 행사할 수 있게 되는 것은 이 구인회의 결성과 그 매개적 역할 때문이다. 그렇다면 그 역할이란 무엇이며 모더니즘과 구인회의 관계란 어떤 것인가?

구인회의 조직과 활동, 성격 등을 알아보자면, 모더니즘의 기수 김기림이 1933년 초에 쓴 산문 「써클을 선명히 하자」에서 출발하는 것이 바람직하다. 편석촌(片石村)·G.W.[64] 등의 필명으로 이후의 자신의 시의 방향을 예고한 작품 「시론」(1931)을 비롯한 시 습작과 평론을 발표하는 한편, 시와 정치의 분리를 말하면서도 정치에 대한 관심을 피력하고[65] 지식계급의 분화를 유물론적 관점에서 논의[66]하는 등 문학과 현실 사이에서 방황하고 있던 그는, 이 글을 쓰면서 새로운 문학정신을 통합하고 이를 적극화할 수 있는 새로운 문학써클에 대한 자신의 관심을 표명하기에 이른다. 문학사에 있어서 써클 또는 유파는, 그에 따르면 문학사가에게는 개념적 인식을 수월하게 하여 사고(思考)의 경제적 효과·지식의 단순화에 기여할 수 있어 요구되는 것이지만, 문인 자신에게도 요청되는 것이다. 그는 이렇게 주장한다.

(……)「써클」은 문인 자체에게 있어서도 필요한 것이다. 낡은 전설에서 대척되는 지점에서 자신을 발견하는 기쁨을 의미하며, 전설과

---

64) G.W. 「가거라 새로운 생활로」, 『조선일보』, 1930.9.6. 이 작품은 수정되어 『태양의 풍속』(1930), p.58에 재수록 되고 있다.
65) 편석촌, 「시인과 시의 개념」, 『조선일보』, 1930.7.24~30.
66) 편석촌, 「인텔리의 장래」, 『조선일보』, 1931. 참고로 말하면 김기림은 1930년 조선일보사에 입사, 1931년 전반기까지 신문기자로 근무하다가 고향인 함경도 임명면으로 돌아가 약 1년 반 동안 무곡원(武谷園)이라는 과수원을 경영하다가 1932년 말에 다시 상경, 이후 조선일보사에 복귀하여 본격적인 문학 활동을 한다. 김기림, 「에트란제의 제1과」, 『조선중앙일보』, 1931.1.1(연재) 참조. 그가 신문사를 잠시 떠났던 이유는 정확히 알 수 없다. 서울에는 그의 누님이 살고 있었음이 확인된다(같은 글 참조).

새 출발의 경계선을 의미하는 점에서, 유파는 자기발전의 한 개의 표석(漂石)이다. 「마티스」의 「포비즘」・「짜라」의 「다다」・「올딩턴」등의 이미지스트 운동・「수-포」 등의 「쉬르레알리즘」 - 이것들은 비평가가 반가와 하고 현상이 편해할 뿐 아니라, 그들 자신이 차라리 전설을 의미하지 않는 자기 유파의 고유명사에 더 애착을 느낀다.

또한 「써클」은 현대 자본주의 사회에서 등록상표와 간판의 의미도 가지고 있는 것을 부인하지 않는다.

나는 외람이 생각한다. 우리 문단의 타기(墮氣)의 원인의 일부분은 문인들이 각각 자신의 작은 제작실에 침거하면서 개인의 길만 걸어가는 데 있다고 - 요컨대 문인의 대부분은 너무 비겁한 것이 아닐까? 용감하게 그 간판을 걸고 집단으로서 유파의 동력을 발휘한다면 1933년의 문단은 더 활기있고 다채(多彩)해질 것 같다.[67]

이 주장의 의미는 자명하다. 새로운 문학을 위한 '간판'으로서의 써클이 요망된다는 것인데 그것은 기성문학과 자신을 구별짓는 것이자 현문단의 침체를 극복할 수 있는 새로운 문학운동을 위한 것이다. 그가 주장하는 써클이 당시 위기에 직면하고 있던 정치우위론적인 문학단체인 '카프'와도 뚜렷이 구별되는 것임은 물론이다. 그가 포비즘・초현실주의 등 서구 전위예술운동 그룹의 이름을 거론하고 있기 때문이다. 그는 모더니즘 문학 써클을 희망하고 있고 그 희망은 같은 해 '구인회'의 결성으로 어느 정도 결실을 보게 된다.

그러나 그보다 앞서 새로운 문학 유파 형성의 부분적인 가능성과 계기는 마련되고 있었다고 하겠는데, 『시문학』(1930)과 『카톨릭청년』(1933.6)지를 중심으로 한 2차에 걸친 모색이 그것이다. 그 1차적인 계기였던 박용철・김영랑・정지용・신석정[68] 등이 참가하여 발행했던 『시문학』

---

67) 김기림, 「문예인의 새해 선언 - 써클을 선명히 하자」, 『조선일보』, 1933.1.4.
68) 신석정・정지용・김기림 간의 친분은 신석정, 「나의 문학적 자서전」, 『난초잎에 어둠이 내리면』(지식산업사, 1974) 및 「정지용론」(『풍림』5호 1937) 참조. 한편 신

지는 김기림이 뒤늦게 가담하면서 공감대가 마련되는 듯했으나 잡지의 폐간으로 구체화되지 못하였다.[69] 2차적인 계기는 이동구 주간의 『카톨릭청년』(1933.6)지로 나타난다. 카톨릭교도 정지용을 비롯한, 김기림·이상·장서언 등 새로운 시 세대들이 참가하여 이 잡지를 중심으로 한 문학 활동[70]은 교회문학 건설을 표방한 특수한 성격의 잡지를 무대로 한 것인데다가 카톨릭문학은 시대착오적인 것이자 현실도피적인 문학이라는 카프 측 임화의 공격[71]에 따른 논쟁이 일어나 지속성을 띠지 못하였다. 비판이 특히 정지용에게 집중되자, 김기림이 가톨릭 신자는 아니면서 교회문학은 '시대적 불안의 소산'이라고 그것을 옹호하는 한편, 당사자인 정지용이 나서서 가톨릭의 '2천 년 역사'를 들어 임화의 무지와 그의 프로문학의 문제점을 지적, 반론을 폈으나,[72] 그 논쟁은 나머지 시인들의 이탈을 초래하게 된다. 그러나 여기서 김기림·정지용·이상 등 신세대 시인들의 정신적 연대감을 확인할 수 있고,[73] 이들과 소설가들이 손잡고 구인회를 결성하지 않을 수 없는 문단의 분위기를 이

석정은 김해강·조벽암·이흡 등과 함께 '동반자 경향의 시인'으로 평가되고 있다(홍효민, 「1934년과 조선문단」, 『동아일보』, 1934.1.5). 그의 작품은 20년대 후반 『조선일보』지상에서 발견된다.

69) 『시문학』 4호의 목차에는 김기림의 「봄ㅅ들의 유혹」을 위시한 임학수 「고요한 밤」, 정지용 「뿌라우닝 이장(二章)」(번역) 등이 포함되어 있다(『문예월간』, 1932년 3월호 독차지 뒷면 참조). 이 잡지는 동년 '3월 15일 발행'으로 예고되고 있으나, 그 실제 출판 여부는 확인되지 않고 있다. 시문학파와 모더니즘 시인들의 상관성이 이로써 어느 정도 드러나지만, 『시문학』의 박용철과 김기림은 문학의 방향에 대한 이견으로 뒤에 서로 논쟁하는 불편한 관계에 놓이게 된다.

70) 김윤식, 「한국근대문학사에서 본 가톨릭문학」, 『한국문학의 논리』(일지사, 1974) 참조.

71) 임 화, 「가톨릭문학 비판」, 『조선일보』, 1933.8.11~18.

72) 이 논쟁은 다음과 같은 문헌들에서 그 성격이 잘 나타나 있다.
정지용, 「한 개의 반박」, 『조선일보』, 1933.8.26.
김기림, 「문예시평」, 『신동아』, 1933.9.
권 환, 「1933년 문예평단의 회고와 전망」, 『조선중앙일보』, 1934.1.3 등 참조.

73) 김기림, 「현대시의 발전」, 『조선일보』, 1934.7.12~22.

해하게 된다.

 "순연한 연구적 입장에서 상호의 작품을 비판하며 다독 다작(多讀 多作)을 목적으로 하는" 구인회가 조직된 것은 1933년 8월 15일이다.[74] 창립 당시 회원은 고보 동창 또는 평소의 친분관계로 모인 이태준(『조선중앙일보』학예부장)·정지용(휘문교보 교사)·이종명(전 기자)·이효석(경성농업학교 교사)·유치진(극작가)·이무영(『문학타임스』 및 『조선문학』 초기 발행인, 동아일보사 객원)·김유영(영화감독)·조용만(『매일신보』 학예부장)·김기림(조선일보사 기자) 등 9명이었고 박태원·박팔양·이상 등은 뒤에 회원이 된다. 명칭은 일본신흥문학파의 전위 단체였던 '13인 구락부'(1929)를 염두에 둔 것이었다.[75] 회원들의 저널리즘 확보를 의도한 인적 구성인데다가, 당초 카프와 직접·간접으로 인연을 맺고 있던 김유영·이종명이 발의자로 되어 이효석과 이무영·유치진이 가담하고 한때 중견작가 염상섭을 리더로 끌어들이고자 하기도 했던 것이어서,[76] 그 구성면에서 구인회는 반드시 모더니즘 문학단체라고는 보기 어려운 점이 있다. 동인들이 문학 경향상의 불일치를 보인다든가 시·소설·희곡·영화 등을 포괄하고 있다든가 하는 점에서 그렇다. 특히 인적 구성 문제는 이

74) 『조선일보』, 1933.8.30 학예면 '구인회 창립' 기사 참조. '8월 15일 창립' 사실은 「시와 소설의 밤」 광고기사(『조선중앙일보』, 1934.6.24)에 명기되어 있다.
75) 조용만, 「구인회의 기억」, 『현대문학』, 1957.1.『울밑에 핀 봉선화야 - 30년대 문화계 산책』(범양사 출판부, 1985), pp.124~139 및 김시태, 「구인회 연구」, 김열규 외 편, 『국문학논문선 10』(민중서관, 1977) 참조.
76) 카프 회원이던 영화감독 김유영은 이종명·이효석 등과 손잡고 '서울키노'를 중심으로 하여 프로영화 제작을 시도한 바 있다. 이종명의 동명의 소설을 김영팔 각색으로 제작한 「유랑(流浪)」(1928), 임화 주연의 영화「혼가(昏街)」(1929), 이효석이 각본 제작에 참가한 「화륜(火輪)」(1931) 등이 그것이다. 이들은 서로 친분이 있었고 이효석이 경성제대 졸업(1930) 후 '이동식 소형극장 각본부 동인'으로 활동한 사실도 확인된다. 유현목, 『한국영화 발달사』(한진, 1980), pp.103~106 및 『문예월간』 1932.1월호, 「문예가 목록」, p.94 참조. 김유영의 새로운 문학단체 발의가 그의 전향의 소산인지 아니면 카프측의 지시에 의한 것인지 분명하게 밝혀져 있지 않다.

후 일부 회원들의 탈퇴와 신입회원의 참여로 동인간의 문학 경향상의 접근을 보게 되지만 그래도 완전한 일치를 보는 것은 아니다. 그러나 구인회의 이처럼 희석된 성격이야말로 동시대 문인들의 내면풍경의 한 반영체로서의 이 문학단체의 당초 성격이라 할 수 있으며, 동인들의 순수 모더니즘적 성격은 이후의 실제 활동과 문학강연회를 통하여 분명해진다. 그러나 그것을 미리 예견한 비평가도 있다. 1933년의 평단을 회고하며 한 비평가는 이렇게 쓴다.

> 작년에 조직체로서 모던이즘 문예가들을 중심으로 구인회도 조직되었을 뿐 아니라, 김기림씨의 시류(詩類)를 꽤 높게 평가하고 또 정지용씨의 시에 대하여 새삼스러운 가치를 주었습니다. 다만 정지용씨가 산장지옥(山藏之玉)같이, 김기림씨가 비약적 발전한 것같이 새삼스럽게 기가(其價)가 발휘된 그 물질적 근거가 어데 있겠습니까? 그러한 현실도피적·고답적 문학을 필연적으로 발생케 하는 최근 급격적으로 변해가는 객관적 정세입니다. 그런지라 금년에는 그 모던이즘 문예가 바야흐로 꽃잎을 열 줄 압니다. 따라서 그들 편가(評家)들의 많은 주의와 박수가 그리로 집중될 줄 압니다. 이것은 술사(術師)의 예언이 아니라 객관적 정세로 보아 하는 말입니다.[77]

이런 평가는 정지용·김기림에 이효석·이태준의 소설과 새로 가입하는 박태원과 이상의 34년도 작품 「소설가 구보씨의 일일(一日)」과 「오감도」 등을 포함시켜 볼 때 결코 과장된 것이 아니다. 회원들의 작품은 동인들이 서로 옹호해 주는 외에, 이양하·최재서 등의 비평가들의 주목을 끌게 된다.

구인회의 구체적인 활동은 월 1회의 회원작품 합평회, 동인들의 저널리즘을 이용한 집단적인 의사 표명과 기성문단 비판, 두 번에 걸친 공

---

77) 권 환, 「33년 문예평단의 회고와 전망」, 『조선중앙일보』, 1934.1.14(연재 마지막회)

개 문학 강연회, 적극적인 작품 발표, 『시와 소설』(1936)의 발간 등으로 구분해 볼 수 있다. 우선 작품 합평회는 그 첫 번째 회합 내용의 일단이 『조선문학』지에 공개되어 있어서[78] 그 분위기를 짐작할 수 있다. 유치 진·이효석이 불참한 자리에서 열린 이 회합에서 거론된 작품은 이무 영의 희곡 「아버지와 아들」, 이종명의 소설 「순이와 나」, 김기림·정지 용의 시작품 등이지만 이런 모임은 이후에도 상당 기간동안 지속된 것 으로 보인다. 이 단체의 목적인 다독·다작의 원칙이 구현될 수 있는 실질적인 모임이 이 정기적인 작품 합평회라 하겠다. 다음으로 저널리 즘을 이용한 동인들의 문학문제에 대한 적극적인 의사표시는 『조선일 보』가 마련한 「1934년도 문학건설」(1934.1.1~25) 특집란에 이태준·이무 영·이종명·이효석·유치진 등의 회원이 김억·김남천·채만식·이 기영·김동인 등의 작가들과 어깨를 나란히 하면서 작가의 생각을 표 현한 것도 그중의 하나라 하겠지만,[79] 그보다는 같은 해 『조선중앙일보』 (1934.6.17~29) 지상을 통하여 회원들이 선배문인들에게 공개장을 낸 것 이 더 본격적인 것이자 비중이 크다. 조선중앙일보사 학예부장 이태준 이 지면을 마련하고 동인 5명이 참여한 이 공개장의 제목은 「흉금을 열 어 선배에게 일탄(一彈)을 날림」이라는 자극적인 격문형식(실제로 제목 옆 에 '격(檄)'자(字)를 쓰고 있다)으로 되어 있다. 11회에 걸쳐 연재된 그 구체 적인 내용을 보면,

---

78) 김인용, 「구인회 월평(月評) 방청기」, 『조선문학』, 1933.10. 모임은 1933년 9월 15 일 서울시내 아서원(雅叙園)에서 있었다.
79) 구인회 회원들이 쓴 글의 제목은 다음과 같다. 제목에서 드러나듯 그 내용이 다양 하다.
    이태준, 「작품과 생활의 경주중(競走中)」(1.1)
    이무영, 「자기 자신의 생활혁명」(1.4)
    이종명, 「문학 본래의 전통」(1.12)
    이효석, 「낭만·리얼 중간의 길」(1.13)
    유치진, 「철저한 현실파악」(1.21)

임린(林麟), 「공초 오상순씨에게」(6.17~19)

이무영, 「춘원 이광수씨에게」(6.20~22)

이종명, 「빙허 현진건씨에게」(6.23)

박태원, 「김동인씨에게」(6.24)

조용만, 「염상섭씨에게」(6.26~27)

G.W 생, 「주요한씨에게」(6.28~29)

와 같다. 익명(G.W 생)을 사용한 사람은 김기림이다. 처음에 신진 시인 임린(林麟)[80]을 내세우고 있지만, 참가자들이 이태준·이효석·정지용 등이 빠진 구인회 회원들임을 알 수 있다. 회원 중에 김유영은 이미 탈퇴한 상태고, 이효석은 함경도 경성에 있는 관계로 서울 모임에 참석하지 않고 있었고, 유치진도 나오지 않고 있었다는 사실을 생각하면 회원의 대부분이 총출동한 것임을 알게 된다.

이 공개장은 두 가지 의미에서 주목된다. 즉, 첫째 동인들이 한결같이 새로운 문학의 담당자로 자처하면서 기성세대를 비판하는, 강렬한 신세대 의식을 드러내고 있는 것과, 둘째 공격의 대상으로 선정된 작가들이 카프계 작가들이 아닌 민족주의 진영의 작가들이라는 점이다. 비판의 어조와 논점이 각자 차이가 있으나, 대체로 기성 문인들의 침체와 부진·통속화 경향·창작 태도의 진부함 등을 지적·공격하는 한편 그들의 각성을 촉구하는 내용으로 일관되어 있는 것이다. 예컨대 이무영은 이광수에 대하여, 그의 민족적 열정이 문학에서 사라지고 정치적 입장이 애매해진 점을 지적하고 「흙」의 수준을 비판하면서 "10년 전"의 모습으로 돌아갈 것을 요구한다. 이종명은 현진건의 문학적 침묵과 새로운 연재소설(『동아일보』 연재장편 「적도(赤道)」) 집필 사실을 말하면서 신문인으로서보다 작가로서의 역할을 촉구하고, 조용만은 가장 조선적 작

---

80) 당시 신문지상에 몇 편의 습작을 발표한 바 있는 임린은 1935년 『조선일보』 신년 현상 작품모집에 시 「노숙자(露宿者)」로 당선된다.

가로서 향기 높은 작품을 써 왔던 염상섭이 통속성을 띠어 가고 있음을 지적하고 "10년 전의 진지성"을 회복할 것을 요청한다. 그러나 이종명·조용만 자신의 이후의 문학적 성과가 미흡하였다는 사실을 생각할 때 이들보다는 박태원·김기림의 논점이 주목되는 바 있다. 박태원은 「배따라기」·「감자」 시대의 예술가적 기품을 상실하고 저속한 대중성과 영합하는 김동인의 작가적 타락을 비판적인 시각에서 거론하면서 옛 기품과 기개의 회복을 촉구한다. 정중한 어조를 유지한 글이면서도 작가의 장인적(匠人的) 태도와 예술가적 기품을 중요시하는 스타일리스트로서의 그의 작가적 입장이 잘 반영되어 있다. 박태원에 비하면 김기림은 익명을 사용하고 있는 만큼 한층 도전적이다. "예술의 세계에서 나는 선배라는 말을 얼마 인정하지 않는다. 인정한다면 겨우 연령에 있어서의 선배일 것이다"라고 그는 단언한다. 이런 어조로써 그는 주요한이 『아름다운 새벽』 시절의 문학적·정치적 열정으로부터 멀어져 간 사실을 환기시키고 이렇게 말한다. "이렇게 떠나간 그는 다시 돌아오고 말았다. 하지만 시에는 돌아오지 않았다. 커다란 상사회사(商事會社)의 과장의 의자로 돌아왔다", "요한 돌아오려거든 차라리 참된 시의 길 - 인생과의 백병전(白兵戰)으로 돌아오라. 단애(斷崖)로 돌아오라. 참된 시인의 앞길은 오직 위기를 거쳐서만 무덤으로 통한다. 그렇지 않거든 차라리 돌아오지 말렴."[81] 이즈음 주요한은 화신상회(和信商會)에 입사하여, 사실은 이광수와 함께 '수양동우회' 활동을 은밀히 벌이고 있었던 것이지만, 그런 만큼 문학에서 멀어져 갔던 것도 사실이다.

　회원들이 총출동하다시피 한 집단적인 기성세대 비판은 무엇보다도 강렬한 세대의식을 그 밑바탕에 깔고 있다는 점에서 특징적이다. 30년대 문학의 동향은 이들 구세대의 침체, 카프의 해체(1935)에 따른 그 작

---

81) GW 생, 「주요한씨에게」, 『조선중앙일보』, 1934.6.28~29 참조.

가들의 방황, 구인회 작가들의 대거 등장과 그 왕성한 활동 속에서 가늠될 수 있는 것이어서, 이 세대의식이야말로 구인회의 본질적인 것이라 하겠다. 이 세대의식의 문학이론상의 거절이 언어에 대한 자각과 기술 중심주의로 요약되는 모더니즘임은 두 차례에 걸쳐 실시한 구인회 문학강연회에서 분명히 드러나거니와, 여기서 그 회원들이 하필이면 민족주의 부르즈와 작가들을 비판대상으로 삼는가 하는 문제가 제기된다. 그것은 회원 중에 아직도 카프 측과 동반자적 위치에 있던 작가들(이효석·이무영·유치진 등)이 남아 있었기 때문이기도 하겠고 구인회 자체의 내면풍경을 드러내는 것이기도 하겠지만, 민족주의 작가들에 대한 그들의 '침체'비판과 '각성'촉구 태도에서 암암리에 드러나듯 그 자신들이 민족주의 문학의 비판적 계승자임을 뜻하는 것이다. 제 2차 문학강연회에서 그 점이 분명하게 드러난다.

구인회는 두 번에 걸쳐 문학 공개강좌를 개최한다. 제 1차 행사인 '시와 소설의 밤'은 1934년 6월 30일 저녁 종로 중앙기독교청년회관에서 『조선중앙일보』 학예부 후원으로 개최되고,[82] 제 2차 행사는 '조선신문예강좌'라는 제목의 강좌 형식으로 1935년 2월 18일부터 5일간 청진동 경성보육 대강당에서 역시 『조선중앙일보』 후원으로 열린다.[83] 1차 행사에 비하여 2차 행사는 그 규모가 클 뿐만 아니라 구인회 측에서 비판한 이광수·김동인을 연사로 초청, 참여시키고 있다는 점에서 인상적이다. 이 강연회의 내용[84]을 보면 1차에서 2차로 넘어오면서 더 세분화되

---

82) 『조선중앙일보』, 1934.6.24 기사 참고. 강연 당일은 토요일이고 시각은 8시 15분이다. 회비는 일반 10전, 학생 5전.
83) 『조선중앙일보』, 1935.2.17 안내기사. 18일은 월요일이고 매일 저녁 7시 반 개강. 청강료(5일간 통용)는 80전, 정원 120명.
84) '시와 소설의 밤'의 내용은 다음과 같다.
　이태준, 「창작의 이론과 실제」
　박태원, 「언어와 문장」
　정지용, 시 낭송

고 있고 새로운 동인들이 연사로 참여하고 있음을 알 수 있지만, 그 전체적 성격에서 볼 때 몇 가지 두드러지는 사항을 발견하게 된다. 첫째, 시와 소설을 중심으로 한 문학강연회라는 점이다. 시 쪽에서는 정지용·김기림·박팔양·이상·김상용이 나서고 있고, 소설에서는 이태준·박태원이 참여하고 있는데 2차 강연회에서 이광수·김동인을 끌어들인 것은 시 쪽과 균형을 유지하기 위한 것으로 보인다. 희곡(유치진)·영화(김유영)는 제외되고 있는바, 이로써 구인회가 시와 소설을 중심으로 한 문학단체임이 뚜렷이 나타난다. 그밖에 박팔양·이상·박태원 등의 신입회원의 참여와, 특히 박태원은 이태준과 1인 2역을 감당하는 동인 내에서 그 비중이 큰 작가로 되어 있는 현상도 특기할 만하다. 1차 강연회에서 사회자로 남아 있던 이무영[85]과는 달리 박태원은 1차 강연회부터 중요한 역할을 담당하고 있는 것이다. 둘째, 동인들의 강연의 지속적이고 중심적인 주제가 시의 근대성, 언어, 시의 형태, 소설의 기술(기교)과 문장작법 등에 대한 것이라는 점. 이런 사실은 김기림(「시의 근대

김기림, 「시의 근대성」 -『조선중앙일보』, 1934.6.24. 「시와 소설의 밤」 안내 기사. '조선신문예강좌'의 연사와 강연 내용은 다음과 같다.
박팔양, 「조선신시사」
김상용, 「시의 제재」
이 상, 「시와 형태」
김기림, 「시의 음향미(音響美)」
정지용, 「시의 감상」
이광수, 「조선소설사」
김동인, 「장편소설론」
이태준, 「소설의 제재」
김동인, 「단편소설론」
박태원, 「소설과 기교」
이태준, 「소설과 문장」
박태원, 「소설의 감상」 -『조선중앙일보』, 1935.2.17. 「조선신문예강좌」 안내 기사.
85) B기자, 「문단신문」, 『신인문학』, 1934.10. p.89에 1차 강연회 분위기가 소개되고 있다. 일기자(一記者), 「문단신문」, 『신인문학』, 1935.4. p.82에 2차 강연회 분위기가 소개되고 있음.

성」·「시의 음향미」)·이상(「시의 형태」)·이태준(「창작의 이론과 실제」·「소설과 문장」)·박태원(「언어와 문장」·(「소설과 기교」) 등의 논제에서 특히 두드러지게 나타나고,[86] 이들이 구인회의 실질적인 대표자로 강연에 나서고 있는 사실에서 구인회의 문학이론이 곧 모더니즘임을 확실히 파악할 수 있다. 이들 도시세대로서의 모더니스트들은 구인회를 떠나서는 제대로 파악될 수 없는 존재들이며 그들을 계속시켜 주고 있는 강렬한 세대의식도 마찬가지이다. 구인회의 문학이론이 모더니즘이라는 점이 1934년 1차 문학강연회를 계기로 표면화되는 사실은 뒤에서 논의되는 바와 같이 이 시기의 회원 재편성과 관련되어 있다. 셋째, 두 번의 공개 강연회가 '구인회'주최 『조선중앙일보』학예부 '후원'으로 개최된 점. 이것은 간단히 말해 구인회의 거점이 조선중앙일보 학예면이며 학예부장 이태준이 구인회의 사실상 리더임을 뜻하는 것이다.[87] 회원들의 집단적인 의사 표명이 같은 신문지상에서 이루어진 것, 동인들의 주요 작품(박태원·이상 등)이 동일 지면에 발표된 것, 「기상도」·「날개」등의 모더니즘 작품이 동지(同紙)의 자매지인 『중앙』에 발표된 것 등을 고려하면 『조선중앙일보』야말로 구인회의 준기관지라 할 만하다. 구인회의 이름으로 뒤에 발간된 『시와 소설』의 의의는 여기서 크게 약화되며,[88] 정지용과 함께 「요람」동인이던 이 신문의 사회부장 박팔양이 동인으로 참가하는 것도 그런 문맥에서 이해된다. 물론 김기림의 『조선일보』와 자매지 『조광』, 이무영의 『동아일보』(여기에는 '극예술연구회'회원들이 자주 글을 발표하고 있다)와 자매지 『신동아』, 조용만의 『매일신보』 등이 회원들에게 자주

---

86) 이들의 강연 내용은 박태원, 「표현·묘사·기교」, 『조선중앙일보』 34.12, 이태준, 『소설짓는 법 ABC』, 『중앙』 1934.6 등과 관련되어 있을 것으로 생각된다.

87) 이태준이 「구인회에 대한 난해(難解)·기타」(『조선중앙일보』, 1935.8.11~12)를 쓰고 있다.

88) 이태준이 동지(同誌)에 소설 아닌 수필을 발표하고 있는 것이 그 단적인 예다. 이 잡지는 박태원·김기림·이상·정지용 등에 의해 그 수준이 유지되고 있다.

지면을 제공한 사실도 배제되는 것이 아니다. 넷째, 이광수·김동인과 같은 기성 민족주의 진영의 작가들을 2차 강연회 연사로 추대하고 있는 점. 이것은 이미 말한 바와 같이 구인회가 20년대 민족주의문학(사회주의 문학과 대립하고 있던)의 실질적인 계승자로 자처하는 문학단체임을 대외에 명시한 것이라 할 수 있다. 이것은 당시의 급변하는 사회적 분위기와도 결부된 것이어서 미묘한 문제라 하겠으나[89] 창립 당시 염상섭을 회원으로 추대하려고 했던 것, 회원들이 민족주의 진영 작가들의 침체를 지적하고 각성을 촉구했던 것 등을 감안할 때 그렇게 평가할 수 있다.

'구인회' 회원들의 작품 활동은, 동시대 문인들의 처신이 그렇듯이 동인들의 출입이 그야말로 무상한 관계로 간단히 규정하기는 어려우나, 앞서 예시한 대로 이태준·김기림·정지용·박태원과 뒤늦게 가입한 이상의 활동이 구인회를 대표하는 것이라 할 수 있다. 이들은 입회 시기에서는 차이가 있으나, 두 번의 문학강연회에서 연사로 참여한 가장 역량 있는 구인회의 대표 작가이고 지속적이고 열성적인 창작 활동을 하면서 모더니즘문학(구인회의 이념인)의 이론 정립과 실천면에서 가장 충실한 작가들이다. 지방에 있어서 모임에는 참여하지 않았지만 창립 회원으로 들어와 약 1년간 동인 자격을 그대로 유지한 이효석의 경우도 이 범주에 들어간다. 동인의 변동상황을 살펴보면 이런 논리가 전혀 근거 없는 것이 아님을 확인할 수 있다. 당초 이태준·조용만·김기림·이무영·정지용·김유영·이효석·이종명·유치진 등 9명으로 시작된 회원 중에서 발기인인 김유영이 얼마 안 있어 개인사정으로 탈퇴하여[90] 대신 박팔양·박태원·조벽암(본명 조중흡, 경성제대 법학과 출신)이

---

89) 구인회 회원들이 민족주의 진영의 작가(시인)들을 비판했던 사실을 고려할 때, 그들의 선배와의 제휴가 처음부터 의도되었던 것인지, 아니면 중도에 그렇게 되었는지 정확한 판단을 내리기 곤란하다.

90) 김유영의 탈퇴 원인은 그가 카프맹원검거사건에 연루되었기 때문일 것이다. 이형우(李亨雨)의 「김유영의 생활연보」, 백기만 편 『씨뿌린 사람들』(대구: 사조사, 1959)

가입하여 1차 문학강연회가 개최된 1934년 6월 현재 회원은 김기림·박팔양·박태원·정지용·이무영·유치진·이효석·조벽암·이종명·이태준 등 11명이었다.[91] 그러나 '극예술연구회'의 중심멤버였던 유치진은 처음부터 참석하지 않았고, 이 단체에는 이무영·조용만도 작가 또는 배우로 참여하고 있은 데다[92] 이들의 문학적 입장이 대체로 다른 동인들과 달라(신입회원 조벽암의 경우도 그렇다),[93] 활동면에서는 문학강연회에서 보듯 소극적인 점이 있다. 2차 강연회 직후 이무영·조벽암은 탈퇴한다.[94] 조벽암은 김유영의 경우처럼 회원으로서의 기간도 짧고 활동도 미미한 편이다. 이상은 그가 경영하는 다방 '제비'에서 박태원과 만나게 된 사건이 계기가 되어 1934년 6월 이후에 신입회원으로 가입,[95] 이듬해 강연회에 김상용(이화여전 문과 교수)과 함께 참여하여 모두 끝까지 자리를 지킨다. 그 사이에 이효석이 사퇴하고,[96] 정확한 시기·

에 의하면 '서울키노'를 중심으로 영화 제작 일을 보던 그는 "1933년 11월 비밀결사 사건으로 전주 형무소에 수감"되었다가 1년 6개월 만인 1935년에 출감, 이후 영화 「수선화」(1939)의 연출을 맡은 것으로 되어 있다.

91) 『조선중앙일보』 1934.6.24 '시와 소설의 밤' 안내기사 참조. "구인회는 작년 8월 15일에 창립된 김기림·박팔양·박태원·정지용·이무영·유치진·조용만·이효석·조벽암·이종명·이태준 11氏의 작가단체로서, 조선문단 우에 거대한 존재임은 물론이다"라고 기록되어 있다.

92) 뒤늦게 참가한 회원 김상용도 '극예술연구회' 회원이었다. 유치진의 이름이 동인 명단에 오랫동안 남게 되는 이유는, 아마 이처럼 이 단체와 구인회 회원들간의 유대관계가 두터웠기 때문이었던 것으로 보인다.

93) "이태준 씨를 위시하여 전회원의 6할이 예술파에 속하는 작가요, 이무영·조벽암·유치진 등 3작가(三作家)만이 그 색채를 달리하고 있다는 점"이 당시 문단에서 지적되고 있다. S.K生, 「최근 조선문단의 동향」, 『신동아』, 1934.9, p.151.

94) 박승극, 「조선문학의 재건설」, 『신동아』, 1935.6, p.135 참조.

95) 박태원, 「제비」, 『조선일보』, 1939.2.22~23 참조. 이상의 이름이 1차 강연회 당시 동인 명단에는 없는 것으로 보아 6월 이후(여름경)에 가입한 것으로 본다.

96) 1차 강연회 때(1934.6) 이효석은 동인 명단에 분명히 들어 있으나 2차 강연회에 이광수·김동인 등 비회원이 참여하고 있는 사실로 보아 그 사이에 탈퇴한 것으로 판단된다. 구인회는 1935년 여름 회원 수가 최고 수준인 13명에 이른 적도 있다. 동년「문예좌담회」(『조선문학』 1935.8)에 참가한 정지용의 발언 참조.

순서는 알 수 없으나 이를 계기로 하여 이후 이종명·조용만·유치진 등의 회원들도 탈퇴하기에 이른다. 이상·김상용의 신규 가입은 기존 회원의 사퇴로 생긴 단체내의 공백을 채우기 위한 것으로 보이지만, 이상의 위치는 곧 확고한 것이 된다. 이상이 편집한 『시와 소설』(1936.3) 동인 명단에는 박팔양·김상용·정지용·이태준·김기림·박태원·이상·김유정·김환태 등의 이름이 명기되어 있다. 그 편집후기에 따르면 김유정·김환태가 신입이어서, 이효석을 포함한 유치진 등의 이름이 빠져 있다. 그러나 이 시기에 이르면 구인회는 사실상 그 기능이 완수되어 해체기에 접어들게 되는 것이어서 마지막 신입회원들의 위치도 상대적으로 약화된다. 이로써 구인회 회원들의 인적 구성의 진폭은 다양하지만 이태준·박태원·김기림·정지용·이상 등 모더니즘 작가들이 그 실질적인 주역임이 명확해진다. 다음과 같은 진술이 참고가 된다.

> 회합에는 이효석은 지방에 있는 관계로 거의 출석하지 않았고 유치진씨도 별로 안 나왔다. 화제의 중심이 지용이어서 해학과 독설을 섞어 가지고 좌충우돌이었고, 가장 열심인 사람은 김기○(림)이었다.[97]

> 구인회는 꽤 재미있는 모임이었다. 한동안 물러간 사람도 있고 새로 들어온 사람도 있었지만, 가령 상허라든지 구보라든지 상이라든지 꽤 서로 신의를 지켜 갈 수 있는 우의가 그 속에서 자라나고 있었다는 것은 지금 생각해도 유쾌한 일이다.[98]

구인회가 지금까지 알려져 있는 것처럼 단순한 문인친목단체가 아니라 기실은 강렬한 세대의식을 바탕으로 한 도시문학 세대의 집단임이 지금까지의 논의에서 어느 정도 드러났을 것이다. 그것은 여러 가지 우

---

97) 조용만, 「구인회의 기억」, 『현대문학』, 1957.1, p.127.
98) 편석촌, 「문단 불참기」, 『문장』, 1940.2, pp.18~19.

여곡절을 거쳐 정립되어 간 모더니즘 문학단체이다. 이 사실을 인정할 때 한 걸음 더 나아가 다음과 같은 논의가 가능해진다. 첫째 30년대의 문단에서 볼 때 구인회는 카프 이후의 최대의 문학단체이다. '카프' (1925~35)는 '해외문학연구회'(1926) · '극예술연구회'(1931)와 함께 공존한, 시 · 소설 · 희곡을 아우르고 이론과 창작을 겸비한 가장 영향력 있는 문학단체였지만 30년대 초의 역사의 반동기를 맞아 급격한 분열과 해체를 경험하고 있었고, 그것은 '카프에서 구인회로'를 뜻하는 것이었다. "구인회는 (…) 조선문단 우에 거대한 존재임은 물론이다"라는 구인회 측의 자부심을 앞에 놓고 카프측의 여러 비평가들이 민감하게 반응하는 것도 그 때문이다. 예를 들면 백철[99]은 구인회의 출현을 "「무의지파」 내지 「자유주의 전파(前派)」"의 대두로 규정하고 이를 무시하려 하고, 홍효민[100]은 "「구인회」 이것은 이 새로운 반동시대에 가장 「캐스팅 뽀트」를 쥐고 있는 동반자류의 문학행동으로, 다음 모멘트를 위하여 커다란 역할을 하게 될 것"이지만 "「파쇼」의 길로 가는 한 개의 매개형태인 예술단체"가 될 것이라 점치고, 김두용[101]은 그것이 "개인주의적 순수예술"조직이어서 그 작가들의 민중의식이 결여되어 있음은 사실이지만, 홍효민의 "파쇼 운운"은 그 실체를 오해한 무책임한 것임을 지적하면서, 카프가 해체된 현금에는 "구인회 작가와 손을 잡고 정당(正當)히 이를 지도하면서 전진하여야 될 것"을 요구한다. 김두용이 '지도' · '전진'이란 용어를 사용한 것은, 동인 박팔양 등을 염두에 둔 것으로 보이지만, 1934~5년경 잠시 문단 일각에서 거론된 '조선문예가협회' 조직논의가[102] 김남천 등의 반대로 성사되지 못한 사정을 전제로 한, 새로운 활

---

99) 백 철, 「사악한 예원(藝苑)의 분위기(하)」, 『동아일보』, 1933.10.1.
100) 홍효민, 「1934년과 조선문단(4)」, 『동아일보』, 1934.1.10.
101) 김두용, 「'구인회'에 대한 비판」, 『동아일보』, 1935.7.28~9.1.
102) '문예가협회'에 대해서는 당시 활발하게 논의되었으나 결성단계로까지는 나아가지 못하였다. 김환태, 「1935년의 조선문단 회고」, 『사해공론』, 1935.12 참조.

동거점 확보를 위한 다분히 전략적인 대응방식으로 평가된다.[103] 이것은 구체적인 강령도 이렇다 할 기관지도 내지 않은 '구인회'식의 단체활동이 그렇지 않았던 카프보다 그 운신의 폭이 넓고 내실을 기할 수 있음을 반증하는 것이기도 하다. 박승극이 구인회가 말하는 "소위 「신문예」는 신흥부르주아의 문예"를 지칭한다는 것, 회원들이 "양심"이 있다면 조직을 "해체하든지 방향을 전환하는 대용단"을 보여야 한다는 것을 각각 지적·충고하면서도 "구인회는 조선문학계에 있어서 「카프」에 버금가는 문제의 문학단체"라고 인정하기에 이르는 것[104]도 그 때문이리라. 둘째, 구인회는 이론과 실천을 겸비한 모더니즘문학 단체이자 모더니즘 운동의 매개체이다. 구인회가 없었다면 김기림·정지용·이상·박태원·이태준의 관계 정립이 어려웠을 것이며, 작품활동을 위한 저널리즘 확보도 곤란하였을 것이다. 그것은 동인들의 문학적 비상을 가능하게 한 '활주로'요 문학 '캠프'이다. 그것을 매개로 하여, 다시 말해 그 힘을 바탕삼아, 김광균·오장환 등등의 신인들에게 비평적 영향을 행사할 수 있었고 드디어 모더니즘의 문단전파를 실현시키게 된다. 『단층』지와의 관계도 마찬가지이다. 『시와 소설』의 종간은 『단층』(1937)지의 출현으로 이어졌고 『시인부락』(1936), 『자오선』(1937) 등의 동인지도 그런 측면에서 파악되어야 한다. 구인회를 빼놓고서는 30년대 후반의 문학 동향을 제대로 설명하기 어렵게 되어 있다.

---

103) 김두용은 「조선문학의 평론확립의 문제」(『신동아』, 1936.4)에서도 구인회에 대한 관심을 보이고 있다.
104) 박승극, 「조선문학의 재건설」, 『신동아』, 1935.6, p.136 참조.

3. 현대예술과의 교류

구인회를 중심으로 한 모더니즘 시인·작가들은 미술·영화 등 현대
예술과 활발하게 교류하는 가운데 그들의 미적 감각을 단련시키고 문
학이론을 발전시킨다. 김기림이 '문학 써클을 분명히 하자'고 했을 때,
그가 마티스의 야수파·수포의 초현실주의 운동 등을 실례로 들었음은
앞에서 지적한 바와 같다. 야수파·초현실주의 운동은 새로운 감수성을
지닌 전위화가들의 집단이거나 시인과 화가들이 손잡고 벌인 예술운동
이거니와, 미술과 문학의 교류는 피카소와 아폴리네르가 협력하여 전개
한 입체파 운동에서도 있었다. 김기림은 그런 사실을 알고 있었다. 근대
과학기술 혁명의 한 승리였던 사진술의 발달은 사진판 화집(畵集)의 대
량 보급을 가능하게 하여 관심 있는 사람이면 누구나 사 볼 수 있게 되
었다. 화집과 마찬가지로 영화 또한 사진술에 의거한 현대 기술복제 예
술의 일종으로 그 영화의 출현은 예술가의 작품생산 - 수용의 체계에 큰
충격을 가했다.[105] "소설이 사람의 의식 위에 「이메지」(映像)를 출현시키
려고 애쓸 때 「키네마」는 「이메지」 그것을 관중에게 그대로 던"진다. "「읽
을 수 있는 일」이상으로 더 보편적인 사람의 시각에 「키네마」는 호소하
는 것"이다.[106] 수용자의 시각에 직접 호소한다는 점에서는 대량 생산된
화집도 마찬가지라 하겠으나, 김기림은 특히 영화예술이 가져온 이러한
수용 메커니즘의 변화에 대하여 시인의 처지에서 이렇게 말한다.

시가 대영제국의 「란쓰베리」공작부인과 담소할 때에 「키네마」는
「칼캇타」의 무식한 방적여공의 가난한 마음을 위로하고 있습니다.

---

105) 발터 벤야민, 「기술복제시대의 예술」, 반성완 편역, 『발터 벤야민의 문예이론』
     (민음사, 1983) 참조.
106) 편석촌, 「청중 없는 음악회」, 『문예월간』, 2권 1호, 1932.1, pp.54~55.

시는 결국 귀족과 승려의 문학이었고 소설은 시민의 문학이었으며 「키네마」는 더 한층 내려가서 제 4계급의 반려가 되고 있습니다.

그래서 민중이 시의 문전에 도달하기 전에 또는 시가 민중의 옷소매에 부딪치기 전에 소설과 「키네마」는 중로(中路)에서 고객의 전부를 빼앗아 버렸습니다.

시인은 민중에게 향하여 「내게로 오라」하고 부르짖지만 그의 목소리가 민중의 귀에 닿기 전에 그들과 시인의 거리가 너무 멉니다.

그래서 시인은 언제까지든지 이 새로운 민중에게 향하여 「山이여 내게로 오라」하고 호령하던 거만한 「마호멧트」와 같이 행동할 수 없습니다. 「마호멧트」가 그의 고집을 버리고 「그러면 내가 가지」하고 산에게로 걸어간 것처럼 시인 자신이 민중에게로 걸어갈 밖에 없었습니다.

시인 중에 냉철한 일군(一群)은 이 일을 실행하였습니다.[107]

영화의 이러한 대중화 추세 - 수요자가 보다 한정되어 있었을 사진판화집 보급을 포함하여 - 뿐만 아니라 1930년대에 와서 「춘향가」・「흥부가」 등의 판소리 음악의 레코드화, 다방을 중심으로 한 축음기음악의 일반화 현상을 생각할 때, 위의 진술이 의도하는 바는 간단한 것이다. 즉, 문학도 지금까지의 고정관념에서 벗어나 기술복제 시대에 살고 있는 대중들의 감각과 함께 호흡할 수 있어야 한다는 것이다. 영화로 대표되는 현대예술의 수용 메커니즘의 변화는 그 수용자의 예술에 대한 태도의 변화를 가져오기 때문에, 현대에 살고 있는 시인들도 그런 현실에 부응하여야 한다는 생각이다. 시인이 독자에게 '오라'고 요구하는 것이 아니라 스스로 독자에게 '가야 한다'는 말은 이런 의미에서 수긍할 수 있는 이야기다. 문학에 대한 이같은 태도의 변화는 그 처지에 따라

---

107) 위의 글, p.55. 이 진술은 1925년 한 해 동안 수입된 영화가 2천 4백 70여 편이었다는 사실을 염두에 두면 그 의미가 더 분명해질 것이다. 「영화계의 1년」, 『조선일보』 1926.1.1. 수입영화의 9할 이상이 미국영화이며, 그중에는 「십계(十戒)」・「노틀담의 곱추」 등이 포함되어 있다.

질적인 차이가 있기는 하지만 김기림 이외의 박태원·이상·이효석·
이태준·정지용 등 대부분의 구인회 작가들에게서도 나타난다. 그들은
현대예술을 통하여 문학의 새로운 길을 모색하고자 한다. 그러나 대중
들의 취향은 일반화하기 어려운 점이 있고 그들을 대상으로 글을 쓰는
작가들의 감각도 다르기 때문에 각 작가의 현대예술에 대한 관심은 어
느 정도 선택적인 성격을 띨 수밖에 없다. 인상파 이후의 현대 미술의
방법과 영화의 기법은 그들이 새로운 시대와 호흡하고 문학을 제작하
고자 하는 과정에서 자주 관심을 기울였던 분야다.

영화도 그렇지만 현대미술은 대부분의 모더니즘 시인(작가)들이 관심
을 가졌던 영역이다. 김기림에 있어서 현대미술의 동향은 곧 모더니즘
운동을 뜻하는 것이고, 이상과 후배 시인 김광균에 있어서 그것은 바로
예술적 영감의 한 원천이다. 모더니즘 시인들은 현대미술에서 근대성
(modernity, 현대성)을 보고 그것을 문학의 차원에서 인식한다. 다음과 같
은 글은 이들 도시 세대들의 현대예술에 대한 관심의 방향과 내면 풍경
을 잘 보여 주고 있다.

> 그(李箱 - 인용자)가 경영한다느니보다 소일하는 찻집 「제비」 회칠
> 한 사면벽에는 「쥬르 뢰나르」의 「에피그람」이 몇 개 틀에 들어 있었
> 다. 그러니까 이상과 구보와 나(김기림 - 인용자)와의 첫 화제는 자연
> 불란서 문학, 그중에서도 시일 수밖에 없었고, 나중에는 「르네 크레
> 르」 영화, 「단리」의 그림에까지 미쳤던가보다. 이상은 「르네 크레르」
> 를 퍽 좋아하는 눈치다. 「단리」에게서는 어떤 정신적 혈연을 느끼는
> 듯도 싶었다. 1934년 여름 어느 오후, 내가 일하는 신문, 그날 편집이
> 끝난 바로 뒤의 일이었다.[108]

지금의 소공동(당시 長谷川町)에 김연실(金蓮實)이란 배우가 하던 「낙

---

108) 김기림, 「이상의 모습과 예술」, 『이상선집』(백양당, 1949), p.1.

랑(樂浪)」다방에서 만나자하여 가서 기다렸더니, 헬멧 모자에 반바지 스타킹 스타일로 「아프리카에 간 리빙스턴 박사」같은 그(김기림 - 인용자)가 어둑어둑할 무렵에야 나타났다. 다방문이 닫힐 때까지 서너 시간 이야기를 하다 헤어졌는데, 자세한 것은 다 잊어버렸고 기억에 남는 것은 파리를 중심으로 화가와 시인들이 모여 같은 시대 정신을 지향한 공동목표를 세우고 한 떼가 되어 뒹굴며 운동을 한다 하며 구체적인 예를 많이 들었다. 자신은 그중에서도 「블라맹크」그림의 모티브인 현대의 위기 감각을 높이 평가한다는 이야기, 시인으로 이상이 원고지 위에 수자(數字)의 기호로 쓴 시각의 시 이야기, 아직 작품 발표는 적으나 오장환이란 신인이 주목된다는 이야기 등등이었다. 그리고 화가로는 김형만(金晩炯)·최재형(崔載德)·이쾌대(李快大)·유영국(劉永國) 같은 사람들의 이름을 들며 가까운 새로운 시일에 소개해 주겠다는 이야기를 하고 헤어졌다.109)

이 글들은 이상·김기림·박태원 등 세 사람의 문학회합과, 구인회의 모더니즘에 매력을 느끼고 있던 신진 시인 김광균이 상경, 처음으로 김기림과 대면하던 일을 각각 김기림과 김광균이 회고 형식으로 쓴 것이다. 이들이 현대 예술 전반, 특히 회화에 대한 상당한 관심과 식견을 가지고 있었음을 알 수 있다. 이상의 초현실주의(달리), 김기림의 야수파(블라맹크) 회화에 대한 관심은 김광균에게는 뒤에 인상파(고흐로 대변되는) 미술로 나타나는데, 그 이면에는 동경에서 출판된 칼라판 화집들이 놓여 있다. 동시대 화가들의 이름에서, 이 글은 이들이 벌써 화가들과 어울리고 있으리라 암시해 주기도 한다. 이들 화가들 중의 한 사람인 김만형은 김기림의 시집 『태양의 풍속』(1939)과 김광균 시집 『와사등』(1939)의 장정(표지)을 맡는다.

그러나 시인들이 화가들과 자주 어울리고 시집의 장정을 만드는 일

109) 김광균, 「30년대 화가와 시인들」, 『김광균문집 와우산』(범양사 출판부, 1985), pp.171~172.

은 모더니즘 운동에서 서로 협력한다는 의미는 있으나, 그 구체적 실현을 위해서는 그런 일만으로는 불충분하다. 김기림은 화가 또는 화집과 교류하면서 모더니즘 시인이 취할 시의 태도를 발견한다. 현대 화가 특히 야수파(fauvist)화가(블라맹크·마티스·루오 등)들이 색채 자체의 강도에 의한 표현을 강조한다든가 순수한 원색 계통의 강렬한 필촉을 사용하는 태도에서 현대인이 상실한 원시적인 생명력을 회복하고자 하는 예술가들의 열망을 본다. 그가 이해한 '블라맹크 그림에 나타난 현대인의 위기 감각'이 구체적으로 무엇을 뜻하는지 단정하기 어려우나 대체로 그와 관련된 것이리라. 그것은 어디까지나 시인-비평가의 관점이어서 그가 "원시성의 결핍-그것은 현대예술의 위대한 불만이다"라고 쓸 때 그의 관심의 방향이 한결 선명해진다. 그는 시의 방향을 회화의 방향과 접근시키려고 한다.

　　퇴폐적인 예술일수록 원시적 욕구는 더욱 강렬하였다.
　　「포-비스트」에게 있어서는 원시는 예술 자체였으며 따라서 예술의 전규범이었다.
　　더 한층 단순에로 향하려고 하는 욕망이 시 속에 나타난 것은 「심블리스트」나 「파르낫샨」의 「벨사이유」궁전과 같은 풍만하고 굉장한 시에 불만을 느꼈을 때부터다.
　　「이미지스트」(寫象派)의 간결한 시라든지 미래파의 표현의 최소한에 도달한 의음시(擬音詩)에 이르러서는 단순한 동경은 발병(發病)이 되고 말았다. 一見 불가해의 비난을 면치 못하는 극단의 단순 속에서도 예민해진 감수성을 가진 현대의 독자는 많은 암시를 받았을 것이다.
　　단순(simplification)과 암시(suggestion)는 원시성의 두 개의 S다.
　　그리하여 우리는 현대의 화가 가운데 원색을 애완하는 벽(癖)을 가진 사람을 많이 발견한다. 그리고 「루-즈」한 조야한 감촉을 또한 현대인이 굳세게 바라는 것이다.
　　조야는 역(力)의 상태다. 그것은 또한 건강의 발로이다.

완성된 균정(均整)이라고 하는 것은 다수(多數)한 역(力)의 상쇄(중화) 상태다.110)

그가 야수파의 그림에서 발견한 것은 이와 같은 원시성·단순성과 화폭 내에서 상충하는 여러 색채들의 '힘'의 긴장적 균형과 조화이다. 그는 예술작품의 완성된 균제란 여러 가지 "力의 相殺(中和) 상태"이고 그 힘의 "死의 경지"지만, "조야라 함은 力의 영웅적 약동"이라고 인식하면서, 현대인들은 그러한 힘이 약동하는 문학을 요청하고 있다고 진단한다. 당대까지의 한국시는 지나친 감정주의나 고요한 슬픔의 정서에만 익숙해져 있어서 독자들의 변화 요구에 적절하게 대처하고 있지 못하다고 그는 본다. 산문시 「소아성서(小兒聖書)」에서 그는 이렇게 쓴다. "「마티쓰」가 세상에서 참말로부터 원한 것은 한림원(翰林院)의 의자가 아니고 「어린애의 눈」- 바로 그 눈이었다", "인류를 그 조로(早老)에서 구원하는 방법 말인가? 간단하다. 이 지상에 영원한 유치(幼稚)를 범람시키는 일이다."111) 이같은 해석과 주장이 타당하고 적절한 것인가 하는 문제는 별도의 문제일 것이다. 여기서 우선 중요한 것은 그가 현대미술에서 당시의 시인들에게 결여되어 있는 강렬한 생명력(원시성)을 읽어내고 그것을 자신의 시론과 작품과 연결시키며 원시성·건강성·어린애와 같은 순진성을 주장하고 있다는 사실이다. 「오전의 시론」과 『태양의 풍속』은 그 구체적 표현이다.

김기림은 야수파로 대변되는 인상파 이후의 현대미술에서, 색채의 대비와 교감에 의해 구축되는 새로운 형태(form)나 작가의 자료의 가공방식과 같은 그 '색채의 건축술'에서, 어떤 친밀감을 느꼈던 것 같다. 그

---

110) 편석촌, 「수첩 속에서 - 현대예술의 원시에 대한 욕구」, 『조선일보』, 1933.8.9.
111) 『조선문학』, 1934.1, p.91. 이 작품은 시로 발표되었으나 뒤에 그의 산문집 『바다와 육체』(1948)에 수록되고 있다.

의 모더니즘 시론은 "시는 하나의 언어의 건축이다"112)라는 명제에서 출발하고 있고, 그는 언어의 형태·음성·의미 등의 구성 요소에 자주 주의를 집중한다. 그런 태도는 예술을 하나의 형식적 완성으로 인식하는 형식주의적 관점으로 치닫게 되는데, 여기에는 그의 미술에 대한 해석 방법이 크게 작용하고 있다. 그의 해석을 보자.

> (…) 회화에 있어서는 문학적인 내용적인 모든 것을 구축하고 선·색채·음영(陰影)등의 결합과 배치에 의한 형이상학적 미(美)만을 추구하는 경향이 전구라파의 화단을 지배했다. 시에 있어서는 주제라든지 철학을 거부하고 소재로서의 언어의 순수한 음(音)이나 형(形)의 결합·반발에 의하여 물리적인 효과만을 겨누는 시파가 왕성했다.
> 조선에서는 문학의 옹호가 주로 형식의 옹호에 그친 듯한 인상을 준 것은 한동안 폭풍같이 휩쓸어 온 좌익의 공식적 사회철학에 의한 외부적 압박에 대한 반동으로 더욱 그것이 의식적으로 되고 명료해진 것 같다. 또한 좌익의 편정치주의(偏政治主義)의 압박에 반발하는 심리는 정치 그것의 기피를 결과했으며 편정치주의 전성은 그 휘하에 있지 않은 문학인은 더욱 더욱 정치에 냉담한 인상을 주었다.
> 이러한 경향은 또한 문명사적 근거가 있다. 오늘의 문명은 인간에서 출발해서 이미 인간을 무시하는 경지에까지 이르렀다.113)

그는 근대예술의 비인간화 경향을 극복하기 위한 처방으로서 여기에 '휴머니즘'과 '문명비판'을 제시하게 되지만, 그 진단의 논리가 서구 회화의 동향에 대한 해석에 의거되고 있음을 확인할 수 있다. 현대미술의 이해자로서의 그의 예술가적 초상이 잘 나타나고 있는 글이다.

김기림은 현대회화의 형식주의적 경향을 말하면서도 문명비판정신을 끌어들여 그것을 극복하고자 하지만, 이태준과 김광균은 현대미술에서

---

112) 김기림, 「오전의 시론」, 『조선일보』, 1935 참조.
113) 김기림, 「장래할 문학은? - 신 휴매니즘의 요구」, 『조선일보』, 1934.11.16.

의 자료를 구성하는 조형적 방법 쪽에 더 이끌리는 경향을 보여 준다. "소설도 다른 모든 예술과 함께 표현이라는 점이다. (…) 읽어 가면서 맛보고 즐기고 할 현대소설의 중요한 일면이 있는 것을 알아야 한다"고 소설가 이태준은 말한다. 그에 의하면, 예를 들면 밀레의 「만종(晚鐘)」과 같은 그림은 생활을 그대로 옮겨 놓은 '내용뿐'인 그림이지만, 고흐의 「해바라기」와 같은 작품은 그저 병에 해바라기 몇 송이를 꽂아 놓은 것 인데도 "명화(名畵)로 치는 그림이다." 그는 그 이유를 작품의 기교와 관련지어 이렇게 설명한다. "고흐가 해바라기를 어떻게 보았나? 어떻게 표현했나? 그 선과 색조(色調)에 고흐의 개성눈과 개성솜씨가 있는 것이다. 소설도 그것이 있다. 내용에만 소설의 전부가 있는 것은 아니다."114) 예술작품에서 중요한 것은 소재나 내용보다도 그것을 해석하여 하나의 작품으로 구축하는 솜씨와 기법이라는 것이 그의 생각이다. 밀레와 고흐의 그림을 예로 들어 설명하는 데서 그 또한 미술작품과의 관계에서 문학의 위치를 가늠하고 있음을 알 수 있다. "대전 이후로 미래파·입체파·초현실파 이렇게 시가 회화운동과 행동을 같이 해 온 것"115)을 알게 된 김광균은 현대예술에서의 그 형태와 조형성의 변화에 유의하면서 시작(詩作)의 방향을 설정하는 태도를 보여 준다. 그는 운문예술의 조형 내지 시각성의 연구에 도움이 될 수 있다는 점에서 "전위회화와 시나리오 현대음악의 조형성에서 시는 좋은 표현의 방법론을 체득"하게 되리라 믿는다.116) 현대미술에 대하여 적극적인 발언을 하지는 않았으나 김광균의 선배격인 정지용도 이를 '언어미술'로 인식하는 경향이 있다. "언어미술(言語美術)이 존속하는 이상 그 민족은 열렬하리라"117)고

---

114) 이태준, 「소설의 맛」, 『무서록(無序錄)』(박문서관, 1941), pp.114~115.
115) 김광균, 「서정시의 문제」, 『인문평론』 1940.2, p.77.
116) 위의 글.
117) 『시와 소설』, 1936, p.3.

그는 쓴 적이 있다. 그러나 이들은 대개 형식주의적·기교주의적 관심에서 현대미술을 수용한다.

문학과 미술이 직접·간접으로 교류한 예는 이들 모더니즘세대 이전에도 있었다. 그 첫 번째 단계가 김동인이 중심이 되고 김환·김찬영 등 미술학교 출신들이 참가하였던 『창조』파의 동인활동이었다면,[118] 그 두 번째 단계는 서구 전위예술의 동향과 함께 호흡하며 그림을 그리고 다다이즘 시를 썼던 임화의 문학활동이었다. 「화가의 시」(『조선일보』, 1927.5.8)로 대표되는 임화의 미술과 문학의 상호교류의 경우는 그러나 지속성을 갖지 못하고 그의 카프 가입으로 인해 프로문학 속에 흡수된다.[119] 그 세 번째 단계가 모더니즘 세대들의 활동이라 하겠는데, 보다 본격적이고 집단적인 성격을 띠고 있다는 점에서 전대(前代)의 경우와는 뚜렷이 구분된다. 한국 근대문학사에서 30년대의 모더니즘 시인들만큼 문학과 미술 사이의 장벽을 허물어뜨리면서 미술과 적극적·지속적으로 교류하고자 하였던 예는 그 이전은 물론이고 이후에도 별로 찾아보기 어려운데, 이점이야말로 도시세대로서의 모더니즘세대의 중요한 특징이라 할 것이다.

이들이 현대미술에 적극적인 관심을 기울이게 되는 것은 모더니즘운동자체의 성격이 그렇기 때문이다. 전위예술운동의 본거지인 프랑스 파리는 물론이었고 그것을 일본식으로 수용한 동경문단-서울의 모더니스트들이 자주 관심을 보였던-의 경우도 사정은 비슷하였다. 김기림이 중학교와 일본대학 문학예술과에 재학중이던 1920년대 중후반기는 전

---

118) 김윤식, 『김동인 연구』(민음사, 1987) 참조.
119) "한 1년 전부터 공부하던 양화(洋畵)에서 그는 (…) 신흥예술의 양식을 시험할 만하다가 우연히 村山知義란 사람의 「금일의 예술과 명일(明日)의 예술」이란 책을 구경하고 (…)" 임화, 「어떤 청년의 참회」, 『문장』, 1940.2, p.23. 한편 프로문학파는 1930년 프로미전을 개최하려 했으나 당국의 제지로 개최하지 못하였다. 박성극, 「푸로 미전(美展)을 보내며-주최측으로서의 단상」, 『중외일보』, 1930.4.5~8.

위예술이 일본 화단에서 큰 세력을 형성하고 있던 시기였다. 서구의 인상파 이후의 미술에서 근대미술의 방향을 모색하고 있던 일본 예술계는 관동대지진(1923) 이후 전위예술운동이 활발해지면서 문학·미술 등의 분야에서 커다란 변화를 경험한다. 전위예술운동이 미술·문학·연극·무용 등 전예술 영역에 확대되었던 것으로, 그런 분위기에서 村山和義를 중심으로 한 화가·시인들에 의해 종합예술지 『마보』(マヴォ)가 창간되고, 순수한 표현파적 경향을 지니고 있던 화가 中原實·玉村喜之助 등은 北原克衛·稻垣足穗 등의 시인들과 잡지 『게·김기감·푸루루루·김겜』(ゲエ·ギムギガム·プルルル·ギムゲム)을 만들고, 문학잡지 『문예시대』는 전위문학 특히 신감각파 문학의 모태가 되는 등 새로운 시운동은 미술과 깊은 관련을 맺고 있었다.[120] 1929년 대학을 졸업한 후 귀국하여 모더니즘의 기수로 나서는 김기림이 그런 분위기를 몰랐다고는 말하기 어려울 것이다. 그런 분위기에 민감하게 반응한 사람은 그보다는 오히려 村山和義의 이름을 거론하고 서구 전위예술의 일파인 '볼테스파'(Vorticism)을 국내에 소개한[121] 임화일 것이다. 임화가 이후의 김기림과 마찬가지로 미술비평을 시도하게 되는 것[122]도 그런 문맥에서 이해된다. 이런 점에서 보면 김기림은 임화의 새로운 계승자라고 할 수 있다.

김기림이 야수파의 동향에서 그의 문학비평 활동의 적지 않은 활력을 얻고 있음은 이미 앞에서 지적한 바와 같지만, 그의 시편들 중에도 회화적 발상을 보여 주는 것이 더러 발견된다. 예를 들면 "거리의 벽돌집 사이에 창백한 꿈의 그림자를 그리며 다니는", "가을의 태양"이 "게으른 화가"로 묘사한 습작 「가을의 태양은 플라티나의 연미복(燕尾服)을 입고」

---

120) 三好達治·竹盛天雄 編, 『近代文學』10(東京, 有斐閣, 1977) p.46.
121) 성아(임화), 「플테쓰파의 선언」, 『매일신보』, 1926.4.4, 4.11.
122) 임화, 「미술영역에 재(在)한 주체이론의 확립」, 『조선일보』, 1927.11.20~24 및 「서화협회전(書畵協展)의 진로」, 『조선일보』, 1928.11.22~29.

(『조선일보』, 1930.10.1). 프리즘을 통과한 봄날의 햇빛을 '적(赤)·황(黃)·청(靑)·녹(綠)·자(紫)·홍(紅)·황(黃)' 등의 색채로 나누어 묘사한 「3월의 프리즘」(『조선일보』, 1931.4.23), 완고한 할머니와 사랑에 빠진 손녀의 대화를 작품화한 「고전적인 처녀가 있는 풍경」(『신동아』, 1933.5) 같은 것이 그것이다. '어린애'와 같은 눈으로 사물을 관찰하려 한다든가 언어의 몽타쥬 수법(「기상도」)을 시도하는 것도 비슷한 예가 될 것이다. 그러나 그는 시인으로서보다는 비평가로서의 재능이 뛰어난 인물이라 할 수 있다. 화가 고희동(高羲東)을 중심으로 한 미술단체인 서화협회(書畵協會)의 제 12회 전시회를 보고 쓴 미술비평에서 그가 이상의 친구이기도 한 구본웅(具本雄)의 전위적인 미술작품에 각별한 찬사를 보내는 것도 모더니즘 옹호자로서의 비평정신의 한 발로로 여겨진다. "구본웅씨는 단연히 우리 화단의 최좌익(最左翼)이다. 적막한 고립에 영광이 있어라."[123] 그의 이러한 비평태도는 같은 구인회 동인이면서 서화협전 평을 쓴 이태준[124]이, 작품의 전위성보다는 예술성 쪽에 비중을 두면서 거기에 출품된 동양화·서화에도 관심을 표명한 것과는 여러 모로 대조적이다. 김기림이 김형만·최재덕·이쾌대·유영국 등의 화가들과 교유한 것처럼 그에 못지않은 미술 애호가인 이태준도 김용준(金瑢俊)·김주경(金周經) 등의 화가들과 어울리고 있었으나[125] 골동품과 고서화 취미를 가지고 있던 이태준으로서는 동양화나 서화에 대한 애착을 끊기란 어려웠을

---

123) 편석촌, 「협전(協展)을 보고」, 『조선일보』, 1933.5.6. 그가 여기서 특히 주목한 구본웅의 작품 제목은 「실제(失題)」이다. 이 글은 그의 유일한 미술비평이다.

124) 이태준, 「제 10회 서화협전을 보고」, 『동아일보』, 1930.10.22~23 참고. 그는 그 밖에도 「조선화단의 회고와 전망」, 『매일신보』, 1931.1.1. 「제 13회 협전(協展) 관후기(觀後記)」, 『조선중앙일보』, 1934.10.24~28을 쓰고 있다.

125) "루나찰스키 - 의 예술론은 도저히 이해할 수가 없었고 이해하려면 할수록 반감만 커갔다. 당시 주위의 문학청년이란 거개 루나찰스키 - 의 신도였다. 나는 외로운 나머지 화가인 김용준·김주경 및 친구의 정통예술파란 족하(族下)에 뛰어들기까지 하였다." 이태준, 「소설의 어려움 이제 깨닫는 듯」, 『문장』 1940.2, p.20 참조

것이다. 그런데 김기림이 주목한 구본웅의 새로운 화풍은 이태준의 친구인 김주경도 일찍부터 높이 사고 있었다. 김주경은 1931년도에 열린 구본웅의 개인전을 보고 쓴 글[126]에서 구본웅을 조선에서 최초로 초현실주의 회화를 실험하고 있는 작가로 평가한다. 이로써 1930년대의 한국 미술계에도 문학에서와 같은 모더니즘이 전개되고 있었음이 한층 분명해진다.[127]

김기림이 "화단의 최좌익"이라고 평가한 구본웅이 이상의 초상화를 그릴 정도로 이상과는 친한 사이였음은 이미 잘 알려져 있는 사실이다. 초현실주의풍의 시를 써서 문학 방면의 가장 급진적인 인물이었던 이

---

126) 김주경, 「회단의 회고와 전망 - 조선미술은 어디까지 왔는가」, 『조선일보』, 1932. 1.3 참조. 그는 여기서 구본웅의 작품이 전부 쉬르 계통은 아니고 그중에도 "큐비즘과의 중간층·포비즘과의 중간층 내지 엑스프레쇼니즘 또 임프레쇼니즘의 중간층에 속하는 작품들도 출품되었다"고 지적하고 있다. 또 김주경은 당시까지 "칸딘스키적인 추상화", 큐비즘에 있어서의 "순전한 피카시즘·퓨리즘" 등은 아직 국내 화단에서 시도되지 않고 있다고 말하고 있다(같은 글, 1932.1월 9일자 참조). 한편 경신학교 출신인 구본웅은 독학으로 미술 학습을 계속하여 선전(鮮展)에서 조각이 특선 입상하는 한편 帝展·二科展·獨立展·太平洋展 등에 출품, 모두 입선하고 있었다(『동아일보』, 1931.6.11. 「동양화 구본웅씨의 개인 미술전람회」 기사 참조) 그는 뒤에 동경으로 본격적인 미술유학을 가기도 하는데, 그가 재능있고 촉망받는 전위적인 화가였음을 이로써 확인할 수 있다.

127) 미술 분야에서의 30년대 화가들의 모더니즘운동에 대해서는 미술사학계 쪽의 논의가 활발하지 않은 듯하여 앞으로 이 방면의 연구가 요구되고 있는 실정이다. 그런데 김기림이 김광균에게 소개해 주겠다고 한 김만형, 최재덕, 이쾌대, 유영국 등의 화가들은 당시 아직은 신인들이었던 것 같다. 유영국은 일본 동경 문화학원 미술과를 졸업하여 추상화를 시도하고 있었고 뒤에 근대 추상화운동의 선구자로 평가된 사실은 주지하는 바와 같으나, 김만형은 개성 출신으로 제국미술학교를 졸업하여 보나르·엘그레코 등의 화풍을 실험하다가 1049년에 개인전을 열었다. 김만형은 인상파와 신낭만파의 결합을 통해 독자적 세계를 구축한 화가로 평가되는 한편 엑조틱한 세계에 빠지고 뎃상이 부족하다는 점이 지적되고 있는 작가이다. 최재덕은 진주 태생의 지주의 아들로서 원두막·포도·한강의 포플라나무 등 서정적인 풍경화를 그리다가 일찍 작고하였다고 한다. 김광균, 「30년대 화가와 시인들」, 앞의 책 및 김용준, 「김만형군의 예술 - 그의 개인전을 보고」, 『문장』 1940.10. pp.210~212 참조. 이쾌대는 김만형·최재덕과 함께 구본웅만큼 전위적인 화가는 아니었던 듯하다.

상은, 미술에서 구본웅만큼 재능을 보이지는 못했으나 한때 화가를 꿈꾸며 선전(鮮展)에 보낸 작품이 입선하고『조선의 건축』표지 도안 현상공모에 입상하는 한편, 박태원의 소설「소설가 구보씨의 일일」의 삽화를 하융(河戎)이란 필명으로 그리고 자신의 소설「동해(童骸)」(『조광』, 1936. 10)의 삽화를 직접 제작하기도 하였던 만큼, 구인회 그룹 중에서 그는 미술과 가장 직접적인 관계를 맺고 있는 인물이라 할 수 있다. 그는 후배시인 오장환과도 가깝게 지냈다. 그가 미술비평을 시도하는 것은 그의 경력으로 볼 때 극히 자연스러운 일이었다. 이상은 인상파 이후의 현대미술을 개관한「현대미술의 요람(搖籃)」에서 근대미술은 이상주의에서 현실주의로, 현실주의에서 다시 주관주의로 이행되어 왔다고 파악한다. 쿠르베의 현실주의적 객관주의를 경계로 하여 마네·모네·세잔느 등의 주관주의적 인상파가 나오고 특히 세잔느를 고비로 하여 현대미술은 급속도로 주관주의적 경향으로 치달았다고 본 그의 미술사 이해는 그 타당성이 인정된다.

그리하여 예술은 객관을 묘사하는 것에서 주관을 표현하는 것으로 진보하였다.
즉 예술이 현실주의적 객관주의에서 주관주의로 급전직하한 것이다. 입체파·미래파·표현파·구성파 등 그후에 오는 모든 현대미술의 족생적(簇生的) 현상은 다같이 예술이 주관주의화 하는 종상(種相)에 지나지 않는 것이다.[128]

---

128) 이상,「현대미술의 요람」(1935),『이상수필전작집』(갑인출판사, 1977), p.370. 한편, 이상과 오장환의 관계는 다음과 같은 진술 속에서 확인된다. "일정 때 관훈동에서 그(오장환 - 인용자)는 일본 동경에서 돌아와 남만서방이라는 책가게를 내었다. (…) 책방 정면 벽에는 李箱의 자화상이 걸려 있었다. 이상이 살아 있던 날 그와 함께 이상이 경영하던 <제비> <쓰루> <무기>라는 다방과 술집으로 돌아다니는 동안 정이 들어 이상이 마지막 서울을 탈출할 때 정표로 자기의 자화상 한 폭을 오장환에게 주고 간 것이다." 이봉구,『그리운 이름따라 : 명동 20년』(유신문화사, 1966), pp.57~58. 그 자화상은 연필로 그린 것이라 한다. 나중에

현대미술을 그 주관주의적 경향으로 이해하고 있는 이 글은 그대로 그의 문학관을 반영하는 것이라 할 수 있다. 그가 여기서 "예술이라는 명목속에 포괄되는 일체의 예술은 그 형식이, 그 내용이, 그 의의, 그 목적이 시대에 따라서 너무나 다른 까닭에 개인 혹은 사회의 모든 관념을 달리하는 다른 시대에 있어서 전혀 다른 의미로 성립된다. 그것은 그러기에 꽤 떨어진 과거와 꽤 떨어진 미래 어느 것에도 관계하지 않는 그 시대만의 것일 것은 물론이다"라고 쓸 때, 그 예술 속에는 그의 초현실주의 시와 심리소설도 포함되어 있다고 보아야 할 것이다. 달리를 좋아한 그는 구본웅처럼 첨단적인 예술형식의 실험가였다.

김광균은 이상에 못지않게 회화와 미술 사이의 거리를 좁히려 하였던 인물이다. 그는 김만형·최재덕·신홍림(申鴻休)·이규상(李揆祥) 등의 화가와 어울렸는데 그가 현대미술에 눈을 뜨게 된 것은 상경하여 낙랑다방에서 만났던 김기림의 영향이 크다. 그들 시인·화가 그룹에는 동년배 시인 오장환이 끼어있었다. "그날 밤의 낙랑다방 대화는 나의 시작(詩作)에 결정적인 영향을 끼쳐 주었다"고 고백하는 김광균은 계속하여 이렇게 쓰고 있다.

고흐의 <수차(水車)가 있는 가교(架橋)>를 처음 보고 두 눈알이 빠지는 것 같은 감동을 느낀 것도 그 무렵이다. 그때 느낀 회화에 대한 놀라움은 지금도 생생하다. 세계미술전집을 구하며, 거기 침몰하는 듯하여 나는 급속히 회화의 바다에 표류하기 시작했다. 시집보다 화집이 책상 위에 쌓이기 시작하였고, 내 정신세계의 새로운 영향은 이렇게 해서 이루어진 것 같다.

얼마 안 가 오장환, 소설 쓰는 이봉구, 화가 김만형·최재덕과 고인이 된 이규상·신홍휴 등을 알게 되었고, 곧 이들과 술친구가 되어

구본웅이 발간한 『청색지』에 수록되어 있는 이상의 연필 '자화상'이 동일 작품인지는 확인하기 어렵다.

거의 매일 싸구려 술을 마시며 주고받은 이야기의 주제는 시보다 그림이 더 많았던 것 같다.

회화와 시는 한 부대 속에 담겨, 유럽 여러 나라를 풍미하며 예술의 대표로 전진한다는 따위의 이야기가 매번 되풀이되는가 하면, 아폴리네르가 마리 로랑생을 일어(日語)로 「가다고이」(片愛, 짝사랑)하다가 지쳐 쓴 시가 <미라보 다리>라는 이야기를 파리에서 보고 온 사람같이 떠들어 댄 생각이 난다.

장환(章煥)은 그때 가끔 동경 가서 초판의 호화판 시집을 수집해 오는 것을 취미로 하는 한편 자랑으로 삼고, 다방에 나올 때는 제일서방(第一畵房)이 낸 초장(草裝) 시집 한 권을 옆에 끼고 재는 버릇이 있었다. 그는 또 시집을 사는 길에 서울에서는 살 수도 볼 수도 없는 인상파 이후의 화집까지 가끔 끼어오는 통에 그것을 「빌리자」, 「나도 안 본 것을 재수없이 먼저 보자느냐」고 옥신각신한 끝에 술 한턱을 받아 먹은 후에야 보물처럼 내어주었는데 그 화집들은 그때 우리 세계에서는 보물임에는 틀림없었다.[129]

개성의 송도상업학교를 나와 군산에 있는 회사에 근무하다가 서울 본사로 옮겨와 서울생활을 시작하고 있는 시인 김광균의 내면풍경을 여기서 볼 수 있다. 서울을 떠나 본 적이 없는 그가 거의 무방비 상태로 현대미술의 세계에 빠져들고 있음도 확인할 수 있다. 여기에 또 하나의 모더니스트 오장환이 포함되어 있는 것이 인상적이거니와, 남만서방(南蠻畵房)을 거점으로 한 그가 이들 신세대 그룹의 리더격임이 위의 진술에서 드러난다. 그는 자신의 시집 『성벽』(1937)과 김광균의 첫 시집 『와사등』을 남만서방에서 출판하는 한편 함께 동인지 『자오선(子午線)』(1937)을 발간하기도 한다. 김광균은 같은 고향 출신인 김만형 외에 최재덕과 가깝게 지냈는데, 미술에 대한 그의 태도가 어떠했는가 하는 점은 그의 다음과 같은 말 속에 잘 나타나 있다. "매일같이 모여 시와 그림 이야기

129) 김광균, 「30년대의 화가와 시인들」, 앞의 책, pp.172~173.

를 한 것은 아니지만 여러 해 지나는 동안에 화가의 작품에 시가 담기고 시인의 시에 회화의 모티브가 반사된 것으로 생각된다. 한 시대를 함께 살아가던 공동운명체라 할까? (…) 그런데 30년대 회화는 어느 의미로든 시보다 조숙하였다. 시는 그림과 함께 호흡하면서도 앞서가는 회화를 쫓아가기에 바빴고 이런 무형(無形)의 운동은 그 운명이 오래 가지도 못하였다." 태평양전쟁을 앞둔 당대의 분위기가 끝부분에서 암시되고 있기는 하지만, "앞서가는 회화를 쫓아가기에 바빴다."는 진술은 특히 그 자신의 생각을 잘 드러낸 것으로 이해된다. 그의 시 「눈 오는 밤의 시」·「뎃상」·「와사등」등이 그 점을 잘 뒷받침해 준다. 이들 인상화풍의 풍경시편들은 고호로 대표되는 인상파 미술에 대한 그의 관심과 그의 화가 친구들의 화풍·취향 등과 암암리에 결부되어 있는 것이다.[130] 그런데 구인회 회원 박팔양의 시는 다 같은 도시의 인상화를 표방하고 있으면서도, 예를 들면 그의 시 「점경(點景)」(「중앙」, 1933.11)에서의,

도회(都會).
밤 도회는 수상한 거리의 숙녀인가
그는 나를 충혹(蠱惑)의 뒷골목으로
교태로 손짓하며 말업시 불은다.

거리의 풍경은 표현파의 그림.
붉고 풀은 채색등(彩色燈). 네온 싸인

---

130) 김만형이 인상파풍의 그림을 그렸던 점은 앞의 '주'에서 언급한 바 있다. 김광균에 의하면 그는 자신의 서울 하숙집의 식객이었고 개인전을 열 때에도 김광균이 물질적인 도움을 주었을 정도로 절친한 사이였다고 한다(김광균, 위의 글 참조). 한편 신홍휴는 일본 제전(帝展)에 한국인으로는 처음으로 작품 「白合」이 입선하였던 화가로 「굴비」를 비롯한 몇 편의 작품을 남기고 요절하였다. 그는 오장환의 시집 『성벽』(재판)의 장정을 맡기도 하였다.

사람의 물결 속으로 헤엄치는 나의 젊은 마음은
예술가의 깃븜 갓흔 깃븜 속에 잠겨 있다.

와 같은 구절에서 보듯 '표현파의 그림'에 대한 그의 관심을 나타내고
있다. 이로써 모더니즘 시인들의 현대미술에 대한 관심의 방향이 다양
함을 알 수 있다.

시인들의 영화에 대한 관심은 현대미술에 대한 그것만큼 직접적이지
는 않지만, 몇몇 모더니스트들에게 적지 않은 영향을 주었다. 영화에 대
한 적극적인 발언을 한 바 있는 김기림이 영화에서 직접 취재한 작품을
쓴다든가, 김광균이 영화에서 작품의 모티프를 얻는다든가, 이효석이
한때 시나리오 작가였다든가 하는 것 등이 그 구체적인 예이다.131) 소
설의 삽화에도 상당한 재능을 발휘한 박태원은 누구보다도 영화의 수
법에 관심을 기울였던 인물이다. 영화의 '이중노출(二重露出)'(over - lap) 수
법의 소설적 수용은 그의 제임스 조이스 소설에 대한 관심132)과 결합되
어 '의식의 흐름' 수법을 시도하게 하는 직접적인 계기로 작용한다. 그
리고 김기림·이상 등이 실험한 몽타쥬 방법은 미술과도 연관되어 있
다고 하겠으나 그것이 원래 영화에서 창안된 수법이었다는 점을 고려
하면 모더니즘 작가들과 영화와의 관계가 그렇게 단순하지만은 않은
것을 발견하게 된다.

모더니즘 작가들이 기술복제 시대의 예술과 교류하고 있다는 사실은
결국 이들이 도시세대라는 점을 다시 한 번 확인하게 해 주는 것이다.
기술복제시대의 예술은 그의 삶의 테두리를 이루는 대도시와 함께 물
질적인 생산력의 발달이 가져온 하나의 부산물이기 때문이다. 현대예술

---

131) 『태양의 풍속』에 수록되어 있는 김기림의 '씨네마 풍경' 연작, 김광균의 「눈오
    는 밤의 시」·「설야」 등이 그것이다. Ⅳ장에서 재론될 것이다.
132) 박태원, 「표현·묘사·기교」, 『조선중앙일보』, 1934.12.31 참조. 뒤에서 논의할
    예정이다.

의 동향이나 기술에 대한 관심은 이들 세대의 새로운 문학정신의 구조 전체에 편입되어 결국은 도시적 생존방식의 문학적 구현에 암암리에 작용하게 된다. 그러나 모더니즘 작가들의 현대예술 방법의 수용이 김기림의 말처럼 독자들의 수용 메커니즘의 변화에 대응하기 위한 것이라 하여도 그 결과가 반드시 그렇게 되리라고는 단정하기 어렵다. 그렇게 하여 쓰여진 작품은, 독자 대중들과의 거리를 좁히기보다는 이상의 예에서 보는 바와 같이 오히려 문학에 대한 신비화를 초래하는 경우도 있고, 김기림의 경우처럼 경박성을 낳게 되는 결과를 가져오는 예도 있다. 말하자면 새로운 것에 대한 관심이 곧 작품의 성과를 보장하는 것은 아니라는 사실이다. 그러나 현대미술과의 교류가 모더니즘세대의 새로운 문학정신을 가져오게 한 하나의 원동력이었다는 사실도 부정할 수 없다.

Ⅲ. 모더니즘의 이론과 이데올로기

모더니즘 운동에서 이론이 차지하는 비중은 크다. 김기림의 시론을 제외한 모더니즘 시를 상상할 수 없듯이, 모더니즘 소설론을 도외시하고는 그 소설작품들을 제대로 파악하기 어렵다. 모더니즘 이론은 도시 세대들의 새로운 문학에 대한 이론적 근거와 방향 모색의 산물로서 그들의 작품 활동을 실질적으로 뒷받침한, 모더니즘 문학의 한 원동력이었다. 그것은 기성세대들의 문학과 이들의 문학을 구분해 주고, 리얼리즘 진영과 이론적 경쟁을 가능하게 하고, 문단의 신세대들에게 영향력을 행사할 수 있게 한, 문학운동상의 논리적인 거점이었다.

그런데 문학이론은 이론으로서 어느 정도 독자성을 지니고 있으므로 그 이론에 의해 제작된 작품과의 관계를 일단 접어둔 상태에서 별도로 검토될 수 있다. 모더니즘론의 경우도 마찬가지이다. 특히 모더니즘 소설론의 실상이 제대로 구명되어 있지 않고, 김기림의 시론처럼 실제 작품과 잘 부합되지 않는 점이 있는 상황에서는, 그 이론을 순수한 이론적인 입장에서 별도로 논의해 보는 것이 모더니즘 자체의 성격 이해를 위해서도 효율적인 방안일 수 있다. 모더니즘과 리얼리즘의 논쟁을 생각하면 더욱 그러하다.

모더니즘 이론의 정립 과정에서 김기림이 보여 준 비평 활동은 여러 모로 주목되는 점이 있다. 그는 구인회 그룹의 대표적인 비평가였고 이론비평과 실제비평에 걸친 그의 활발한 비평활동은 사실상 모더니즘론을 대표하는 것이라 하여도 과언이 아니다. 그런데 그의 관심은 주로 시 방면에 집중되어 있어 소설에 대한 논의가 결여되어 있다. 그래서 모더니즘 소설론은 다른 사람들의 논점을 참조하지 않을 수 없는데, 박태원·이태준·이효석 등 구인회 작가들이 틈틈이 발표한 소설론은 그 방면의 논리적 거점을 이해하는 데 있어서 중요한 자료가 된다. 소설론은 시론에 비하여 지속적으로 탐구되고 논의되지는 않았지만, 이렇게 시론과 소설론을 상보적인 관계에서 함께 파악할 때 모더니즘론의 이론적 거점이 한층 분명해질 것이다.

모더니즘은 문학작품의 미학적 가공과 기술 혁신, 언어의 세련성의 문제라 하였지만, 그것은 동시대의 문학적 문제에 대한 진단과 처방의 형식으로 제기되었기 때문에 실제로는 그렇게 단순하지만은 않다. 여기에는 한국문학의 근대성(modernity)의 문제, 문학과 사회와의 관계, 소설 전통의 혁신, 작가들의 이데올로기 문제 등이 개입되어 있고 특히 근대성의 문제는 모더니즘 시인·작가들이 중점적으로 제기하였던 주제이다. 그러므로 모더니즘 이론에 대한 논의는 이러한 문제들을 그 대상으로 하지 않을 수 없다.

1. 문학 형식의 역사적 변화와 근대성의 인식

모더니즘의 대표적인 이론가였던 김기림의 비평은 모더니즘 시의 정립과 전파, 그리고 그 옹호로 거의 일관되어 있다. 그밖에도 정지용·김광균·오장환 등이 시론을 남겼지만 그 질과 양에서 김기림의 그것에 비할 바가 아니다. 그런데 김기림의 시론을 자세히 검토해 보면 대체로, 1) 문학형식의 역사적 변화와, 2) 그에 따른 근대성의 인식과 구현 문제, 3) 문학작품의 리얼리티 문제 등에 큰 비중이 두어져 있음을 알

수 있다. 그밖에 문학의 기술(기교) 및 문학과 사회의 관계에 대한 문제
도 자주 거론하고 있으나 이에 대해서는 별도의 고찰이 요구된다.

우선 문학형식의 역사적 변화와 근대성의 인식 문제는 그가 지속적
으로 추구한 주제 중의 하나이다. 그는 다음과 같이 주장하고 있다.

> 한 시대의 시대정신 즉 그 시대의 「이데」는 그것에 가장 적응한
> 구상작용(具象作用)으로서의 양식을 요구한다(정신적·혁명적 앙양기
> (昂揚期)는 적극적인 「로맨티시즘」의 양식을 요구하였다. 과학적·물
> 질적 정신이 횡일(橫溢)한 시대에는 실험적인 과학적인 「리얼리즘」의
> 양식을 요구했다. 인류가 높은 이상을 잃어버리고 회색(灰色)의 박모
> (薄暮)에서 방황하던 세기말적 퇴폐시대에는 「씸볼리즘」 또는 소극적
> 인 「로맨티씨즘」의 양식을 요구하였다).
>
> 그러므로 시인은 그가 위치한 시대 - 즉 과거로부터 미래로 향하는
> 특정한 시간성 - 는 어떠한 특수한 「이데」에 의하여 추진되고 있는가
> 를 항상 이해하지 아니하면 아니 된다. 따라서 그것의 특수한 구상작
> 용으로서의 양식의 발견에 열중하지 아니하면 아니 된다. 그러므로
> 시의 혁명은 양식의 혁명인 동시에 아니 그 이전에 「이데」의 혁명이
> 라야 한다. 그렇다고 「이데」의 혁명에 그침으로써 시의 혁명이 완성
> 되었다고 볼 수는 없다. 한 개의 「이데」가 필연적으로 발전 형성한
> 특수한 양식을 획득하였을 때 비로소 시의 혁명은 완성되는 것이
> 다.133)

그가 여기서 말하고자 한 것은, 문학의 양식은 시대의 변화에 따라
변한다는 것, 한 시대의 시인은 그 변화에 부응하는 양식을 창출해야
한다는 것이다. 그 변화의 직접적인 계기는 각 시대에 따라 요구되는
새로운 시대정신(이데) 때문이다. 새로운 시대정신은 새로운 문학양식을

---

133) 김기림, 「시의 기술·인식·현실 등 제문제」(『조선일보』, 1931.2.11~14). 「시의
　　 인식」, 『시론』, p.100.

요구하기 때문에 정신의 혁명은 양식의 혁명을 가져오지 않을 수 없다는 것이 그의 주장이다. 여기에 문학형식의 근대성의 문제가 벌써 제기되고 있다. 문학형식의 근대성은 시인이 자기시대의 정신과 거기에 합당한 형식을 추구할 때 획득되고 구현될 수 있다고 보는 것이다. 이러한 논리의 이면에는 한국근대문학에 대한 그의 불만이 내재되어 있다. 그는 뒤에서 한국근대시가 서구시의 경험을 참조하는 가운데 전개되었고, 그 경험은 낭만주의와 세기말 문학이었으나 모두 시대정신에 부응하지 못한 전근대적인 것이었다고 평가한다. 즉 전자는 분명히 혁명성을 띠고 있기는 하나 그 목표는 '중세적 기분의 탈환'이었지 새로운 시민의 질서는 아니었고, 후자는 은둔적이고 회상적인 동양인의 정서와 결합하여 센티멘탈리즘을 낳아 역사의 전진보다는 '황혼의 기분'에 휩싸이게 되는 결과를 초래하였다고 본다. 그래서 그는 자기 시대의 문학은 아직도 진정한 동시대성을 구현하고 있지 못한 실정이라고 진단한다. 모더니즘은 그런 진단에 의한 하나의 처방 형식으로 제기된다.

그런데 김기림이 말하고자 있는 시대정신(이데)이 무엇인지 자세하게 설명되어 있지는 않으나 기술자본주의 시대와 관련된 정신을 지칭하고 있음은 어느 정도 확실하다. 그는 기교주의를 비판하는 논문에서 P.발레리 이후의 근대시의 순수화 경향을 지적하면서 그 몇 가지 원인을 제시한 바 있는데, 그것은 그대로 그가 말한 시대정신의 의미를 상세하게 설명한 것으로 인식된다. 그가 여기서 말하고 있는 시대정신은 1) 사회 정세의 변이 즉 과학문명의 급속한 발전에 따라 그 속에서 살아가는 인간의 생활감정의 변화와 그에 따른 새로운 문학양식의 요구, 2) 과학사상의 대두에 따른 神의 관념의 붕괴와 시를 둘러싼 신비적 사고의 종언, 3) 새로운 시대의 총아로 등장한 소설문학의 위력과 그에 대응하기 위한 시의 독자성 확보의 필요성 증대, 4) 기존 시의 전통과 그 가치에 대한 회의와 부정, 5) 조화와 '충실한 인간성'을 잃어버린 공소한 현대문명

자체의 병적 징후 등으로 요약된다.[134] 이것들은 모두 근대과학기술의 발달이 가져온 문명사회에서의 예술가들의 정신적 대응방식과 관련된 문제로서 그가 말한 시대정신이란 것도 대체로 이러한 테두리 속에서 상정될 수 있는 것임을 분명하게 시사해 준다. 말하자면 그는 제도로서의 근대를 인정하고 기술자본주의 사회에 적극적으로 대처하기 위한 문학적 사유의 전환을 요구하기에 이른 것이다. 김기림은 역사의 변화와 문학형식의 변화를 대응관계에서 파악하면서도 문학형식의 변화 쪽에 더 큰 비중을 두고 있는데, 그의 이러한 예술사 이해 방식은 사회 변화에 따른 작가의 세계관의 변화를 강조한 카프 측의 리얼리즘론자들과는 분명히 다른 점이 있다. 김기림이 말한 '이데의 혁명'은 사회관계의 재편성을 의도하는 세계관의 혁명이 아니라 주어져 있는 사회관계에 대한 적극적 인식을 뜻하는 것으로 그것은 제도문학권내에서 수행될 수 있는 '형식의 혁명'으로 귀결될 성질의 것이다. 이러한 인식의 이면에는 카프의 해체로 표상되는, '자명한 것'으로 이미 주어져 있는 동시대의 사회적 조건이 놓여 있다. 그가 근대시의 역사를 시와 사물과의 관계를 기준으로 파악하게 되는 것도 그런 맥락에서 이해된다. 그는 시의 역사를 "표현주의 시대(낭만주의·상징파·표현파)→인상주의 시대(寫像派)→과도시대(초현실파·모더니스트)→객관주의 시대"와 같은 과정으로 파악했다.[135] 그에 따르면 표현주의 시대는 사물을 통하여 시인의 마음을 노래하였고, 객관주의 시대에는 시가 사물을 재구성하여 독자적인 객관성을 구비하는 새로운 가치의 세계를 보여 주게 되었지만, 지금은 아직도 시인의 주관적 세계가 존중되는 '과도시대'로서 초현실파와 모더니즘(모더니스트)의 시대라는 것이다. 그는 이처럼 제도권 내에서의 예술사

---

134) 「시에 있어서의 기교주의의 반성과 전망」, 『조선일보』, 1935.2.10~14, 「기교주의 비판」, 『시론』, pp.137~138.
135) 「객관세계에 대한 시의 관계」, 위의 책, pp.166~167.

의 흐름을 인정한다.

그의 이와 같은 문학사 이해는 일본을 매개로 한 19세기 중반 이후의 서구의 문학사에 의거한 것이다. 일찍이 서구예술사의 흐름을 상징적 예술형식·고전적 예술형식·낭만적 예술형식 등의 변증법적 전개과정으로 파악했던 헤겔은 19세기 초기 자기시대의 양식을 낭만적 예술형식으로 규정하면서 그 '낭만적 예술형식의 해체'를 예고한 바 있다.[136] 그 해체의 과정에서 '산문적 객관성'에 역점을 둔 객관적인 리얼리즘 문학(19세기 중반)과 주관성에 충실하고자 하는 전위예술 즉 주관적인 모더니즘 문학(20세기)의 출현을 보게 된다. 20세기에 들어와서 서구 문단은 이 두 가지 형태의 문학 중에서 어느 쪽에 가치를 부여할까 하는 문제를 두고 리얼리즘 진영(루카치)과 모더니즘 진영(브레히트·벤야민·아도르노)으로 나뉘어 갈등하고 있었으나, 20세기 한국근대문학은 이 두 조류의 문학양식을 거의 동시에 경험하고 있었다. 1920년대 중반의 신경향파 문학과 표현주의·다다이즘 문학이 그것이다. 김기림은 그중에서 모더니즘 쪽을 옹호한다. 그러나 그는 지나치게 주관주의적 경향으로 흐르는 표현주의·다다이즘 문학과 입체파·초현실주의는 물론이고 상징주의·이미지즘(신고전주의)까지를 모두 비판하는 태도를 보여 준다. 그리고 그는 한국 문단의 낭만적이고 감정주의적인 경향의 시들도 비판한다. 그는 기술자본주의 시대에 아직도 낭만주의나 상징주의 잔재를 반추하고 있다는 점에서 박종화·김억·김동명, 심지어 김여수(박팔양)까지 포함한 기성 시인들에게서 "일종의 환멸을 느꼈다"고 말한다. "여기에 로맨티시즘의 에피고넨이 있는가 하면 저기는 센티멘탈리즘이 있다." 그것은 진정한 의미의 센티멘탈리즘이 아니라 H. 리드가 말하는

---

136) G.W.F. Hegel, *Aesthetics* Vol.1, trans. T.M. Knox(Oxford University Press, 1975), pp.593~595 및 토마스 메취 - 페터 스쫀디, 『헤겔미학입문』, 여균동·윤미애 역 (종로서적, 1983), pp.214~218 참조.

이른바 "센티멘탈 로맨티시즘"으로서, 거기에는 아직 아마추어와 전문가의 구분도 없고, 있는 것이라고는 다만 "예술을 부정하는 한 개의 허무"라고 규정한다.[137] 그의 이런 비판은 이광수·김동환·김소월에게까지 확대된다. 김기림의 김동환 비판은 주로 그의 평범한 민요부흥론을 겨냥한 것이었다. 김동환은 「민요진흥소견(小見)」(『조선중앙일보』, 1934.8.26)에서 민중의 감정을 표현하기 위해서는 민요에 나타난 조선적 언어와 정서를 살려나가야 한다고 했으나 김기림은 김동환이 말하는 민중이란 참다운 민중이 아니라 "계급 분화 이전의 속중(俗衆)"이라 규정하는데, 그 이유는 그가 "권선징악의 원시적인 「모랄」에서 자유로운 진리의 발견에로 향한 순간에 근대문학의 첫걸음이 떼어진 것"[138]을 모르고 있기 때문이라는 것이다. 그런 관점에서 그는 형식적인 제약이 있는 시조의 부흥도 찬성하지 않는다. 한계에 이르고 있는 편내용주의(偏內容主義)의 프롤레타리아 시도 옹호할 수 없음은 물론이다.

이러한 비판을 거쳐 김기림이 기술자본주의시대에 합당한 문학형식으로 제시한 것이 현대문명의 징후를 감수(感受)하면서 주지적 방법에 의거하여, 일정한 예술적 가치를 목표로 하여 제작하는 시 즉 모더니즘 시이다. 그것은 일정한 가치를 염두에 두고 제작과정에서 지적 통제를 가하는 태도, 즉 '주지적 태도'에 의거하여 만들어지는 '주지적 시'이기 때문에 시인의 시적 감격을 그대로 옮겨 놓은 '자연발생적 시', 격정적인 표현주의 시, 비이성적인 다다이즘 시와 뚜렷이 구별된다. 그는,

> 시인은 시를 제작하는 것을 의식하지 않으면 아니 된다. 시인은 한 개의 목적 = 가치의 창조로 향하야 활동하는 것이다.[139]

---

137) 김기림, 「신춘조선시단」, 『조선일보』, 1935.1.1~5. H. Read, "Organic and Abstract Form", *Collected Essays in Literary Criticism* (Faber and Faber , 1950), p.20 참조.
138) 위의 글.
139) 「시작(詩作)에 있어서의 주지적(主知的) 태도」, 『신동아』, 1933.4, p.131.

라고 말하고 있다. 그가 강조한 주지적 태도는 객관세계를 단순히 묘사하거나 감정을 직접 토로하는 태도가 아니다. "시적 가치를 의욕하는" 창조적이고 의식적인 태도이다. 김기림은 이런 주지적 방법이 1930년대 초에 부분적으로 시도되고 있다고 지적하였다. 그는 1933년의 시단을 회고하면서 정지용의 감각적인 시, 조영출의 도시 소재 시, 신석정의 목가적인 시 등을 주목하고, 신석정을 제외한 시인들에서 주지적 정신이 발견된다고 평가한다. "이 주지적 정신이라고 하는 것은 한 시대가 또는 사물이 혼돈·무질서의 상태에 있을 때에 그것(을) 비판하고 정리하기 위하여 요구되는 정신이다"라고 그는 쓰고 있다. 주지적 정신은 단순한 시 제작의 정신에 그치는 것이 아니라 현대와 같은 혼돈기·암흑기·불황기에 처한 시인들이 의지할 수 있는 '한 개의 태양'과 같은 것으로, 그는 앞으로 시인들은 그것에 의하여 문명에 직면할 수 있어야 한다고 덧붙인다. 그는 이 정신이 문명비판을 통해 현대의 무질서를 정리하고 "한 개의 새 시대를 열 수 있는 시인의 힘"이 될 것이라고 진단한다.[140] 그러니까 그에게 있어 주지적 정신은 파시즘과 공황으로 야기된 불안의 시대를 견디면서 뚫고 나갈 수 있는 유일한 지주와 같은 것이다.

그가 말하는 주지적 태도 또는 주지적 정신이란 간단히 말하면 '지성'을 뜻한다. 뒤에 그는 동양인에게서는 지성이 결핍되어 현대와 같은 '비평의 시대'에 적응하지 못하고 있다고 하면서 비평의 시대에 가장 적합하고 유용한 무기는 '지성'이라고 주장한 바 있다.[141] 그는 지성의 유무를 과거의 시인과 현대의 시인을 구분하는 척도로 본다. 그는 지성을 "수단(방법)으로의 지성, 목적으로서의 지성"[142]으로 나누고 현대의 비평정신에서 요구되는 것은 전자(前者)라고 말한다. 수단으로의 지성은

---

140) 「1933년의 시단의 회고와 전망(6)」, 『조선일보』, 1933.12.13.
141) 「오전의 시론 기초편」, 『조선일보』, 1935.4.25(연재 5회).
142) 「오전의 시론 기초편·속론」, 『조선일보』, 1935.6.4~12. 특히 연재 6회 참조.

"시와 시인 사이에 거리를 유지시켜 주며, 문학 자체의 내용·형태 등에 질서를 부여해 준다." 그 결과 지성이 개입된 시는 "의식적·계산적·지적 예술"이 되어 무의식적·자연발생적 시와 구분된다.[143] 이로써 주지적 태도의 강조에서 시작된 그의 지성 논의가 어느 정도 진전되어 있음을 보게 되지만, 지성이 제작되는 시의 가장 결정적 요소라는 점은 그의 한결같은 생각임을 알 수 있다. 이런 관점은 시의 기술에 대한 탐구를 초래한다.

시의 근대성은 시란 지성의 개입에 의하여 의식적으로 제작되는 것이라는 점을 자각하는 데서 획득되고, 그런 근대성을 구현하기 위한 것이 모더니즘이라고 할 때, 이 모더니즘은 김기림이 자주 언급한 프랑스의 그것보다는 차라리 영국과 일본의 모더니즘을 염두에 둔 것이다. 김기림의 모더니즘이 프랑스의 그것과 구별됨은 그가 다다이즘·초현실주의 시에 대하여 비판적인 태도를 취하고 있다는 사실에서 나타난다. 그는 프랑스의 전위예술(회화 포함)에서 많이 배우고 있으나 어느 정도 거리를 유지하고 있고, 같은 의미로 이상의 초현실주의 시에 대해서도 호감은 가지지만 자신의 시작(詩作) 태도와 구분짓고 있다. 그러나 그의 영국의 모더니즘 - 20세기 영국의 모더니즘은 낭만주의와 이미지스트와 재래의 전통에 충실하고자 하는 죠지안 시파(Georgeans)에 대한 반동으로 나타났다 - 에 대한 관심은 H.리드, T.S.엘리어트, I.A.리처즈, S.스펜더 등의 이름을 자주 거론하고 모더니즘을 이미지즘 다음 단계에 위치시키고 지성을 강조하는 등에서 상당히 구체적으로 나타나고 있다. 1920년대 영미 모더니즘 시 작품에 붙인 다음과 같은 영국 비평가의 모더니즘론은 김기림의 그것과 일맥상통하는 점이 많다.

---

143) 위의 글.

통속적인 의미로는 모던이즘이란 현대성을 말하고 시에 있어서는
문명과 지적인 역사의 진행에 보조를 맞추는 것이다. 그런데 이 말은
과거의 시 그 가운데서도 특수한 과거의 일시대(一時代)의 시에 감상
적(感傷的)으로 결부해 있는 시인들에 의해서 「일반적인 전통에 경의
를 울리지 않은 새로운 시」라는 호칭을 받은 一方, 또 딴 극단에서는
「어떤 개인 또는 운동에 의해서 고의로 현대적인 계획(contemporary
program)이다」라고 믿어져 이에 보수파와 급진파의 논쟁이 되풀이
되었다. 어떤 한 시대의 비판적 폭위(暴威)는 어떤 일시대적(一時代的)
인 만네리즘(mannerism)을 증가하는 구실밖에 하지 않는 수가 있다.
그러나 순정(純正)한 모던이즘은 소위 「모던이스트」의 일부분이 아니
고, 시인의 시에 대한 자연(自然)된 개인적인 태도 속에 있으며 모던
이스트 이외의 명칭이 적합하지 않는 까닭에 모던이스트의 명칭을
수용(受容)치 않을 수 없는 것이다. 그들은 시가 그 충분한 의의를 발
휘함을 방해하는 전통적인 관습을 더없이 배격한다. 「순정한 모던이
스트」란 의미는 시인에 대해서 보다 시에 대해서 적용해야 할 것이
다. 포이제論 및 비판적인 모던이즘은 모던이즘을 오해하기 쉽다. 모
던이스트 시란 fresh poetry를 말하며 「진실된 발명」(honest invention)
에 터잡은 시이며, 시대정신의 의식적 모방은 아니다. 「진실된 발명」
과 「독자성의 호애(好愛)(affection)」가 모던이즘이란 일어(一語) 속에
혼합되어 사용되어 있다. affected modernist와 genuine modernist의 상
이점이 이에 있다.
　　모던이스트의 시는 무엇보다도 시인의 시에 대한 태도의 변화를 의
미하며 시의 독립선언을 의미한다. 곧 「태도에서 기술(技術)에」 또는 「휴
매니티에서 예술에」를 주장한 이 기술 및 예술이란 의미는 표현의 모
든 조직을 포함하는 것이며 말의 발음(phonetic sense)·의미·이미지·
표현 형태·제재 등의 전반에 관련한다. 더욱이 모던이스트의 시는 언
어 사용에 있어서 그리고 비관습적인 자의(字義)의 사용에 있어서 비상
하게 정확하며, 따라서 그 시는 작가가 의미하고자 하는 대로 본 그대
로 이해하지 않으면 전연 해득(解得)할 수 없는 것이다.144)

---

144) Laura Riding and Robert Graves, *A Survey of Modernist Poetry* (London, 1927), 김사엽,

김기림의 모더니즘 이론에 대한 주석일 수 있다는 의미에서 비교적 자세하게 인용해 보았지만, 이 영국의 모더니즘을 수용하면서 일본에서는 그것을 주지주의(主知主義)라 명명한다. 1924년부터 1931년까지 큰 세력을 가졌던 일본 모더니즘은 신감각파·주지주의·신심리주의 문학·초현실주의 등을 포괄하고 있으나, 그중에서 주지주의 문학은 엘리어트·리처즈·리드 등 영국의 모더니즘 이론을 일본식으로 수용하면서 이름붙인 명칭이다. 그 방면의 대표적인 이론가인 阿部知二는 『주지적 문학론(主知的文學論)』(1930)에서, 문학의 '형태(form)'를 분석하여 '형식적' 과정과 '심리적' 과정으로 나누고 이 두 과정에서 다 같이 작용하는 '감각·사상·감정성(感情性)' 등 세 가지 중에서 중간층인 정서(emotion)의 양(量)을 적게 하는 것이 '주지적 문학'이라고 설명하고 있다. 그런데 주지적 문학이란 단지 표상성과 감각성을 높이고 감정성(정서)을 배척한다는 상식적인 계량을 떠나서 하나의 방법을 가지는 문학이며 정서(emotion)의 완전한 배제가 아니라 그 극복을 의도하는 문학이다.[145] 요컨대 종래 문학의 무한성·신비성의 원천으로 여겨지던 정서의 심연(深淵)을 주지적 방법에 의거하여 탐구하고자 하는 것이 주지적 문학이다. 김기림의 모더니즘 이론은 이와 같은 영국의 모더니즘과 일본의 주지주의 문학과 암암리에 결부되어 있다. 동시대 비평가 최재서는 주지주의라는 용어를 사용하고 있기도 하다.[146] 물론 30년대의 모더니스트 시인들이 모두 김기림의 시 개념에 따라 시를 제작한 것이라고는 말할 수 없다. 이상·정지용·김광균·오장환 등은 주지적 방법에 입각하여 시

『현대시론』(한국출판사, 1954), pp.134~136에서 재인용. 이 부분은 「현대 구가자(歐歌者) 시와 문화」, 『신흥』, 1호(1929.7)라는 제목으로 Y.C(성명 미상)에 의해 번역되어 국내에 소개된 것으로 보아, 영국에서 나온 이 책이 당시 상당한 관심의 대상이었던 것으로 판단된다.

145) 阿部知二, 「主知的 文學論」, 『阿部知二全集·10』(東京, 河出書房新社, 1974), pp.25~27 참조.

146) 최재서, 「현대주지주의 문학이론」, 『문학과 지성』(인문사, 1938), 참조.

를 썼으나 이상은 초현실주의적 경향을, 나머지 시인들은 대체로 이미 지즘적 경향을 보이고 있어 서로 반드시 일치하는 것은 아니다.

김기림은 '구인회' 결성 직전에 자신의 모더니즘 시론을 정식화하였다. 그것은 주지주의에 의거하여 제작되는 새로운 시와 그렇지 않은 과거의 시를 뚜렷이 구분 짓고자 한 것으로 그 구체적인 내용은,

> 과거의 시 : 독단적·형이상학적·국부적(局部的)·순간적·감정
> 의 편중·유심적(唯心的)·상상적·자기중심적
> 새로운 시 : 비판적·즉물적·전체적·경과적(經過的)·정의(情意)
> 와 지성의 종합·유물적(唯物的)·구성적·객관적[147]

와 같다. 이 도표가 일본의 모더니즘 시인이자 이론가인 春山行夫가 상징시 이전의 시작(詩作) 태도와 20세기의 문학 태도를 구분하기 위하여 사용한 도식과 비슷한 점이 있다는 사실은 일찍이 지적된 바 있다.[148] 다만, 여기서 김기림이 말하고 있는 '유물적'이란 용어는 근대세계가 그 신비성을 상실한 채 물질적인 것으로 구성되어 있다는 사실에 대한 인식과 그런 인식 태도를 지칭하는 것으로 이른바 변증법적 유물론과는 구별된다는 점을 지적해 두기로 한다.

김기림이 구성적·즉물적·지성적인 문학형식에서 진정한 근대성을 발견하고 있는 태도는 현실생활의 반영과 유물론적 세계관에 충실한 단편 서사시와 같은 리얼리즘 문학형식에서 근대성을 추구하려 한 프

---

147) 「시의 모더니티」, 『시론』, p.115. 이 논문이 「포에시와 모더니티」(『신동아』, 1933. 7)라는 제목으로 발표될 당시에는 '감정의 편중'이 '감정적', '자기중심적'이 '소주관적(小主觀的)', '정의(情意)와 지성의 종합'이 '이지적', '구성적'이 '체계적·구성적'으로 각각 되어 있다.

148) 이 도식이 春山行夫가 「日本近代象徵主義의 終焉」(『詩의 詩論』, 1집, 1928)에서 제시한 상징시 이전의 ego(주관)와 20세기적인 cubi(객관)의 대조표와 유사하다는 점은 문덕수, 『한국모더니즘시 연구』(시문학사, 1981) p.230에서 지적된 바 있다. 이 대조표는 阿部知二의 논문 「주지적 문학론」 끝부분에도 수록되어 있다.

로문학 진영의 태도와는 여러 모로 상반(相反)되는 점이 있다. 프로문학 파가 현실의 반영 즉 사회적 내용에서 근대성을 인식하고 있다면 모더니즘은 현실의 재구성 즉 사회적 형식에서 근대성을 파악하고 있는 것이다. 그러므로 임화가 김기림에게 한 다음과 같은 발언은 전혀 근거 없는 것이라고는 할 수 없다.

> 씨(氏)는 단지 계급분화 이전의 근대시의 개념을 가지고 모든 것을 척도(尺度)하기 때문에 대전(大戰)을 전후로 한 방대(尨大)한 계급적 기초에 의한 역사적인 시의 세대 교체를 몰각하였고, 그 교체 이후 즉 예술적 사상적으로 신세대의 시가가 부화한 껍질 - 찌꺼기를 아직도 근대시의 진정한 계승자로 오인하고 있는 것이다.
> 근대시의 진정한 후계자는 각국의 푸로레타리아 시일 것으로서「베즈미용스키 - 」·「떼미안·베트늬이」·「에른스트·베헬」·「에른스트·토올로」 등에서 근대시문학의 그후의 발전을 보지 않고, 氏는 아주 한눈을 가리고「발레리」·「뿌레몽」·「지 - 드」·春山行夫 등에서만 근대시를 본 것이다.149)

김기림은 분명 20세기 실험적인 시·지적인 시에서만 근대성을 보았고 이점은 예술사의 인식에서 임화와 이견(異見)이 있음을 말하는 것이다. 위의 진술은 근대성의 이해에서 모더니즘시와 프로시가 이분화(二分化)되어 있음을 보여준다. "예술의 역사에 있어서 눈에 쉽게 띄이는 부면(部面)은 방법의 변천이다. (…) 표현주의의 열병을 지나온 지 오래인 우리에게는 모더니스트의 의견이 시간적으로도 우리에 가깝거니와 지금에 나는 그것이 가장 방법론의 진론(眞論)에 부딪쳤다고 생각한다"150)고 김기림은 말하고 있다. 그는 여기서 모더니즘이 근대사회의 새로운

---

149) 임화,「담천하의 시단 1년」,『문학의 논리』(학예사, 1940), p.632.
150) 김기림,「예술에 있어서의 리알리티·모랄 문제」,『조선일보』, 1933.10.24, 연재 2회.

의사소통('커뮤니케이션')을 의도하는 것이라 설명하고 있다. 그는 이런 논리 위에서 예술의 리얼리티(reality) 문제를 재정의하고자 한다. 그는 예술은 본래 소비적인 것이므로 '리얼리즘 문제·대중화 문제' 등은 예술 영역에서가 아니라 현실에 직접 뛰어들어서 실행해야 할 문제로 보면서, 부르즈와는 부르즈와에 충실한 시를 써야 한다고 말한 바 있다.[151] 이러한 논리는 부르즈와는 부르즈와적인 생각밖에 할 수 없다는 다분히 위상적(位相的)인 사고방식이라 하겠으나 인텔리로서의 자의식을 날카롭게 드러낸 것이라 할 만하다. "예술에 있어서 근원적인 것은 형상적으로 파악된 「리얼리티」 그것이다"라는 전제하에 그는 예술의 리얼리티 문제에 대하여 이렇게 설명한다.

> (…) 나는 반드시 모든 예술가의 예술에 있어 파악된 리얼리티가 일양화(一樣化)·표준화(標準化)·일반화되는 것을 요구하는 것은 아니다. 예술가가 광대한 세계와 복잡한 인생 속에서 어떠한 리얼리티를 붙잡는 것은 전혀 그의 자유다. 그는 선택의 자유를 가지고 있다. 그가 또한 그 리얼리티를 어떠한 방법으로 붙잡느냐 하는 것도 전혀 그의 자유와 개성의 활동에 맡겨져 있다. 선택과 방법에 있어서의 개성의 활동의 자유 - 이 두 가지의 자유가 예술에게 - 일양화(一樣化)의 위험으로부터 건져 주는 것이다.
> 이것은 예술가에게 있어서 창조적 활동에 속한다. 예술에 있어서는 독창성이 문제가 된다. 그것은 다른 말로 하면 방법의 문제다.[152]

이 진술의 내용은 두 가지로 요약된다. 하나는 리얼리티의 고정화를 반대하고 다양성을 인정한다는 것이고, 다른 하나는 그 다양성의 근거가 예술가의 선택과 개성의 자유라는 점이다.

그의 이런 리얼리티의 다양성 이론은 예술가의 사회 내에서의 개별

---

151) 김기림, 「시인과 시의 개념」, 『조선일보』, 1930.7.24~29, 연재 4회.
152) 「예술에 있어서의 리얼리티·모랄 문제」, 『조선일보』, 1933.10.22, 연재 1회

성과 시인의 개성을 적극적으로 인정하는 이론이다. 전체성 또는 총체성의 강조가 아니라 개별성 옹호론이다. 그가 소설보다는 시 장르를 생각하고 있기 때문이기도 하지만, 전체성이 항상 개별성에 선행되고 있는 일본 군국주의 - 전체주의에 대한 하나의 항거심리가 작용한 것으로 볼 수 있다. 사회적 규범의 억압적인 힘은 개별성의 해방보다는 항상 사회 전체의 명분을 내세워 개성의 발현을 가로막아 왔다는 자각에서 제기된, 1920년대 염상섭의 개성론을 연상시키는 김기림의 이런 논리는, 그 자체가 근대적인 것이라 할 수 있다. 봉건적인 사회체제와 가부장적인 가족제도 하에서 개인의 독특한 개성의 인식과 그 해방의 욕망은 염상섭 문학의 끈질긴 지향점을 이루지만, 김기림은 이를 작품의 리얼리티 문제와 결부시켜 새로운 논리를 펴고 있는 것이다. 그런데 작품의 진실성이 작가의 개성에 의존하는 것이라면 이때 작가가 의거하는 유일한 개성은 곧 주관이 될 것이므로 그 결과로 나타나는 작품은 다분히 주관적인 것이 된다. 김기림은 이를 강조하지는 않았으나 그의 모더니즘 문학은 주관적인 진실성의 범위내에 머물기 쉽다. 이상의 주관주의적인 시는 그 단적인 예다. 여기서 김기림은 '모랄'을 대안으로 내세운다. 그는 예술작품에 작가의 모랄이 나타나는 것은 자연스럽고 당연하다고 말하는 한편, 그 모랄을 특수한 세계관으로 한정시키지는 않는다고 한다. 그는 프로문학 전성기에서의 어떤 모랄(세계관)의 지나친 강조가 오히려 문학의 '저회(低徊)와 돈좌(頓挫)'를 초래한 사실을 환기시키고 있다. 그는 결국 주어진 현실에서 가능한 모랄을 탐구하고자 한다.

　김기림의 주지주의 시론과 관련하여 마지막으로 한 가지 더 지적해 둔다면 그가 시의 개념을 철저히 탈신비화시키고 있다는 점이다. 그는 현대시를 언어로 제작되는, 보통 사물과 비슷한 존재로 이해하고 있기 때문에 시에 대한 일체의 신비주의적 견해를 부정한다. 그가 애매몽롱한 감정주의적 시나 관념론적인 시를 부정하고, 시의 '명랑성'을 옹호하며, T.S.엘리어트의 몰개성론(沒個性論), T.E.흄의 기하학적 예술이론, I.A.
리처즈의 과학적 문학 이론 등에 관심을 보이는 것도 그 때문이다.[153]
리처즈는 일체의 형이상학적 문학이론을 거부하고 시적 경험은 다른 일
반적 경험과 동일하다는 전제 아래 비평이론을 전개하였고,[154] 김기림
은 이 리처즈의 이론에 동감을 표하고 있다. 근대시의 특성 중의 하나가
중세의 고답적 성격을 벗어 버리고 그 신비성을 상실한 데 있다는 사실
을 감안할 때 그의 시의 탈신비화 경향은 일단 수긍할 만하다. 그러나
모든 모더니즘 시인들이 그의 경우처럼 탈신비화의 길을 걸었던 것은
아니다. 정지용은 시를 종교적 영감과 관련지어 신비화하는 경향이 있
고, 이상은 독자의 작품 이해를 어렵게 한다는 점에서 문학에 대한 신비
화 현상을 드러내고 있다. 이는 모더니즘 시인 중에도 시의 근대성 인식
에서 이견(異見)을 보이고 있음을 말하는 것으로, 시인들의 시의 신비화
경향에 대해서는 그 작품과 함께 별도의 고찰이 요구되겠으나, 김기림
은 그런 시의 신비화를 거부하고 있다는 사실만은 지적해 두고자 한다.

2. 문학과 사회 - 자율성론과 매개론

김기림이 문학형식의 역사적 변화를 말하고 주지적 방법에 의거한
현실파악과 새로운 시창작을 강조할 때, 그 주지적 방법 즉 모더니즘의
의도는 문학을 동시대의 사회적 현실 위에 위치시키고자 한 것이었다.

---

153) 그의 엘리어트, 흄의 이론에 대한 관심은 「오전의 시론 기술편」, 『조선일보』,
　　　1935.10.2(연재 8회) 참조. 그의 리처즈에 대한 관심은 졸고, 「1930년대 한국 모
　　　더니즘연구」(서울대 대학원, 1977) 참조. 阿部知二의 「主知的 文學論」(1930)에서
　　　도 엘리어트·흄·리처즈 등의 이론이 자주 언급되고 있음이 확인된다.
154) I.A. Richards, *Principles of Literary Criticism* (RKP, 1970 <초판 1924>) 참조.

그는 시대의 움직임에 적극적으로 부응할 수 있는 문학형식을 모더니즘 문학으로 본다. 여기서 그가 문학과 사회와의 관계를 직접적인 관계로 인식하고 있음이 드러난다. 그는 모더니즘을 현대사회의 새로운 '커뮤니케이션'의 방법이라고 보았는데 이는 모더니즘 문학의 사회적 매개기능을 그 나름대로 상정한 것으로 이해된다. 그러나 다른 한편으로는 그 새로운 문학의 형식적 특질이나 창작 방법론상의 독특한 기술, 그 예술적 가치를 자주 환기시킴으로써, 그는 제도문학권내에서의 모더니즘 문학의 독자적 성격을 지적하거나 문학 자체의 자율성을 강조하는 태도를 보여 준다. 이런 사실은 그가 문학의 사회구속성과 독자성, 사회 내에서의 매개적 기능과 자율적 기능을 다같이 인정하고 있음을 말해 준다. 그렇다면 그의 문학의 매개론과 자율성론의 구체적인 내용은 무엇이며 이 두 가지를 통합하고자 하는 논리적인 체계는 무엇일까 하는 의문이 제기된다. 그러나 미리 말하면, 그는 이에 대한 깊이 있고 체계적인 논의는 하지 않았다. 이 두 가지 문제 사이에서 방황하면서 이를 논리적으로 체계화하는 데까지는 나아가지 못했던 것인데, 그의 논리가 그렇게 되는 과정과 그 원인을 검토해 보는 일은 모더니즘 논의에서 중요한 대목이 될 것이다.

김기림은 처음에 시의 기술 인식·현실 등의 문제를 동시적인 관계에서 검토하고자 하였다. 그는 1931년에 쓴 평론 「시의 기술·인식·현실 등 제문제」(『조선일보』,1931.2.11~14)에서 시는 시인의 주관과 현실적 객관세계의 상호작용의 소산이라고 규정하였다. 인식이란 객관세계에 주관을 투입하는 과정이며, 현실은 이 주관까지를 포함한 객관세계의 역사적·사회적 일초점(一焦點)이며 교차점이다. 이런 생각에 따르면 시는 객관세계의 나열만으로도 안 되고 그렇다고 주관세계의 일방적 토로만으로도 안 된다. 이 사실을 전제로 하여 그는 현실적 제재의 미적 가공문제 - 기술 문제를 제기한다. 기술 문제의 첫 단계는 그에게 있어서 사물을 어떤 각도(角度)에서 인식할 것인가 하는 인식의 방법 문제이다. 보수적인 시인들은 정태적인 한 개의 각도에서 현실(사물)을 보지만, 새로운 시인은 시간과 공간에 따라 시각을 이동시키며 대상을 인식하고자 한다. 마치 같은 사물이라도 '카메라의 앵글'을 바꿈으로써 거기서 발견되는 가치가 다를 수 있듯이 시인도 그렇게 함으로써 새로운 가치를 획득할 수 있다는 것이다. "진짜 리얼리즘이란 우리들이 날마다 접촉하고 있는 사물을 마치 그것을 처음 보는 것처럼 새로운 각도로서 보여 주는 것이다"라는 장 콕토의 말에 그는 전적으로 동의한다.155) 이렇게 하여 새로운 시는 "새로운 현실의 창조요 구성"이며 "현실의 재생산"이 된다.156) 그런데 새로운 인식은 새로운 형식을 요구하는 바 모더니즘 양식은 이 정신과 양식의 유기적이고 필연적 관계의 소산이다. 그리고 모더니즘 양식의 인식·제작·판단의 근거는 그것이 산출된 역사 위에 두어야 한다.

시의 시대성이 극단으로 고조된 현상이 유파(流派)다.
그들은 한 개의 공통된 시대성을 유대로 한 공통된 예술활동을 의욕한다. 그런데 유파는 그 자체의 존재이유를 군건하게 하기 위하여서는 시의 시간성이라는 것이 현재의 순간에서 미래의 무한에로 연장되고 있다는 사실을 무시하기 쉽다. 유파만의 가치를 가지고 있는 시인은 한 개의 역사적 조건으로서의 흥미의 대상임에 끈친다. 시인은 단순히 현재의 지상만을 구버볼 것은 아니다. 인간의 근원적인 것 - 다시 말하면 영원한 것에 대한 추구를 게을리해서는 아니 될 것이다. 그러나 이 말은 현재를 무시해도 좋다는 말은 의미하지 않는다.157)

김기림은 그리하여 현대의 시인은 "창녀의 목쉰 소리, 기관차의 「메

155) 「각도의 문제 - 오전의 시론·기초편 속론」, 『조선일보』, 1935.6.4.
156) 「시의 기술·인식·현실 등 제문제」.
157) 「오전의 시론·기초편」, 『조선일보』, 1935.4.23.

커니즘」, 「뭇솔리니」의 연설, 공동변소의 박애사상, 공원의 기만(欺滿), 「헤겔」의 변증법, 전차와 인력거의 경주"158) 등 주위의 분주한 문명의 전개에 직면하여야 한다고 주장한다.

그러나 시는 내용과 형식, 사상과 기술의 '유기적 통일체'이므로 그 표현수단인 언어에 대한 문제를 생각하지 않을 수 없다. 기술 문제는 인식의 각도 전환만으로 해결되지 않고 언어의 속성에 대한 이해를 바탕으로 한 언어 사용의 기술에 의하여 완성된다고 그는 본다. 언어에 대한 자각은 20세기 문학의 중요한 속성이라는 인식에서 그는 언어 자체를 세분하여 이를 시의 기술 문제와 연관시키고자 한다. 언어는 가상적(可想的)인 의미(sense), 가시적(可視的)인 형태(모양, form), 가청적(可聽的)인 음성(소리, sound) 등 세 요소로 되어 있고, 시는 그런 언어로 만들어지는 '언어의 건축'이다. 시인은 그러므로 언어의 형태·음성·의미 등 각 영역에 대한 각별한 인식을 하여야 한다는 점에서, 그는 그 형태적 측면에 대해서는 「현대시의 기술」(『시원』 1호, 1935.2)에서, 음성적 측면에 대해서는 '구인회' 주최 강좌 「시의 음향미」(조선신문예강좌, 1935.2)에서, 이 두 가지를 포함한 의미적 측면에 대해서는 「오전의 시론 기술편」(『조선일보』, 1935.9)에서 각각 구체적인 논의를 시도한다.159)

그가 보기에 언어의 형태적 측면은 시 제작의 기술에서 주로 작품의 가시적인 회화성 구현에 크게 작용한다. 시의 회화성은, 첫째 문자가 활자로서 인쇄될 때의 자형배열(字形配列)의 외형적인 미(美)(아폴리네르·콕토 등의 입체파 이래의 시에서 시도되었고, 그 극단적 형태가 포말리즘(formalism)이다), 둘째 독자의 의식에 가시적인 영상(影像)을 출현시키는 것을 목적으

---

158) 「시인의 포즈 - 오전의 시론 기초편·속론」, 『조선일보』, 1935.6.8.
159) 「오전의 시론 기술편」(『조선일보』, 1935.9.17~10.4) '연재 5회'에서 김기림은 「시의 음향미」라는 제목의 '구인회' 주최 강좌 내용을 약간 수정하여 재론한다고 밝히고 있다. 그 내용의 개요는 연재 6·7회에서 언급되고 있으나, 시의 리듬·음악성에 대한 문제는 「현대시의 기술」에서도 논의되고 있다.

로 하는 때의 그의 내용으로서의 회화성(올딩턴·커밍스·H.D. 등 사상파(寫像派)의 시)에 의하여 추구되어 왔다. 그는 이 두 가지 중에서 앞의 활자 인쇄술에 의거하는 극단적인 포말리즘은 시의 본질이 아니므로 배제되어야 하고, 뒤의 이미지즘도 전적으로 동의할 수는 없으나 형식주의의 위험을 경계하면서 새로운 종합적 시각에서 배워야 한다고 본다.160) 그는 실제로 부분적인 포말리즘을 실험한 바 있고(시 「일요일 행진곡」이 대표적 예이다), 비판적인 태도를 취했던 이미지즘적 경향의 시를 쓰기도 하였다. 형태에 대한 자각은 현대시의 본질적 속성이라는 것이 그의 일관된 견해이다.

한편 시에서 언어의 음성적 자질을 이용하는 것은 개개의 말의 음향의 연락·반발·충돌에서 생기는 단음(單音) 자체의 효과·선율·운율의 효과를 높이기 위함이다.161) 그런데 현대시는 낡은 리듬을 버리고 새로운 리듬, 동시대의 감각에 맞는 리듬을 창조하여야 하는바, 그 방법은 동시대의 '회화체'에 가까이 가는 것이다. "벌써 음악은 우리들의 우상이 아니다.", "새티의 음악은 쎄잔느나 피카소나 마티스의 그림처럼 그렇게 시에 영향할 수 없었다. 20세기 시의 가장 혁명적인 변천은 실로 그것이 음악과 작별할 때부터 시작된 것 같다"162)고 그는 말하고 있다. 그가 현대미술의 조류에 민감하게 반응했던 이유가 여기서 드러나고 있지만, 그런 의미에서 그는 음악성을 극단으로 밀고 간 브레몽의 '순수시'를 부정한다.163) 그러나 현대의 일상적인 회화체 언어는 현대시에 새로운 활기를 불어넣어 줄 수 있는데, 여기서 사회 '계급'의 '문화의 활력과 피로'의 정도를 고려해야 할 것이다. 시인들의 말에는 피

---

160) 「현대시의 기술」, 『시원』 1호, 1935.2. 이 논문은 「시의 회화성」으로 개제되어 『시론』에 재수록 되었음.
161) 「오전의 시론 기술편」, 연재 5회.
162) 「현대시의 기술」참조.
163) 「오전의 시론 기술편」, 연재 7회.

로와 생기가 섞여 있는 것이나 "조만간 시인은 그들이 구하는 말을 찾아서 가두(街頭)로 또 육체적 노동의 일터로 갈 것"을 요청받고 있다는 것이다.164) 결국 그는 음악성을 띤 서정시보다 '신산문시'를 옹호하게 된다.165) 산문시 형식은 현대인의 언어감각에 충실할 수 있고 그들의 생명감 넘치는 대화를 잘 구현할 수 있다는 생각이다. 그의 산문시론은, 진작부터 제기해 왔던 문제로서, 1931년 쓴 단상(短想) 속에 들어 있는 다음과 같은 진술에 분명하게 나타나 있다.

> 33. 산문화(散文化): 시는 맨처음의 사제관과 예언자의 생활 수단이
> 었다. 그 후에 그것은 또다시 궁정에 횡령되었다가 「뿌르조아」에게
> 몸을 팔았다. 그러나 「민중」의 성장과 함께 시는 민중에게까지 접근
> 하여 갔다. 「리듬」은 시의 귀족성이며 형식주의다. 민중의 일상언어
> 의 자연스러운 상태에서 발견하는 美와 탄력과 조화가 새로운 산문
> 예술이다.166)

그가 산문시를 주장하게 된 동기를 짐작할 수 있다. 그리고 그가 시의 음성 효과는 반드시 의미와의 상호관계에서 유기적 통일을 기할 수 있어야 한다고 말하는 이유도 이해하게 된다.

마지막 의미적 측면과 관련된 문제는 시의 음향, 형태와 관련지어 서로 조화될 수 있는 차원에서 거론된다. 그는 내용과 형식이 통일되어야 한다고 보기 때문에 편내용주의적인 이념시와 주제를 배제하려는 다다 · 초현실주의 시를 모두 부정한다. 정신분석학이 가르치는 '혼돈 · 분열 · 몽환(夢幻)' 등의 문제나, 모든 정치주의나 '선전가들'이 일방적으로 내세우는 주제에도 그는 호감을 갖지 않는다. 그런 것들은 시 쪽에서

---

164) 위의 글, 연재 6회.
165) 「현대시의 기술」 참조.
166) 「피에로의 독백 - 포에시에 대한 사색의 단편」, 『조선일보』, 1931.1.27. 숫자는 단상의 일련번호로 김기림이 붙인 것임.

볼 때 얻는 것보다 잃는 것이 많을 경우가 있다. 철학도 정치사상도 일단 시에 수용될 때는 반드시 작품 속에 완전히 용해되어야 한다는 것이 그의 견해이다. 그렇지 않으면 "시의 자율성을 위협한 것"이 된다.[167] 여기서 시의 자율성의 옹호가 그의 일관된 의견임을 볼 수 있다. 시의 자율성은 시인들이 옹호하여야 할 문제일 뿐만 아니라, 비평가들도 존중해야 할 문제로서 "비평이 부연된 것 이상의 것 - 외재적인 것을 가지고 그 시의 평가에 원용하는 것은 부당하다. 그 작자가 레닌이라든지 뭇솔리니라고 해서 더 가치가 있다고 해서는 안 된다"[168]고 그는 강조하고 있다. 시의 의미는 언어의 의미·소리·모양이 서로 어깨를 걸고 시적 질서를 이루며 전체로서 통일되어 획득된 것으로 규정된다. 의미는 언어내적인 것이라는 생각이다. 김기림은 문학의 리얼리티도 작품내적인 예술적 가치와 결부지어 정의한 바 있다. 그가 작품의 리얼리티 문제를 동시대의 사회적 현실과의 관계에서 규정하기보다는 언어내적인 것으로 파악하는 이유도 이와 같이 그 자신이 주제(의미)의 문제를 언어내적인 것으로 인식하고 있기 때문이라고 할 수 있다. 그리고 그 근저에는 언어를 '요소심리학적(要素心理學的)'인 관점에서 의미·형태·음향 등 물리적인 차원으로 나누어 이해하는 그의 언어관이 놓여 있다. 그의 언어이론에는 언어의 지시 대상이나 관련(referent), 그 의사소통적 기능, 대화적 성격 등 중요한 문제들이 결여되어 있거나 도외시되어 있다. 그가 언어를 몇 개의 요소로 나누고 시를 그런 언어의 건축이라고 강조하게 되면 그것은 결국 형식주의적인 문학이론과 같은 것이 된다. 그것도 언어의 미적 가공 기술과 기교적 세련성만을 추구하게 되는 기교주의로 떨어질 위험을 내포하고 있다.

물론 그의 시 제작 이론으로서의 주지적 방법은 리얼리즘론이 그 한

---

167) 「오전의 시론 기술편」, 연재 7~9회.
168) 위의 글, 연재 3회.

계에 직면하고 있는 파시즘 시대의 문학 침체를 극복할 수 있는 하나의
방법론이었다. 그것은 현실의 반영론이 아니라 현실의 재생산을 지향하
는 일종의 문학생산이론169)으로서 그 의의가 인정된다. 문학이 현실을
반영한다고 하여도 그것이 추악한 모습으로 나타난다면 현실의 재생산
을 문학의 과제로 삼을 수도 있기 때문이다. 그러나 그 생산이론이 언
어내적인 기교에 치중하게 되면, 현실사회로부터 유리되어 당초 의도한
과제를 수행하기 어렵게 되고, 결국 그 생산이론(주지적 방법, 모더니즘)
자체가 공소해질 수도 있다. 김기림은 그런 위험을 어느 정도 자각하고
있었다.

「시에 있어서의 기교주의 반성과 전망」(『조선일보』, 1935.2.10~14)은 그
런 문제점에 대한 자각의 소산이다. 그는 이 논문에서 모더니즘 시가
사회로부터 유리되어 기교주의로 흐르고 있는 현상을 지적하고 그 극
복이 당면한 과제라고 말하였다. 그러나 그 구체적 방법은 「오전의 시
론, 기초편 속론」(1935)에서 제시된다. 그는 시의 제작 과정을 '사상과
기술의 결합'이라고 정의함으로써 기교주의를 이론적으로 극복하고자
한다.170) "오늘의 시는 우선 현실의 시, 산 시가 아니면 아니 된다. 산
시라고 함은 사상과 기술이 혼연(渾然)하게 융합한 전체일 것이다"고 그
는 쓴다. "(…) 시는 시인의 생활의 표착물(漂着物)이거나 결실이다. 그러
니까 비평가는 어떤 시든지 그 시와 작자의 인간과의 관계에서 고려될
수밖에 없다."171) 시는 시인의 생활 자체는 아니지만 시인의 생활 태도
와 관련되어 있으므로, 비평에서도 그 점이 고려되어야 한다는 것이다.
그리고 시의 가치는 작품에 나타난 인간적 가치와 기술적 가치의 종합

---

169) 문학의 사회적 생산과 관련된 생산이론에 대해서는 Terry Eagleton, *Criticism and
Ideology* (verso Editions, 1978), ch.2, Janet Wolf, *The Social Production of Art* (New York
University Press, 1984) 참조.
170) 「오전의 시론, 기초편 속론」, 『조선일보』, 1935.6.4~12. '시의 제작 과정'항 참조.
171) 위의 글, 6월 6일자.

적 관계에서 평가되어야 한다고 그는 주장한다. 이런 논리에서 그는 예술지상주의를 비판하고, "생(生)의 냄새라고는 도무지 풍기지 않는 시"를 부정하며, 시에 의한 문명비판을 요구한다.[172] 시를 통한 '문명비판'이라는 명제는 그가 일찍부터 말해 왔던 것이나[173] 시의 기술론을 펴는 과정에서 한때 소홀히 하였던 것인데 여기서 재론되고 있다. 그는 "(…) 시 속에서 시인이 시대에 대한 해석을 의지할 때에 거기는 벌써 비판이 나타난다. 나는 그것을 문명비판이라고 말해 왔다. 이 비판의 정신은 어느새에 「새타이어」(풍자)의 문학을 배태한 것이다."[174] 그가 말하는 문명비판이 다름아닌 풍자의 형식에 의한 것임이 여기서 드러난다. 그는 풍자문학(풍자시)을 염두에 두고 있는 것이다. 그는 풍자가 '애상(哀傷)·비탄·체읍(啼泣)·절망·단념' 등의 태도보다 진보된 것으로 그 본질적 성격은 '조소(嘲笑)'라고 규정한다.[175] 이 풍자는 그 자신이 밝히고 있듯이 엘리어트·헉슬리·웨스트 등의 풍자문학에서 배운 것이다. 그는 이 풍자(조소)문학보다 더 진전된 형태가 '분노'의 문학이라고 말하고 그것은 행동의 준비태세 직전의 문학이라 보지만, 풍자문학의 수준에서 멈춘다. 풍자는 지성의 소산이기에 그는 비평의 시대에 의지할 수 있는 이 지성의 중요성을 다시 한번 역설한다. 이로써 기교주의를 극복하고 문학의 사회적 기능을 회복하기 위한 이론적 탐구가 결국은 풍자문학론의 형태로 귀결되고 있음을 발견할 수 있다. 풍자문학론이 그의 문학적 매개론의 핵심인 것이다. 김기림은 「옥상정원」(『조선일보』, 1931.5.31), 「상공운동회」(1934.5.16), 「기상도」(연재, 1935) 등의 풍자시에 관심을 가지

---

172) 위의 글, 6월 7일자.
173) 그의 「1933년 시단의 회고와 전망」(『조선일보』, 1933), 「현대시의 발전」(동, 1934.7.22) 참조. 이 논문들에는 부분적으로나마 문명비판에 대한 그의 관심이 나타나고 있다.
174) 「오전의 시론, 기초편」 1935.4.21(연재 2회)
175) 「오전의 시론, 기초편 속론」1935.6.5(연재 2회)

고 있었고, 그의 풍자문학론은 그런 맥락에서 제기된 것이었다. 당시 문단에서는 그밖에도 권환·이병각·이기영·채만식 등의 시인·소설가들이 풍자의 방법을 시도하고 있었고,[176] 최재서의 평론「풍자문학론」(1935)이 발표되었다는 사실을 생각할 때, 김기림의 풍자시론은 이런 문단의 동향과도 상당히 밀착되어 있는 의미 있는 이론이었다고 할 수 있다.

그러나 그의 풍자시론 제창에도 불구하고 모더니즘 문학과 사회와의 관계가 충분히 설명되었다고는 말할 수 없다. 그 이유는 우선 앞서 지적한대로 그의 언어이론이 보여 주고 있는 문제점 때문이라고 하겠다. 그는 언어의 사회적 기능을 소홀히 한 채 외부세계와 절연된 물리적인 차원에서 분석하면서 작품의 의미를 언어내적인 것으로 규정하였다. 그 결과 그가 모처럼 제기한 풍자론이 언어이론 내에 논리적으로 통합되지 못한 채 어중간한 상태에 놓이게 되었다고 할 수 있다. 그의 풍자문학론이 모더니즘 이론 속에 제대로 자리 잡자면 언어이론을 조정할 필요가 있었는데도 그는 그렇게 하지 않았던 것이다. 또 다른 이유를 들자면 그가 자주 관심을 환기시켜 온 현대시는 '명랑'해야 한다는 이론을 거론할 수 있다. 그는 지금까지의 시가 지나치게 슬픔의 정서에 빠져들었다고 하면서 그 대안으로 지성과 함께 명랑성·건강성을 내세운다. "명랑 - 그렇다. 시는 인제는 아무러한 비밀도 사랑하지 않는다."[177] "(…) 어족과 같이 신선하고 기빨과 같이 활발하고 표범과 같이 대담하고 바다와 같이 명랑하고 선인장과 같이 건강한 태양의 풍속을 배호자."[178] 그의 이런 주장 가운데서 시의 건강성(신선함)의 회복이라는 주

---

176) 권환의「책을 살으면서 - 힛틀러의 부르는 노래」(『조선일보』, 1933.7.29),「오 향락의 봄동산 - 장개석의 부르는 노래」(『조선일보』, 1933.9.16), 이병각의「아드와의 성전(聖戰) - 뭇소리니의 부르는 노래」(『조선중앙일보』, 1935.9.29), 이기영의「인간수업」, 채만식의「레디메이드 인생」,「태평천하」등이 모두 풍자문학이다. 이 중에서 김기림은 이병각의 풍자시를 높이 평가한 바 있다(「을해년(乙亥年)의 시단」, 『학등』, 1935.12. p.17 참조).
177)「현대시의 표정」, 『시론』, p.120.

장은 인정할 수 있으나, 명랑성을 띠어야 한다는 논리는 동시대 문단의 분위기로 볼 때 합리적인 것이라 인정하기 어렵다. 그 개념을 풍자와 관련시킬 경우 그 풍자는 기지(wit)나 재담으로 화하여 자칫하면 경박한 것이 되기 쉽다.

그의 이론이 이처럼 논리적인 결함을 지니고 있으나 그가 모더니즘 문학의 문명비판적 기능을 상정하고 있다는 사실은 부정하기 어렵다. 그의 매개론은 몇몇 모더니즘 시인에게 문명풍자시를 쓰게 하는 계기로 작용하기도 한다. 오장환이 「수부(首府)」를 쓰고, 이상이 「가외가전(街外街傳)」과 같은 비유기적 작품(non - organic work)을 쓰면서 그 안에 비판적인 메시지를 담으려고 하는 것은 그의 풍자시론과 관련되어 있다고 할 수 있다. 그러나 대부분의 모더니즘 시인들은 언어의 기교를 중시하고 문학의 자율적 기능을 선호하는 편이다. 정지용·김광균이 그 대표적인 예이다. 구인회의 소설가들도 사정은 비슷하다. 그리고 김기림 자신의 경우도 실제 작품에 있어서는 문명 비판적인 시보다는 기교주의적인 시를 자주 발표한다. 김기림은 그의 이론과 실제 사이의 괴리현상을 스스로 인정한 바 있다. 「현대비평의 딜렘마 - 비평·감상·제작의 한계에 대하여」(『조선일보』, 1935.11.29~12.6)에서 그는 그 괴리현상이 시인이 비평가를 겸할 때 종종 야기될 수 있는 일반적인 문제의 하나라고 하면서 다음과 같이 말하고 있다.

> 시인·비평가·감상자가 각각 다른 사람일 때에는 오직 한 가지 입장에 대한 파악이 밝으면 그만이지만, 만약에 이 세 가지를 한 사람이 겸할 때에 사실로 그렇게 명료하지 않을지라도 이 세 가지 입장을 한 사람이 뒤섞어서 경험하는 것이 오늘의 작가나 시인의 공통한 경험이지만, 그 경우에 그것을 혼돈함으로써 저도 모르게 과오를

---

178) 시집 『태양의 풍속』(1930), '서문'

범하는 일은 없는가? 또는 그 한계를 분명히 하지 못한 까닭에 스스
로 혼란을 느끼는 일은 없는가? 또는 그것들 사이에 간격이나 모순
을 느끼는 일은 없는가?

　있다. 그것은 작가나 시인이 내면적으로 부대치는 사색의 암초(暗
礁)를 이루고 있는 것 같다.[179]

　여기서 그는, H.리드도 일찍이 『근대시의 형태』에서 비평가- 시인은
이론과 실제 사이의 부조화를 경험할 수 있다고 한 사실을 들어, 자신
의 처지를 합리화시키면서, 제작자로서의 시인과 분석가로서의 비평가
를 분리시켜 이해할 것을 제안한다. "시론이나 비평 속에서 보인 이론
은 물론 제작의 이상(理想)에 관해서 말한 것이다. (…) 그의 제작이 그 이
상에 미치지 못한다고 해서 곧 그 책임은 이상이 질 것이 아니고 오직
제작의 수양(修養)의 부족이 져야 할 것이다."[180] 이 진술은 그의 비평과
실제 작품 사이의 모순을 인정하고 그것을 변명한 것이다. 그가 자신의
시적 능력 부족을 말하고 있는 것도 인상적이다.

　실제의 작품이 뒷받침하지 못했기 때문이든, 아니면 이론상의 문제점
때문이든 김기림의 모더니즘은 결국 언어의 기교에 치중하는 형식주의
적 성격을 띠게 되고, 그것은 그대로 모더니즘 시의 일반적 성격이 되
기도 한다. 그러나 모더니즘의 대표적 이론가인 김기림의 이론만은 시
의 자율적 기능과 사회적 매개 기능을 통합하고자 한 것이었음을 지금
까지 살펴왔다. 그는 문학이론과 실제 작품을 분리시켜 이해해 줄 것을
요구하고 있다. 그의 논리에 전적으로 동의할 수는 없다고 하더라도 적
어도 그의 이론이 모더니즘 쪽에서 문학과 사회와의 관계를 제기한 동

---

179) 『시론』, p.52. 「현대비평의 딜렘마」는 이 책에서 「비평과 감상」으로 개제되어 있
　　음. 위의 책, pp.52~53 및 H. Read, *Collected Essays in Literary Criticism*(London: Faber
　　and Faber, 1950), p.17 참조.
180) 『시론』, p.54.

시대의 거의 유일한 것이었다는 의의는 인정할 만하다. 모더니즘은 사회와의 관계를 전제로 한 것이므로 문학과 사회와 관련된 문제를 도외시하고는 그 의의를 제대로 살릴 수 없게 되어 있다. 이론과 실제 사이의 괴리가 뒤에 기교주의 논쟁으로 표면화되기에 이르렀을 때 그가 시인으로서 현실에 대한 적극적인 관심을 재표명하게 되는 것[181]도 그런 맥락에서 이해된다.

3. 모더니즘 소설론

모더니즘 이론이 주로 시를 중심으로 하여 전개되었기 때문에 소설론은 상대적으로 빈약한 편이다. 전문적인 모더니즘 소설 이론가가 없었던 탓도 있으나, 여기에는 시와 소설의 장르적 성격의 차이도 작용하였던 것으로 보아야 할 것이다. 시에 비하면 소설은 역사가 짧고 그 이론적 논의도 늦은 편이었고, 그 외형적 규모가 시보다 훨씬 커서 변화가 더디고, 어떤 변화가 있었다고 하더라도 그것을 파악하기에는 다소의 시간적 경과가 요구되는 장르이다. 한국근대소설에 대한 본격적인 논의가 30년대에 들어와서 가능하였고 그것도 리얼리즘 문제에 집중되다시피 하였다는 사실은 시사적이다. 모더니즘 소설에 대한 논의가 문예시평, 작가의 창작 노트 등의 형태로 단편적으로 이루어지게 된 것은 그런 문맥에서 이해된다. 그러나 이 단편적인 자료들은 모더니즘 소설의 이론적 거점을 파악하는 데 귀중한 단서를 제공한다. 모더니즘 소설 또한 미적 가공 기술의 혁신과 언어의 세련성 추구를 그 기본 이념으로 하고 있다는

---

181) 김기림, 「시인으로서 현실에 적극 관심」, 『조선일보』, 1936.1.1~5.

점은 이미 앞에서 언급한 바 있다. 그래서 여기서는 그 이론·장르·특질 등을 구체적인 자료를 통하여 면밀히 검토해 보기로 한다.

김기림이 1934년에 쓴 「문예시평」은 모더니즘 소설의 기본 성격과 그 내적 형식을 이해하는 데 있어서 유용한 자료가 된다. 그는 소설을 대상으로 한 이 시평에서 현대소설에 대한 자신의 견해를 밝히는 한편 현대소설의 몇 가지 유형을 제시하고 있다. 첫째, 그는 여기서 현대소설의 중요한 특성을 대상과의 객관적 거리두기(distancing)로 파악한다. "모델과 화가 칸바스와 화가 사이에는 적당한 공간적 거리가 필요한 것처럼, 문학에 있어서도 대상과 작품과 작가 사이에는 충분한 구상화(具象化)를 할 만한 거리를 필요로 한다. 그 거리라고 하는 것은 공간적인 것은 물론이오 시간적인 것까지도 의미한다"[182]고 그는 말하고 있다. 말하자면 대상과의 미적 거리가 유지되어야 한다는 것으로, 자기자신까지 객관화하는 이 거리(거리두기)야말로 현대소설의 '제 1의적인 것'이라 그는 보고 있다. 둘째, 그는 현대소설의 유형을 그 수법에 따라, 가) 기억을 통하여 의식이나 심리를 묘사하는 방법(M.프루스트, J.조이스가 완성하고 국내에서는 박태원이 시험한 것), 나) 영혼의 고투의 기록(도스토예프스키와 지드의 문학), 다) 사회와 인생의 역설적 위치나 파세틱한 상태를 지적 풍자로써 제시하는 방법(모든 풍자작가·비극작가를 포함한 일군의 이지적 작가 헉슬리 등), 라) 사회와 인생을 있는 그대로 묘사하는 리얼리스트의 수법(발자크의 방법, 플로베르나 졸라처럼 생물학적 표면만 묘사하려는 것과는 구분됨. 국내 프로문학 진영에서 시도했으나 충분히 성공하지 못한 방법) 등 네 가지로 구분하여 파악한다.[183] 이 네 가지 유형 중에서 라)의 경우는 국내에서 '프롤레타리아의 눈'을 가진 작품의 양식으로 시도되었으나 그 수준에 실망하고 있다고 하면서, 그는 헉슬리·루이스 싱클레어·지드 등의 고

---

182) 김기림, 「문예시평(4) - 작품과 작가의 거리」, 『조선일보』, 1934.4.1.
183) 위의 글. 제시된 항목을 그대로 따르면서 내용은 인용자가 요약하였음.

민하는 '지식계급의 눈'을 가진 작품에 호감을 표명하고 있는데184), 이런 점에서 보면 그는 라)보다는 가)~다) 쪽에서 현대소설의 방향을 설정하고 있는 것으로 이해된다. 그 자신이 시형식을 빌어 다)의 방법을 시도하였고 박태원이 가)의 방법을 실험하고 있다는 지적(여기에 이상도 포함시켜 볼 수 있다)을 종합해 보면, 모더니즘 작가들이 소설사를 어떻게 인식하고 있고 소설의 현대성을 어떻게 이해하고 있는지 어느 정도 분명해진다. 간단히 말하면, 이들은 발자크 이래의 리얼리즘 전통보다 조이스·헉슬리 등의 심리적·이지적·실험적 소설에서 소설의 근대성을 파악하고, 이들의 새로운 수법과 거리두기의 방법에 관심을 가지고 있다고 할 수 있다. 이런 경향은 대표적인 모더니즘 소설가인 박태원과 이상에게서 잘 나타나고 있다. 이효석의 경우는 이들과는 구분되는 점이 있다.

박태원은 자신이 채택하고 있는 소설형식을 '심경소설(心境小說)'이라고 명명한다. 심경소설은 일종의 1인칭 소설로서 작가자신의 생활과 그 심리적인 세계를 감각적이고 새로운 문체로 묘사하고자 하는 소설이다. 그는 구인회 주최 문학강좌에서 「언어와 문장」('시와 소설의 밤', 1934.6.), 「소설과 기교」('조선신문예강좌', 1935.2)라는 제목으로 강연을 하였고 자신의 소설관을 밝힌 '창작여록(創作餘錄)'을 신문지상에 발표하기도 하였는데, 특히 창작여록은 소설의 언어·기교·심경소설 문제 등에 대한 그의 구체적인 견해를 밝히고 있어 구인회 강연회의 강연 내용도 어느 정도 짐작할 수 있게 해 주는, 그 자신의 창작이론을 피력한 중요한 자료이다.

'창작여록'이라는 부제가 붙어 있는 박태원의 산문 「표현·묘사·기교」(『조선중앙일보』, 1934.12.16~31)는 소설의 언어·문체·기교·장르 등에서 새로운 것과 실험적인 것을 추구하는 그의 작가적 태도가 선명하

---

184) 「문예시평(5) - 인테리겐차의 눈」, 『조선일보』, 1934.4.3.

게 나타나고 있는 글이다. "한 개의 컴마·된소리와 연인의 회화·문체에 관하야·단편의 결말·심경소설·인명(人名, 명명appellation)" 등의 그 항목 설정에서부터 그렇지만, 그의 다음과 같은 말에서 그의 그런 소설관이 잘 나타나고 있다.

표현 - 묘사 - 기교 - 를 물론하고 「신선한, 그리고 또 예민한 감각」이란, 언제든 필요한 것이다. 신선하다는 것, 예민하다는 것, 이것들은 오직 이것만으로도 가치가 있다.
「신선한, 그리고 예민한 감각」은 또 반드시 기지(機智)와 해학을 이해한다. 현대문학의 가장 현저한 특징의 하나는, 아마 그것들이 매우 넉넉하게 이 기지와 해학을 그 속에 담고 있다는 것일게다. 사실, 현대의 작품은 이러한 것들을 갖는 일 없이, 결코, 현대의 우수한 독자들에게 「유열(愉悅)과 만족」을 주지는 못한다. 까닭에 - 「감각」이 낡고, 무디고, 「기지」가 없고 그리고 또 「해학」을 알지 못한다면 - 쉽게 말하여, 총명하지 못하다면, 그는 이미 현대의 작가일 수는 없다.[185]

신선하고 예민한 감각, 기지와 해학을 소설의 현대성(근대성)으로 그는 파악하고 있다. 맨스필드와 모파상 등의 단편소설에 대해서도 그런 차원에서 관심을 보여 주고 있는 그의 소설적 태도[186]는, 한마디로 말해 스타일리스트로서의 그것이라고 할 수 있다. 그는 언어감각과 문체의 혁신을 현대소설의 본질적 성격으로 이해하고 있다. "문예감상이란 (늘 하는 말이지만) 구경(究竟), 문장의 감상이다. 까닭에 만약, 어느 작품이 문장으로서, 오직 그 내용에 있어 전체적인 관념을 표현할 뿐이오, 그 음향으로 그 의미 이외의 분위기를 빚어내는 것이 못 된다면 우리는 결

---

185) 『조선중앙일보』, 1934.12.22(연재 5회).
186) 그가 맨스필드·헤밍웨이·오우푸라이티 등의 단편소설을 몽보(夢甫)라는 필명으로 직접 번역 발표하기도 했다는 사실도 참고할 만하다. 박태원, 「춘향전 탐독은 이미 취학 이전」, 『문장』, 1940.2, p.5 참조.

Ⅲ. 모더니즘의 이론과 이데올로기   113

코 그 작품에 흥미를 가질 수는 없다."187) 이런 견해는 소설을 언어의 체계로 보는 형식주의자들의 문학관과 비슷하다고 하겠는데, 구인회의 선배작가인 이태준도 그와 유사한 발언을 한 바 있다.188) 이태준 역시 '문체와 표현의 진실성' 여부가 구식소설과 현대소설을 구분하는 기준이라 보았고, 그래서 "읽어 가면서 맛보고 질기고 하는"것이 "현대소설의 중요한 일면"이라 주장하였으며, 작가의 개성적인 솜씨가 중요하지 "내용에만 소설의 전부가 있는 것은 아니다"라고 하였다. 구인회 작가들의 속성이 여기서도 잘 드러나지만, 박태원의 특성은 이런 수준에서 만족하지 않고 심경소설이라는 새로운 형식을 추구하고자 한다는 점에서 이태준과는 확실히 다른 면이 있다. 그는 쉼표의 효과적인 사용에 의한 언어의 탄력성 부여, 적절한 대화 언어 구사, 명명법(命名法)의 자각과 인물의 성격 부여 등을 포괄하는 문장 감각의 혁명에 그치지 않고 새로운 소설형식을 실험하고자 한다.

작가가 자기의 사생활에서 취재하여 제작한 소설, 즉 심경소설 또는 신변소설·사소설(私小說)은 그에 따르면 본격소설이 가질 수 없는 그 나름의 명분이 있다. 그는 이렇게 주장한다.

(…) 이른바 신변소설이라는 것은 그 세계야 좁은 것임은 틀림없으나, 그 대신에 그곳에는 「깊이」라는 것이 있는 것이 아닌가?

어떠한 걸출한 작가에게 있어서라도 그가 참말 자신을 가저 쓸 수 있는 것은 구경(究竟), 평소에 자기가 익히 보고, 익히 듣고, 또 익히 느끼고 한, 그러한 세계에 한할 것이다.

특히, 한 작가가, 창작에 있어서의 「심리해부」의 수련을 위하여서는, 가히 심경소설 제작을 꾀함보다 더 나은 자 없을 것이다.189)

187) 「표현·묘사·기교」, 위의 신문, 1934.12.20(연재 4회).
188) 이태준, 「소설의 맛」, 『무서록』(박문서관, 1941), pp.114~115. 그밖에 그의 「글쓰는 법 ABC」, 『중앙』, 1934.6~35.1, 「생활양식과 입체적 구성」, 『조선일보』, 1937. 7.15, 「소설독본」, 『여성』 1938.7 등 참조.

심경소설은 본격소설에 비해 다루는 세계가 좁으나 '깊이'가 있고, 작가에게 친숙한 세계를 담을 수 있고, '심리해부'와 그 '수련'에 적합한 양식이라는 것이 그의 주장이다. 그가 왜 깊이 있는 심리해부가 가능한 심경소설을 선택하게 되는가 하는 이유에 대해서 그는 그이상의 구체적인 설명을 하지 않고 있으나, 그의 심경소설 「소설가 구보씨의 일일(一日)」(1934) 등에 의거하여 해석하자면 현실세계와의 부조화, 잃어버린 자아의 행복, 내면적인 진실 때문이라고 이해된다. 소설형식면에서 보면, 3인칭이나 전지적 작가 서술방식이 아닌 1인칭 형식(심경소설은 화자(話者)와 주인공이 완전히 일치하거나 표면적으로 다르다 하더라도 일치하는 것으로 읽혀진다)으로 서술, 객관세계의 묘사보다는 객관화된 주관적인 내면세계 표현에 치중하고, 삶의 총체성보다는 개별성 구현을 의도하고, 객관적 진실보다는 주관적 진실을 추구하는, 종래의 전통적 소설양식과는 뚜렷이 구분되는 심경소설 양식을 그는 스스로 선택하고 있는 것이다. 다시 말해, 그의 체험 내용에 합당한 형식을 심경소설로 본 것이라 할 수 있다. 리얼리즘 소설 쪽에서 보자면 이 형식은 소설의 붕괴나 해체 과정을 보여 준다 하겠으나, 리얼리즘이 한계에 다다르고 있을 때 대두되었다는 점에서 그 역사적 성격이 나타난다. 사회적 총체성보다는 작가의 개별성이나 삶의 단편성을 드러내고자 한다는 점에서 20년대의 염상섭의 고백체 소설과 일맥상통하면서도 그 문체 의식과 발생·배경면에서 이 형식은 독특한 점이 있다. 이 형식은 동시대 작가 안회남·이상·최명익 등의 수용과 변형을 거치면서 중요한 소설형식으로 정립된다.

이 형식은 심경소설 외에 신변소설·사소설 등의 명칭으로 지칭되기도 하지만 '심리묘사'를 그 중요한 속성으로 하고 있는 점에서 다른 명칭보다는 심경소설이라 이름붙이는 것이 합당하다고 본다.[190] 박태원은

189) 「표현·묘사·기교」, 위의 신문, 1934.12.28(연재 8회)
190) 백철은 그의 『조선신문학사조사·현대편』(백양당, 1947)에서 '심리신변소설'이

심경소설의 방법으로 제임스 조이스가 「유리시즈」에서 시험한 '의식의 흐름' 수법, 영화의 용어를 빌면 현재와 과거, 현실과 환상을 교차하는 '이중노출(二重露出)'(over - lap)의 수법을 들고 있다. 그는 이렇게 쓴다.

> 우리가 작품 제작에 있어, 새로운 수법을 시험하야 보는 것은 언제든 필요한 일이요, 또 의의있는 일이다.
> 여기서 우리는 영화 수법의 효과적 응용이라는 것에 관하야, 생각해 보기로 한다.
> 이 새로운 예술, 영화는 그 역사가 지극히 새로운 것임에도 불구하고, 짧은 시일에 그렇게도 비상한 진보를 우리에게 보였다. 그와 함께, 그것은 우리가 배울 제법 많은 물건을 - , 특히 그 수법, 그 기교에 있어 가지고 있다.
> 나는 그중에서도 특히 「오우버 랩」의 수법에 흥미를 느낀다. 그리고 나는 실제로 나의 작품에 있어, 그것을 시험해 보았다. 그러나 물론 그것은 나만이 생각할 수 있었든 것은 아니었을 게다. 최근에 「유리시 - 즈」를 읽고 「제임스 조이스」도 그같은 시험한 것을 알았다.
> 워낙이 과문인지라 이밖에 또 다른 예를 아지 못하거니와, 그래도 여하튼, 이 「이중노출」의 수법은 문예가들에게 적지 않은 흥미를 주는 것임에 틀림없을 것이다.[191]

여기서 특히 관심을 끄는 것은, 그가 기술복제 시대의 예술인 영화의 수법에 대해 말하면서 그 '이중노출' 수법에 주목하고 있다는 것, 조이스의 「율리시즈」를 읽었다는 것, 이중노출의 수법을 조이스가 「율리시즈」에서 이미 시험(현실과 환상을 '의식의 흐름' 수법으로 교차 묘사하는 방식으로)한 사실을 알게 되었다는 것 등이다. 영화·미술에 대한 구인회 회원

라는 용어를 사용하고 있으나 다소 번거롭게 느껴진다. 심리소설은 3인칭으로 쓰여질 수도 있으므로 심경소설과는 구분되는 점이 있다. 한편 신변소설(사소설)이 곧 심리묘사(내면탐구)를 의도하는 것은 아니다.
191) 「표현·묘사·기교」, 위의 신문, 1934.12.31(마지막회)

들의 관심은 이미 지적한 바 있지만, 박태원은 몽타쥬·이중노출 등의 영화의 고유한 수법 가운데서 이중노출의 방법을 소설에 직접 수용하고자 한다는 점에서 이채롭다. 그가 의식의 흐름이라는 일반적인 용어를 쓰지 않고 이중노출 - 영화의 용어를 사용하고 있는 것도 인상적이다.

박태원과 절친한 사이였던 이상도 그의 소설 「날개」·「지주회시」 등에서 심리묘사를 시도한다. 박태원의 심경소설에 비하면 이상의 소설은 더 실험정신이 강해서, '의식의 흐름' 보다는 '내적 독백'의 수법과, 파편화된 삶에 적절한 형식을 부여하기 위한 알레고리 방법을 채택하는 경향을 보이고 있으나, 대체로 조이스적인 일종의 심리묘사 계열의 작품이라 할 수 있다. 그런데 조이스, 마르셀 프루스트, 버지니아 울프 등으로 대표되는 20세기 서구의 '의식의 흐름' 소설,[192] 모더니즘 소설에 대한 관심은 비단 박태원뿐만 아니라 30년대 당시 한국문단에서 여러 사람들이 기울였던 것으로 확인된다. 백낙원·백철·김영석·이양하·최재서 등이 심리주의 또는 신심리주의 문학이라는 이름으로 이들의 소설의 새로운 방법을 소개하였고,[193] 그밖에도 이들에 대하여 쓴 외국인의 논문이 몇 편 번역되었고,[194] 울프의 소설론이 소개되기도 하였다. 이 소개자들 중에서 최재서와 백철은 뒤에 이상의 「날개」를 둘러싼 모

---

192) 프루스트를 제외한, 영·미의 의식의 흐름 소설에 대해서는 로버트 험프리, 『현대소설과 '의식의 흐름'』, 천승걸 역(삼성미술문화재단, 1984) 참조.

193) 백낙원, 「심리주의 문학과 주지주의 문학」, 『매일신보』, 1933.10.25~31. 백철, 「문단시평 - 인간묘사시대」, 『조선일보』, 1933.8.29~9.1, 「현대문학의 신심리주의적 경향」, 『중앙』, 1933.11, 「조이스에 관한 노트」, 『형상』, 1934.2. 김영석, 「영국신심리주의 문학소고」, 『동아일보』, 1935.7.21~8.4. 최재서, 「구라파 현대소설의 이념」, 『비판』, 1939.6~7. 이양하, 「제임스 조이스」, 『문장』(1941.3), 손정봉, 「제임스 조이스의 문학」, 『조선일보』, 1940.6.8. '신심리주의 문학'이란 명칭은 당시 일본에서 붙여진 것임.

194) 폴 엘마모아, 「현대성의 파산」(원제, 「푸르스트의 두 길」), 최재서 역, 『조선일보』, 1933.11.1~9, D.S.미르스키, 「조이스와 애란문학」, 백석 역, 『조선일보』, 1934.8. 10~24.(4회 연재), 버지니아 울프, 「성격묘사와 심리묘사」(원제 「베네트씨와 브라운 여사」), 이철 역, 『인문평론』, 1940.7~8.

더니즘 - 리얼리즘 논쟁의 주역으로 등장하게 되지만, 이들의 '의식의 흐름' 작가들에 대한 관심의 이면에는 일본에서의 프루스트의 「잃어버린 시간을 찾아서」 번역(제1부, 1929), 제임스 조이스의 「율리시즈」 번역(1930), 이들 작가에 대한 尹藤整,[195] 春山行夫 등의 연구, 신감각파인 橫光利一의 심리주의 소설 「기계(機械)」 발표(1930) 등의 문학적 분위기가 놓여 있다. 김기림은 뒤에 1934년 가을에 독자들에게 추천하는 책으로 春山行夫의 『조이스 중심의 문학운동』을 들고 있고,[196] 박태원의 「소설가 구보씨(仇甫氏)의 일일(一日)」에는 김기림(소설 속에서 신문사 사회부 기자이자 시인으로 묘사되고 있다)과 주인공 '구보'(박태원)가 다방에서 만나 「율리시즈」에 대하여 대화를 나누는 대목이 들어 있다.[197] 한편 백철은 박태원의 작품(「옆집색시」)이 안회남(본명 필승)의 소설(「연기(煙氣)」 등)과 함께 "죠이스·橫光利一 등의 심리주의 수법"을 시도한 것으로 평가한다.[198]

---

195) 소설가이자 영문학자인 伊藤整은 조이스와 프루스트에 대한 연구를 시도하여 그 성과를 모은 『신심리주의 문학(新心理主義文學)』(1932)을 출판한 바 있다. 이 책은 「신심리주의 문학」·「소설의 심리성에 대해서」·「방법으로서의 '의식의 흐름'」·「프루스트와 조이스의 문학 방법에 대해서」·「심리소설에 관한 각서」·「심리적 현실에 대해서」 등의 수록 논문 제목에서 나타나듯 심리소설의 방법을 주로 소개하고 있다. 『伊藤整全集(13)』(동경:新潮社, 1973) 참조.

196) 「추천도서관」, 『중앙』, 1934.10, p.13 참조. "나는 이 사람의 시보다는 시론을 재미있게 생각했는데, 그밖에 영,미의 신문학에 대한 그의 연구는 비록 그의 시론처럼 재기(才氣)가 활발하지는 못하나, 그 온축(蘊蓄) 깊은 데는 늘 놀랄 만합니다. 위체시세(爲替時勢)가 떨어질 때 까지는 우리의 좋은 대식물(代食物)이 될 줄 압니다. 일본에 있어서도 유수한 이 대식가(大食家)의 식욕은 참말 우리들의 부러운 것의 하나입니다"고 김기림은 말하고 있다. 이로써 그가 春山의 시론에도 관심을 가져온 것을 알 수 있다.

197) 『소설가 구보씨의 일일』(문장사, 1938), pp.259~263 참조.

198) 백철, 「1933년 창작계 총결산」, 『조선중앙일보』, 1934.1.1~10. 박태원은 백철의 평가에 대해 침묵을 지켰으나, 안회남은 자신의 소설이 橫光利一의 소설 방법을 따른 것이라고 밝히고 있다. 안회남, 「심리주의적 리얼리즘과 소설가의 소설」, 『조선중앙일보』, 1935.7.10 참조. 안회남은 박태원보다 작가적 역량이 떨어지는 작가이지만 역시 일종의 심경소설(신변소설)의 작가로서 여기서 함께 다루어야 마땅하겠으나, 심경소설의 장르적 성격은 박태원의 작품을 통해 드러날 수 있다고 보아 일단 논외로 하기로 한다.

그런데 이효석의 소설은 같은 모더니즘이지만 박태원·이상 등의 심경소설 형식과는 다르다. 그의 소설은 도시소설의 일종으로 볼 수 있다. 그러나 그의 소설은 심리묘사를 표방하지도, 1인칭으로 서술되지도 않고 있기 때문에 모더니즘으로서 뚜렷한 형식을 드러내지 않고 있어 모호한 점이 있다. 이 문제를 해결하는 데 있어서 두 개의 자료가 도움이 된다. 그 중의 하나는 이무영이 발간한 『조선문학』지 주최 「문예좌담회」 기록이고, 다른 하나는 이효석과 같은 구인회 회원인 이종명(李鍾鳴)의 산문자료이다. 우선 「문예좌담회」 기록부터 보자. 참고삼아 밝혀두면 구인회측의 김기림·정지용·이무영 등과 그 밖의 백철·임화·서항석 등이 참석하고 있는 이 좌담회는 이효석이 「돈(豚)」을 발표한 직후에 열렸다.

> 백철 : 『조선문학』의 「돈(豚)」을 보면 철도로 끄을고 나가는 장면
> 이 너무 로맨틱합디다. 리얼리즘이 아닙니다.
> 무영 : 효석은 (…) 무엇이나 그 분위기를 살며시 덮어 노으니까.
> 임화 : 백군의 말과 가치 처음과 끝이 다른데, 무영씨의 말과는 반
> 대로 '돈(豚)'이 기차에 지나가다가 죽는 것은 부자연한 수
> 법입니다.
> 항석 : 대체로 경향만 말씀합시다.
> 기림 : 효석은 재래 작품중 모더니즘적 경향과 프로이드즘 경향이
> 있는데, 조화되지 않는 것을 조화시키려고 하는 모순이 생
> 깁디다. 근일에는 모더니즘이 노골화하였습디다. 그저 모더
> 니즘이라고 명명하고 싶습니다.
> 백철 : 「돈(豚)」이 모더니즘입니까.
> 기림 : 모더니즘이라고 봅니다. 묘사나 표현이 아니고 기분인 까닭
> 입니다.
> 지용 : (늦게 오신 지용씨가 나서 앉으며) 그런 수법은 일본서도
> 시험해 보지 않았소. 일본의 片岡, 林房雄 등 심감각파…….
> 기림 : 신감각파는 이종명씨로 볼 수 있습니다.
> 무영 : 이종명씨는 그렇지 않습니다.199)

동반자 작가였던 이효석이 발표한 새로운 경향의 소설을 두고 그것이 모더니즘인가 아닌가 하는 문제에 대하여 의견의 일치를 보기 어렵다는 점을 이 좌담회는 보여 주고 있다. 이는 이효석의 소설과 같은 경향의 모더니즘 소설의 개념이 정식화되거나 일반화되지 않았음을 말해 주는 것이다. 그러나 그의 소설이 "묘사나 표현이 아니고 기분인 까닭"에 모더니즘이라는 김기림의 평가와, 그의 소설의 수법을 일본의 신감각파와 결부지어 이해하고 있는 정지용의 발언은 주목되는 바 있다. 그리고 이견이 있으나 이종명도 신감각파의 세례를 받은 작가로 간주되고 있다는 사실도 주의를 끈다. 이 좌담은, 요컨대 이효석의 새로운 소설 「돈(豚)」은 그것을 모더니즘이라 명명할 수 있을지 여부는 모호하나 종래의 작품과는 구별되는 새로운 점이 있다는 것과, 그것이 모더니즘이라면 그 성격으로 보아 일본 신감각파와 관련된 것임을 시사해 준다.

다음으로 이종명의 산문 「문단에 보내는 말-새 감각과 개념」은 그의 소설과 일본 신감각파와의 관련을 말해 주는 것으로 이효석의 문학을 이해하는 데도 참고가 된다. 그는 이 글에서 일본 신감각파나 신흥예술파의 이론을 수용하려는 경향이 있으나 그 말초신경적 유행문학을 그대로 받아들이기에는 조선의 현실이 너무 심각하다고 말하면서도 문학적 관념과 감각의 동시적 혁신이 요구된다고 말하고 있다.

> 언제든지 새로운 것은 감각이 아니고 개념이다. 새로운 개념의 소유자에게는 신선한 감각이 있고 발랄한 관능이 있다. 그러나 이와는 반대로 곰팡내 나는 개념의 소유자에게는 새로운 감각이 있을 수 없는 것이다.[200]

이 진술의 요점은 새로운 문학의 창조를 위해서는 관념과 감각의 혁

---

199) 「문예좌담회」, 『조선문학』, 1933.11, p.104.
200) 『조선일보』, 1933.8.9.

신이 요구된다는 것이다. 김기림의 주장과도 일맥상통하지만 그는 신감 각파의 문학을 비판적으로 수용하고 있고 새로운 감각의 문학을 주장하고 있다. 그가 신감각파로 지칭되었고, 활발한 창작활동을 보여 주지는 않았으나 「하마(阿馬)와 양말」(『조선문학』, 1933.10)과 같은 도시 여성의 풍속을 감각적인 언어로 묘사한 소설을 썼다는 사실을 염두에 두면 이 진술의 의미가 한결 분명해진다. 한편 이효석은 어떤가? 그는 자신의 창작 방법의 근거를 분명하게 밝히지는 않았으나 이종명과 마찬가지로 일본의 모더니즘 작가의 창작 방법을 나름대로 받아들여 새로운 감각의 소설을 실험하고 있었다. 유진오의 증언이 이를 뒷받침해 준다. 그에 따르면 이효석은 일본의 신감각파 작가 龍膽寺雄이 화려하게 활약하던 무렵 그의 작품을 색연필로 줄을 쳐 가면서 읽고 연구하였다고 하는데, 특히 작품에서 사용된 '어휘의 콤비네이션'에 관심을 기울였다고 한다.[201] 이 증언은 이효석 자신의 소설의 언어관과도 부합되는 점이 있다.[202] 그는 불필요한 형용사의 배제, 명사와 동사의 '역학적인 약동', 지루한 묘사의 '과감한 할애'와 '용맹한 정리' 등이 소설 '문장학의 제1과'가 되어야 한다고 주장하고 있다. 그의 소설을 신감각파와 연관시킨 정지용의 발언이 근거 없는 것이 아님이 이로써 어느 정도 분명해진다.

일본의 신감각파란, 1924년에 창간된 『문예시대』를 중심으로 한 橫光利一·川端康成 등과 이 잡지와는 직접적인 관련을 맺고 있지 않았지만 이들과 비슷한 경향을 보였던 林房雄·片岡鐵兵 등의 일군(一群)의 새로운 감각의 작가들을 지칭하는 용어이다.[203] 이들의 문학이론은 신감각파의 대표적인 작가이자 이론가인 橫光利一의 평론 「신감각론」(1924)에 잘 나타나 있다.

---

201) 유진오, 「작가 이효석」, 『국민문학』, 1942.7, pp.14~15 참조.
202) 이효석, 「설화체와 생활의 발명」, 『조선중앙일보』, 1935.7.12. 참조.
203) 市古貞攻 編, 『日本文學全史(6)』(동경:學燈社, 1979), 제 2장, 2. 「모더니즘문학의 전개」, pp.85~89 참조.

미래파·입체파·표현파·다다이즘·상징파·구성파·여실파(如實派)의 어떤 일부, 이것들의 모두를 자신은 신감각파에 속해 있는 것으로 인정하고 있다. 이것들이 신감각파가 되는 것의 감각을 촉발하는 대상은 물론, 행문(行文)의 어휘와 시와 리듬으로부터 된다는 것은 말할 필요도 없다. 그러나 그것만은 물론 아니다. 때로는 테마의 굴절각도(屈折角度)부터, 때로는 묵묵한 행(行)과 행 사이의 비약의 정도(程度)부터, 때로는 줄거리의 진행 추이(推移)의 역송(逆送), 반복(反覆), 속력(速力)부터, 그 외의 여러 가지의 촉발상태의 모습이 있다.204)

이 진술의 요점은, 신감각파 이론의 근거가 서구의 전위예술의 방법에 있다기 보다는, 行文의 어휘, 주제의 굴절 각도, 문장과 단어의 비약의 정도 등을 의식적으로 조절함으로써 새로운 문학의 감각을 창조한다는 것이다. 감각촉발의 대상은 단어와 문장, 줄거리, 주제의 굴절각도 등이다. 이러한 이론을 내세웠던 신감각파는 일본 모더니즘의 전개과정에서 1) 사회상(社會相)의 신기한 남녀의 풍속을 묘사하는 모더니즘 문학, 2) 주지적 경향을 강화한 주지주의 문학·기계주의 문학, 3) 내면적인 심리묘사를 추구하는 신심리주의 문학 등을 낳게 한 하나의 원동력이었다고 말해진다.205) 龍膽寺雄은 신감각파의 영향 속에서 성장한, 신기한 남녀의 풍속을 묘사한 작가, 橫光利一은 직접 심리주의에로 나아갔던 작가로 기록되고 있다. 그런데 이효석은 이 신감각파의 방법을 연구하였으나, 언어감각의 혁명이라하여 일부러 문법을 위반해 본다든지 멋대로 신조어(新造語)를 쓴다든지 하는 극심한 기교주의적 태도를 그대로 따르지는 않았다. 유진오는 그가 '언어의 마술성'에 누구보다도 민감하였던 것은 사실이지만 '중용(中庸)'의 태도를 취했다고 말하고 있다.206)

---

204) 『橫光利一全集·제10권』(동경:非丹閣, 1936), p.489.
205) 三好行雄·竹盛天雄 編, 『近代文學·5』(동경:有斐閣, 1977), p.57 참조.
206) 유진오, 앞의 글 참조.

이효석은 소설을 '생활의 재현'이 아니라 '생활의 발명', 즉 '새로운 이 야기 만들어내기'로 보았는데[207] 이렇게 만들어낸 이야기를 효과적으로 구현하기 위한 방편으로 새로운 언어에 관심을 갖게 된다. 여기서 새로운 언어·문체 만들기는 이야기 만들기와 분리되지 않는다. 그는 "구성이 발명을 살리는 길은 행문(行文)의 생명이다. 모름지기 간결하고 비약적이어서 최소의 문자로 최대의 사실과 감정을 암시하고 표현하여야 한다." "(…)「리얼리즘」이 그 어느 방향의 것이든간에 그 역(亦) 행문에서부터 시작되는 것이니 행문의 리얼리티를 잊고서야 관념의「리얼리즘」인들 있을 수 있을까"[208]라고 말하고 있다. 그가 언어의 감각 문제를 어떤 차원에서 이해하고 있었는지 알 수 있다.

이효석이「돈(豚)」에서 시험한 새로운 감각·새로운 문체는 뒤이어 발표한「성화(聖畵)」·「성찬」·「장미 병들다」·「화분(花粉)」 등의 도시 소설 형식에서 생생하게 드러나고 있다. 그가 도시 거주 청춘남녀의 풍속을 자주 그렸음은 이미 잘 알려져 있는 사실이지만 그는 당시 조선의 움직임은 도시 속에 있다고 생각했던 인물이다. 그는 당대의 작가들을 농촌이나 민속을 주로 다루는 작가(이기영·김동리)와 도시를 소재로 쓰는 작가(유진오·채만식)로 나누고 지방적인 것, 토속적인 것의 숭상은 있을 수 있으나 그것이 능사가 아니라고 본다.[209] 마치 '고도기(古陶器)·무기(舞妓)·담뱃대 문 상투잡이' 등의 모습을 담은 그림엽서가 순전히 '외국 관광객의 호기심'에 영합하려는 것이듯, 토속적 문학에 대한 부질없는 숭상은 '외지(外誌)의 편집자의 비위'를 맞추려는 것이라 하여, 그는 토속문학을 숭상하는 태도를 비판한다. 그의 주장은 이런 것이다.

---

207)「설화체와 생활의 발명」참조.
208) 위의 글.
209)「문학과 국민성 - 한 개의 문학적 각서(覺書)」(『매일신보』, 1942.3.3~6),『이효석 전집 6』(창미사, 1983).

같은 향토면이라 해도 한층 우아하고 목가적인 면도 많을 것이요, 또 향토면과 맞서서 도회면의 커다란 부문이 있음을 잊어서는 안 된다. 인구의 다대할(大多割)이 지방의 주민이라는 이유로 향토를 그린다는 것도 이부당(理不當)한 일이다.

조선의 움직임은 오히려 도회에 있다. 이 면의 숭상 없이는 주체적인 파악은 드디어 불가능할 것이다. 개화면이라고 해도 좋고 세계면이라고 해도 좋다. 세계적인 생활요소가 거기에서는 지방적인 것과 합류, 융합되어 있는 까닭이다. 이 세계면의 표현이 없이는 언제까지나 향토를 원시의 미간지(未墾地) 속에 버려두고 박아두는 점밖에는 안 된다. 문화를 높이고 생활을 향상시킴이 문학의 공리적인 목적의 하나라면 작가의 노력은 차라리 이곳에 경주되어야 할 것이다.[210]

조선의 현실은 곧 도시의 공간 속에 있으므로 도시를 소재로 한 문학에 전념할 수 있다는 것이다. 그리고 향토적인 소재라 하여도 작가는 토속적인 것보다는 '목가적'인 것을 그릴 수 있어야 한다고 그는 보고 있다. 그의 도시에 대한 관심은 이른바 그 '개화면·세계면'으로 표현되는 첨단적인 것에 대한 것이어서, 그 문학적 의미가 다른 작가들의 그것에 대한 것과는 다른 점이 있다. 유진오나 채만식에게 있어서 도시는 번민하는 지식인의 편력 공간이고, 채만식에게 있어서는 역사의 '탁류'의 공간이지만, 그에게 있어서는 도시적 풍속·감각·분위기 그 자체가 있는 - 새로운 이야깃거리를 제공하고, 그 이야기에 어울리는 도시적 감각의 언어를 최대한으로 발휘할 수 있는 그런 공간이다. 그러므로 도시적 분위기에 동화하는 인물을 그리는 그의 도시문학은, 내면세계로 후퇴하는 박태원·이상 등의 도시거주민의 심리묘사 소설 - 심경소설과도 뚜렷이 구분된다. 그의 소설은 도시가 있으므로 제작되는 도시문학일 따름이다. 그는 자신의 문학의 이런 성격을 "버터가 있으므로 버터

---

210) 위의 글, 『이효석전집 6』, pp.426~427.

냄새 나는 문학이 있다"는 말로써 설명한다. "메주 내 나는 문학이니 버터 내 나는 문학이니 하고 시비함같이 주제넘고 무례한 것이 없다. 메주를 먹는 풍토 속에 살고 있으므로 메주내 나는 문학을 낳음이 당연하듯, 한편 서구적 공감 속에 호흡하고 있는 현대인의 취향으로서 버터 내 나는 문학이 우러남도 또한 당연한 것이 아닌가."211) 그가 '버터의 향기'를 강조할 때 그의 문학은 시적인 언어 표현으로 이끌려들게 되기까지 한다.212) 그의 소설은 내면세계를 응시하던 박태원이 순수한 도시의 관찰자로서 변신하여 도시거주민의 생활상을 객관적으로 묘사한 도시세태소설 「천변풍경」과도 이런 점에서 구분된다.

지금까지 도시소설의 이론적 근거와 그 성격이 잘 알려져 있지 않은 사정을 감안하여 모더니즘 소설론의 성격과 그 장르에 대하여 검토해 왔다. 이제 그 내용을 정리하면서 몇 가지 사실을 덧붙여 보면 다음과 같다.

첫째, 모더니즘 소설은 그 방법과 문체 변화에서 소설사의 흐름과 근대성을 인식한 결과로서 그 방법과 언어 실험의 정도는 작가 개인에 따라 다르게 나타난다. 이효석의 실험의식이 가장 온건한 편이라면 이상의 경우는 가장 급진적이다. 이 계열의 작가들은 소설은 새로운 언어 감각에 의하여 만들어지는 것이라 보고 있고, 그 결과 언어의 합리성보다는 외형적 미감(美感)을 추구하여 언어의 '장식주의 - 형식주의', 생활에 무관심한 예술태도라는 비판213)을 받을 수 있다.

둘째, 소설형식은 심경소설(박태원·이상 등)과 도시소설(이효석 등)로 구분되지만, 심경소설이 더욱 전형적인 형식이다(이태준도 세련된 언어에 의

---

211) 「문학 진폭 옹호의 변(辯)」(『조광』, 1940.1), 『이효석전집 6』, p.236.
212) 「현대적 단편소설의 상모(相貌) - 진실의 탐구와 시의 경지」(『조선일보』, 1938.4.7. ~9.), 전집 6, pp.233~235. "시는 직접적으로 「미」를 통해서 시에 도달함에 반하여 소설은 「진」을 통해서 시에 도달하려는 것일 뿐이다"고 그는 쓰고 있다.
213) 임화, 「언어의 마술성」, 『문학의 논리』 참조.

한 도시 소재의 소설(하층민이나 노인을 주로 다룬)을 썼으므로 넓은 의미의 모더니즘 소설이라 할 수 있으나, 그의 방법은 재래의 리얼리즘에 가깝다). 심경소설은 사회적 총체성보다는 개별성의 탐구, 내면성의 묘사에 치중하며, 삶의 단편성과 작가의 소외를 주로 1인칭 서술자를 내세워 서술한다. 3인칭의 리얼리즘 소설과는 여러 모로 대조적인 이 형식은 폭넓은 동조자를 얻어 30년대 문단에서 상당 기간 동안 지속된다. 심경소설은 주관적 세계에 칩거하던 화자가 위치를 바꾸어 외부세계의 관찰자로 나서게 될 때 그 주관적·내면적 세계로부터 분리된, 객관적 세계를 묘사하는 도시세태소설을 낳게 된다. 세태소설은 여기서 자세히 논의하지 않았으나 박태원의 「천변풍경」이 대표적인 예이다.

셋째, 이효석의 도시소설은 도시의 분위기를 묘사하는 관계로 남녀의 애정풍속과 결합된 애욕소설을 발생시킨다. 그러나 그의 소설형식은 심경소설만큼 폭넓게 확산되지 못하고 끝난다.

넷째, 미적 거리두기, 서구의 '의식의 흐름' 소설·영화, 일본의 모더니즘 등의 현대예술의 새로운 방법과 조류를 흡수하고 재활성화한 30년대 모더니즘 소설의 등장은 기존의 소설 개념에 대한 재해석이라 할 수 있다. 그것은 리얼리즘 측에서 보면 소설형식의 붕괴·변형(變形)이라 하겠으나 그 내측에서 보면, 소설은 총체성의 탐구형식이 아니라 개별성의 탐구 또는 재생산의 형식이거나, 현실에 대한 객관적 관찰기구(「천변풍경」), 인공적으로 만들어지는 이야기로 정의된다. 모더니즘 소설의 역사성[214]이 여기에 있다.

---

214) 이 역사성은 Ⅳ장의 작품론을 통해 더 구체적으로 검토될 것임.

4. 국제주의인가 민족주의인가

　'구인회'의 모더니즘 문학은 동시대의 영국·프랑스·일본 등의 국제적인 모더니즘 운동과 긴밀한 관계를 맺고 있다는 점에서 다분히 국제주의적인 성격을 띤 것이라 할 수 있다. 근대기술자본주의라는 공통된 기반, 1차 대전과 국제경제공황에 따른 지식인의 불안, 예술운동상의 집단성과 정신적 유대, 그 전파와 수용·창작 기법의 교류 등의 면에서 서구의 모더니즘 운동은, 나라에 따라 차이점이 있긴 하지만, 분명히 어떤 공통점을 나누어 가지고 있다. 30년대 한국의 모더니즘도 이런 분위기에 편승한 것이었고, 서구와 일본의 동향을 참조한 것이었기 때문에, 그 국제성을 생각하지 않고는 제대로 이해하기 어렵다.

　그러나 서구의 경우 그것은 이른 시기에 이루어진 근대도시와 상공업의 발달에 따라 역사적 상승기에 처했던 중산층이 19세기 후반~20세기 초의 급격한 사회구조의 변화기에 직면하면서 불안과 해체를 경험하는 과정에서 생성된 것이었고, 일본의 경우는 관동대지진 이후부터 1931년 파시즘이 대두하기 전까지의 경제적·사회적 앙양기에 나타난 것이었으나, 한국의 경우는 주체적인 경제적 역량이 결여되어 외국 자본주의 체계에 편입된 상황에서 제기된 것이었다는 자체의 특수성을 지니고 있다. 한국 모더니즘의 중개자이자 '참조의 틀'의 하나였던 일본 모더니즘은 파시즘의 대두와 함께 하강기에 접어들었으나, 이와는 달리 한국의 그것은 일본의 그것이 새로운 사회 분위기 속에 재편성되어 가던 바로 그 시기에 제시되기 시작해 태평양전쟁 전까지 지속적인 기능을 수행한다는 사실은 세심한 주의를 요한다. 구인회가 20년대 민족문학파의 새로운 계승자로 자처하고 있다는 것, 조선주의 또는 민족주의적인 성향을 띠고 있다는 것은 한국 모더니즘의 특성이기 때문에 국제주의적인 측면에서 그것을 완전히 설명할 수 없음도 분명한 사실이다. 30년대 모더니즘의 이런 성격은 카프의 프로문학을 국제주의적인 관점에서 온전히 이해할 수 없는 것과 마찬가지이다. 여기서 한국 모더니즘의 이념이나 이데올로기의 성격이 문제시될 수 있는 것이다.

박승극은 '구인회'를 '카프' 이후의 최대의 문학단체로 보면서 '부르즈와 문학의 정통적인 계승자'로 자처하는 그 문학적 태도에 대해 불만을 토로한 바 있다.[215] 이 불만의 근거는 구인회 주최 「조선신문예강좌」의 강좌 내용과 그 참여 연사들의 인적 구성 - 특히 이광수·김동인이 여기에 참여하고 있었던 사실에 있었다 - 때문이었다. 박태원은 이광수로부터 문학수업을 한 바 있고, 이태준은 골동품·고서화(古書畵) 등 한국적인 것에 관심이 많았던 인물이다. 김기림은 어떤가? 그는 국제주의적인 성향과 민족주의적인 기질을 함께 보여 주었던 비평가이다. 그는 모더니즘 문학을 주장하는 한편 '신민족주의 문학운동'에 대한 열렬한 희망을 피력하고 있다. 그는 틀에 박힌 공식주의를 경계하면서 '조선적인 것'을 활성화할 수 있는 새로운 민족주의 문학의 건설이 요구된다고 주장한다.

> (…) 우리는 조선민족의 생활의 근저에서 물결치는 굿세인 힘과 그 정신 속에서 새여오르는 특이한 향기를 파악하여야겠습니다. 우리가 나아가 세계에 기여할 것은 세계의 어느 구석에서도 찾을 수 없는 독특한 조선적인 것이 아니면 아니됩니다. 애란(愛蘭)의 문학운동의 세계적 문화사적 의의도 거기에 있습니다 (……).
> 우리는 이러한 문학운동을 가정하고 그것을 신민족주의 문학운동이라고 명명하고 싶습니다. 그러나 그것은 정치적 지도원리로서 사회주의에 대한 그러한 의미의 민족주의의 제창이 아닙니다. 창백하고 연약한 조선의 문학을 다시 한번 조선민족의 현실생활과 정신 속

---

215) 박승극, 「조선문학의 재건설」, 『신동아』, 1935.6. p.136 참조

에 굳세게 뿌리박음으로써 문단의 화려한 명일(明日)을 가지려는 것
입니다. 이 일은 한 개인이라는 이보다 많은 동지의 힘에 의하여 생
기 있는 운동으로써 제기되어야 하리라고 생각합니다.[216]

이에 따르면 그의 신민족주의 문학운동은 20년대의 사회주의 문학에
대응하던 민족주의 문학운동이 아니라 더 넓은 의미를 띤 것이고 시조
운동과 같은 복고적이고 고풍스러운 것이 아니라 시대성을 고려한 것
이다. 그는 시의 '민중과의 절연상태'를 인정하면서 현실의 민중적 요구
를 생각하여야 한다고 본다. 여기서 연극이 그러한 가능성을 지닌 장르
일 수 있다고 판단하면서, 그는 "신민족주의 문학운동이란 또한 조선민
족의 정신과 생활 속에서 연극성을 파악하려는 노력"이라고 설명한다.
그리고 이 모든 과제는 프로 문학과 같은 공식주의가 아니라 현실 속에
서 법칙을 발견하려는 지속적 노력에 의해 가능하리라고 기대한다. 그
런 전제 아래서 그는 "초현실주의도 즉물주의 감각파"도 좋다고 본다.
요컨대 다양한 노력이 있어야겠다는 것으로, 여기서 그는 "주지적 시론
과 시집을 완결해 놓고 그것으로써 시에 결별을 고하고 조선적인 향내
나는 희곡을 써 보고 싶다"는 문학 계획을 밝히고 있다.

그의 신민족주의 문학운동에 대한 제안은 체계화되지 못한 다소 막
연한 것이지만, 그 의도만은 짐작할 수 있다. '신간회' 해체와 만주사변
등으로 침체된 문단의 분위기를 극복하기 위한 전향적(前向的)인 민족주
의(신민족주의) 문학운동이 요구된다는 점과 그 실현 방안은 종래의 시조
보다는 희곡과 모더니즘 문학에 의거해야 할 것이라는 것이 그의 생각
이다. 그가 희곡을 내세운 것은, '운동의 총체성'구현과 예시적(豫示的)
기능을 기본으로 하는 희곡 장르의 성격을 염두에 둔 것으로, 아마도

---

216) 김기림, 「신민족주의 문학운동」, 『동아일보』, 1932.1.10. 이 글은 신문사측이 기
획한 「32년 문단전망」 시리즈의 일부로 쓰여졌다.

이즈음 발표한 「떠나가는 풍선(風船)」(『조선일보』, 1931.1.29~2.2, 1막극), 「천국에서 왔다는 사나이」(동, 1933.3.3~21, 3막극) 등 몇 편의 희곡작품[217]의 가능성을 생각하고 있었기 때문이었던 것으로 보인다. 이 작품들은 민족의 현실·경제공황으로 인한 사회문제 등에 대한 그의 현실인식 태도가 잘 나타나 있으나, 대체로 실험적인 소품의 수준에 머물고 있고 이후 그는 지속적으로 희곡을 쓰지도 않았다. 조선적 현실에 밀착한 연극운동은 유치진의 '극예술연구회'를 중심으로 추진되었다. 따라서 그의 희곡 창작 계획은 뜻대로 수행되지 못하였고, 그 대신 그는 시 분야에 전념하게 된다.

그러나 그의 '조선주의'에 대한 관심은 비교적 지속적이었다고 할 수 있다. '구인회'가 결성된 후 1934년 말에 쓴 한 평론에서 그는 조선주의 문제를 재론하였는데, 여기서는 그의 논리적 진전을 볼 수 있다. 그는 한 나라의 문학에 대한 작가의 태도는 '내슈날리즘'(민족주의)과 '세계주의'의 두 가지가 있으며 애란의 예이츠파는 전자에 속하고 조이스는 후자에 속하는 예라고 설명한다. 조선의 '내슈날리즘' 즉 '조선주의'는 "조선적 특성을 가지고 세계문학에 참여하려는 강렬한 의도를 가졌을 때에만" 가치를 갖게 되며, 따라서 "그것은 구경(究竟)에 가서 세계주의와 일치하는 건설적인" 것이므로, 작가에 있어 '내슈날리즘'과 세계주의는 본질적으로 분리될 수 없다고 그는 주장한다.[218] 이런 관점에서

---

217) 「떠나가는 풍선(風船)」은 북해의 고도(孤島)에 난파한 '고려호(高麗號)'의 선원들이 절망을 딛고 힘을 합쳐 배를 수선하여 고국으로 떠나가는 과정을 그린 것으로, 어두운 '역사와 시대'에 대한 작가의 결의가 반영되어 있다. 「천국에서 왔다는 사나이」는 경제공황기에 처한 가난한 서민이 빚 때문에 자살을 기도했다가 실패하는 과정을 통해 사회의 궁핍상을 풍자한 작품이다. 그밖에도 그는 제국주의 전쟁, 실업문제, 한국적인 지조 문제를 다룬 「어머니를 울리는 자는 누구냐」(『동광』, 1931.9), 「미스터 뿔떡」(『신동아』, 1933.7), 「바닷가의 하룻밤」(1933) 등을 각각 발표한 바 있다. 「바닷가의 하룻밤」(게재지 미확인)에 대해서는 한설야, 「12월 창작평」, 『조선일보』, 1933.12.14 참조.
218) 편석촌, 「문학상 조선주의의 양자(樣姿)」, 『조선일보』, 1934.11.14.

그는 조선주의를 1) '소극적 조선주의', 2) '배타적 조선주의', 3) '적극적 조선주의' 등으로 나누고 3)을 옹호하는 입장을 보여 준다. 그의 견해를 요약하면 이렇다. 1)은 막연한 조선 정조(情調), 선대(先代)로부터 내려온 옛 노래를 존중하고 고수(固守)하려는 것으로 '편협한 감상적 내슈날리즘'이다. 그것은 조선의 역사 위에 슬픔의 정서와 센티멘탈리즘을 덧붙이는 결과를 초래하였고 '지성'의 결여를 가져왔다. 현재 이러한 소박한 문화적 태도를 극복하려는 노력은 "좌우양익(左右兩翼)의 문학 속에서 동시에 대두"하고 있으며 그것은 "진보의 이름 아래" 청산될 것이다.[219] 2)는 민족이 고립한 상태에 있을 때의 감정의 소산으로 "외방(外方)의 포위에 대한 자신의 반발력의 발현"이다. 이것은 국내에서 활발하지는 않지만 일부 문학자 속에 나타나고 있는 현상으로서, 현대의 문화적 국제관계를 무시한 채 "도도한 조수(潮水)의 앞에 작은 목책(木柵)을 세우려는 무모한 선언의 되풀이"에 불과할 따름이다. 그들은 "라디오·통신·단파(短波)·교통망" 등이 세계의 거리를 좁히고 있는 현실을 몰각하고 있다.[220] 3)은 1)과 2)의 문제점을 극복하고 변화하는 문명사회에 대처할 수 있는, 조선의 작가들이 택하여야 할 유일한 방안이다. 현금의 작가들은 조선적인 것과 세계적인 것을 동시에 생각할 수 있는 진취성을 획득하여야 한다. 따라서 근대문학의 역사가 짧아 외국문학과의 교섭 속에 꾸준히 성장해 온 조선의 현실을 생각할 때, 작가들의 외국문학의 모방도 그것이 '기계적인 차원'의 것이 아니라 '문화적 욕구'와 '창조적 의욕'의 소산이라면 누구나 인정할 수 있는 문단풍토 조성이 요구된다.[221] 그리고 이상과 같은 논의를 통하여 그는 다음과 같은 결론에 도달한다.

---

219) 위의 글.
220) 「조선의 무대에서 세계문학의 방향으로」, 『조선일보』, 1934.11.15.
221) 위의 글.

결론으로서 조선문학도 금후 더욱더 활발하게 그 자체 속에 세계의식·세계양식을 구비하면서 세계문학에 가까워 갈 것이 아닐까? 우리는 또한 조금치도 세계에 대하여 비겁할 필요도, 인색할 필요도 없다. 문을 넓게 열고 세계의 공기를 관대하게 탐욕스럽게 마져들여도 좋을 게다.

그러함으로써 우리는 세계적 수준을 향하야 성장할 수도 있고 또한 세계에 줄 우리들의 특성이 무엇인가도 차저낼 수가 있을 것이다.[222]

여기서 독자는 소극적 조선주의·배타적 조선주의를 극복하고 세계의 조류와 적극 교섭함으로써 민족문학의 근대화를 열렬하게 희망하는 그의 적극적 조선주의의 실상을 발견하게 된다. 그것은 합리주의자·근대주의자의 세계관이어서, 당초 구인회 회원으로 추대하려 했던 선배 문인 염상섭의 주장과도 유사한 점이 있다. 염상섭은 문명사회에서 살아남자면 '엔진을 부리고 모터를 움직이는 법'을 배우고 실천해야 한다고 주장하였다.[223] 그리고 그런 현실감각이 있었기 때문에 '복고적 샤머니즘, 영웅적 인물'에서 조선적인 정서를 추구하는 일부 소극적 민족주의자를 비판한 정노풍(본명 鄭哲)의 견해[224] - 그는 복고적인 민족문학과, 동시대를 민족과 민족간의 대립시대가 아니라 계급과 계급간의 대립시대를 인식하는 프로문학을 다같이 비판하면서 '민족내 각 계급의 상호 협력'을 역설한 '계급적 민족주의'를 주장한 바 있다 - 에 찬성할 수 있었다.[225] 김기림의 주장은 염상섭의 이론을 계승한 것이라 볼 수 있다. 그러나 김기림의 신민족주의 문학론은 염상섭의 경우와는 달리

---

222) 위의 글.
223) 염상섭, 「6년 후의 東京에 와서」, 『신민』, 1926.5.
224) 정노풍, 「조선문학 건설의 이론적 기초」, 『조선일보』, 1929.10.23.~11.10.
225) 염상섭, 「문단10년」, 『별건곤』, 1931.1, p.11 참조. 그는 여기서 정철의 이론에 동감을 표시하고 있다.

민족의 계층 및 경제 문제에 대한 구체적인 논의가 결여되고 있고,[226] 소설이 아닌(뒤에야 김기림은 「번영기」와 같은 몇 편의 소설을 발표하게 된다) 시 중심의 모더니즘 문학에 근거하고 있다는 점에서 새로운 면이 있다.

여기서 하나의 중요한 의문이 생긴다. 즉 민족주의 문학이 그 소극성을 탈피하여 국제주의적인 시각을 확보해야 되고 모더니즘 문학이 그런 가능성을 가진 문학이라면, 모더니즘 문학은 민족주의 문학(민족문학)일 수 있는가 하는 의문이다. 모더니즘도 적극적 조선주의를 표방해야한다는 논리는 당시 문단의 분위기로 보아 누구나 말할 수 있는 원칙론일 수 있으나, 그것이 구체화되려면 모더니즘 문학과 민족문학의 형식·장르·주체·이념·수용층 등의 문제가 선결되어야 할 것이다. 그리고 모더니즘 문학은 그 성격면에서 기교를 강조하는 개인주의적 성향을 띠고 있어서, 민족집단과 그 집단의 이익을 옹호하고자 하는 민족문학의 이념과 상충되는 면이 있는데, 이점을 인식하지 않고서는 논의자체가 공론(空論)에 그칠 수도 있는 것이다. 이런 문제에 대한 그의 논리는, 그의 여러 평론에서 종합하여 요약해 보면 대체로 다음과 같이나타난다.

첫째, 모더니즘 문학은 문명비판을 수행함으로써 조선적 현실을 독자들에게 환기시킬 수 있다.[227] 그는 작품 제작의 과정은 '사상과 기술의통합' 과정이라 보고 있으므로 이 과정에 의하여 풍자정신으로서의 민족적 이데올로기가 작품 속에 매개될 수 있다는 것이 그의 견해이다.

둘째, '민중'의 언어를 수용하는 '산문시' 형식에 의거하여 모더니즘문학은 민족주의적 문학의 기능을 수행할 수 있다. 그는 낡은 리듬을청산할 수 있는 모더니즘 시형식으로 '신산문시'를 제창하면서 산문시

---

226) 염상섭의 「민족·사회운동의 유심적 고찰」에는 정치·경제 등의 문제에 대한 어느 정도 구체적인 프로그램이 언급되고 있다.
227) 앞의 '문학과 사회 - 자율성론과 매개론' 부분을 참조할 것.

의 또다른 근거를 '민중'집단의 살아 있는 언어를 그 속에 구현할 수 있다는 점을 들었었다. 이는 모더니즘 시가 지나친 기술의 강조로 시인의 개별성만 추구하게 되는 위험을 극복하여 거기에 민중의 감정과 관념을 부여하려는 의도를 가진 것이었다. 이점은 그의 산문시론을 검토하는 자리에서 지적한 바와 같다.

셋째, 모더니즘 문학은 조선어에 대한 자각과 관심을 그 기본이념의 하나로 삼고 있다. 모더니즘 시인·작가들은 문학형식을 통한 조선어의 근대화를 지향하고 있다. 김기림·정지용·박태원·이효석 등의 언어에 대한 관심에서 그 점을 엿볼 수 있다. 김기림은 작가의 현실에 대한 적극적 관심과 조선어에 대한 관심을 동시에 강조하고 있고,[228] 이태준은 "언문일치 문장은 민중의 문장"이자 "현대성을 추구하는 문장"이라 규정하고, 이상·정지용·박태원·이효석·김기림 등 구인회 작가들이 이광수의 뒤를 이어 언문일치 문장을 크게 발전시켰다고 평가하고 있다.[229] 이 문제는 시 뿐만 아니라 소설과도 관련되어 있다.

이 세 가지가 모더니즘으로 민족문학의 위상을 재정립시키고자 하였던 김기림으로 대표되는 구인회 작가들의 논리라 할 수 있다. 그것은 파시즘의 시대에 처한 작가들이 자신들의 문학적 과제를 민족문제와 분리하지 않았음을 말해 주는 것이지만, 모더니즘 문학과 민족 문학에 대한 관계에 대해서는 여전히 많은 미해결의 문제점을 남겨 놓은 것으로 인식된다. 우선, 김기림의 풍자문학론은 장시 「기상도」에서 드러나듯 제국주의를 비판하기 위한 것이었으나, 민족집단의 감정을 표현한

---

228) 김기림, 「시인으로서 현실에의 적극 관심(3)」, 『조선일보, 1936.1.5. 참조. 이 논문은 「시와 현실」이라는 제목으로 『시론』에 재수록되었으나, 조선어에 대한 논의 부분(연재 3회)이 빠져 있다. 당시 문학과 조선어와의 관계에 대한 논의로는 그 밖에 이양하, 「조선어의 수련과 조선문학 장래」(『조선일보』, 1935.7.6.)가 발견되며, 여기서 필자는 정지용의 시를 언급하고 있어 인상적이다.

229) 이태준, 「문장의 고전·현대·언문일치」, 『문장』, 1940.3, p.136 참조.

것이라기보다는 소시민적인 지식인의 개인적인 관념을 토로하는 데서 그치고 있다. 그 성과는 오히려 채만식의 소설에서 얻어진다. 다음으로, 같은 맥락에서 그의 산문시도 민중언어의 수용이라는 그의 의도를 벗어나 지식인의 자의식이 투영된 세련된 언어·외래어로 치장되고 있다 (「옥상정원」·「상공운동회」·「폭풍경보」 등). 산문시 운동은 그가 높이 평가한 백석의 『사슴』(1936)[230]에서 어느 정도 결실을 보아, 이로써 풍부한 토속어(일종의 민중언어)의 실현과 그에 따른 어떤 공동체의식(집단의식)의 확보 가능성이 마련되었다고 하겠으나, 백석의 시집은 역사의 현실적 공간이 아니라 추억 속의 신화적 공간을 노래한 것으로서 진정한 '모더니티'를 구현했다고는 평가하기 어려운 점이 있다. 그리고 오장환은 초기의 산문시의 형식을 벗어나고 절제된 감정을 풀어 놓음으로써 오히려 '집단의 감정'을 노래할 수 있었다.[231] 한편 김기림은 신민족주의 문학운동을 제안하면서 '초현실주의 시'도 가능한 방안일 수 있다고 말한 바 있으나 이상의 시를 민족주의 문학이라 규정하기는 곤란한 점이 많다. 김기림·이상의 문학은 지식인의 실험적인 문학일 따름이다. 김기림의 산문시론은 그것을 새롭게 해석하거나 극복함으로써 민족문학의 형식이 될 수 있다는 역설을 보여 준다. 백석과 오장환의 예가 그것이다. 그러나 오장환을 포함한 구인회 작가들의 문학은 기본적으로 지식인의 문학이지 이른바 민중문학은 아니다. 그들의 이데올로기는 개인차가 있지만 대체로 자유주의적인 경향의 무력한 소시민성을 띠고 있다. 김기림이 김동환의 민요부흥론을 '계급문화 이전의 속중(俗衆)'을 대상으로 한 소박한 것이라 비판하고,[232] 이태준이 구인회의 예술주의적 경

---

230) 김기림, 「'사슴'을 안고」, 『조선일보』, 1936.1.29. 김기림은 이 시집이 시의 '모더니티'를 나름대로 구현한 것이라 평가한다.
231) 오장환, 「문단의 파괴와 참다운 신문학」, 『조선일보』, 1937.1.28~29, 「방황하는 시정신」, 『인문평론』, 19340.2. 참조.
232) 김기림, 「신춘조선시단 전망」, 『조선일보』, 1935.1.1~5 참조.

향에 대한 비판에 직면하여 구인회 회원들도 '민중'에 대한 관심이 없는 것은 아니라고 변론하기도 했으나,[233] 그것은 실제 작품과 긴밀히 연결되지 못한 발언이었다. "결국은 「인텔리겐챠」라고 하는 것은 끊어진 한 부분이다. 전체에 대한 끊임없는 향수와 또한 그것과의 먼 거리때문에 그의 마음은 하루도 진정할 줄 모르는 괴로운 종족이다"[234]고 김기림은 쓰고 있다. 마지막으로 조선어 의식은 인정할 만하다. 특히 정지용·박태원·이태준의 문학은 조선어에 새로운 탄력성과 감각을 부여하는 데 커다란 기여를 하였다고 할 수 있다. 정지용·이태준이 참여한 『문장』(1939)지의 업적을 고려하면 더욱 그렇다. 이들은 모더니스트들 중에서 언어실험이 가장 온건한 편이었고, 이태준의 경우 재래의 리얼리즘에 가까운 조선적인 소설을 쓴 소설가였다는 사실은 모더니즘 문학과 민족주의 문학과의 관계 문제에 시사하는 바가 적지 않다. 정지용의 문학도 같은 문맥에서 이해될 수 있다. 그러나 이들이 추구한 조선어의 수련은 '사고적인 것'의 희생을 통해 성취된 것이다.

지금까지의 고찰에서 어느 정도 분명해진 것이 있다. 그것은 김기림이 제기한 모더니즘과 민족주의 문학의 관계가 작가·지식인의 자기분열과 논리적 난관으로 충분히 설명되지 못한 채 희석되어 있다는 사실이다. 이것은 모더니즘이 곧 민족문학이 아니라 그 결여 행태임을 뜻하거나, 시대정세의 변화에 따라 난관에 부딪친 민족문학이 모더니즘으로 대체되어 모더니즘 문학이 민족적 자의식의 '형태'로 변형(變形)되어 갔음을 뜻하는 것이리라. 여기서 민족적 이데올로기는 새로운 질서를 갈망하는 외래지향성을 띤 채 집단과 분리된 지식인 작가의 의식과 새로운 문학형태 속에 현저히 '내면화'되어 있다. 정지용은 "언어미술이 존속하는 이상 그 민족은 열열(熱熱)하리라 - "(『시와 소설』(1936))고 말하고

---

233) 이태준, 「구인회에 대한 난해·기타」, 『조선중앙일보』, 1935.8.11~12.
234) 『시와 소설』(1936), p.3.

있다. 이상은 일찍이 이렇게 쓴 바 있다.

> 패자(敗者)는 패자로서의 생존과정을 형성해 가고 있는 중이다. ……전위(轉位), 변형(變形)…… 말하자면 어느 민족이 명실(滅失)·감소(減少) 했다고 우리는 믿고 있다. 그러나 그것이 생존경쟁, 도태(淘汰)에 기인한다고 생각하는 것은 잘못이다. 그것들은 적응의 원리에 의해 변형, 전위한 데 지나지 않는다.235)

물론 이런 논리는 어디까지나 모더니즘의 그것이어서, 역사문학을 비롯한 이 시대의 민족문학의 의의는 무시되지 않는다. 모더니즘은 역사문학, 전원문학 등에 비하면 리얼리즘문학과 마찬가지로, 현실 속에서 새로운 의사소통을 시도하는, 현실지향적인 문학이다. 그러나 그것은 현실 생활 중에서도 특히 시인의 소외라든가 나날의 삶에서 감지되는 삶의 단편성이라든가 주관적인 내면성 등을 주로 다루면서 거기에 합당한 형식을 발견하고자 하기 때문에, 다분히 복고적·은둔적인 역사문학·전원문학은 물론 소외를 극복하고 사회적 총체성을 재구성하려는 리얼리즘 문학과도 서로 구분되는 독특한 양상을 드러내고 있다. 그 극단적인 경우에 속하는 작가 이상이 '전위·변형'을 말하는 것도 그 때문이다. 모더니즘이 곧 민족문학이 아니거나 그 결여 행태라고 말한 이유도 이와 관련된다. 대부분의 모더니즘 작가들은 자신의 문학적 고립을 받아들이며 난해하고 인공적인 언어를 구사하는 경향을 보여 준다. 그럼에도 불구하고 이들이 민족주의 문학을 표방하거나 '민중'을 거론하는 것은 이런 점에서 보면 하나의 역설이라 할 만하다. 그러나 어떤 의미에서 보면 바로 그런 점이 이 시대 한국 모더니즘의 중요한 특성을 이루고 있다고 할 수도 있다. 30년대 모더니즘은 단순한 국제주의로 규

---

235) 이상, 「생물의 스포츠」(1932), 『이상수필전작집』(갑인출판사, 1977), p.243.

정할 수만은 없는 요소가 내표되어 있는 것이다. 거기에는 서구 모더니즘의 논리로 설명할 수 없는 부분이 있는데 이 모더니즘을 민족문학 속에 편입시키자면 근대문학의 외래지향성과 전통지향성, 시민문학과 민중문학, 개인주의와 집단주의 등에 대한 변증법적 인식과 고찰이 수행되어야 할 것이다.

구인회의 모더니즘은 요컨대 집단과의 분리를 경험하고 있던 소시민적인 지식인의 자의식 문학이다. 그러나 김기림은 모더니즘과 민족문학, 그리고 민중문학의 상호관계라는 난제를 제기하고 있다. 그의 이런 문제 제기의 이면에는 30년대라는 특수한 역사적 조건이 놓여 있다. 그는 이에 대한 분명한 논리를 전개하지 못하고 모더니즘 문학도 민족문학의 일익을 담당할 수 있다는 원칙론의 수준에서 그치고 말았다. 모더니즘의 논리를 그대로 둔 채 그것을 민족집단의 문학 문제와 연결시키고자 한 것은 그 자체가 지식인의 환상으로 보이기도 한다. 여기에는 개인과 집단, 지식인의 언어와 민족(민중)언어, 개인적 이데올로기와 집단적 이데올로기 등의 여러 가지 난제가 가로 놓여 있다. 모더니즘은 이와 같은 문학이론상의 여러 난제를 우리 근대 문학사에 제기하고 있는 셈이다. 모더니즘 시인·작가들의 실제 작품은 그 이론과 상당한 괴리현상을 보이고 있지만, 그렇다고 해서 그 이론과는 별개의 것이라고 할 수도 없다. 여기서 작품에 대한 구체적인 검토가 요청된다.

Ⅳ. 모더니즘 작품과 도시

　모더니즘은 '구인회'를 중심으로 한 도시세대의 도시문학이다. 그 역사적 배경과 이론적 근거가 도시의 발달에 따른 근대문명과 관련되어 있음은 지금까지 논의해 온 바와 같다. 그러므로 모더니즘 작품을 검토하고자 할 때 작품과 도시와의 관련양상을 일차적인 관심의 대상으로 설정할 필요가 있다. 바꾸어 말하면, 각 작품에 나타난 도시체험에 대한 면밀한 주도의가 요구된다. 그런데 같은 도시세대라 하여도 각자의 생존방식과 감수성의 구조에 차이가 있으므로 그 체험내용이 다르고, 그에 따라 작품의 형식도 각각 다르게 나타나게 되기 때문에, 그 체험내용은 각 시인(소설가)의 고유한 작품형식과 관련지어 해석하여야 한다. 그렇게 함으로써 각 모더니스트들의 도시체험의 수용방식과 그 수용과정에서 형성된 모더니즘 문학 형식의 특질이 함께 파악될 수 있다. 여기서 그들의 전기적 사실을 적극적으로 고려해야 함은 물론이다. 각 작가가 어떻게 하여 도시를 체험하게 되고 그 도시체험이 그의 작품에 어떤 흔적을 남기게 되는가 하는 문제는 모더니즘 작품론에서 반드시 검토하여야 할 사항이다. 이렇게 작품을 작가·도시와 관련지어 고찰할 때 모더니즘 작품의 고유한 역사성이 한층 분명하게 드러날 수 있다.

　모더니즘 작품을 동시대의 사회구조 특히 도시와의 관계에서 분석하려는 것이 이 장의 목표지만, 모더니즘 작가와 작품을 다룬다는 것은 그 자체가 방대한 작업이 될 것이므로 여기서는 다음과 같은 사항에 유의하여 몇몇 그 대표적인 업적에 논의를 한정하고자 한다. 첫째, 시와 소설 장르를 포괄한다. 모더니즘 문학은 시와 소설을 함께 다루어야 그 성격이 제대로 드러날 수 있다는 것은 이 논문의 일관된 관점이다. 둘째, 시는 그 형태적 특성이, 소설은 그 내적 형식이 균형있게 나타나야 하고, 각 장르(하위 장르)와 창작기법이 고려되어야 한다. 시의 경우는 산문시·단시·장시, 소설의 경우는 심경소설과 도시소설이 포함되어야 하며, 주지적 방법(김기림)·초현실주의(이상)·이미지즘(김광균)·심리묘사(박태원)·내적 독백(이상의 소설)·언어감각의 혁신(이효석) 등 여러 가지 창작 방법이 포괄되도록 한다. 셋째, 문학의 사회적 기능에 대한 시인·작가의 태도가 나타날 수 있도록 한다. 즉 매개론(김기림·오장환)과 자율성론(정지용 등)으로 구분될 수 있으므로 모더니즘 작가의 사회적 태도에 대한 개인차를 감안할 필요가 있다. 이효석과 박팔양은 매개론에서 자율성론으로 넘어간 경우이므로 이점에 대해서도 유의해야 할 것이다. 넷째, 모더니즘 문학의 중심적 단체인 구인회 회원들의 작품에 비중을 두되 그 외곽에 있으면서도 많은 영향을 받았던 신인들도 논의에 포함시켜야 한다. 그러나 논의의 비중은 실제의 창작활동·작품집 발간·동시대의 평가 등을 고려하여 조절하여야 할 것이다. 마지막으로, 모더니즘 운동이 서울을 중심으로 전개된 사실에 유념하여 서울에 거주하면서 서울체험을 토대로 하여 작품활동을 한 작가들을 비중있게 다룬다. 모더니즘 작품에 나타난 도시체험의 전형은 서울체험이다. 그런데 모더니스트들 중에는 다른 도시에서 거주하다가 서울에 정착한 경우(정지용)도 있고, 서울에서 거주하다가 지방도시(평양)로 이주한 경우(이효석)도 있어서 그들의 작품에 나타난 체험이 반드시 서울체험이 아닌 예도 있으나 이들의 위치를 생각하면 논의에서 배제할 수 는 없다. 그리고 도시를 배경으로 형성된 작가의 문학적 감수성이 자연(전원)·풍경 등의 다른 소재로 확대·이행되는 경우도 있으나 모더니즘적인 감각은 도시적 소재에서 가장 잘 나타날 수 있다는 사실은 부정되지 않는다.

이와 같은 사실에 유의하여 여기서는 정지용·김기림·박팔양·이상·박태원·이효석(이상 '구인회'), 김광균·오장환·최명익(신세대) 등의 시인·소설가들의 작품들을 논의의 대상으로 한정하기로 한다. 이들은 사실상 모더니즘의 대표적인 작가들로서 시인들의 작품에 더 비중을 둔 것은 모더니즘 운동 자체의 성격을 감안했기 때문이다. 다만, 박팔양·최명익의 작품은 부분적으로 다룬다. 이들 외에도 신석정·백석·장만영 등의 시인과 안회남·허준 등의 소설가와『삼사문학』동인·『단층』파 작가들이 포함되어야 마땅하겠으나, 이들의 작품은 모더니즘의 전형으로 설정하기 어렵거나, 이들의 작품의 성격도 여기서 논의하는 작품들의 특질에 비추어 이해될 수 있다는 생각에서 일단 제외하기로 한다. 그렇다고 해서 그것이 곧 이들의 작품의 문학적 가치평가를 뜻하는 것은 물론 아니다. 그런데 논의의 대상으로 삼은 시인·작가들도 그들의 도시체험에 질적인 차이가 나타날 수 있다. 예를 들어, 한 시인이 외국유학을 하여 도시를 경험한 일이 있는 경우와 그렇지 않은 경우는 도시 수용의 태도면에서 서로 다를 수 있다. 같은 도시세대 시인·소설가라 하여도 일본유학파와 국내잔류파를 세심하게 구분하여 검토해야 할 것이다. 서울을 중심으로 한 도시체험은 도시공간을 배경으로 한 일종의 충격체험이다. 그에 대한 반응방식은 시인의 사전 경험 여부와 그 사회적 처지에 따라 다양하게 나타난다. 작품에 나타난 도시체험은 이 충격체험과 분리되지 않는다. 그러므로 각 시인·소설가들의 작품을 도시와의 관계에서 분석해 보면 모더니즘의 구체적이고 새로운 성격이 부각될 수 있고, 그 결과에 따라 모더니즘은 새롭게 재정의될 수 있을 것이다.

1. 근대 풍경의 발견과 문명 비판

　김기림은 정지용(1903~?)[236]을 '최초의 모더니스트'라고 평가했는데, 이 말 속에는 그가 '주지적 방법'으로 시를 쓴 모더니즘의 선구자라는 의미가 내포되어 있다. 충북 옥천에서 태어나 서울 휘문고보에 진학, 김화산·박팔양 등과 함께 동인지『요람』을 간행하고 경도의 同志社大學에 유학, 재학중에『근대풍경(近代風景)』·『학조(學潮)』·『조선지광』등에 시를 발표하고 귀국하여『시문학』·『가톨릭청년』지에 관계하던 정지용은, 1935년『정지용시집』을 출판하여 일약 저명한 시인이 된다. 그의 시집은 모더니즘 시인 - 구인회 시인으로서는 처음으로 출판된 것으로 격찬과 비난 속에 모더니즘 시의 하나의 전범이 된다. 김기림의 시집『기상도』는 그보다 1년 뒤인 1936년에, 오장환의 시집『성벽』은 1937년에 각각 세상에 나오지만, 정지용의 귀국과 서울에서의 작품활동은 모더니즘 시의 가능성을 예고하는 것이었다. 김기림이 정지용의 시를 해석하고 거기에 새로운 의미를 부여하는 가운데 모더니즘의 문단 확산이 실현된다.

　정지용은 사회의 변화에 따른 문학양식의 변화를 자각하고, 새로운 감각의 시를 써야 한다는 필요성을 누구보다도 일찍 느끼고 또 그것을 실천했던 시인이다. 그는 근대사회가 문명사회이고 그것이 관념 아닌 물질로 구성되어 있다는 사실을 날카롭게 인식하였다. 그의 시들은 근대 문명사회를 구성하는 물질적 분위기와 풍경을 즉물적인 이미지로 포착하고 있는데 그런 의미에서 그는 '유물론자'라고 할 수 있다.[237] 정

---

236) 그의 이름의 한자는 鄭芝溶으로 표기되고 있으나『鄭芝溶 시집』(1935)이 간행되기 전에는 물론이고 그 직후에도 鄭芝鎔(본명인 듯)으로 표기되고 있음이 발견된다. 정노풍,「시단감회」,『동아일보』, 1930.1.16~18, 鄭芝鎔,「한 개의 반박」,『조선일보』, 1933.8.26, 편석촌,「鄭芝鎔 시집을 읽고」,『조광』, 1935.12 등 참고.

신적인 가치를 존중해 온 유교적 가부장적(家父長的)인 분위기에서 자란
그가, 서울과 京都를 거치면서 어떤 과정을 통해 사물의 세계에 이끌리
게 되었는지는 간단히 말하기 어렵지만, 그의 오랜 도시체험이 하나의
계기가 되었으리라는 사실만은 쉽게 추측할 수 있다. 그는 도시에서 근
대문명의 풍경들을 보았고 자신의 시를 거기에 접근시켰으며 그 새로
운 사물들은 재래의 낡은 감각으로서는 온전하게 포착될 수 없음을 깨
닫기에 이른다. 그런 의미에서 그가 서울로 돌아오기 3년 전에 쓴 시
「슬픈 인상화」(『학조』, 창간호, 1926.6.)는 그의 새로운 시를 이해하는 데
좋은 본보기가 될 것이다. 이 작품은 처음에 발표될 때 기호의 사용과
활자의 시각적 배열에 의한 포말리즘의 형식을 취했으나 시집에 수록
되면서 수정되었는데, 여기서는 시집에 수록된 것을 읽어 보기로 한다.

수박 냄새 품어 오는
첫녀름의 저녁 때……

먼 해안 쪽
길 옆 나무에 느러슨
전등(電燈). 전등.
헤엄처 나온 듯이 깜박어리고 빛나노나.

침울하게 울려오는
축항(築港)의 기적(汽笛)소리…… 기적소리……
이국정조(異國情調)로 퍼덕이는
세관의 기(旗)ㅅ발. 깃 발.
세멘트 깐 인도측(人道側)으로 사폿사폿 옴기는
하이얀 양장(洋裝)의 점경(點景)!

---

237) 김기림, 「포에시와 모더니티」, 『신동아』, 1933.7 참조. 여기서 김기림은 과거의
시가 '유심적'이라면 새로운 시는 '유물적'이라고 말하고 있다.

그는 흘러가는 실심(失心)한 풍경이여니⋯⋯
부즐없이 오랑쥬 껍질 씹는 시름⋯⋯

아아! 애시리(愛施利)·황(黃)!
그대는 상해(上海)로 가는구료⋯⋯238)

　이 작품은 당초의 인쇄기술에 의거한 조형적 형태(그것은 김화산·박팔양 등의 20년대 다다이즘 시형식과 대응된다)에서 서정적인 이미지즘의 형식으로 개작되어 있어서, 그것이 곧 그의 모더니즘 시형식으로의 이행을 의미하는 것으로 이해되기도 하지만, 그보다는 두 가지 점에서 그의 시의 일반적 특질을 잘 대변해 주고 있어 주목된다. 첫째, 이 작품은 그 제목에서 암시되고 있듯 근대 풍경의 인상화라는 점이다. 이점은 발표본보다 개작본(改作本)에서 더욱 분명하게 나타난다. 시인은 여기서 박명(薄明)의 저녁에 해안 쪽으로 켜지는 전등과 항구·기적 소리·세관의 깃발·인도교·양장한 사람들의 모습을 바라보고 배에 탄 주인공을 생각하고 있다. 시인은 그것들은 "흘러가는 실심한 풍경"이라고 말한다. 모든 사물들은 어울려 하나의 풍경화를 형성한다. 둘째, 이 작품은 시인의 감각적 인상의 서술로 채워지고 있다. 시인은 눈앞의 사물들이 환기하는 정경들을 후각·시각·청각 등으로 느끼고 스스로의 미각으로 맛보면서("오랑쥬") 요컨대 모든 감각을 동원하여 온몸으로 사물들을 수용하고 또 반응하고 있다. 이 작품은 그래서 감각적 인상을 수반하는 즉물적인 이미지의 형태로 제시되어 있다. 시인은 근대 풍경에 부응하는 적절한 감각으로 그것을 포착하고 있는 것이다. 결국 이 작품은 근대문명의 세계와 그것을 감촉하는 시인의 감수성의 결합으로 이루어진 한 폭의 인상화가 된다. 시인은 그 풍경의 바깥에서 관찰자로 남아 있지만

---

238) 『정지용시집』(시문학사, 1935), pp.48~49. 이하에서 인용되는 작품은 이 시집에 의함.

결국 그도 그 풍경의 일부를 이룬다. 그리고 이 풍경의 의미를 물을 때 근대풍경의 작품화라는 그의 시학의 역사적 성격을 말할 수 있게 된다. 그의 시학의 새로운 점은 이 근대풍경과 새로운 감각의 발견에 있다. 그의 작시법은 극도로 절제된 언어와 미세한 감각을 환기하는 명징한 이미지로 구성되고 있어서 종래의 김억의 『해파리의 노래』의 감정주의적 시학과 뚜렷이 구분된다. 시적 소재면에서도 김소월의 향토적 세계나 이상화의 생활의 세계, 다다이스트들의 부정의 세계와 다른 근대문명의 세계이다. 그는 도시적 풍물을 관찰하고 그것을 감각적 언어로 기술한다. 그는 새로운 세계와 언어를 발견한 것이다. 그의 시 형태는 급격한 변모를 시도하지 않는다는 점에서 과거의 시와 가까우면서도 분명한 새로움이 있다.[239] 이양하가 그의 시를 평하여 "그것은 모지고 날카롭고 성급하고 안타까운 한 개성을 가진 촉수(觸手)"[240]라 하였던 것도 그런 측면에서 이해된다. 근대풍경과 새로운 감각의 시적 만남은 「슬픈 인상화」뿐만 아니라 『정지용시집』의 주조음(主調音)을 이룬다.

정지용 시학은 이미지즘 계열이다. 그가 영문학을 전공했다는 사실이 이점을 이해하는 데 시사적이지만 그가 전공한 시인은 이미지스트가 아니라 블레이크로 알려져 있다. 따라서 그의 시학의 원천은 영문학과 도시체험, 그의 시적 기질 등이 결합되는 가운데 자연스럽게 형성되었을 가능성이 크다. 더구나 그는 휘문 재학 시절부터 시를 써 왔기 때문에 타고난 시재(詩才)를 연마할 기회가 많았고 사물과 언어에 대한 남다른 감수성을 지니고 있었다. 그는 사물을 어린애와 같은 천진성으로써 관찰하는 남다른 재능의 소유자이다.

---

239) 김기림, 「현대시의 발전」, 『조선일보』, 1934.7.12~22 참조.
240) 이양하, 「바라든 지용시집」, 『조선일보』, 1935.12.10(연재 3회)

프로펠러 소리……

선연(鮮妍)한 커 - 브를 돌아나갔다.

쾌청(快晴)! 짙푸른 6월 도시는 한 층계(層階) 더 자랐다.

- 「아츰」

고래가 이제 횡단(橫斷)한 뒤

해협(海峽)이 천막(天幕)처럼 퍼덕이오.

……힌 물결 피여오르는 아래로 바둑돌 자꼬자꼬 나려가고,

은(銀)방울 날리듯 떠오르는 바다 종달새……

한나잘 노려보오 홀켜 잡어려고 빨안살 빼스랴고

- 「바다 1」

「바다 1」이라는 제목의 시의 끝부분은 "당신은 「이러한 풍경」을 데 불고/ 힌 연기 같은/ 바다/ 멀리멀리/ 항해 합쇼"로 되어있다. "「이러한 풍경」"이란 그가 어린애처럼 이끌리고 매료되었던 근대풍경이다. 그는 그것을 서울·경도·고향을 오가면서 보았다. 이 작품에 표현되고 있는 '바다'는 현해탄의 선상(船上)에서 체험했던 바다일 것이다. 경도는 그의 새로운 시가 성숙해 간 공간이다. 그는 뒤에 경도 유학 시절을 회고하여 이렇게 썼다.

「고마도리」는 어린이들 양복과 여자옷을 단골로 지어 파는 양복 가가이었다.

크낙하지도 굉장한 것도 없었지마는 참하고 얌전한 집으로 그 호화(豪華)스런 사조통(四條通) 큰 거리에도 이름이 높았었다. 「고마도리」에서 지은 양복이라야 본격적 양장(洋裝)한 보람이 나든 것이었다.

그 집 진열장이 좁기는 하나 꽤 길어서 으리으리한 속으로 휘이 한번 돌아나오는 맛이 불유쾌한 것이 아니었다.

꽃밭이나 대밭을 지날 지음이나 고삿길 산 길을 밟을 적 심기(心氣)가 따로 따로 다를 수 있다면 가볍고 곱고 칠칠한 비단 폭으로 지은 옷이 가진 화초(花草)처럼 즐비하게 늘어슨 사이를 슬치며 지나자면 그만치 감각(感覺)이 바뀔 것이 아닌가.

「고마도리」양복가가에 걸린 어린이 양복에서는 어린아이 냄새가 났었고 여자 옷에서는 여자 냄새가 났었다.

암내 지린내 비린내 젖 내 기저귀 내 부스럼 내 딱지 내 시퍼런 코 내 흙 내가 아조 섞이지 아니한 순수한 어린아이 냄새가 있을 수 있고, 기름내 분내 크림 내 마늘 내 입내 퀴퀴한 내 노리끼리한 내 심하면 겨드랑 내 향수 내 앞치마 내 부뚜막 내 세수대야 내 자리옷 내 베개 내 여호 목도리 내 불건강한 내 형행병(血行病)내 혹은 불결한 정조(貞操) 내 그러그러한 냄새가 통히 아닌 고귀한 여자 냄새가 있을 수 있는 것이니 그것이 얼마나 신선하고 거룩한 것인가.

적어도 연(蓮) 닙 파릇한 냄새에 비길 것이로다.[241]

이 부분은 시인이 대학 예과 시절에 드나들던, 뒤에 다방이 된 옷가게의 기억을 적은 것이다. 이 구절에서 중요한 것은 일본 도시에서 시인의 감각이 바뀌게 되었다는 것을 말하면서 그 감각은 후각을 위주로 묘사하고 있는 점이다. 그는 근대의 풍물을 접촉하면서 '꽃밭·대밭·고삿길·산길'을 걸을 때와는 구분되는 감각의 변모를 경험하였던 사실을 고백하고 있는 것이다. 그것은 도시에 진입한 시인의 감수성의 변모를 의미한다. "그만치 감각이 바뀔 것이 아닌가"라고 그는 자문하고 있다. 그 감각이 특히 후각으로 표현되고 있음은 인상적이지만 '노리끼리한 내'라고 한 것은 벌써 공감각적인 것이다. '부스럼딱지 내'라고 쓸 때 그가 얼마나 날카로운 감각의 소유자인지 짐작할 수 있다. 근대풍물에 대한 감각적 묘사 - 그것이 그의 시이다. 그는 이 글에서 "다방「고마도리」는 단골로 다니는 손님들의 입이 간판노릇을 하고도 남았다(…) 서

---

241) 정지용, 「다방 '고마도리' 안에 연지찍은 색시들」, 『삼천리』, 1938.5.

재를 갖지 못한 이들은 넉넉히 글을 쓸 수도 있었고 동인끼리 모여서 산뜻한 잡지를 꾸밀 의논도 하였던 것이다"고 기록하고 있다. 다방에서 문학도들이 만나서 의논도 하고 글도 쓴다는 풍속은 30년대의 서울 거주 시인들의 풍속이기도 하지만, 그의 진술 속에서는 경도 시절의 그의 내면풍경을 조금은 엿볼 수 있다. 그의 시 「카페 프란스」는 다방체험을 직접 작품화한 것이다. 거기에는 이방인으로서의 애수가 투영되어 있기도 하다. 「압천(鴨川)」과 「향수」에서는 시인의 향수를 감지할 수 있다.

정지용의 시적 감각은 향수·비애 등의 정서가 혼합되기도 하지만 자신의 외부 사물의 세계로 열려 있다.『정지용시집』에 수록되어 있는 「바다」 연작들은 그가 사물들과 접촉하면서 그것을 관찰하는 시인이라는 사실을 생생하게 느끼게 해 준다. 그는 외부의 사물을 감각하고 이를 작품화한다. 감각은 사물과의 신체적 느낌이기 때문에 다분히 가치 중립적인 것이다. 그가 근대풍경의 감각적 체험을 작품화하면서 한편으로 그것을 일본 시잡지『近代風景』(北原白秋 주재)에 기고하였다는 사실242)은 시사적이다. 바다·황마차(幌馬車)·붉은 기관차·아침 풍경 등을 대상으로 작품들은 근대 풍경을 이루는 사물들의 감각적 재현을 그 속성으로 하고 있기 때문에 한글로 쓰든 일본어로 쓰든 큰 차이가 없다. 사물에 대한 감각은 가치중립적인 성격을 지니기 때문이다. 그는 한국어로 발표한 작품을 일어로 옮겨 투고하기도 하고 그것을 다시 국내의『조선지광』·『시문학』 등의 잡지에 게재하기도 한다.

정지용은 근대적인 풍경시만 쓴 것은 아니다. 그는 「향수」·「고향」과 같은 향토의 세계를 노래한, 한국적인 정서에 정통한 시인이었고,『가톨릭청년』지 창간(1933.6)을 계기로 종교시를 쓰기도 한 종교 시인이기도 하다.243) 특히 「은혜」·「또 하나의 태양」과 같은 종교시는 그의 종

---

242) 정노풍, 「시단 감회」,『동아일보』, 1930.1.16~18 및 김학동,『정지용 연구』참조.
243) 그의 시의 전반적 성격에 대해서는 김용직, 「시문학파 연구」,『한국현대시 연구』(일

교 귀의244)에 따른 새로운 시적 변신의 산물이었다. 이후 그는 동양의 고전과 자연의 세계로 눈을 돌려 다시 한번 시적 변모를 시도하게 되는데 『백록담』(1941)은 그 성과를 정리한 시집이었다. 일찍이 근대 풍경에 매료되었던 그가 종교에 귀의하고 다시 동양적 고전의 세계로 나아갔다는 것은 그의 정신적 방황을 의미한다기보다는 그가 호기심 많은 순결한 정신의 소유자임을 뜻하는 것이다. 순결한 정신은 감염되지 않는 순수한 것이기에 새로운 세계와 수월하게 결합될 수 있다. 순결은 순진성의 다른 이름이다. 순진성은 어린아이와 같이 천진한 것이므로 주위의 사물과 친숙한 관계를 맺고 사물과 어울려 즐길 수도 있다. 근대풍경에 이끌리고 신앙을 찾고 자연의 세계와 교감하는 시인은 그의 서울 생활을 이렇게 묘사한다.

거를 량이면 아스팔트를 밟기로 한다. 서울거리에서 흙을 밟을 맛이 무엇이랴

아스팔트는 고무밑창보담 징 한 개 박지 않은 우피 그대로 사폿사폿 밟어야 쫀득쫀득 받히우는 맛을 알게 된다. 발은 차라리 다이야처럼 굴러간다. 발이 한사코 돌아다니기에 나는 자꼬 끌리운다. 발이 있어서 나는 고독치 않다.

가로수 이팔마다 발발(潑潑)하기 물고기 같고 6월 초승 하늘 아래 밋밋한 고층건축들은 삼(杉)나무 냄새를 풍긴다. 나의 파나마는 새파라틋 젊을 수밖에. 가견(家犬)·양산(洋傘)·단장(短杖) 그러한 것은 한아(閑雅)한 교양이 있어야 하기에 연애는 시간을 甚히 낭비하기 때문에 나는 그러한 것들을 길들일 수 없다. 나는 심히 유창(流暢)한 프로레타리아트! 고무뽈처럼 퐁퐁 튀기어지며 간다. 오후 4시 오피스의

─────────

지사, 1974), 김윤식, 『한국근대문학사상사』(1984); 「정지용과 김기림의 작품세계」(『월간조선』, 1988.3), 김학동, 『정지용연구』(민음사, 1987) 등 참조 정지용은 김기림에 비하여 전원적인 시를 많이 썼는데 그것은 두 사람이 시단에 '등장한 연대'와도 관계가 있다. 이원조, 「근대시단의 경향」, 『조선일보』, 1933.4.26.~29 참조
244) 정노풍의 「시단 감회」에 의하면 그의 종교 귀의는 대학 재학중이다.

피로가 나로 하여금 궤도 일체(軌道一切)를 밟을 수 없게 한다. 작난감 기관차처럼 작난하고 싶고나. 풀포기가 없어도 종달새가 나려오지 않아도 좋은, 폭식하고 판판하고 만만한 유목장(遊牧場) 아스팔트! 흑인종(黑人種)은 파인애플을 통째로 쪼기여 새빨간 입술로 쪽쪽 드리킨다. 나는 아스팔트에서 조금 빗겨 들어서면 된다.

탁! 탁! 튀는 생맥주(生麥酒)가 폭포(瀑布)처럼 싱싱한데 황혼의 서울은 갑자기 팽창(膨脹)한다. 불을 켠다.

- 「아스팔트」245)

『백록담』에 수록되어 있는 이 글은 시인지 아니면 산문인지 분명히 말하기 어렵다. 그러나 분명한 것은 그가 도시의 정경을 즐기고 있다는 점이다. 거리를 유보(遊步)하고 있는 듯한 감각 - 그것이 이 글의 본성을 이루고 있다. 시인은 사물과 일체가 되어 도락(道樂)의 경지에 접근해 있으며 독자는 소외의 그림자를 찾아보기 어렵다. 이것은 근대문명에 익숙해진 결과이기도 하고, 종교라는 '또 하나의 하늘'을 내면에 간직한 사람이 얻을 수 있는 심리적인 평정의 산물이기도 하다. 그는 '고층건축'에서 '삼(杉)나무 냄새'를 느끼기조차 한다. 도심에서 시인은 그가 노래했던 자연(「옥류동(玉流洞)」·「백록담」 등)을 보는 것이다. 이 글의 느낌은 가볍고 경쾌하다. 그 가벼움은 언어에서 온다. "작가로서 문장이 황(荒)함은 화가로 뎃상에 실력 없음과 같은 말"로 인식하는 그의 시편들은 수채화와 같은 느낌을 주는 '언어미술'로서 대체로 명징하고 경쾌하다. "순수하게! 보다 더 순수하게! 이방인(異邦人)이어 부질없이 소란치 말지어다"라고 그는 말한 바 있다.246) 그의 시의 한 특성을 이루는 이 가벼움은 내면의 감정을 지적으로 통제한 결과이다.

---

245) 『백록담』(재판, 백양당, 1946), pp.110~111. 이 작품은 「수수어(愁誰語) 2」(『조선일보』, 1936.6.19)로 발표되었던 것으로 내용의 부분적인 수정의 흔적이 발견된다.
246) 「내가 감명깊게 읽은 작품과 조선문단과 문인에 대하야 - 정지용편」, 『조선중앙일보』, 1933.1.1 참조.

그는 서울체험을 다룬 작품을 많이 발표하지 않았다. 이즈음 그는 감각에 의거하지 않고 영감에 의해서 작품을 썼고 스스로 이 '영감'(inspiration)에 대하여 발언한 바 있다. 시는 '육체적 자극'이나 '정신적 방탕'으로 씌어지기도 하지만 '순수한 정신 상태'를 경험할 때 직감적으로 오는 '영감'(그는 '뮤즈'에 비유하여 설명한다)으로 씌어져야 한다는 것이다. 이 영감을 그는 '은혜'(grace)로 명명한다.[247] 이 은혜(종교적인)가 없을 때 그는 시를 쓸 수 없다고 설명하는데, 이것은 시란 짓는 것이 아니라 신비한 체험의 소산임을 뜻하는 것이다. 이런 태도는 시를 신비화시키는 것으로 근대적인 시작 태도라 하기 어려운 점이 있다. 그러나 그것이 「아스팔트」에서도 '삼나무'를 경험할 수 있었던 그의 시의 비밀의 일부를 이루고 있으리라는 점만은 평범한 독자들도 말할 수 있다.

김기림(金起林, 1908~?)은 정지용이 활발한 작품활동을 전개하던 1931년에 쓴 「시론」(『조선일보』, 1931.1.16)에서 다음과 같이 노래하였다.

위선자(僞善者)와
느렁챙이 - 「어적게」의 시(詩)들이여
잘 있거라
우리들은 어린 아희다
「삼볼리즘」의
몽롱(朦朧)한 형용사의 줄느림에서
에술의 손을 잇글자
한 개의
날뛰는 명사
굼틀거리는 동사

---

247) 박용철 · 정지용, 「시문학에 대하야」(대담, 『조선일보』, 1938.1.1) 참조.
정지용은 여기서 그 '은혜'에 대하여 말하자면 '처음에 상(想)이 올 때는 마치 나무에 바람이 부는 것 같아서 떨리기도 합니다. 말하자면 시를 배는 것이지요'라고 설명하고 있다.

춤추는 형용사
(이건 일즉이 본 일이 업는 훌륭한 생물이다)
그들의 시의 다리(脚)에서
생명의 불을
뿜는다
시는 탄다 백도(百度)로 -
빗나는 「푸라티나」의 광선(光線)의 물결이다.

상징주의와 감정주의의 시와 결별하고 새로운 시를 창조하겠다는 김기
림의 강렬한 자의식을 여기서 읽을 수 있다. 시형식은 거칠지만 이런 자
의식이 강하게 표현되고 있다는 점이 그를 정지용과 구분해 준다. 김기림
은 한 시인의 감각의 혁명에서 만족할 수 없었던 인물이다. 그는 새로운
시운동이 전개되기를 열렬히 희망하였고 스스로 비평과 작품 발표를 통
해 이를 추진하고자 하였다. 그는 정지용의 새로운 감각의 시를 높이 평
가하면서 "주지적 정신 그것이 우리들의 문학의 정신이고 태도라야 되겠
으며 그로고 시는 문명비판이라야 된다"는 주장을 덧붙인다. 현대시인은
현대의 모든 징후들 - "공중변소·하수도·사생아의 압살체·전선(電線)·
국제연맹·매춘부의 눈물·핸드 빽·비행기……" - 에 관심을 가질 수 있
어야 하고, 시의 정신은 문명비판의 정신이어야 한다고 그는 본다.[248] 문
학형식의 역사적 변화를 날카롭게 인식하면서 시의 사회적 기능을 강조
하는 그는 정지용의 예술주의적 시작 태도에 동의할 수만은 없었다.

> (…) 그는 결코 「탕크」를 타고 그 황무지(시의 황무지 - 인용자)를
> 침략하려고 하지는 않았다. 장갑 자동차는 커녕 자동 자전거(自轉車)
> 조차 타지 않았다. 그것들은 그의 물제비처럼 단아(端雅)한 감성에 너
> 무 거츠렀든 까닭이다.[249]

---

248) 김기림, 「1933년의 시단의 회고와 전망」, 『조선일보』, 1933.12.13. 연재 6회 참조.

함경도 임명면(臨溟面)에서 지주의 아들로 태어난 김기림은 서울 보성고보(중퇴),[250] 일본 立敎中學, 日本大學 문학예술과를 거쳐 1930년 조선일보사 사회부 기자로 입사한 것이 계기가 되어 시 습작을 발표한다. 그사이 그는 몇 편의 평론도 함께 시도하지만 그의 문학생활이 본격화된 것은 1933년 구인회에 가입한 이후였다. 정지용을 만나게 되는 것도 이즈음이다.[251] 당시 그는 신문사를 잠시 쉬고 하향하였다가 다시 상경하여 옛 직장에 복귀하여 있었다.

약 1년 반 만에 세계의 도시진행의 행렬의 맨꽁무니를 비청거리면서 쪼차가는 가린(可憐)한 경성의 한복판에 한 사람의 「에트란제」(이방인)와 같은 내 자신을 던젓다.
나의 혼은 한 장의 구겨진 흡지(吸紙)(흡수지)와 같이 떨렸다. 이 도시의 모-든 움직임을, 변화를 가면(假面)을, 속삭임을 흡수할 수가 있을까?
(…………)
종로의 번잡한 사람들의 물결 속에 나도 헤엄쳐 들어갔다. 그러나 바람은 바다의 냄새를 부러오지 않는다.(……) 종로여 1년 반 동안 너를 버려 두었는 동안에 너의 얼굴은 이방 여자의 아름다운 화장법을 퍽으나 배웠구나.[252]

김기림이 상경하여 쓴 이 글에서 변화를 거듭하고 있는 서울의 모습과 그것에 대한 시인의 태도를 엿볼 수 있다. 서울의 이모저모를 관찰하는 시각은 시인의 것이라기보다는 차라리 신문기자의 그것이다. 그는

---

249) 김기림, 「정지용시집을 읽고」, 『조광』, 1935.12.
250) 그가 보성고보에 언제 입학하고 중퇴하였는지 정확히 말할 수는 없으나 '보성교우회'에서 발행한 『보성교우명부』(1979)에는 '추천교우'로 기록되어 있음이 확인된다. 이 책에는 그의 구명(舊名)(寅孫)도 함께 기록되어 있다(p.22 참조).
251) 박귀송, 「새 것을 찾는 김기림」, 『신인문학』, 1936.2 참조.
252) 김기림, 「에트란제의 제1과」, 『조선중앙일보』, 1933.1.1.(연재 1회)

이후 仙臺의 東北帝國大學으로 다시 유학을 떠나기(1936) 전까지 기자(사회부) 생활을 지속하였는데, 그가 경찰서·법원 등을 출입하는 기자였다는 사실은 그의 시를 이해하는데 중요한 단서가 된다. 그의 신문사에서의 생활상은 작품 「편집국의 오후 한 시 반」(『신동아』, 1933.11.)에 단편적으로 제시되고 있는데 그의 신문기자 생활은 그로 하여금 사회적 동향의 정확한 인식을 가능하게 하였다. 그가 문명비판을 들고 나오는 것도, 거리의 풍경에 자주 관심을 기울이는 것도 그의 직업과 무관하지는 않을 것이다.

> 전차(電車)들은 목적지의 기억을 닛지 안는 우등생의 표본이요.
> 국방전람회(國防展覽會)의 문전(門前)에 들어서는 소학생들의 시끄러운 행렬(行列).
> 광화문통(光化門通) 하수도 밑에서는
> 쫓겨간 비가 중얼대오
>
> 세수(洗手)한 「아스팔트」의 얼굴에서
> 흘기는 붉은 「스톱」
> 픽웃는 푸른 「꼬-」

「광화문통」(『중앙』, 1934.9)이라는 제목의 시의 앞부분이다. 거리를 관찰하는 사회부 기자의 안목을 느낄 수 있다. 그러나 기자와 시인·비평가를 겸하고자 하였던 그는 시로써 자신의 재능을 실험하고자 했으나 부분적인 성과에 그친다. 그 이유는 시에만 전념할 수 없었던 이유도 있겠으나 그의 천품이 시인이기보다는 비평가였기 때문이다. 그리고 기자(제도언론사)라는 신분은 그의 자유로운 시작 활동에 오히려 장애요인이 되기도 하였을 것이다.

그의 시세계는 다음과 같은 몇 가지로 요약될 수 있다.

첫째, 그는 여러 가지 새로운 시형식을 실험한다. 형식상으로는 단시와 산문시, 그리고 뒤에서 검토할 장시가 포함된다. 단시는 영화에서 취재한 「개」("컹…컹…컹…/안개의 해저(海底)에 침몰(沈沒)한 마을에서는 개가 즉흥시인(卽興詩人)처럼 혼자서 짖습니다),253) 「분광기(分光器)」, 식료품점에서 취재한 「임금(林檎)」·「모과(파인애플)」등의 작품으로서 단일한 이미지를 제시하는 재치있는 형식이다. 이에 비해 산문시는 그가 재래의 리듬을 탈피하고 '민중의 언어'를 수용할 수 있는 장르라 하여 큰 비중을 두었던 형식이다. 그의 시집 『태양의 풍속』(1939)에는 산문시로 분류할 수 있는 여러 편이 있으나 그의 이론에 부합되는 작품들이라고 말하기는 어렵다. 예를 들어, 「태양의 풍속」은 건강하고 새로운 세계에 대한 개인적인 열망을 토로한 것이고, 「해도(海圖)에 대하야」는 시인의 일상적 삶으로부터의 결별의 꿈을 노래한 것이다. 그의 이론과 실제 사이에는 커다란 괴리가 있다. 「옥상정원」은 백화점의 옥상에 올라간 시의 화자가 도시사회에서의 소외를 경험하고 현대문명의 비인간성을 풍자·비판한 작품으로 구어체로 되어 있다. 그 첫 부분은,

백화점의 옥상정원(屋上庭園)의 우리 속의 날개를 드리운 「카나리아」는 「니히리스트」처럼 눈을 감는다. 그는 사람들의 부르짖음과 그러고 그들의 일기(日氣)에 대한 주식(株式)에 대한 서반아(西班牙)의 혁명에 대한 온갖 지꺼림에서 귀를 틀어막고 잠 속으로 피난하는 것이 좋다고 생각한다. 그렇지만 그의 꿈이 대체 어데가 방황하고 있는가에 대하야는 아무도 생각해 보려고 한 일이 없다.

와 같이 시작되고 끝 부분은,

---

253) 『태양의 풍속』(학예사, 1939), p.131. 이 작품은 이 시집의 '씨네마 풍경' 항에 수록되어 있는 작품들 중의 하나이다. 앞으로 특별한 언급이 없는 인용시는 이 시집에 의거한 것임.

(…) 부(府)의 산수차(撒水車)는 때없이 태양에서 선동되어 「아스팔트」우에서 반란하는 티끌의 밀물을 잠재우기 위하야 오늘도 쉬일새 없이 네거리를 기여댕긴다. 사람들은 이윽고 익사(溺死)한 그들의 혼을 분수지(噴水池) 속에서 건저 가지고 분주히 분주히 승강기를 타고 제비와 같이 떨어질 게다. 여안내인(女案內人)은 그의 팡을 낳는 시를 암탉처럼 수업이 낳겠지.

「여기는 지하실(地下室)이올시다」

「여기는 지하실이올시다」[254]

와 같이 마무리되고 있다. 그의 산문시론과는 별도로 그런 대로 읽을 만한 시이다. 시인의 재치와 풍자의 방법을 감지할 수 있는 시이다. 그런데 그의 시는 이러한 형식면에서만 다양한 것이 아니라 소재면에서도 그렇다. 자연과의 교감·기차·문명비판·해변의 낭만·일상인의 감정 등 무엇이든 시로 쓸 수 있는 것이면 작품화하는 경향을 보여 준다. 그러나 그것은 어떤 통일된 세계를 구축하지 못하여 독자에게 분명한 인상을 심어 주지 못한다. 이점에서 그는 정지용과 대조적이다.

둘째, 그는 여러 가지 창작방법(기술)을 시도한다. 시의 길이의 변화를 시도하는 것(단시, 장시 등)도 그중의 하나이지만, 명사와 명사의 나열, 활자의 시각적 배열과 대소활자(大小活字)의 사용(「전율하는 세기」·「일요일 행진곡」등), 언어의 몽타쥬 기법(장시「기상도」) 등이 이에 포함된다. 그는 이미지즘·주지적 방법을 주축으로 하여 시를 쓰며 초현실주의적 이미지를 제시하기도 한다.

셋째, 그의 시에 어떤 일관된 주제가 있다면 그것은 속악한 일상성의 극복과 탈출이라고 할 수 있다. 그는 도시의 충만한 자극에 이끌리고 있으나(「커피잔을 들고」, '씨네마 풍경' 연작), '바다'의 이미지로 표상되는

---

254) 이 작품은 1931년『조선일보』(5.31)에 처음 발표되었으나 시집에 수록될 때 부분적인 수정이 가해졌다.

건강한 세계에 대한 꿈은 지속적으로 표현한다(「항해」 등). 그 소망이 의지를 수반할 때 문명비판과 풍자의 형식이 된다. 이 풍자와 그의 창작 기술이 가장 성공적으로 결합된 예가 「전율하는 세기」(『학등』 1호, 1933. 10)이다.

「경계해라」
신호를 실고 가는 전파(電波)·전파·파(波)·파

강서(江西)가 붉어졌다고
세계의 백색(白色)XX주의자들의
「토라홈」 증세(症勢)의 눈알들이
코걸이 안경 넘어서 둥그래져 굴른다

「뉴욕」의 부두
뒷골목 45층 지붕 밑에서
「컴뮤니스트」「잭크」의 붉은 장식(葬式)이
붉은 눈물 속에 새벽으로 向하야 떠나갔다.
그래서 「아메리카 유니언」의 최고의 경찰부는 672명의 경관을 동원했다.

「프로이드」에 의하면
「무쏘리니」의 꿈은 늘 붉은 바다 밑에서 새파랗게
떨고 있는 모양이다.
恐怖
恐怖
恐怖
X色恐怖

히어지지 않는 것은

제국(帝國) 경관의 모자테와
네거리의 「꼬오 스톱」과
그리고 교수대(絞首臺)의 이슬과-

히어지지 않는 것은
제국 경관의 모자테와
네거리의 「꼬오 스톱」과
그리고 교수대의 이슬과-

　세계의 백색 테러와 국내의 현실을 풍자한 이 작품은 그의 풍자정신
의 실상이 어떤 것인지 알 수 있게 한다. 그가 김광균의 시가 다만 이미
지즘에 그쳤음을 지적하고, 이상의 초기시가 다만 현대의 위기만을 말
하고 있다고 하면서 다같이 비판할 수 있었던 근거도 그런 것이었으리
라.[255] 이 풍자정신은 '배금종 성서(拜金宗聖書)'를 낭독하며 자국의 '상표'
를 달고 각축전을 벌이는 세계 열강의 현실로 확대되거나(「상공운동회」),
강대국의 지배를 받으며 옛 전통을 상실해 가는 약소민족의 슬픔과 결
합되기도 한다(「아프리카 광상곡(狂想曲)」). 「폭풍경보」(『신동아』, 1932.12), 「밤
의 SOS」(『가톨릭청년』, 1934.1), 「제야(除夜)」(『시와 소설』, 1936.3) 등이 이 계
열의 작품이라 할 수 있다. 그러나 이 계열의 작품은 숫적으로 적고, 대
부분의 작품은 풍경의 서정적 묘사(「봄은 전보도 안치고」)나 사물의 즉물
성의 재현(「아츰 비행기」·「북행열차」)이나, 소시민적 생활의 무력감(「이방
인」·「방」·「향수」)을 고백하는 데 그치고 있다. 그 결과 그의 시는 정지
용·이상·김광균 등의 경우처럼 분명한 인상을 심어 주지 못할 뿐만
아니라, 시의 주제가 어떤 초점을 확보하지 못하고 있다. 『태양의 풍속』
은 그 제목대로 '태양'과 같은 어떤 건강한 생활에 대한 동경을 주제로
하고 있으나 내적인 통일성이 결여되어 있다.

---

255) 「을해년의 시단」(『학동』, 1935.12), 「신춘 조선시단 전망」(『조선일보』, 1935.1.) 참조

김기림의 대표적인 시적 업적은 장시 「기상도」이다. 이 작품의 제 1 부는 1935년 6월 『중앙』지에 발표되었다. 그가 모더니즘 시의 기교주의 적 경향을 반성하는 논문을 쓴 후 「오전의 시론」(1935.4.~10.)을 연재하고 있을 때였다. 이 시에 발표된 평론 「시대적 고민의 심각한 축도(縮圖)」256) 는 그의 장시에 대한 계획을 잘 드러내고 있다. 시인은 '시대의 조류의 복판'에서 작업해야 하며, 그 시대의 조류는 '가두(街頭)'에 흐르고 있어 서 시인은 그를 에워싼 '시대의 기상(氣象)'을 강렬하게 감수(感受)·파 악·표현해야 한다는 것이 이 글의 요점이다. 이른바 시대적 고민의 심 각한 축도를 그려야 한다는 것으로서 그가 여기서 말하고 있는 내용은 현실참여적인 문학의 필요성과 그 문학의 실현을 위한 자신의 강렬한 의지 표현이다. 그의 「기상도」는 그러한 관심의 소산이다.

그런데 장시란 문학양식의 일종으로 그 장르적 성격에 대한 이해가 요망되는, 당시 문단에서 아직 익숙하지 못한 양식이다. 김동환의 「국 경의 밤」과 같은 서사시, 임화의 작품과 같은 단편 서사시가 거론된 바 있으나, 그것들은 장시로 지칭되지는 않았다. 이런 점을 인식한 김기림 은 장시에 대하여 다음과 같이 설명한다.

시는 짧을수록 좋다고 한 「포-」는 장시(長詩)의 일은 잊어버렸던 것이다. 장시는 장시로서의 독특한 영분(領分)을 가지고 있다. 어떠한 점으로 보아 더 복잡다단하고 굴곡이 많은 현대문명은 그것에 적합 한 시의 형태로서 차라리 극적(劇的)인 발전이 가능한 장시를 환영하 는 필연적 요구를 가지고 있는 것처럼 보이기도 한다. 현대시에 혁명 적 충격을 준 「엘리웃트」의 「황무지」와 최근으로는 「스펜더-」의 「비 엔나」 같은 시가 모두 장시인 것은 거기에 어떠한 시대적 약속이 있 는 것이 아닐까? 나는 있다고 생각한다.257)

256) 『조선일보』, 1935.8.29.
257) 김기림, 「시인으로서 현실에 적극 관심」, 『조선일보』, 1936.1.1~5, 연재 1회.

여기서 중요한 것은 장시가 "더 복잡다단하고 굴곡이 많은 현대문명"에 적합한 형태, "극적인 발전이 가능한" 형태라는 점과 「황무지」와 「비엔나」가 그 대표적인 작품으로 거론되고 있는 점이다. 김기림은 어떤 복잡한 관념을 극적인 형식으로 표현할 수 있는 길이가 긴 시로서 장시를 설명하고 있는 것이다. 그것은 단시에 대응되는 개념임을 알 수 있다. 이로 보면 그가 장시 중에서도 내용상으로는 풍자시를 상정하고 있다고 볼 수 있다. 그는 풍자시를 주장한 바 있고, 「기상도」는 그런 계통의 시이기 때문이다. H.리드는 그의 『근대시의 형태』에서 장시(long poem)와 단시(short poem, 서정시)에 대하여 논의한 바 있다. 그에 따르면 장시란 단시와 구분되는 개념으로서, "수 개 혹은 다수의 정서를 기교에 의해 결합한, 정서 단위인 어떤 지배적인 관념을 함축하는 이야기를 포함한, 일련의 긴 시"를 지칭한다. 영시의 경우 서사시(epic), 긴 철학적인 시, 부(ode) 등이 이에 해당된다고 그는 설명한다.[258] 김기림의 장시론은, 그가 철학적인 시, 풍자시 등을 거론하고 있는 것으로 보아 이 리드의 설명을 참조한 것으로 보인다. 김기림은 장르 확산의 일환으로 장시형식을 제기하고 있다.

'시대적 고민의 심각한 축도'이자 현대문명에 대한 어떤 관념의 표현인 그의 「기상도」는 그 7부가 「차륜(車輪)은 듯는다」(『삼천리』, 1935.12)라는 제목으로 발표됨으로써 일단 완결되어 그 이듬해인 1936년에 출판된다. 김기림은 그 첫회를 발표하면서, "한 개의 현대의 교향악을 계획한다. 현대문명의 모든 면(面)과 능각(稜角)은 여기서 발언의 권리와 기회를 거절당하는 일은 없을 것이다. 무모 대신에 다만 그러한 관대만을 준비하였다"는 서문을 덧붙였으나, 출판할 때는 이 부분을 빼고 소제목·본

---

258) H. Read, "The Structure of the Poem", *Collected Essays in Literary Criticism* (Faber and Faber, 1950). pp.57~60 참조(이 비평선집에는 「Form in Modern Poetry」(1932)가 재록되어 있음).

문도 부분적으로 수정한다. 총 400여 행의 이 작품의 전체적 구성은,

(1) '세계의 아침' (7연 32행)
(2) '시민 행렬' (1연 39행)
(3) '태풍의 기침(起寢) 시간' (4연 62행)
(4) '자최' (11연 110행)
(5) '병든 풍경' (4연 40행)
(6) '올빼미의 주문(呪文)' (13연 79행)
(7) '쇠바퀴의 노래' (7연 62행)[259]

등 7부로 되어 있다(숫자 표시 - 인용자). '태풍의 내습과 강타'라는 극적 상황 설정을 통해 세계정치의 '기상도'를 그리고 있는 이 작품은, '태풍'의 진행 과정을 중심으로 볼 때 (1)(2)는 태풍 이전, (3)(4)는 그 발생과 진행, (5)(6)은 태풍 내습 후의 파멸된 풍경, (7)은 기상의 정상 회복에 대한 시인의 가상적인 희망을 각각 서술하고 있다. 극적 구성으로 보면, 발단(1·2), 전개(3), 위기(4), 하강(5·6), 대단원(7)으로 파악될 수 있어서 이 작품은 사건이 하강하는 비극적 성격을 띠고 있다. 전체적인 내용은 다음과 같다. (1)에서는 '바다·갑판·정거장' 등을 배경으로 한 세계 시민의 행복한 삶이 '아침'이라는 신선한 이미지로 제시된다. (2)는 강대국의 제국주의적 행태가 위트 섞인 풍자의 형식으로 비판되고 '공원의 실업자'를 통해 현대문명의 그늘이 지적되는 부분이다. (3)과 (4)는 폭풍경보에 이어 분열 위기에 놓인 중국과 공원의 실업자·교회·도서관·전방 초소·화류가·도시 등 세계 곳곳의 풍경과 그 타락상이 그려지고, 여기에 '태풍'이 강타(强打)함을 보여 준다. 시인이 비중을 두고 많은 지면을 할애하고 있는 대목이다. (5)·(6)에서는 태풍이 휩쓸고 간 뒤의 암담한 분위기가 폐허의 이미지들로 묘사되는데, 전체를

---

259) 김기림, 『기상도』(재판, 산호장, 1948) 참조. 여기서는 이 판본에 의거함.

통해 가장 어둡고 절망적인 언어로 표현된다. 태풍 강타 이후의 그 절망은 "피곤, 내일이 없는 칼렌다, 어둠, 부엉이의 목쉰 울음, 밤의 썩은 밧줄" 등의 이미지로 암시된다. 여기에 (7) 즉 다시 '태양'은 뜨고 태풍은 영원히 오지 않으리라는 '쇠바퀴의 노래'가 덧붙여져 대단원에 이른다. 이 작품의 중요한 특성의 하나는 작품 전개에 있어서의 공간적 배경과 화자의 전환이다. (1)·(3)은 막연한 현대의 문명세계를 배경으로 하지만, (4) 이하에는 그 공간이 좁혀져 당시의 경성(京城)(발표 당시의 원문에는 '부(府)의 게시판'이란 대목이 있다)으로 한정되고, 이에 따라 시의 화자도 (1)~(5)의 3인칭에서 (6)(7)의 1인칭으로 전환된다.

「기상도」는 이야기 시(narrative poetry) 아닌 장시 형식으로는 당대에 처음으로 시도된 작품이라는 점에서 다음과 같은 몇 가지 의미 부여가 가능하다.

첫째, 이 작품은 여러 가지 시 형태와 기법을 실험하고 있다. 「기상도」는 그 첫머리에서의,

> 비눌
> 돋인
> 해협(海峽)은
> 배압의 잔등
> 처럼 살아났고
> 아롱진 <아라비아>의 의상(衣裳)을 둘른 젊은 산맥(山脈)들.

과 같은, 현란한 이미지의 시각적인 시 형태의 시도가 있고,

> 넥타이를 한 흰 식인종(食人種)은
> 니그로의 요리가 칠면조보다도 좋답니다.
> 살같을 희게 하는 검은 고기의 위력

의사 <콜베 - 르>씨의 처방입니다
<헬메트>를 쓴 피서객들은
난잡(亂雜)한 전쟁 경기에 열중했습니다
슾은 곡창가(獨唱家)인 심판의 호각소리
너무 흥분하였으므로
내복만 입은 파씨스트
그러나 이태리에서는
설사제(泄瀉劑)는 일체 금물(禁物)이랍니다
필경 양복 입는 법을 배워 낸 송미령(宋美齡) 여사

와 같은, 약소민족을 침략하는 제국주의 풍자도 있으며,

내일이 없는 칼렌다를 쳐다보는
너의 눈동자에는 어쩐지 별보다 이쁘지 못하고나
도시 19세기처럼 흥분할 수 없는 너
어둠이 잠긴 지평선 너머는
다른 하늘이 보이지 않는다
음악은 바다밑에 파묻힌 오래인 옛말처럼 춤추지 않고
수풀 속에서는 전설이 도무지 슬프지 않다.
페이지를 넘기건만 너멋장애는 결론이 없다.

와 같은 연민어린 독백도 있다. 그리고 이런 가벼운 위트도 있다. "이윽고/ 태풍이 짓밟고 간 깨여진 <메트로폴리스>에/ 어린 태양이 병아리처럼/ 홰를 치며 일어날 게나……." 이 시는 기법면에서 대담한 생략, 대화체의 빈번한 사용, 영화의 자막(字幕)을 연상시키는 「게시판」을 통한 기상통보의 확대적 제시 등의 수법과 자유연상법, 7개 장면의 편집적 구성 즉 몽타쥬 등 다양한 방법을 구사하고 있다.
다음으로, 이 작품은 알레고리(allegory) 문학의 가능성을 보이고 있다. 「기상도」의 알레고리적 성격은 첫째 '태풍의 내습과 강타'라는 비유적

인 상황 설정에서 나타난다. 작품에서 태풍은 '남태평양'에서 발생, 북진 중이며 경계의 대상지역은 '아세아의 沿岸'으로 되어 있고, 그 진행방향은 중국의 황하 강변(黃河江邊)으로 서술된다. 그 집중적인 피해지역은 발표 당시의 '府의 게시판'(재판에는 '市의 게시판')이 암시하는 '경성부'('메트로포리스')인바, 이는 일본 제국주의의 침략을 의미하는 것이다. 이런 관점에서 볼 때 이 시의 주제는 민족적 고난('태풍 피해')과 재생의 꿈('일기회복')이라 할 수 있다. 이 작품의 알레고리적 성격의 두 번째 측면은 시인의 체험의 단편성(斷片性)을 표현하고 있는 데서 나타난다. 알레고리는 체험의 단편성 · 파편성을 그 본질로 한다. 벤야민은 알레고리의 본성을 삶의 연관관계에서 떨어져 나온 '비유기적 파편성'으로 설명하고 있다.[260] 이 작품에 나타나는 "비행기의 부러진 죽지", "비석(碑石)의 폭포", "검은 대가리들의 하수도(下水道)", "목아지가 없는 동상"((2) '시민행렬', (4) '자최') 등은 그 전형적인 표현들이지만, 이 시는 전체적으로 볼 때에도 시인의 파편화된 체험을 단편적으로 열거한 것이다. 도합 7개의 부분이 몽타쥬되고 있는 창작 방법도 그렇다. 이 작품의 현대성을 거론하면서 최재서가 '논리적 결무(論理的 缺無)'[261]를 지적한 것도 그런 문맥에서 볼 수 있다. 알레고리는 작가 쪽에서 보면 요소들을 어떤 맥락으로부터 일탈시키는 일이고, 독자 쪽에서 보면 조합(組合)과 의미 설정 즉 작품 구성에 대한 개념인데, 이 개념은 바로 몽타쥬(montage)와 일치한다.[262] 몽타쥬는 알레고리를 대신하는 개념이거나 알레고리의 특정한 측면을 엄밀하게 규정하게 해 주는 용어이다. 「기상도」의 몽타쥬(알레고

---

260) Walter Benjamin, *Charles Baudelaire*, tr. fr. Jean Lacoste(Paris, Petite Biblio - théque Payot, 1974), 'Zentralpark'(보들레르에 대한 단상) "No.13 · 19 · 28 · 32 - 1 · 36 · 37 · 38 · 45" 등 참조.

261) 최재서, 「현대시의 생리와 성격」, 『문학과 지성』(인문사, 1938) 참조.

262) Peter Bürger, *Theory of the Avant - Grade*, trans. Michael Shaw(University of Minnesota Press, 1984), pp.68~73 참조 『전위예술의 새로운 이해』, 최성만 역(심설당, 1986), pp.117~125.

리)는 이런 의미에서 이해될 수 있다. 이런 창작 방법은 전위예술(모더니즘 작품)의 비유기적 성격과 그 부분의 독자성을 낳게 하는 하나의 근거가 된다. 그리고 이런 관점에서 볼 때 (6)부 '올빼미의 주문(呪文)' 부분은 재인식될 수 있다. "대체 이 피곤을 피할 하루밤 주막(酒幕)은/ <아라비아>의 <아라스카>의 어느 가시밭에도 없느냐", "어둠이 잠긴 지평선 너머는/ 다른 하늘이 보이지 않는다." 풍자가 끝난 뒤의 시인의, 어둠 속의 절망과 비애를 읽을 수 있다. 시인은 밤이 가고 태양이 다시 뜨는 시간을 생각하며 (7)부 '쇠바퀴의 노래'에서 이렇게 쓰고 있다. "아름다운 행동에서 빛처럼 스스로/ 피여나는 법칙에 인도되어/ 나의 날음은 즐거운 궤도 우에/ 끝없이 달리는 쇠바퀴 게다." 여기서 제국주의의 지배 이데올로기에 대한 시인의 유토피아 의식을 조금은 엿볼 수 있다.

마지막으로 이 작품은 풍자문학의 가능성을 보인 것이다. 이 시는 풍자의 방법을 사용하고 있는데, 그 대상을 주로 강대국의 행태(行態)에 두고 있다((2)부 '시민행렬', (3)부 '태풍의 기침시간'). 시인의 풍자는 그 기본에 있어서 있어야 할 것이 없는 역설적인 정황에서 발단되고 있다. '내일이 없는 칼렌다', '결론이 없는 페이지' 등이 암시하는 의미가 그것이다. 여기서 풍자는 정상적인 정신을 가진 시인과 부조리한 사회(세계)와의 싸움의 형식이 된다. 그러나 그 싸움은 희극적인 것이자 비극적인 것이다. 그것이 희극적인 이유는 정상인과 비정상적인 대상과의 대결이기 때문이다. 정상인이 아무리 도덕성을 강조한다 하여도 상호간의 의사소통은 이루어지기 어렵다. 시인은 갖가지 위트를 동원하여 그 희극성을 부여한다. 그것이 비극적인 이유는 싸움의 상대의 힘이 거대하고 추상적인 모습을 하고 있기 때문이기도 하지만, 그 희극성 속에 벌써 패배가 예고되고 있기 때문이라고 할 수 있다. 싸움을 거는 정상인이 결국지게 되어 있는 것이다. 희극과 로맨스가 '봄과 여름의 양식'이라면, 비극과 아이러니·풍자는 '가을과 겨울의 양식'으로서, 풍자(아이러니)는 특히 패배의 주제에 중심을 두고 있는 문학양식이다.263) 풍자의 원형 심상인 '겨울'은 이 작품에서 '밤'으로 설정되어 있으나, 여기서 시인은 '밤'에 머물며 '태양'의 세계를 말하고 있다는 점이 「기상도」의 한 특징 이다. 김기림은 행복과 도덕성이 결여된 현실('밤')을 인식하면서 내일에 대한 희망을 노래하고자 한다. 여기서 새로운 사회는 시인의 노래 속에 유아기적 상태로 머물러 있다고 할 수 있다. 그러나 시인은 삶의 파편 화를 경험하고 있으므로 그것의 성숙은 요원한 것이 된다. 그는 지식인 의 입장에서 현실을 인식하고 있다.

김기림의 「기상도」는, 모더니즘 시의 사회성 확보라는 새로운 요구 와, 자신의 시 작품 수준의 함양이라는 오랜 과제를 동시에 해결하고자 한 의욕적이고 모험적인 작품이었다. 그 개인으로서는 이 장시가, 결함 이 많았던 그동안의 시작 활동을 보충할 수 있는 하나의 걸작이라고 생 각하였다. 이 시집이 출판된 즈음에 쓴 「걸작(傑作)에 대하여」264)라는 제 목의 글이 그 점을 말해 준다. 그러나 알레고리(몽타쥬)의 방법으로 풍자 시를 쓰는 일은, 그 착상에서부터 많은 문제점을 지닌 것이었다고 할 수 있다. 파편화된 경험의 단편들을 길게 늘어놓으면서 거기에 시적 통 일성을 부여하는 작업은, 모든 부분들을 통합시킬 수 있는 미적 장치를 고안해 내지 않고서는 성공하기 어렵다. 작품의 성과는 의도나 자부심 과는 다른 차원에서, 즉 내용과 형식의 변증법적 통일에 의해 결정되는 것이다. 그러나 그의 장시 실험은 오장환이 또 다른 성격의 장시 「수부 (首府)」(1936), 「황무지」(1937)를 시도하는 계기가 된다. 이 작품들도 「기상 도」와 비슷한 문명비판을 지향하고 있다.

김기림은 관념과 현실 사이에서 방황하였던 시인이다. 그는 1934년 「관념결별」(『조선일보』, 5.15)이라는 제목의 시에서 "사상의 회색의 산보

---

263) N. 프라이, 『비평의 해부』, 임철규 역(한길사, 1982), p.312 이하 참조.
264) 『시와 소설』(1936.3), pp.4~5.

로이든 십자로(十字路)"에 서 있는 자신에 대하여 말하면서, 관념과의 결별을 선언하고 "다만 한 개의 방향" - "새로운 미학의 「페 - 지」속에서"의 삶을 선택하겠다는 생각을 고백한 바 있다. 1935년 그는 「기상도」를 쓰면서 현실에 대한 적극적인 관심을 재표명하게 된다. 아울러 기교주의를 반성하는 글을 쓴다. 이점에서 그의 경우는, "시보다 비평이 비평보다 일상회화가 더 진보적"이라는 이원조의 지적265)은 시사적이다. 그는 논리적인 인물이었지 시적인 재능을 지닌 인물은 아니었다고 할 수 있다. 그는 시적 재능의 결여를 작품으로 말한 바 있다.266) 그는 정지용과 경쟁하고 싶어 했었다. 『정지용시집』(1935)이 나오자 장시 『기상도』(1936)을 출판한 것이 그 증거이다. 그는 자신의 초기작들을 나중에야 출판했고, 그것도 서문에 '1934년'이라고 명기(名記)한 것이었다. 『태양의 풍속』 시편들은 기존의 발표작들을 대폭 수정한 것이었으나 그 성과는 크게 미흡한 것이었다.

2. 물신주의적 사회와 문학 물신주의

일찍이 김기림은 「인텔리의 장래」(1931)에서 지식계층의 분화와 역사적 정황의 변화에 따른 '소피스트' - 보헤미안의 출현을 예고한 바 있다. 이상(李箱, 본명 金海卿, 1910~1937)은 그 전형적인 인물이었다. 서울 출신으로 경성공업전문학교를 졸업한 재능 많은 그는 직장과 집을 그만두

---

265) 이원조, 「시의 고향 - 편석촌에게 붙이는 단신」, 『문장』, 1941.4 참조.
266) "나는 도무지 시인의 흉내를 낼 수도 없고/ 「바이론」과 같이 짖을 수도 없고/ 갈매기와 같이 슬퍼질 수는 더욱 없어(…)"라고 그는 「파선」에서 쓰고 있다. 『태양의 풍속』, p.75.

고 어느새 거리에 나와 있었던 것이다. 19세기 파리의 '저주받은 시인들'처럼 그는 도시생활의 패배자였지만 누구보다도 수도 서울을 사랑하고 탐닉하였던 시인이다. "밤이면 나는 유령과 같이 흥분하여 거리를 뚫었다. 나는 목표를 갖지 않았다"267)고 그는 쓰고 있다. "오랜만에 보는 거리는 거의 경이에 가까울만치 내 신경을 흥분시키지 않고는 마지 않었다."268) 여기서 독자는 거리의 보헤미안이 되어 있는 그의 모습을 확인할 수 있다. 그는 자신을 '집은 없고 방만 있는' 사람으로 표현하고 있다. 김기림이 도회시인으로 한때 기대를 걸었던 조영출269)(호 명암(鳴巖), 생년 미상)은 「Go Stop」(『조선일보』, 1933.12.2)과 같은 도시풍경시를 쓰다가 「보헤미안」(『조선중앙일보』, 1935.12.4)이라는 제목의 시를 발표한 바 있다. 조영출은 여기서 "밤과 낮은 물레와 같이 나의 설음을 감고/ 실음 업시 돌아간 보헤미안의 길이 업노니/ (…)/ 오오 오고 가는 표박(漂泊)의 허무여/ 유태민(猶太民)의 아름다운 꽃밭이여"라고 노래하였다. 도시를 배회하던 시인의 쓰디쓴 허무감이 나라 잃은 보헤미안(유태민)의 감정과 결합되고 있는 것이다.270) 남촌과 북촌으로 분할되어 외국자본에 의해 운영되는 수도 서울은,271) 그 외면적 화려함을 자랑하면서 30년대 10년간에 인구 70만의 증가를 보였지만, 그 가운데는 뒷전으로 밀려난 보헤미안 시인들도 있었던 것이다. 정지용과 같은 '요람' 동인으로서 구인회 후기회원으로 가담하는 박팔양은 「도회정조」, 「점경(點景)」(『중앙』, 1933.11)

---

267) 「공포의 기록」, 『이상수필전작집』, p.164
268) 「날개」, 『이상소설전작집·1』(갑인출판사, 1977), p.30
269) 김기림, 「1933년 시단의 회고와 전망」 참조.
270) 시인 이서해도 「보헤미안」(『조선중앙일보』, 1935.10.12)이라는 제목의 시를 발표하고 있다.
271) 총독부는 한일합방 직후 '경성시구개수(京城市區改修) 예정계획노선'(1912.11. 총독부 고시 78호)을 발표하여 도로와 건축물에 대한 통제를 시작, 도시화정책을 추진하는 한편 1930년에 '경성 도시계획안'(성안하였으나 법령화하지 못함)을 만들고, 1934년에 '조선 시가지 계획령'을 정식으로 제정·공포하였던 관계로 그동안 서울 시가지는 나날이 변모하고 있었다.

등의 도시의 충만한 자극과 충격체험을 노래한 작품을 썼지만,[272] 「길
손」(『조선중앙일보』, 1934.7.30)에서는 자신을 '고향 잃은 방랑자'로 표현하
고 있다. 도시의 충만한 자극에 이끌렸던 서울 거주 시인들이 끝내는 그
도시로부터 하나 둘 소외되어 갔던 사실은 여러 모더니즘 시인들의 작품
에서 확인할 수 있지만 이상은 그 대표적인 경우에 해당된다.

　이상은 불행한 삶을 살았지만 현대시인으로 자처했던 인물이다. 그는
백부(伯父)의 집에서 양자로 살았지만 백부가 사망하자 가난한 부모(그를
낳아 준)를 책임져야 했고, 게다가 결핵의 병마에서 죽을 때까지 벗어나
지 못하였다. 여기서 '결핵문학'으로서의 그의 문학적 긴장이 지속되지
만[273] 그것은 한편으로는 자신의 시대에 반항의 형식으로 나타난다. 그
는 일체의 전근대적인 것을 부정하고 역사의 변화에 부응하는 근대적
인 인간이 되고자 했다. 그에게 있어 전근대적인 것은 자기에게 몸밖에
준 것이 없으면서도 '양육비 배상'을 요구하는 신당리 빈민굴의 부모와
가부장적인 가족제도와 낡은 역사의 관습이었다. 가부장적인 가족제도
의 질곡과 그에 대한 항변은 그의 여러 시작품의 주제로 나타나고 있지
만,[274] 그는 그 가족제도에서 벗어나 스스로 자유로와지기를 바라면서

---

272) 박팔양은 다다이즘 시 「윤전기와 사층집」(『조선문단』, 1927.1)을 발표한 이후 「하
　루의 과정」(1933) · 「점경」 · 「하야풍경(夏夜風景)」(1934) 등의 도시적인 감각의
　풍경시를 여러 편 발표하고 있다. 권환은 그의 작품은 프로시가 아니라 '근대주
　의'(모더니즘) 시라고 평가하고 있다.(권환, 「시평과 시론」, 『대조』 4호, 1930.6 ·
　7합병호, p.33). 그의 작품은 『한국시인선집』(재판, 이론사, 1958. 초판, 1926)과 『여
　수시초(麗水詩抄)』(박문서관, 1940)에 수록되어 있으며, 작품목록은 최근 권영민
　교수에 의해 정리되었다(권영민 편, 「납 · 월북시인 평론가 사전」, 『문예중앙』,
　1987. 겨울호). 정지용 · 김화산과 함께 '요람' 동인이었던 그는 구인회에 가담하
　여 '조선 신시발달사'에 대하여 강연한 바 있는데(「조선신문예강좌」), 한때 카프
　회원이었던 그의 구인회 가담은 그의 모더니즘적인 시경향과 관련된 것으로 보
　인다('요람'에 대해서는 박팔양, 「요람시대의 추억」(『중앙』(1936.7)을 볼 것). 그
　는 이미지즘 계열의 모더니즘 시인으로 평가할 수 있으며, 그의 작품에는 정지
　용의 시와 비슷한 작품도 있다(「태양을 등진 거리 위에서」).
273) 김윤식, 『이상연구』(문학사상사, 1987) 참조.
274) 「오감도」, '시 제2호', 「위독」 연작 중의 「문벌」 등은 그 대표적인 예에 속한다.

집을 나와 독립해서 살았다. 그리고 그는 한갓 생활필수품에 불과하였던 가정집의 옛날 물건들이 미술품으로 숭상되는 당시 일부 사람들의 골동 취미를 부정하였다. 그는 근대와 함께 호흡하고자 하였다. 그는 근대적인 것은 20세기적인 것 - 현대도시·기계·현대미술 등 - 이라 인식하고 새로운 윤리(미학)의 수립이 요구된다고 보았다. 또 스스로 '현대의 美'의 이해자로 자처하였다. 전통적인 예의·準則을 벗어던지고 스스로 자유로와지고자 하는 욕망은, 관습과 역사의 중압으로 심각한 갈등을 경험하게 되지만, 그가 쓴 시들은 관습과 역사에 대한 부정과 반항의 형식이다. 그 속에는 새로운 것을 갈망하는 그의 모험정신이 내재되어 있다.

> 일층(一層)우에있는이층(二層_우에있는삼층(三層)우에있는옥상정원(屋上庭園)에올라서남쪽을보아도아무것도없고북쪽을보아도아무것도없고해서옥상정원밑에있는삼층밑에있는이층밑에있는일층으로내려간즉동쪽에서솟아오른태양이서쪽에떨어지고동쪽에서솟아올라서쪽에떨어지고동쪽에서솟아올라서쪽에떨어지고동쪽에서솟아올라하늘한복판에와있기때문에시계를꺼내본즉서기는했으나시간은맞는것이지만시계는나보담도젊지않으냐하는것보담은나는시계보다는늙지아니하였다고아무리해도믿어지는것은필시그럴것임에틀림없는고로나는시계를내동댕이쳐버리고말았다.
>
> - 「운동(運動)」[275]

이 파괴적인 시형식이 그의 문학의 출발점이다. 그것은 같은 '옥상정원'을 소재로 한 김기림의 작품(「옥상정원」)형식보다 훨씬 진보적이다.

시인이 거리에 나올 때 시야에 들어오는 것은 거리의 풍경이다. 이상은 정지용처럼 그것을 직접 묘사하지 않고, 초현실주의적 이미지로 재구성하여 변형시킨다. 그것은 「운동」에서 볼 수 있는 바와 같이 주관주

---

275) 이 작품은 '1931년 8월 11일'에 제작된 것으로 명기되어 있다.

의적 작품이며, 당시 문단에서 익숙해 있던 유기적 작품이 아니라 비유기적 작품(non - organic work)이다. 김기림은 1934년 그의 새로운 시형식 해설에 많은 지면을 할애한다. 이상의 시는 현실과 무의식의 결합이며, '언어의 내적 에너지'를 추구하는 작품이다.[276] "네온사인은섹소폰과같이수척(瘦瘠)하여있다//파란정맥(靜脈)을절단(切斷)하니새빨간동맥(動脈)이었다 / - 그것은파란동맥이었기 때문이다 - /(…)/보라!네온사인인들저렇게가만-히있는것같아보여도기실은부단(不斷)히네온가스가흐르고있는게란다"(「가구(街衢)의 추위」). 이런 경향의 작품은, 언어의 단편들을 몽타쥬할 때 생겨나는, 언어와 언어의 새로운 관계 창조와 그것에 의한 시의 자율적인 미적 가치만을 추구하는 예술주의적 문학관의 소산으로 보이지만, 반드시 그런 것만은 아니다. 언어의 몽타쥬 방법을 주축으로 하는 비유기적 작품은 유기적 작품에 비해 그 부분의 자율성이 크고 그 상대적 독립성이 확보됨으로써 각 부분이 유의미적 단위로 된다.[277] 따라서 시인은 현실적 소재를 미적으로 가공하는 가운데 그의 무의식(내면세계)과 현실(객관세계)에 대한 관념을 교직(交織)하여 각 부분에 독자성을 부여할 수 있다. 여기서 몽타쥬 작품은 현실과 분리되면서도 한편으로 관계를 맺게 된다. 이상은 그런 방법으로 도시에 접근했던 시인이다. 다음과 같은 작품이 그 구체적인 예이다.

1

우아한 여적(女賊)이 내 뒤를 밟는다고 상상하라

내문 빗장을 내가지르는소리는내심두(心頭)의동결(凍結)하는녹음
(錄音)이거나, 그「겹」이거나……

---

276) 김기림, 「현대시의 발전」, 『조선일보』, 1934.7.12~22 참조.

277) Peter Bürger, 앞의 책, pp.83~84 참조. 여기서 뷔르거는, 아방가르드의 작품은 유기적 작품과는 달리 그 개개의 부분들이 전체에 대비해 볼 때 더 큰 독립성을 갖는다고 지적하고 있다.

―무정(無情)하구나―

등불이 침침하거나 여적 유백(乳白)의나체가 참 매력있는오예(汚穢)―가 아니면 건정(乾淨)이다

2

시가전(市街戰)이끝난도시 보도(步道)에「마(麻)」가어지럽다. 당도(黨道)의 명을받들고월광(月光)이이「마(麻)」어지러운위에 먹을줄느리라

(색(色)이여보호색이거라)나는이런일을흉내내어껄껄껄

3

인민(人民)이 픽죽은모양인데거의망해(亡骸)를남기지않았다 처참한포화(砲火)가 은근히 습기(濕氣)를부른다 그런다음에는세상것이발아(發芽)치않는다그러고야음(夜陰)에계속된다

후(猴)는 드디어 깊은수면에빠졌다공기는유백(乳白)으로화장(化粧)되고

나는?

사람의시체를밟고집으로돌아오는길에피부면(皮膚面)에털이솟았다

멀리내뒤에서내독서(讀書)소리가들려왔다

4

이 수도(首都)의폐허(廢墟)에왜체신(遞信)이있나

응? (조용합시다 할머니의하문(下門)입니다)

5

쉬―트위에 내희박(稀薄)한윤곽(輪廓)이찍혔다(……)

(…………)

6

건너다보이는이층(二層)에서대륙(大陸)계집들창을닫아버린다닫기전에 침을뱉았다

마치 내게사격(射擊)하듯이…….

(…………)

7

단추를감춘다남보는데서「싸인」을하지말고……(…………)

8

……보도(步道)「마이크로폰」은 마지막발전(發電)을마쳤다

야음(夜陰)을발굴(發掘)하는월광(月光)—

사체(死體)는 잊어버린 체온(體溫)보다훨씬차다 회진(灰燼)위에 서리가나렸건만……

별안간 파상전상철판(波狀電狀鐵板)이넘어졌다 완소(頑固)한 음향(音響)에는 여운(餘韻)도 없다

그밑에서 늙은 의원(議員)과 늙은 교수(敎授)가 번차례로 강연(講演)한다

「무엇이 무엇과 와야만되느냐」

이들의상판은 개개(個個) 이들의 선배(先輩)상판을닮았다

오유(烏有)된역구내(驛構內)에화물차(貨物車)가 우뚝하다 향하고있다

9

상장(喪章)을붙인암호(暗號)인가전류(電流)위에올라앉아서사멸(死滅)의「가나안」을지시(指示)한다

도시(都市)의 붕락(崩落)은 아—풍설(風說)보다빠르다

10

시청(市廳)법전(法典)을감추고산란(散亂)한처분(處分)을거절(拒絶)하였다

「콩크리 - 트」전원(田園)에는초근목피(草根木皮)도없다물체의음영(陰影)에생리(生理)가없다

—고독(孤獨)한기술사(奇術師)「카인」은도시관문(都市關門)에서인력거(人力車_를나리고항용이거리를완보(緩步)하리

- 「파첩(破帖)」[278]

이 작품은 난해하지만, 시인의 내면세계와 현실인식이 결합된, 작품 내의 부분들이 독자성을 띤 몽타쥬 작품으로 읽을 수 있다. 작자의 내적 독백은 이해하기 어려우나, 이 작품의 현실적 배경은 거리에서의 생존경쟁('시가전')이 끝난 뒤 행인의 자취가 끊어진 달밤('月光')이고 시인

---

278) 『자오선(子午線)』1호(1937)에 수록된 유고시임.

은 그 거리를 관찰하면서 생각에 잠겨 있다고 이해된다. 시인의 현실 인식은 '마립지세(麻立之勢)'의 폐허, 의사소통의 단절('체신'), 정치가와 학자의 무의미한 언어유희, '법전(法典)'을 감춘 시청, 자연이 사라진 콩크리트 정원, 살인자('카인')의 활보 등의 폐허의 이미지와 알레고리의 형식 속에 나타나고 있다. 그것은 단편적인 것이지만 비판적인 의미를 함축한다. 시인의 비유기적 형식 속에 도시에 대한 비판적인 메시지를 담고 있는 것이다. 그런 점에서 이상의 작품은 예술의 자율성만을 고집하고 있지 않다고 할 수 있다.

이상은 소설도 썼지만 시인의 자격으로 '구인회'에 입회하였다. 구인회 주최 '문학강연회'에서 그는 「시의 형태」에 대하여 강연한다. 그는 시의 형태를 강조한 시인으로서 그의 모든 작품이 사회적 메시지를 담고 있다고 말할 수는 없을 것이다. 그의 초기시들은 단편적이고 파편화된 경험들을 그 특유의 방식으로 재구성하여 제시하고 있다. 그는 가정적인 문제(백부의 양자 신분·생부와의 불화), 악화된 건강(결핵), 경제적 궁핍(사업 실패로 물질적 소유 불가능), 기질적인 성향(나태함) 등의 이유로 현실사회와 원만한 관계를 맺으며 건강한 도시인으로 살아갈 수 없었다. 물신화된 대도시에서 정상적으로 살아갈 수 있는 조건이 결여되어 있었기 때문에 그는 자기 분열과 해체를 경험하면서 자폐적인 내면세계에 칩거하고 있었다. 그가 자폐적인 세계를 벗어나 시를 통해 현실과 교섭하게 되는 것은 구인회 가입 이후로 보인다. 그러나 그의 시가 도시를 전제로 하여 제작되고 있었다는 사실은 부정되지 않는다. 「운동」도 그렇지만 그의 출세작이자 난해시로 이름 높은 「오감도(烏瞰圖)」(『조선중앙일보』, 1934.7.24~8.8)의 경우도 그러하다. 「오감도」는 그 제목에서 도시의 공간과 그 수직성이 연상된다. 현대적인 건축물을 전제하지 않고서는 그런 발상이 성립되기 어렵다. 「시제1호(詩第一號)」에는 시인의 불안과 공포가, 「시제14호(詩第十四號)」에는 낡은 관습과 역사를 벗어나고자 하는 욕망과 심리적 갈등이 드러나고 있다. 특히 「시 제14호」는 '모자(帽子)'로 표상되는 낡은 관습을 벗어던지고자 하는 시인이 직면하게 되는 전통과 '역사'의 중압을 주제로 한 작품으로 주목된다. 물론 「오감도」연작은 이상 특유의 언어의 유희와 현란한 기교가 최대한으로 발휘된 작품이지만, 김기림의 말대로 현대의 '위기'를 표현한 것도 사실이다.[279] 「오감도」발표를 계기로 그는 구인회의 회원이 된다.

「오감도」발표는 그의 문학적 새 출발을 보장해 주었다. 카페 '69'를 실내공사만 하고 매각처분[280]했던 그는 이즈음 다방 '제비'를 경영하고

---

279) 김기림, 「신춘 조선시단 전망」, 『조선일보』, 1935.1.1~5 참조.
280) 노다객(老茶客), 「경성 다방 성쇠기」, 『청색지』 1호(1938.6), p.47 참조. 이 글에 의하면 이상이 처음 손댄 다방은 '69'이며 이어서 '제비'를 개업하여 약 1년간 계속했다고 한다. 한편 '69'라는 명칭과 근거에 대해서는 여러 가지 견해가 있으나 그것이 아폴리네르의 시의 제목으로 사용된 사실이 확인되어 참고삼아 제시해 둔다. 이 작품에서 '69'는 음란하고 비의적(秘義的)인 숫자, 불안(권태, ennui)의 의미로 형상화되고 있어 흥미롭다. 이상이 이 작품을 당시 번역으로 읽었는지는 확인할 수 없다(이 자료는 강원대 불문과 황현산 교수의 도움으로 된 것임을 밝혀 두며 이에 감사한다).

「69 6666...6 9...」

Les inverses 6 et 9	거꾸로 된 6과 9
Se sont dessinés comme un chiffre étrange	는 이상한 비밀기호처럼 그려져 있다
69	69
Deux Serpents fatidiques	조짐을 나타내는 두 마리 뱀
Deux vermisseaux	두 마리 구더기
Nombre impudique et cabalistique	음란하고 비의적인숫자
6 3 et 3	6 3 더하기 3
9 3 3 et 3	9 3 더하기 3 더하기 3
La trinité	삼위일체
Qui se retrouve	는 다시 만난다
La trinité partout	삼위일체는 어디서나
Avec la dualité	삼위일체와 (만난다)
Car 6 deux fois 3	6은 2곱하기 3이기에
Et trinité 9 trois fois 3	그리고 삼위일체와(만난다) 9는 3곱하기 3이기에
69 dualité trinité	69 이위 일체 삼위 일체
Et ces arcanes seraient plus sombres	그리고 그 비밀한 뜻은 더욱 어둠 속에

있었고(다방 경영은 그의 유일한 사업이었다), 그를 추천하였던 박태원281)을 위시한 이태준·김기림·정지용 등 구인회의 동료들과 회합하면서 많은 격려를 받기도 하였다.282) '제비'는 이들의 집회소 중의 하나였다. 사회적으로 무소속이었던 그는 구인회에 열심이었지만, 곧 다방사업이 실패하게 되자 "재판소 호출장·내용증명 우편물·금융조합 대부금 독촉장"을 들고283) 거리로 나앉게 되는데, 이때 쓴 것이 작품「지비(紙碑)」(『조선중앙일보』, 1935.9.15)이다. 이 시는 이듬해 같은 제목의 연작형식으로 발표되며(『중앙』, 1936.1), '어디로 갔는지 모르는 안해'라는 부제가 붙여진다. 아내(금홍)의 가출과 '제비'의 몰락 과정은 박태원의 소설「제비」(『조선일보』, 1939.2.22~23)에 자세히 묘사되고 있거니와, 이러한 전기적 사항은 그의 문학생활에 중대한 자취를 남긴다. 우선 1935년 1년간의 그

잠기리

Mais j`ai peur de les sonder   그러나 나는 그것을 파헤치기가 두렵다
Qui sait si là n`est pas l`éternité   누가 장담하랴 거기에 영원이 없다고
Par - delà la mort camuse   저 너머 접주는 걸 재미로 삼는
Qui s`amuse à faire peur   코 납작한 죽음이 없다고
Et l`ennui m`emmantelle   그래서 불안이 나를 휘감는다
Comme un vague linceul de lugubre dentelle 침울한 레이스 천의 헐렁한 수의(壽衣)처럼
Ce soir   이 저녁에
- Apollinaire, *Oeuvres poétiques*(Gallimard, 1965), p.594. 황현산 역

281) 박태원의 소설「제비」(『조선일보』, 1939.2) 등의 자료에 의하면 이상을 만나 구인회와 연결시킨 것은 박태원이다. 이상과 정지용은 그전부터 알고 있었다. 박태원이「제비」에 우연히 들렀다가 이상을 만났을 당시 그는 아직 '무명시인'이었다고 한다. 그가 문단에 알려진 것은「오감도」발표 이후이다. 박태원과 이상의 관계에 대해서는 박태원,「이상의 편모」(『조광』, 1937.6) 및 김기림,「이상의 모습과 예술」(『이상선집』) 참조.
282) 이상은 김기림 등 구인회 회원들과 함께 성북동 이태준의 '경독정사(耕讀精舍)'로 식사초대를 받기도 하였다. 김기림,「봄의 사기사(詐欺師)」『중앙』, 1935.1 참조.
283) 위의 글 참조. 이 수필은 이상의 당시의 불운과 궁핍상을 그리고 있다. 소설「제비」에 의하면, 이상이 이후에 인수한 카페는 '프루(フル)'였으나, 이 카페는 원래 손님이라고는 없는 곳으로 실패할 수밖에 없었다고 한다. 지금까지 이상이 '제비' 이후에 경영한 카페는 '쓰루'(スル)로 알려져 있어 정확한 고증이 요구된다. 어느 한 쪽의 오기(誤記)일 가능성이 있다. '무기'(麥) 경영은 그 이후의 일이다. 박태원,「이상의 편모」,『조광』, 1937.6 참조.

의 문학적 침체를 가져온다. 그는 이해에 「정식(正式)」(연작)과 「지비」를 발표하고 있을 뿐이다. 다음으로 생활기반의 상실에 따라(그는 이후 새로운 카페 경영을 시도하나 실패한다) 문학 물신주의에 빠져드는 한편 현실에 대한 관심을 증대하게 된다. 이 둘은 서로 분리되지 않는다.

1936년에 발표된 「역단(易斷)」(연작 5편, 『카톨릭청년』 2월호)에는 갈데없이 밑바닥 인생이 된 그의 운명의 적나라한 모습이, 그러나 슬쩍 가리워진 채로 드러나 있다. 한기(寒氣)어린 방안(「화로」), 악화된 건강(「아침」 · 「행로(行路)」), "누가 힘에 겨운 도장"을 찍은 후 "전당(典當)"잡힌 생활과 파탄된 가정(「가정」), "백지(白紙) 위에다 연필"로 쓴 "운명", "간사(奸邪)한 문서(文書)"「역단(易斷)」 - 이 내용들은 필경 사업의 실패와 관련되어 있다. "간사한문서를때려주고또멱살을잡고끌고와보면그이도돈도없어지고피곤(疲困)한과거(過去)가멀거니앉아있다(……)비켜서는악취(惡臭)에허망(虛妄)과복수(複讐)를느낀다"고 시인은 「역단」에 쓰고 있다. 그를 패배시킨 물신주의적 사회에 대한 허망과 복수심을 표현한 작품이다. 개인의 사사로운 신변 잡사(雜事)를 문학 작품으로 표현하고 있으며, 그 속에는 물신주의적 사회에서의 예술가의 무력감 표출되고 있다. 그는 이 물신주의적 사회에서 문학의 신비화 내지 문학 물신주의적(物神主義的) 태도로서 대응하고 있다고 할 수 있다.[284] 문학 물신주의는 '돈'으로 표상되는 상품 물신주의 사회의 소산으로서, 사회생활을 잃은 시인이 선택할 수 있는 수단이 문학밖에 없을 때, 그가 그 문학에 맹목적일 때 야기되는 문학에 대한 환상적 태도이다. 그것은 '역단(易斷)' · '가외가전(街外街傳)' · '지주회시(蜘蛛會豕)' 등 기이하고 어려운 말 만들어내기, 현란한 언어의 유희(「날개」의 서문)와 같은 언어 물신주의를 포함한다. 그가 "고황에 든, 이 문학병 - 이 익애의 도취의……"[285]라고 고백할 때 그것은 한층 확실한 표현을 얻었

---

284) 김윤식 교수는 『이상연구』(문학사상사, 1987)에서 이상의 이 '문학 물신주의'에 대하여 논의한 바 있다. p.330 이하 참조.

다고 할 수 있다. 문학에 대한 물신적 태도는 그의 공공연한 '자살'론처럼 도시생활에 실패한 시인의 영웅주의적 정념(情念)의 한 발로이다.

이상의 사업 실패는 자본의 결핍과 사업 수완의 미숙으로 벌써부터 예상되던 것이었고, 그는 그럴수록 문학에 칩거하였다. 문학은 인간의 내면성의 옹호를 그 이념으로 하는바, 그가 진작부터 그것을 선택했다는 것은 돈과 같은 세속적 가치와는 인연이 먼 것이었다고 할 수 있다. 글을 쓰는 일은 자신의 재능을 원고로써 상품화하여 문학시장에 파는 일에 다름아니며 그 교환가치가 당시로는 푼돈에 불과한 것이었다. 그는 "원가상환을 청구"하는 부모에 대해 "내게 그만한 금전이 있을까. 나는 소설을 써야 서푼도 안 된다. 이런 흉장(胸臟)의 배상금을 도로혀 물어내라 그리고 싶다"286)고 항의한다. 그가 1935년 문단에 보내는 글287)에서 말하고자 한 것도 그런 절박한 생존문제였다. 이 "향토"에서 태어난 "작가는 - 대체 - 초근목피(草根木皮)편이냐 응접실편이냐", "성서를 팔아서 고기를 사다먹고 양말을 사는 데 주저하지 아니할 줄 알게까지 된 오늘의 이 향토의 작가가 작가노릇 외에 아무것도 하는 일이 없이 혹은 하려도 할 수가 없다고 해서 작품 - 작가 내면생활의 고갈과 문단 부진을 오직 작가 자신의 빈곤과 고민만으로 트집 잡을 수 있을까." 파산해 가는 이상의 절규이다. 그는 여기서

맑스주의문학이 문학 본래의 정신에 비추어 허다한 오류를 지적받게까지끔 되었다고는 할지라도 오늘의 작가의 누구에게 있어서도 그 공갈적(恐喝的) 폭풍우적 경험은 큰 시련이었으며 교사(敎唆) 얻은 바가 많았던 것만은 사실이다.288)

---

285) 「사신(私信)(2)」, 『이상수필전작집』, pp.136~138 참조.
286) 「실락원」, 『이상수필전작집』, pp.136~138 참조.
287) 이상, 「문학을 버리고 문화를 상상할 수 없다 - 사회여, 문단에도 일고(一顧)를 보내라(6)」, 『조선중앙일보』, 1935.1.7. 이 글은 동지(同紙)에서 기획한 시리즈의 일부로 집필된 것임.

와 같은 발언도 하고 있다. 같은 해 파리에서 열린 '국제작가대회'(반파시즘과 문화 옹호를 위한) 소식이 국내에 전해지자 이상은 거기에 적극적인 관심을 표명한다. 그즈음 「낙랑」 다방에서 만난 이상의 모습을 김기림은 이렇게 전한다. "다방 N 등의자에 기대 앉어 흐릿한 담배 연기 저편에 반나마 취해서 몽롱한 상(箱)의 얼굴에서 나는 언제고 「현대의 비극」을 느끼고 소름쳤다. 약간의 해학과 야유와 독설이 섞여서 더듬더듬 떨어져 나오는 그의 잡담 속에는 오늘의 문명의 깨어진 「메커니즘」이 엉크러 있었다. 파리에서 문화 옹호를 위한 작가대회가 있었을 때 내가 만난 작가나 시인 가운데서 가장 흥분한 것도 상(箱)이었다."[289] 작품 「역단」과 「파첩」·「가외가전」은 이런 문맥에서 읽어야 할 것이다. 이 작품들의 파괴적 형식들은 파괴된 시인의 내면과 엄밀히 대응된다. 그것은 시인의 소외를 소외로, 해체를 해체로 표현한 작품이다. 진실은 시인의 내면에 있고, 해체된 언어들은 개인의 연약함을 드러내는 '미학적 가상'(aesthetic appearances)이다. 그 자신이 편집한 『시와 소설』(1936.3)에 발표한 「가외가전(街外街傳)」은 시에서 소설로 넘어가는 중간단계의 작품으로, 그의 자의식이 날카롭게 드러나 있는 역작(力作)이다. '거리 밖의 거리에 대한 이야기(傳)'란 의미의 제목이 붙여진 이 작품의 주제는, 생각건대 「오감도·시제1호」에서 다룬 불안과 절망(그는 『시와 소설』서두에서 "어느 시대나 그 현대인은 절망한다. 절망이 기교를 낳고 기교 때문에 또 절망한다"고 적고 있다)의 변주라 하겠으나, 그것을 인식·구현하는 태도는 한층 더 객관성을 띠고 있다. "훤조(喧噪) 때문에 마멸(磨滅)되는몸이다. 모두 소년(少年)이라고들그리는데노야(老爺)인기색(氣色)이많다" 이 시의 첫부분이다. 그 다음부분은 "꿈 - 꿈 - 꿈을밟는허망(虛妄)한노역(勞役) - 이세기의곤비(困憊)와살

---

288) 위의 글.
289) 김기림, 「고 이상의 추억」, 『조광』, 1937.6, p.146. 김기림은 '국제작가대회'를 계기로 그의 구인회 동료들에게 현실에 대한 적극적인 관심을 촉구한 바 있다. 「시인으로서 현실에 적극 관심」, 『조선일보』, 1936.1 참조.

기(殺氣)가바둑판처럼널리깔렸다", "층단(層段)을몇번이고아래로내려가면 갈수록우물이드물다". 그리고 마지막 부분은 다음과 같다.

눈에띄우지않는폭군(暴君)이잠입(潛入)하였다는소문(所聞)이있다. 아기들이번번이애총이되고되고한다. 어디로피(避)해야저어른구두와어른구두가맞부딪는꼴을안볼수있으랴. 한창급(急)한시각(時刻)이면가가호호(家家戶戶)들이한데어우러져서멀리포성(砲聲)과시반(屍斑)이제법은은하다.

여기있는것들모두가그방대(尨大)한방(房)을쓸어생긴답답한쓰레기다. 낙뢰(落雷)심한그방대(尨大)한방(房)안에는어디로선가질식(窒息)한비둘기만한한까마귀한마리가날아들어왔다. (……)
(…………)
권연(卷煙)에피가묻고그날밤에유곽(遊廓)도탔다.번식(繁殖)하고거짓천사(天使)들이하늘을가리고온대(溫帶)로건넌다.그러나여기있는것들은뜨뜻해지면서한꺼번에들떠든다. 방대(尨大)한방(房)은속으로굶아서벽지(壁紙)가가렵다.쓰레기가막붙는다.

한편의 시를 이렇게 절단해 읽으면 그 전체성이 손상될 수 있으나, 그 대신 비유기적 작품이 내포하고 있는 사회비판적 의미를 파악할 수 있는 하나의 계기는 마련할 수 있다.[290] 이 시의 나머지 부분의 의미도 여전히 중요하다. 이 작품은 여전히 난해하여 독자의 접근이 용이하지 않은데, 그런 의미에서 이상의 시들은 또 다른 측면에서 문학에 대한 개념을 신비화시킨 것이라고 할 수 있다. 생활을 잃은 현대시인의 내면 세계와 역사적 현실이 만나 이루는 환상의 파노라마 - 그것이 그의 시의 기본성격이다. 뒤에 발표한 「위독」연작(『조선일보』, 1936.10.4~9)에 대한

---

290) 반드시「가외가전」을 들지는 않았으나 일찍이 김기림은 이상 시의 문명비판적 성격을 지적한 일이 있다. 김기림, 「이상의 모습과 예술」, 『이상선집』, p.6 참조

독자의 인상도 그런 것이다. 그러나 그 일부를 이루는 「자상(自像)」("여기는 어느 나라의 데드 마스크다…")에서 볼 수 있는 바와 같이 이 연작은 너무 주관적인 특수한 세계를 다루고 있어서 독자와의 의사소통이 거의 불가능하다는 느낌을 준다. 특수성·개별성의 추구는 그의 문학의 일반적 특질이라 하겠으나, 여기서 시인은 보편성의 획득을 도모하느니보다는 초기시의 주관적 세계로 다시 돌아가 거기에 칩거하려는 태도를 보여 주고 있다. 그리고 그가 직접 서명하여 발표하지 않은 그의 사후에 공개된 작품들은, 그의 새로운 점을 알게 하는 면도 있으나, 그의 주관적인 언어유희 취미를 노출시켜 지금까지의 성과를 희석시키는 결과를 가져온 면도 있다고 인식된다.291)

이상은 동시대의 문학시장에서 스스로 배우와 같은 역할을 수행하였던 이채로운 인물이다. 그는 근대문학사에서 분명히 새로운 형식을 창조하였고 그것이 동시대의 독자들의 관심을 끌기에 충분하였으리라는 의미에서도 그렇지만, 그보다는 그의 사생활 - 기이한 옷차림, "품행방정하지 못한"(김기림의 지적) 여인관계, 질병, 아내와의 비정상적인 생활 등 - 이 그렇게 하였다. 그의 신분은 도시 하층민에 가까운 것이었으나, 그의 시인으로서의 명성은 단기간내에 성취되었는바 여기에 그를 둘러싼 여러 가지 풍문(그 자신이 만들어 냄)이 적지 않게 작용했던 것으로 이해된다. 그의 사생활이란 여기서는 자세히 논의하기 곤란하나 간단히 말해 퇴폐성과 관련되는 것으로, 그것은 그의 문학의 한 속성으로 되어 있기도 하다.292) 특히 그의 소설은 일부를 제외하면 퇴폐적인 생활의 기록으로 되어 있는 것이다. 시는 소설에 비해 그런 경향이 적지만, 단

---

291) 이상 시의 독법은 여러 가지가 있을 수 있으나, 그중의 하나는 그의 작품을 발표 순으로 따라가면서 동시대의 문맥에서 해석해 보는 것으로서, 이 관점은 그의 시의 역사성 이해에 특히 효과적일 수 있다고 본다.
292) 이 퇴폐성과 관련된 문제는 위에서 오장환의 경우를 중심으로 재론하게 될 것임.

정치 못한 생활이 문학도 되고 문학시장에 영향도 미칠 수 있다는 것 - 이것은 이상과 그의 시대가 모더니즘에 대하여 제기하는 또 하나의 문제이다. 그러나 전체적인 테두리에서 보면 이 역시 지금까지 논의해 온 문학 물신주의의 문제 속에서 이해될 수 있는 것으로 본다. 이상에게 있어 도시는 문학의 변모와 문학에 대한 관념의 변화를 동시에 야기시키는 것으로 나타난다.

3. 도시의 인상화와 퇴폐적 생태학

'구인회' 회원은 아니었으나 모더니즘 운동에 합류하여 독자적인 시 세계를 구축하였던 김광균(金光均, 1914~1993)과 오장환(吳章煥, 1916~?)은 1936년 서울에서 만나 함께 동인지 『자오선(子午線)』(1937)을 창간한다. 이들은 첫째 30년대 문단의 신세대(근대시단의 제 3세대)로서 모더니즘의 새로운 계승자였고, 둘째 정지용·김기림·이상 등과는 다른 위치에 있었지만 그들과 비견될 만한 뚜렷한 시적 업적을 남긴 우수한 시인들이었으며, 셋째 시적 경향은 달랐으나 서로 협력하여 모더니즘의 확산·정립에 상당한 역할을 하였다는 점에서, 함께 묶어 논의해 볼 만한 시인들이다. 『시와 소설』이 나온 이듬해에 창간된 이들의 『자오선』은, 비록 지속적이지는 못했으나 『단층』지(1937)와 함께 30년대 후반기 모더니즘에서 상징적인 의미를 지니는 동인지라 할 수 있다. 이들은 이 잡지를 계기로 서로 공동작업을 하지만, 서울에서 만나기 전까지의 문학적 행정(行程)은 각각 다르다.

김광균은 개성에서 태어나 송도상업학교를 졸업, 전라북도 군산을 거쳐(1932~36), 서울에 정착한다(1936년 초여름).293) 이때까지 그는 벌써 자신의 시세계를 정립해 가고 있었는데 구체적으로 설명하면 다음과 같다. 첫째, 그는 개성에 머물던 학창시절부터 시 습작을 하기 시작하여 군산시대에 이미 여러 편의 시를 발표하였다. 개성에서 그는 김소엽(金沼葉)·현동염(玄東炎) 등과 등사판 동인지『유성(流星)』을 만들었고 石川啄木에 심취하였으며 개성 출신 문인 민병휘(閔丙徽)와 교유하며 문학수업을 하였다.294) 군산에서 그는「창백한 구도」(1933)·「해바라기의 감상(感傷)」(1935) 등의 여러 편의 시를『조선중앙일보』에 발표하였다. 이 작품들은 당시의 새로운 시의 동향에 민감하게 반응한 것들이었다. 둘째, 그는 1935년「오후의 구도」·「외인촌의 기억(외인촌)」을 발표하여 당시 문단에서 주목할 만한 시인으로 평가받고 본격적인 시작 활동을 하였다. 이 작품들이『을해명시선집(乙亥名詩選集)』(1936.4)에 수록된 것, 모더니즘 비평가 김기림이 이 작품들을 거론하면서 촉망되는 신인으로 그를 추천한 것, 스스로 "그 전후에 (……) 나는 시단이라는 눈에 보이지 않는 곳에 뛰어들었다"295)고 말하고 있는 것 등이 이를 뒷받침해 준다. "하 - 얀 기적(汽笛)소리를 남기고/고독한 나의 오후의 응시(凝視) 속에 잠

---

293) 그의 산문집『김광균문집 와우산』(범양사출판부, 1985)에 수록된「50년」,「30년대의 화가와 시인들」및 그의「꿈속에 가보는 선죽교」(『월간조선』, 1988.3) 등을 종합해 보면 김광균은 19세 되던 해 군산으로 갔다가, 1936년 상경하여 정착한다. 그는 2차대전 직전까지 '경성고무주식회사' 서울 본사 판매과장으로 재직하였다. 이상의 사실은, 1988년 2월 11일 김광균 시인과 필자와의 전화 인터뷰를 통해 확인되었음.

294) 위의 문헌 자료 참조. 그는 한때 石川啄木에 심취하였다고 하는데, 그의 시「설야」(『조선일보』, 1938.1.8)는 石川의「설야(雪の夜)」와 비슷한 점이 발견되어 참고삼아 石川의 시를 제시해 둔다. "눈오는 야반(夜半)의 등불, /꺼질 듯, 또 밝아지네. - 소리없이. /백발을 지고 드리운/맨발의 산할아버지, /문밖에 섰네. - 문을 두드려, /갑자기 등불은 꺼졌네. - 바람이라네."(강원대 崔承洵 교수 번역, 佐藤寬 편,『啄木抒情詩集』,東京: 成光館書店, 1937. p.366). 한편 김광균씨는 영화에서「설야」의 시상을 얻었다고 말한다(「꿈속에 가보는 선죽교」참조).

295)『김광균문집 와우산』, p.149. 김광균씨의 글은 불확실한 기억에 의존하고 있어서 정확한 고증을 요구하는 대목이 더러 발견된다. 예를 들면 김기림이 기대되는 시인으로 김광균을 추천한 것은 신문에서가 아니라『조선문단』(1935.6)의 '설문'에서였다.

기여 가는/ 북양항로(北洋航路)의 긔ㅅ발(…)"과 같은, 선명한 이미지를 구
사한 「오후의 구도」를 그는 시집 『와사등(瓦斯燈)』(1939) 첫머리에 수록한
다. 그는 자기의 시세계를 구축한 것이다.

한편 시골이 고향인 오장환296)은 서울 휘문고등보통학교(중퇴하였음)
재학시절에 모더니즘풍의 시를 발표하여 그의 재능을 인정받고 있었다.
「목욕간」(『조선문학』, 1933.11), 「캐메라·룸」(『조선일보』, 1934.9.5) 등이 그것
인데 전자는 산문시이고, 후자는 단시 연작으로 특히 김기림이 주선하
여 발표한 것이다. 이 작품들은 그의 실험정신과 재기발랄한 감각이 잘
나타나 있다. 그중에서 「캐메라·룸」연작은, 예를 들면 "어렷슬 때를 붓
드러두엇든 나의 거울을 본다 이놈은 進步가 업다"(「사진」), "(…)/그놈을
비웃고나니 그놈의 애비가 내게하든 말이 생각난다./이것도 무의식중의
조그만 복수(復讐)라할까?"(「복수」)에서 보는 바와 같이 그의 이후의 문학
적 특질을 이루는 반항과 모험정신이 내재되어 있다. 김기림은 그를 '장
콕토적인 감각'의 소유자라 평가하면서 기대를 건다.297) 그의 산문시는
"젊잖은 고래는 섬모양 해상(海上)에 떠서 한나절 분수(噴水)를 품는다. 허
식(虛飾)한 신사(紳士), 풍류(風流)로운 시인이여!"(「경(鯨)」, 1936)와 같은 신선
한 언어감각의 산물이다. 그는 일본 明治大學 전문부에서 수학298)하지만

---

296) 오장환의 전기적 사실은 자세히 밝혀져 있지 않다. 그의 고향은 '충청도 회인'(『문
    장』(1940.1) '조선문예가총람')과 '경기도 안성'(김광균, 「꿈에 가보는 선죽교」으
    로 나타나고 있고, 김광균 씨는 경기도 안성으로 증언하고 있으나(필자와의 전
    화 면담), 그는 충청도에서 태어나 어렸을 때 안성으로 이주했을 가능성이 크다.
    역시 김광균 씨에 의하면 그를 만났을 당시(『자오선』, 1937), 오장환은 부친이
    사망한 후였고, 모친은 돈화문 앞 운니동(雲泥洞)에서 하숙옥(방 15개 규모)을 경
    영하고 있었다고 한다. 한편 오장환의 당시 친구인 서정주씨가 그의 운니동집의
    식객(무전(無錢))으로 머문 일도 있다고 함(김광균 씨 증언).
297) 김기림, 「신춘시단 전망」, 『조선일보』, 1935.1.1~5 참조. 김기림이 오장환의 「캐
    메라·룸」연작을 발표하도록 하여 준 사실에 대해서는 이봉구, 「성벽시절의 장
    환」, 오장환 『성벽』(재판, 아문각, 1947) 참조.
298) 김용호, 『시문학입문』(창인사, 1949), p.226 '시인록' 참조. 그의 일본 유학 기간
    과 전공 영역은 정확히 알 수 없으나 1938년 현재 일본 유학중이었음이 확인된

중도에 그만두고, 이후 생활을 잃은 거리의 보헤미안으로서 퇴폐적인 생활을 하게 된다. 오장환은 그동안 제작한 작품들을 모아 제 1시집 『성벽』(1937)을 출판한다. 그는 김광균처럼 구인회가 열어 놓은 새로운 문학의 길을 따라가지만, 이미지즘 계열의 서정시 형식을 유지하고자 하는 김광균과는 달리 단시·산문시 외에 서정시·장시 등 여러 가지 시형식을 시험한다. 『자오선』에 김광균이 「대화」를 게재하고 있는 동안, 그는 「선부(船夫)의 노래·2」, 「수부(首府)」(장시)를 발표한다. 그의 시에는 문명 비판정신과 퇴폐적 성향이 함께 나타나 있다. 이것은 이들의 체험과 모더니즘 인식에서 적지 않은 편차가 있음을 말하는 것이다.

김광균의 시는 애수(哀愁)와 풍경의 인상으로 이루어지는 그 자신의 '마음의 풍경화'이다. 그는 일찍 고향을 떠나 회사원으로 지내면서 주위의 풍경에 자주 관심을 기울였는데, 군산 시절에 쓴 작품 「산상정(山上町)」은 그의 풍경시인으로서의 가능성을 보인 것이다.

동리는 발밑에 누어
몬지낀 삽화(揷畵같이 고독한 얼굴을 하고

노대(露臺)가 바라다 보이는 양관(洋館)의 지붕우엔
가벼운 바람이 기폭(旗幅)처럼 나브낀다

한낮이 겨운 하늘에서 성당(聖堂)의 낫종이 굴너너리자
붉은 노-트를 낀 소녀(少女) 서넛이
새파-란 꽃다발을 떠러트리며
해빛이 퍼붓는 돈대밑으로 사라지고
어듸서 날너온 피아노의 졸닌 여운(餘韻)이
고요한 물방울이 되어 푸른 하늘에 스러진다[299)]

다. 『청색지』 3집(1938.12) p.76 '문단왕래'란 참조.
299) 김광균, 『와사등』(남만서방, 1939), '山上町'은 군산의 한 지명으로 채만식의 「탁

이 작품에는 그의 시의 일반적 특질 - 회화적 이미지, 가벼운 애상(哀傷), 화려한 문채(文彩) 등 - 이 생생하게 구현되고 있다. 그것은 정지용의 근대풍경의 시만큼 날카롭고 발랄하지는 않으나, 섬세하고 화려한 수사가 구사된 풍경시의 일종이다. 시인은 자신의 감정을 절제하고 있어서 그의 시들은 이처럼 가벼운 느낌을 준다. 그의 작시법은 외부의 풍경을 감수(感受)하면서 거기에 자신의 심정(집 떠난 시인의 향수·비애)을 투입하여 결합시키는 것으로, 그렇게 하여 제작된 시들은 외부세계의 단순한 재현이 아니라 시인의 주관이 투영된, 한 폭의 인상화를 연상시키는 것이다. 그는 이 방법으로 함경도 주을온천(朱乙溫泉) 여행 체험을 살려 「외인촌」(발표 당시 제목「외인촌의 기억」)을 쓰고300) 「설야(雪夜)」를 노래한다. 그리고 서울에 정착한 이후 이 방법을 더욱 발전시킨다.

김광균이 서울에서 제작한 시들은 『와사등』의 일부와 제 2시집 『기항지(寄港地)』(1957)의 대부분으로서, 「와사등」·「광장」·「장곡천정(長谷川町)에 오는 눈」·「도심지대(都心地帶)」 등이 그 대표적인 것이다. '수풀'을 좋아하고 서정적인 풍경에 이르렀던 그가 대도시에 진입하였을 때의 체험의 변모는 작품 「와사등」(『조선일보』, 1938.6.3)에 단적으로 나타나 있다. 이 시는 인공의 자연 - 대도시의 군중 속에서의 체험이 메마른 이미지의 옷을 입고 다음과 같이 전개되고 있다.

류」서두에 나오고 있다.
300) 「외인촌의 기억(『조선중앙일보』, 1935.8.6)의 끝부분에 '주을온천(朱乙溫泉) 가든 길에'라고 발표 당시 명시되어 있다. 그런데 시집『와사등』에 수록되어 있는 「외인촌」의 전반부(발표 당시의 「외인촌의 기억」은 『와사등』수록분의 후반부임)는 「외인촌의 기억」이 발표된 동일지면 동일자에 김광균의 작품이 아닌 김조규 작 「풍경화(風景畵)」로 발표되어 있고 『올해명시선집』에도 그대로 수록되어 있음이 발견된다. 두 시의 분위기는 물론 동일한데, 『조선중앙일보』측의 착오에서 비롯된 현상인지는 확인할 수 없다. 신문 수록분은 시집 수록분과 부분적인 차이가 있어 시집 수록 당시 개고의 흔적이 보인다.

차단-한 등불이 하나 비인 하늘에 걸녀 있다
내 호올노 어델 가라는 슬픈 신호(信號)냐

긴-여름해 황망히 날애를 접고
느러슨 고층(高層) 창백한 묘석(墓石)같이 황혼에 저저
찰난한 야경(夜景) 무성한 잡초(雜草)인양 헝크러진 채
사념(思念) 벙어리되여 입을 담을다

피부(皮膚)의 바까테 숨이는 어둠
낫서른 거리의 아우성소래
까닭도 없이 눈물겹고나
공허(空虛)한 군상(群像)의 행렬에 석기여
내 어듸서 그리 무거운 비애(悲哀)를 지고왔기에
길-게 느린 그림자 이다지 어두어

내 어듸로 어떠케 가라는 슬픈 신호기
차단-한 등불이 하나 비인 하늘에 걸니여잇다[301]

　　이것은 군산시절에 쓴 「산상정(山上町)」과 같은 단순한 풍경시가 아니
다. 이 시에서 시인(화자)은 군중 속에 섞여 거리를 걷고 있다. 이 군중이
야말로 근대도시의 한 징후가 아니겠는가. 거리의 군중은 말할 것도 없
이 근대시장 경제체제가 가져온 부산물이다. 그들은 상품을 구매하거나
사무를 보기 위하여 거리로 나온다. 그것은 상점의 상품과 같이 대도시
서울을 구성하는 한 풍경이 된다. 김광균의 이 시는 그 자신도 일부가
된 이 풍경을 노래한 것이다. 시의 배경은 늘어선 고층과 찬란한 야경
(夜景)의, 여름철 서울 번화가이다. 대도시의 진면목인 밤거리의 찬란함
속에서 시인은 깊은 고독을 느낀다. 그는 외부의 사물들과 접촉하지만

---

301) 『와사등』(1939), pp.50~51.

거기서 어떤 부재감(不在感)을 경험한다. 늘어선 '고층'이 '창백한 묘석(墓石)'으로, '찬란한 야경(夜景)'은 '무성한 잡초'로 변형되고 있다. 이것은 일종의 폐허의 이미지로서 김기림의 「기상도」에서 확장된 형태로 드러나지만, 외부의 모든 사물들이 부재의 형태로 변형되고 있다는 것이 이 시의 중요한 특징이다. 그런데 여기에 등장하는 '와사등'은, 당시 서울에는 19세기의 프랑스 파리처럼 개스등(가로등)이 없었다는 사실을 생각할 때, 가로등(전등)을 그렇게 표현한 것으로 이해된다. 다만 종로의 야시(夜市)에서는 진열된 상품 조명을 위한 와사등이 불을 밝히고 있었다. 1929년에 벌써 이곳에는 "자동차·전차가 종횡으로 달리고 와사등·전등이 불야성(不夜城)을 이루고" 있었다고 당시 기록은 말하고 있다.[302] 이 작품이 이 야시를 배경으로 한 것이라고 단정할 수는 없으나, 다음과 같은 기록은 이 시에 대한 한 주석이라 인식된다.

(……) 밤이 되면 이 거리(종로네거리 - 인용자)에서 동구(洞口) 안까지 야시(夜市)가 열린다. 길가에는 서늘한 빙수가게에 구슬 달린 발이 늘어서고, 싸구려를 외치는 아이의 소리가 요란한데, 서울 사람들은 살것이 잇거나 업거나 밤이면 이 거리를 거닐기 때문에 사람의 물결을 일우어서 서로 헷치고 단이게 된다.
밝은 전등불, 물건파는 소래, 여기서 단란한 가정의 물건 사는 것이 잇스며, 저편에서는 기생, 매춘부의 잠행이 잇다.
희망에 불타는 남녀 학생이 지나가는 그 뒤에 퇴폐적 경향으로 술을 마신 타락청년이 지나간다. 야시(夜市)는 경성시민의 축도다.
이러는 중에도 경성의 혈맥가티 왕래하는 모든 교통기관, 전차 자동차 버스 등이 연해 그 경종과 경적을 울니며 지나간다.[303]

---

302) 김과백, 「탑동공원」, 『별건곤』, 1929.10, p.49 및 조응만, 『울밑에 핀 봉선화야』(범양사 출판부, 1985), p.68 참조. 종로에 가로등이 켜진 것은 1935년경이다. 이서구, 「신판경성지도」, 『중앙』, 1935.5, p.118. "종로등에도 아마 五月 上旬까지는 街燈이 켜질까봅니다."
303) 유광열, 「종로 네거리」, 『별건곤』, 1929.10, p.68

거리의 군중들 중에는 상품구매나 사무 때문이 아니라 도시의 분위기 자체에 흥분하여 나온 사람들도 있었다는 사실을 이 기록은 일러주고 있다. 거리의 소음과 군중 속을, 그것도 찬란한 야경 속을 걷고 싶어 하는 사람은 거리에서의 충격체험을 즐기는 사람들이다. 그러나 군중을 헤치면서 소음을 듣고 야경을 본다는 것은, 그것을 받아들이는 감각기관의 기민한 반응을 요구한다. 김광균의 「와사등」은 서울거리의 감각적인 충격체험을 수용하면서 쓴 시이다. 그는 "낯서른 거리의 아우성 소래"라고 적고 있다. 낯선 체험은 새로운 것이며 그것은 대도시 체험에 익숙해져 있는 경우보다 자극의 강도가 큰 편이다. 시인은 '와사등'을 정처없는 자의 '슬픈 신호'로 묘사하고 있다. 군중 속의 고독을 그는 경험했던 것이다.

김광균의 시는 시각적 이미지와 청각적 이미지를 두루 구사하지만 대체로 회화적 성격을 띤 작품들이 많다. 시각적인 체험의 우위 - 그것이 그의 시적 특징이다. W. 벤야민은 19세기 제 2제정기에 파리에 거주하면서 작품을 썼던 보들레르의 시를 논의하면서 그의 시에 나타난 대도시의 '충격'체험에 주목한 바 있다. 여기서 벤야민은 대도시 사람들의 눈이 방어적인 기능을 수행해야 하는 지나친 부담에 시달리고 있음을 지적하고 짐멜의 말을 인용하여 이렇게 설명한다. "게오르그 짐멜은 눈이 담당하고 있는 보다 덜 눈에 띄는 기능에 대해 언급하였다. '들을 수는 없고 보기만 하는 사람은(……) 볼 수는 없고 듣기만 하는 사람보다 더 불안하다. 여기에 대도시의 특징적인 면이 있다. 대도시 사람들의 제반 상호관계의 특징다운 점은, 시각의 활동이 청각의 활동보다 현저하게 우위를 차지하고 있다는 점이다.' 이의 주된 원인은 공공 교통수단에서 비롯된다."[304] 버스·기차·전차와 같은 대량 교통수단이 발달하

---

304) Walter Benjamin, 앞의 책, pp.203~204. 반성완 편역, 『발터 벤야민의 문예이론』(1983), p.161. 인용문은 반성완 번역.

기 전까지만 해도 사람들은 몇 시간이고 서로 말없이 빤히 쳐다보고 있는 정황에 놓이지는 않았다는 것이다. 이미 오래 전에 전국을 잇는 철도망이 형성되어 있던 당시 서울의 대중교통수단은 "전차 120여 대, 자동차 250대(관청용·자가용 제외), 기타 합승자동차 70대, 버스 40대"가 있었다.[305] 더구나 거리의 군중과 영화관에 모여든 군중 속에서 눈의 기능은 눈앞에 전개되는 갖가지 풍경들을 받아들이기에 큰 부담을 감당하지 않으면 안 되었다.[306] 20년 전까지만 해도 '처량한 호적(胡笛)' 소리만 들려오던 서울 밤거리가 대낮같이 밝아졌고,[307] 갖가지 낯선 건물들이 들어서 거리의 풍경은 변화를 거듭하고 있었기 때문에 그 모든 것들은 주민들의 시선을 끌 수 있었다. 김광균을 비롯한 모더니즘 시인들의 작품의 대다수가 시각적인 체험의 우위 현상을 보이는 것도 이와 무관하지 않을 것이다. 김기림은 김광균을 위시한 민병균·김조규 등의 신인들의 시가 이미지즘의 경향에 머물고 있는 것을 불만족스럽게 생각했지만[308] 그의 많은 시도 그런 경향을 보이고 있었다는 사실을 자각하지 못했다. 김광균의 시에는 김기림의 경우처럼 영화의 이미지를 수용한 것, 영화에서 착상한 것이 적지 않다. 「환등(幻燈)」("뒤거리 조그만 시네마엔 낡은 필름이 돌아가고"), 「장곡천정에 오는 눈」("낡은 필름 같은 눈이 내린다"), 「눈오는 밤의 시」[309]('캬스파처럼 서러운 등불……') 등이 그런 예

---

305) 「경성통계」, 『별건곤』, 1929.10, p.138.
306) 파영생(波影生), 「스크린의 위안」, 『별건곤』, 1929.10 참조.
307) 유광열, 「처량한 호적(胡笛)과 찬란한 등불」, 『별건곤』, 1929.12. 참조.
308) 김기림, 「을해년(乙亥年)의 시단」, 『학등』, 1935.12, p.17.
309) 「눈오는 밤의 시」에 나오는 '캬스파'의 바른 표기는 카스바(casbah)로서 그것이 슬픈 곳인 이유는 주인공인 도망자가 고향을 그리워하며 경찰의 추적을 피해 살아가는 곳이기 때문이다. 카스바는, 30년대 국내에서 상영된 쥘리앙 뒤비비에 감독 영화 「망향」(원제 Pépé - le - Moko, 1937)속의 남주인공 페페(장 가방 분)가 파리에서 범죄를 저지른 후 경찰에 쫓기는 몸이 되어 현재 당시 프랑스 식민지인 북아프리카 '알제리' 항구 도시에 숨어 살고 있는 도시의 한 구역 - 네모난 집들이 다닥다닥 붙어 있고 길들이 미로처럼 나있는 언덕 위에 위치하고 있어 경

에 속한다. 그의 서울 시대의 작품들은 군산 시절의 그것에 비해 그 시각적 · 회화적 · 감각적 속성이 더 강화되고 세련화되어 있다. 그의 시의 일관된 주제는 향수와 비애(고독)지만 그의 시들은 도시풍경의 인상화의 형태로 제시된다.

여기에는 그의 근대미술에 대한 관심이 적지 않은 역할을 하였다고 보아야 할 것이다. 편지 왕래가 있던 김기림을 만나 시인과 화가들이 어울려 벌이는 파리의 아방가르드 예술운동의 실상을 알게 되고, 신흥휴 · 최재덕 · 김만형 등의 화가들을 사귀고, 『자오선』동인 오장환을 통해 고흐의 「수차(水車)가 있는 가교(架橋)」가 수록된 서구의 근대화집(칼라판)을 접하고 흥분했던 일 등은 그가 서울에 정착한 이래의 새로운 경험이었다. "시는 그림과 함께 호흡하면서도 앞서가는 회화를 쫓아가기에 바빴다"고 그는 쓴 바 있다.[310] 그는 화가 친구들과 인상파의 그림에서 화가들이 소재를 수용하는 태도와 그것을 가공하는 방법을 배우면서 자신의 시적 감각을 발전시킨 듯하다. 즉 근대예술은 객관성에 대한 주관성의 상대적 우위를 그 본성으로 한다는 것, 대상을 그 주관성에 의하여 변형시켜야 한다는 것을 그는 회화와의 교류를 통해 재인식하게 된다. 그리고 그는 20세기의 시는 20세기의 문명에 충실해야 하기 때문에 '도시생활에 관련된 언어'로 쓰여질 수 밖에 없다는 사실로 분명하게 자각하게 된다. 그가 '고층건물'을 '묘석(墓石)'으로, '찬란한 등불'을 '잡초'로 변형시킬 수 있었던 것은 이런 문맥에서 이해된다. 「추일서정」에서 '길'과 '구겨진 넥타이'를 결합시키고 '일광(日光)'을 '폭포'로, '구름'을 '세로

찰의 추적을 피하기 쉬운 곳 - 명으로서, 영화는 주인공의 이 카스바 지역에서의 비극적 사랑 이야기를 중심으로 전개되고 있다. 기술복제시대의 예술인 영화는 레코드와 함께 30년대 서울시민들의 대단한 호기심을 끌었다. 『조광』지는 동화상사(東和商社) · 기신양행(紀新洋行) 등 흥행업체가 들여오는 외국영화의 자극적인 여배우 사진과 함께 거의 매달 '이 달의 영화 안내란'을 두는 한편, 영화계 소식을 전해 주기 위한 지면을 마련하고 있음이 확인된다.
310) 김광균, 「30년대의 화가와 시인들」, 앞의 책 참조.

팡지'로 변형시키는 것도 같은 맥락에서 보아야 할 것이다. 그는 회화와 시를 접근시키고자 한다. 그는 대상의 많은 부분을 버리고 필요하다고 생각되는 부분만 선택하여 그 인상을 서술하면서 이를 다시 변형시킨다. 그의 이런 시학은 조영출311)의 「탄식하는 가로수」(『조선일보』, 1934.1.25)와 그의 시들을 비교해 보면 더욱 분명해진다. "황홀(恍惚)한 일류민에이손의 가느다란 팔들이/ 가로수(街路樹) 호리호리한 허리를 휘감고/ 술 잔에 빠져죽은 사랑의 청승마즌 놀애와 양키들의/ 광적(狂的)인 째쓰의 어질어운 교향(交響)이 날애를 폅니다/ 놉고 나즌 들창에서 행인(行人)의 가슴으로-/ 가로수 식은 신경(神經)의 줄거리에 날러가 안습니다/ 정열에 불붓는 도성(都城)의 무수(無數)한 눈들……" 조영출의 시는 감각적인 외부 사물들을 모두 열거하려고 하지만 김광균의 시는 「백화점」(『조선일보』, 1940.8.8)과 같은 예외가 없는 것은 아니나 대체로 그렇지 않다.

김광균의 시는 황혼이나 밤을 배경으로 한 것이 많다. 「와사등」·「공지(空地)」·「광장」·「눈오는 밤의 시」 등은 모두 도시의 황혼(밤)을 노래하고 있다. 그는 서울에 올라와 도심지대인 다동(茶洞)에 하숙하고 있었다. "그 무렵 나는 회사에서 퇴근시간 10분 전이면 빠져나와 명동으로 달음질쳤다. 거기엔 이봉구·오장환·이육사·김관(金管)·화가친구들이 쭈그리고 앉아 있었다"312)고 그는 회고하고 있다. 이봉구는 그들의 회합장소가 주로 낙랑·미모사·에리사 등의 다방이었다고 설명한다. 미모사 다방은 김광균의 시(「장곡천정에 오는 눈」)에 등장한다. 김광균의 시들은 그 나름의 역사성을 지니고 있다.

황혼 속의 군중은 오장환의 산문시 「황혼」의 모티프이기도 하다. "직업소개에는 실업자들이 일터와 같이 출근하였다.(…) 검푸른 황혼은 언

---

311) 김기림이 그의 「모더니즘의 역사적 위치」(1939)에서 언급하고 있는 조영출은 1930년대 『조선일보』지상에 몇 편의 시를 발표하고 있음이 확인된다.
312) 김광균, 「50년」, 앞의 책.

덕 알로 깔리어 오고 가로수와 절망과 같은 나의 기-ㄴ 그림자는 군집(群集)의 대하(大河)에 짓밟히었다", "제 집을 향하는 많은 군중들은 시끄러히 떠들며, 부산히 어둠속으로 흐터저 버리고, 나는 공복(空腹)의 가는 눈을 떠, 히미한 가등(路燈)을 본다. 띄엄띄엄 서있는 포도(鋪道)우에 입새 없는 가로수도 나와 같이 공허(空虛)하고나."313) 직업을 갖지 못한 시인의 초상이 여기에 암시되고 있다. 그것은 역사와 관습을 부정하고(「성씨보」·「성벽」·「종가(宗家)」), 화려한 옷차림으로 일본 동경을 드나들며 갖가지 시집을 사들이는 그의 모습314)이 아니라, 도시에서의 패배자·소외자의 모습이 드러나 있다. 그러나 시인은 그 도시의 이면을 관찰하고자 한다.

그러나 그는 여전히 관습에 반항하고 도시의 충만한 자극에 끝없이 매료되고 또 방탕한 생활을 하였기 때문에 반항과 퇴폐적인 생활을 작품화하였던 시인으로 기록되어야 마땅하다. 그는 랭보·베를레느에게서 정신적 동류 의식(同類意識)을 느끼고, 서울 번화가를 누비며 당구장·다방·술집에 탐닉하여 스스로 '방탕한 귀공자(貴公子)'(「월향구천곡(月香九天曲)」), '윤락(淪落)된 자식(子息)'(「향수」), '대사탄·기생충·독(毒) 버섯'(「불길한 노래」)으로 자처하면서 랭보의 이름을 들고 "육신상의 동기(同氣)가 아니라 정신상의 형제여! 모조리 내 앞에 와서 집합을 하라"고 하였던 인물이다.315) 그는 김광균의 동료였으나 성실한 회사원이던 그와는 달리 생활이 없었다. 이상과 유사한 점이 많으나 이상은 구인회라는 소속이 있었고 또 그는 퇴폐적인 생활을 한다 해도 오장환만큼 그 자체를 노골적으로 작품화하지는 않았다. 『자오선』을 발간하기 전 함께 동인지 『시인부락』(1936)에 참여했던 친구 서정주-그는 이즈음 퇴폐적

---

313) 오장환, 『성벽』(재판, 아문각, 1947)
314) 이봉구, 「성벽시절의 장환」(『성벽』에 수록) 참조.
315) 오장환, 「팔등잡문(八等雜文)」, 『조선일보』, 1940.7.20~25 참조.

인 생활에 빠져 방황을 거듭하고 있었고 경성 운니동 오장환 집의 식객이 되기도 하였다-와 흡사하다 하겠으나 시골에서 올라와 "전기불도 기차도 처음 보는"316) 그와는 달리 오장환은 현대문명의 온갖 자극을 체험하고 그것을 문명의 언어로 표현해야 한다고 생각했다. 그가 백석(白石)의 『사슴』을 두고, 백석은 시인도 아니고 시를 쓴 적도 없다고 말했던 것317)도 그 때문이다.

그가 어떠한 경로를 거쳐 퇴폐적 문학에 이르게 되었는지는 간단히 설명하기 어렵지만 근대도시가 그 한 요인이었다는 사실만은 분명히 말할 수 있다. 유학시절을 전후하여 자주 갔던 일본에서의 경험을 토대로 쓴 것으로 보이는 「해수(海獸)」가 그 증거이다. "항구(港口)야/ 계집아/ 너는 비애(悲哀)를 무역(貿易)하도다/ 모진 비바람이 바다ㅅ물에 설레이든 날/나는 화물선(貨物船)에 업듸여 구토(口吐)를 했다." 이렇게 시작되는 이 작품은, 환락과 방탕의 생활로 보냈던 이국 항구도시에서의 나날의 삶에 대한 고백의 형식으로 전개되고 있다.

> 항구(港口)여!
> 거문 날세여!
> 내가 다시 상륙(上陸)하든 날
> 나는 거리의 골목 벽돌담에 오줌을 깔겨 보았다.
>
> 컴컴한 뒤ㅅ골목에 푸른 등(燈)불들,
>   붕-
>   붕-
> 자물쇠를 채지 않는 또어 안으로, 부화(浮華)한 우슴과 삐어의 누른 거품이 북어오른다

---

316) 서정주, 「속 나의 방랑기」, 『인문평론』, 1940.4 참조.
317) 오장환, 「백석론」, 『풍림』, 1937.4.

야윈 청년(靑年)들은 담수어(淡水魚)처럼
힘없이 광란(狂亂)하는 ZAZZ에 헤엄처가고
밝-안 손톱을 날카로히 숨겨두는 손,
코카인과 한숨을 즐기어 상습(常習)하는 썩은 살뎅이

나는 보았다.
　　항구(港口),
　　항구(港口),
들레이면서
수박씨를 까부수는 병(病)든 게집을,
바나나를 잘러내는 유곽(遊廓) 게집을……

　　49도 독(毒)한 주정(酒精)에 불을 달구어
불 타오르는 술잔을 연겊어 기우리도다.
보라!
질척한 내장(內臟)이 부식(腐蝕)한 내장이, 타오르는 고통(苦痛)을,
펄펄펄 뛰어라! 나도 어릴 때에는
입가생이 뾰롯-한 수염터모양, 제법 자라나는 양심(良心)을 지니
었었다.318)

　이 시는 이처럼 탐닉과 도취의 나날들에 대한 기록이다. 그것은 '미
지의 세계'에 대한 동경과 그 접촉 과정에 대한 고백으로서 『지옥에서
의 한철』의 A. 랭보를 연상하게 한다. 이 작품은 특히 그의 시 「오 계절
이여, 성곽이여(O saisons, O chateaux)」와 「취한 배(Le bateau ivre)」의 몇 구절
과 흡사한 표현을 채용하고 있기도 하다.319) 그러나 랭보의 항해(「취한

---

318) 『성벽』(재판), pp.67~70.
319) 오장환의 「해수」에서의 "항구여!/거문 날세여!…"는 랭보의 "「오 계절이여, 오
　　성곽이여」의 한 구절("오 계절이여, 오 성곽이여!/ 흠없는 영혼이 어디 있으
　　리……")과, "나는 보았다./항구, (……)/수박씨를 까바수는 병든 게집을/(……) 유
　　곽계집을……"은 랭보의 「취한 배」에 나오는 "나는 보았다, (……) 석양이란

배」)와는 달리 오장환의 항해는 그의 실제 체험이었다는 특성을 지닌다. '양심'을 팔고, '자폭(自爆)한 뽀헤미안'이 항해에서 체험한 '환각·매음녀·도박(賭博)·싸움·분노·불안·눈물·습진' 등을 말한 뒤 시인은 끝에서 "너는 무서웠느냐?", "뉘우치느냐?", "불평(不平)하느냐?"고 자문하고 있다. 이 시의 끝부분은

> 음협(陰狹)한 씨내기, 사탄의 낙윤(落倫),
> 너의 더러운 껍데기는
> 일즉
> 바다ㅅ가에 소꼽노는 어린애들도 주어가지는 아니하였다.

와 같이 되어 있다. 이 시는 현해탄을 건넜던 시인의 작품이다. 그의 작품에서 '바다'(항해)는 정지용 시에서의 그것과 매우 다르다.

그의 작품 중에는 '매음부'(「매음부」), '광동인(廣東人)의 밀항선'(「향수」), '도시의 부랑아'(「나포리의 부랑자」), '늙은 선부(船夫)'(「해항도(海港圖)」) 등의 이미지가 등장한다. 「해항도」는 항해의 추억을 가진 자가 쓸 수 있는 시이다. 그는 여기서 '항시(港市)의 가옥(街屋), 바람에 날리는 깃폭, 도박과 붉은 술, 홍등녀(紅燈女)의 교태' 등을 '늙은 선부'를 통해 상상하면서 '너도 선부(船夫)냐. 나도 선원(船員)이다. 자 - 한잔 한잔. 배에 있으면 육지(陸地)가 그립고 뭍에선 바다가 그립다고 쓰고 있다. 그는 서울의 관훈동에 '남만서방(南蠻書房)'이라는 헌책방(주로 일본에서 사온 시집, 화집류를 파는)을 경영하면서 거기서 그의 제 2시집 『헌사(獻詞)』(1939)를 비롯하여 김광균의 『와사등』, 서정주의 『화사집(花蛇集)』 등을 간행하게 되지만, 그

(……) 멀리 그 날개를 파닥거리며 굴러가는 파도랑을"과 같은 구절을 각각 연상시킨다. 서로 비슷한 점이 있다. *Oeuvres de Rimbaud*(Éditions Garnier Fréres, 1960), p.179 및 pp.128~131의 두 작품 참조. 「취한 배」의 번역은 송면, 『상징주의 시』(탐구당, 1980)에 의거했음.

책방이 그의 생활의 중심이나 근거지가 되지 못하였다. 그는 새로운 여행에의 유혹과 무료한 나날의 삶 사이에서 방황하고 또 권태로와 한다.

> 발길에 채이는 권태(倦怠)로다.
> 슬픔과 슬픔의 조약돌이여!
> 커피 한 목음에 목을 축이며
> 이제 나는 누구와 비애(悲哀)를 상의(相議)해보랴.
> 실타!
> 젊음의 의기(意氣)와 만용(蠻勇)을 낭비(浪費)한 다음
> 쇠잔(衰殘)한 마음 속에 나의 청춘(靑春)은 떠나갓거늘,
>
> 배를 젓는 사공이여!
> 씩씩한 사람이여!
> 비린내에 저즌 어포(漁浦)에 표류(漂流)하야 온 - 청춘(靑春)의 항로를 그릇치었고,
> 녹스른 닷, 회한(悔恨)에 쇠갈구리는 어두운 해저(海底)에 잠기였거늘,
> 우중충한 커피잔이여!
> 맑은 적 없는 붉은 다수(茶水)여!
> 누가 나의 녹쓰른 회한(悔恨)의 닷을 감어 올리랴
> 하로 날의 일과(日課)를 차(茶)ㅅ잔으로 계산(計算)해오며
> 스스로히 제 마음도 속여오거늘
>
> 　　　　　　　　　　　　　- 「선부(船夫)의 노래」[320]

권태와 회한이 이 시의 주제다. 그러나 그는 또 다른 항해를 꿈꾼다. '커피잔'이 회한과 권태 그리고 항해의 매개물이다. 그러나 다방은 회한의 장소만은 아니다. 김기림에게 있어 그것은 휴식과 평화의 공간이고

---

320) 『조선일보』, 1937.6.13. 참고로 말하면 「선부의 노래·2」는 『자오선』(1937)에 발표되고 있고, '자오선'이라는 동인지 이름은 이 작품에 나오는 싯귀 '자오선'에서 취한 것임.

(「커피잔(盞)을 들고」), 이상에게 있어 그것은 그 출신·신분을 묻지 않는, 장시간의 평등이 보장되는 곳, 거리의 생존경쟁을 그치고 잠시 휴전하는 곳이다(「추등잡필」). 김광균에게서의 다방은 직장의 피로를 풀고 쉴 수 있는 공간이다(「장곡천정에 오는 눈」). 그러나 오장환에게 있어 그것은 "하로날의 일과를 차ㅅ잔으로 계산해"[321]야 하는 공간이다. 그것은 무기력해진 보헤미안의 초상을 환기한다.

한때 도시의 충만한 자극을 가장 가까이서 경험하였던 시인이 그 도시에서 무기력과 권태를 느끼게 될 때 그것을 극복하는 하나의 방법으로 마약을 복용하는 것은 어느 정도 예상될 수 있는 일이다. 오장환의 시 「야가(夜街)」(『시인부락』2호, 1936.12)는 그가 마약을 복용하였을 가능성을 말해 준다. 이 시의 화자는 '휴지·포스터'가 어지러운 밤거리를 걸으며 "갓쓴 시골영감, 그 뒤를 따르는 좀도둑"과 "거지, 아편장이, 청인(淸人), 매음녀, 순경" 등을 분명히 그런 부류들을 알아보는 눈으로 관찰하면서 이렇게 말하고 있다. "불안(不安)한 마음/ 불안한 마음/ 생명수(生命水)! 생명수! 과연 나는 아편(阿片)을 가졌다." 이상은 거리의 '온갖 계급'의 사람과 알고 지내면서 때와 장소에 따라 '카메레온'처럼 변신했었는데(박태원, 「이상의 편모」), 서정주는 그 이상을 찾아가 만났던 사실을 거론하면서 "아편(阿片)을 안 먹겠느냐고 하니까 인제 있다가 먹겠다고 하였다"고 썼다.[322] 서정주의 어떤 시에는 "핫슈 먹은듯 취해 나자빠진 능구렝이같은……" 구절이 들어 있다. 이상이 아편을 먹었는지 여부는 알 수 없으나, 오장환은 자신의 참회록인「팔등잡문(八等雜文)」(『조선일보』, 1940.7.20~25)에서 책장을 열면 "비상·유(硫, 유황)·유산(硫酸)·옥도(沃度)·수은(水銀)·아다린"과 같은 각종 극약을 모아놓고 있다고 말하고,

---

321) 이 부분은, T.S. 엘리어트의 시 「J.A. 프루프록의 연가(The Love Song of J. Alfred Prufrock)」에 나오는 구절 "나는 내 일생을 커피 스푼으로 되질해 왔다"("I have measured out my life with coffee spoons…")와 비슷하다.
322) 서정주, 「속 나의 방랑기」, 앞의 책, pp.70~71.

"이것을 가져야 하느냐 갖지 않아야 좋으냐"고 자문하고 있다. '아다린 (수면제)'은 이상의 소설에도 등장한다. 오장환은 사회적 일탈자, 병적인 인간이 되어, 범법자(犯法者)와 같은 심정 - 퇴폐적 심정의 극에 도달하였고 또 그런 자신의 생활,감정을 문학의 이름으로 거침없이 고백하고 합리화하였던 극단적이고도 도착적(倒錯的)인 시인이었다고 할 수 있다. 이런 태도는 문학에 대한 또 다른 물신주의적 태도이지만, 여기까지 이르면 모더니즘 문학의 퇴폐적 성격은 여실하게 드러난다. 30년대 모더니즘 문학의 퇴폐적 성격은 오장환에게서 가장 생생하게 드러난다.

오장환이 시도한 시 형식은 다양한 편이다. 그는 김기림과 같은 단시(「캐메라 · 룸」 연작, 「경(鯨)」 등), 산문시(시집 『성벽』 수록 작품들) 외에 장시를 실험하고 있다. 그의 장시로는 「수부(首府)」(『낭만』 1호, 1936)와 「황무지」[323] (『자오선』 1호, 1937)가 있다.

「기상도」가 출판된 해에 발표된 「수부」는 그 규모가 적으나(124행) 당시의 수도(경성부)의 문명비판을 목적으로 제작된 장시라는 점에서 주목할 만하다. "수부(首府)는 비만(肥滿)하였다. 신사(紳士)와 같이" - 이런 경구가 서두에 붙어있는 이 작품은, 경성의 비정상적인 모습을 모두 11개의 단면(斷面)으로 나누어 이를 편집적인 방법으로 구성 · 제시하는 형식을 취하고 있다. 그 단면들은, '화장(火葬)터 아래로 펼쳐진 시가도(市街圖) - 철교를 건너는 각종 화물열차 - 강변가에 운집한 공장촌 - 늘어나는 고층 건물들 - 외국사신의 행렬 - 예술과 예술가의 타락상 - 인구의 수도 밀집 - 박물관 · 교회당 · 공원 등의 풍경 - 카페 · 범죄 · 각종 세금 · 차량 등의 경쟁적 증가 풍경 - 범람하는 신문의 상품 광고 · 소비 시설 - 화농(化膿) 된 수부(首府)' 등 11개의, 수부의 다양한 얼굴에 대한 것이다. 각각의 단면들이 어울려 이루는 작품 세계는 음각화와 같이 어둡고 우울한 분위

---

323) 이 작품은 시집 『헌사』(남만서방, 1939)에 재수록되고 있다.

기를 자아낸다. 시인의 수도를 바라보는 시선과 관심은 그것을 사회적·경제적·풍속적인 측면에서 풍자적, 비판적으로 묘사, 서술하는 것이다. 오장환은 수도로 집결하는 화물들 - 가축류·식료품·원료·재목·석탄·중석·아연·동(銅)·보따리·가마니·콩·쌀·팥·목화·누에고치 등 관공용(官公用), 민사용(民私用)의 화물들 일체 - 을 기밀비·운동비·주선비·기업비·세입비 등이 포함되어 있는 '변장(變裝)된 연공품(年貢品)'으로 본다. 수도의 공장촌은 이렇게 묘사된다.

> 강변(江邊)가로 위집(蝟集)한 공장촌(工場村) - 그리고 연돌(煙突)들
> 피혁(皮革) - 고무 - 제과(製菓) - 방적(紡績) -
> 양주장(釀酒場) - 전매국(專賣局) -
> 공장(工場) 속에선 무 작정(作定)하고 연기(煙氣)를 품고 무작정하고
> 생산(生産)을 한다
> 끼익 - 끼익 - 기름 마른 피대(皮帶)가 외마듸 소리로 떠들 제
> 직공(職工)들은 키가 줄었다.[324]

당시의 공장지대는 한강변 영등포 일대였다. 이 지역은 원래 경기도 시흥군에 속해 있었던 읍(邑)으로 1936년 경성부 지역이 확장되면서 군 내 신길동·상도동 지역과 함께 수도권에 편입되었다.[325] 당국의 수도권 확대정책에 따라 그밖에도 여러 지역이 경성부에 편입되었으나 영등포 지역은 일찍부터 번성했던 공장지대였다. '피혁·제과·고무·방적' 등의 공장이 열거되고 있는 것은 그런 맥락에서 이해될 수 있다. 시인의 관찰은 이처럼 도시의 이면(裏面)의 생태적인 측면에 집중되고 있다. 그는 산꼭대기 마을에서 폐(肺)를 앓는 여공(女工), 거리의 룸펜 무

---

324) 『낭만』 1호, p.60.
325) 『경성부사(京城府史)』 제 3권(경성부, 1936), '제 2부 신편입구역의 고태(古態)' 및 임덕순, 「서울의 수도 기원과 발전과정」, 『지리학논총』, 별호(서울대학교 지리학과, 1985.8), pp.95~98 참조.

리·행려병자(行旅病者) 시체, 깡통 등을 작품 속에 끌어들이고 있다. 늘어나는 고층 건물에 대해서 시인은 "씩씩, 뽑아올라간 고층건물(高層建物) - / 공식적으로 나열(羅列)해가는 도시의 미관(美觀)/ 수부(首府)는 가장 적은 면적(面積)안에 가장 많은 건물을 갖는다"고 하여, 어디까지나 그것은 '공식적(公式的)'인 것이라고 쓴다. 시인은 '하수도 공사비·도로포장 공사비·제방공사비' 등을 생각하고 있기 때문이다. 18칸대로(十八間大路)·가로등·가로수·택시 등이 열거되는가 하면 사기·음모·횡령·매수·중혼(重婚) 등의 범죄가 거론된다. 그는 수도의 예술에 대하여,

> 초대장(招待狀) - 독주회(獨奏會)·독창회(獨唱會)
> 악성(樂聖) - 가성(歌聖) - 천재적 작곡가(天才的 作曲家)
> 남작의 아들 - 자작의 집
> 수부(首府)의 예술이 언제부터 이토록 화미(華美)한 비극이었느냐!

고 한탄하고, 나날이 늘어나는 각종 유흥장·환락시설로 몰려드는 군상(群像)들에 대하여,

> 메인·스튜리-트 한낮을 속이는 숙난한 메인·스튜리트
> 이곳을 거니는 신상(紳商)들은
> 관능(官能)을 어금니처럼 액긴다
> 밤이면 더더더욱 열란(熱亂)키를 바라고
> 당구장(撞球場) - 마작구락부(麻雀俱樂部) - 베비·골프
> 문(門)이 마음대로 열니는 술막 -
> 카푸에 - 빠 - 레스토란 - 다완(茶碗) -
> 젊은 남작(男爵)도 안인 사람들은 왜 그리 야위인 몸둥이로 단장을 두르며
> 비만(肥滿)한 상가(商街), 비만한 건물, 휘황한 등(燈)불
> 밑으로 기여들기를 좋와하느냐!
> 너는 늬 애비의 슬픈 교훈(敎訓)을 갖었다

늬들은 솟아오는 앞길 동방(東方)의 태양(太陽) - 한낮이 솟을제
　　가시뻑다귀같은 네 모양이 무섭지는 않늬!
　　어름거리는 등롱(燈籠)에 수부(首府)는 한층 부어오른다

와 같이 비판한다. 이 작품은 '지도(地圖) 위의 화농(化膿)된 오점(汚點)으로서의 수도' 이미지 제시로 끝나지만, 또 다른 의미의 '시대적 고민의 심각한 축도' - 당시 경성의 축도라 할 만하다. 그러나 수법 면에서 거의 명사의 나열, 단편적인 풍경의 몽타쥬(11개 풍경), 파편적 체험의 평면적 열거에 의거하고 있어서 장시 작품으로서는 단조롭다. 몽타쥬 방법에 의한 풍자라는 점에서 「기상도」와 비슷한 점이 있으나, 「기상도」에 비하면 작품의 내적 통일성이 크게 결여되어 있다. 수도를 중심으로 한 식민지 현실을, 문명비판적인 시선에서 파악하고, 이를 구현한 장시 작품을 시도했다는 점만은 높이 평가할 수 있다.

　　오장환이 방법을 바꾸어 직서적인 서술법을 사용한 「황무지」(시집『헌사』에 재수록)326)를 다시 쓰게 되는 것은 「수부」에서의 몽타쥬 방법의 문제점에 대한 그의 자각의 결과로 보인다. 장시 「황무지」는 그의『헌사』의 시편들처럼 감정적 직서법에 의존하고 있다. 엘리어트의 동명(同名)의 장시에서 착상한 것으로 보이는 이 작품은 일제의 지배 아래서 날로 황폐해지는 국토의 실상을 문명비판적인 시각에서 다룬 것이다. 그 첫 부분의 '황무지'와 '폐광(廢鑛)의 이미지'는 이 시의 성격을 단적으로 말해 주고 있다.

　　황무지(荒蕪地)에는 거츠른 풀입이 함부로 엉크러젓다
　　번지면 손꾸락도 베인다는 풀,
　　그러나 이 따에도

---

326)『자오선』1호에 발표된 이 작품은『헌사』(남만서방, 1939)에 재수록되면서 부분적인 수정이 가해졌다.

한때는 썩은 과일을 찾는 개미떼들같이
촌민(村民)과 노라릿꾼들이 북적어렷다
끈어진 산허리에,
금(金)돌이 나고
끝없는 노름에 밤별이 해이고
논우멕이ㅅ 도야지 수(數)없는 도야지
인간(人間)들은 인간들은 우섯다 함부로
우섯다
          우섯다!
웃는 것은 우는 것이다
사람처노코 원통치 않은 놈이 어듸 잇느냐!
폐광(廢鑛)이다
황무지(荒蕪地) 욱어진 풀이여!
문명(文明)이 기후조(氣侯鳥)와 같이 이곳을 들려간 다음
너는 다시 원시(原始)의 면모(面貌)를 도리키엿고
엉크른 풀 욱어진 속에 일음조차 감추어 가며……
벌레 먹은 낙엽(落葉)같이 동구(洞口)에선 멀리하였다.[327]

    무분별한 금광 채굴 사업 - 문명이 휩쓸고 간 국토의 풍경은 이 같은
폐허의 이미지로 그려진다. 폐허의 이미지는 이 작품의 기본적인 분위
기를 형성한다. 한때는 자연과 생명으로 가득하던 국토가 어느새 폐광
들이 넘치는 황폐한 황무지로 변화하게 된 역사적 내력과 그 현실적 귀
결에 대한 시인 관심이 이 작품의 기본 동력이다. 작품 속의 삽화, 예를
들면 "양(洋)·당인(唐人)·광산가(鑛山家)·아버지·성당(聖堂)의 목사(牧師)
도/ 기업(企業)과/ 술집과 여막(旅幕)을 따라 떠돌아가고……"와 같은 구
절에서 과거에서 현재에 이르는 그 '황금광'들의 내력과 실상이 서술되
어 있다. 거기에는 구한말 외국인에 대한 금광채굴권 양도에서부터 황

---

327) 『헌사』(남만서방, 1939).

금을 찾아 몰려들었다가 떠나는 동시대의 일확천금을 노리는 여러 군상들과 그들의 풍속이 투영되어 있다. 이 작품에 자주 등장하는 금(金)돌, 廢鑛의 이미지는 동시대 일제 당국의 '산금(産金) 장려정책'과 긴밀히 관련되어 있다. 齋藤 총독에 이어 취임한 제 6대 宇垣 총독(1931.6~1936.8)은, 만주사변을 전후한 시기의 자국의 경제공황을 타개하기 위하여 표면적으로는 자력갱생운동(自力更生運動), 농산어촌진흥(農山漁村振興)의 2대 통치방침을 내세우고, 실제로는 식민지의 생산증대를 획책하여 남면북양(南棉北羊)·북한개척·지하자원개발·산금장려정책 등을 추진하였다.328) 그리하여 금광업 인가 절차를 간소하게 하여 동시대는 바야흐로 '황금광(黃金狂)'시대(박태원의 표현)를 맞이하고 있었다. 그 뒤를 이은 南次郎 총독도 '일만(日滿) 경제블럭'을 긴밀히 하기 위한 지하자원개발에 적극적이었고, 그에 따른 자원의 고갈과 국토의 황폐화를 초래하고 있었다. 이 작품은 이런 역사적 사실과 무관하지 않다고 보아야할 것이다. 시인(화자)이 작품의 끝부분에서 폐허의 밤하늘에서 우는 '부엉이'의 소리와 함께 비탄에 잠기면서, 다음과 같이 고통을 토로하는 것도 그런 사회정치적 맥락을 고려할 때 그 의미가 무엇인지 잘 이해할수 있다. "부흥아! 너의 우는 곧은 어나 곧이냐/ 어즈러운 회리바람을 따라/ 불길(不吉)한 뭇새들아 너의들의 날개가 어둠을 뿌리고 가는 곳은 어나 곧이냐."

오장환의 장시에 대해서는 다음과 같은 평가가 가능하다. 첫째, 오장환은 김기림과 같이 장시 형식을 통해 문명 비판(제국주의 비판)을 시도한다. 모더니즘 시의 사회성은 장시를 통해 어느 정도 구현되는 것이다. 둘째, 김기림이 「기상도」를 발표한 직후에 오장환도 장시를 쓰는바, 모두 엘리어트의 장시 「황무지」를 그 방면의 한 전형적한 모델로 상정하

---

328) 「조선통치 30년 소사(小史)」, 『조광』, 1940.10, pp.22~25 참조.

는 태도를 보여준다. 김기림이 장시를 쓴 후에 오장환이 그것을 시도하는 것은 그가 모더니즘 문단의 동향에 민감했음을 뜻하는 것이다. 오장환은 스스로 장시에 대한 발언을 하지 않고 있으나, 그의 「황무지」는 「기상도」와 같이 엘리어트의 장시를 전제로 한 것이며, 「황무지」에 나오는 '부엉이' 이미지는 「기상도」의 '올빼미의 주문(呪文)' 부분을 연상시킨다. 김기림이 경성을 중심으로 한 세계의 정치기상도를 그리려 함에 비하여, 오장환은 경성을 통해 제국주의 식민지 문화의 한 축도(縮圖)를 제시하려 한다. 셋째, 오장환의 문명비판에 대한 관심은, 그가 선택한 장시라는 장르의 압력 때문이기도 하지만, 그의 문학관의 변화를 드러낸다. 퇴폐적인 문학생활을 하고 있던 그가 현실비판으로 나아간 것은, 그를 소외시키고 방황하게 만든 사회에 대한 일종의 반항이었던 것으로 보인다. 그는 문학적 방황을 통해 현실의 실상을 재인식하게 되었던 것이다. 그러나 이미 앞에서 언급한 바와 같이 그것이 곧 그의 퇴폐적 생활과 방황으로부터의 결별을 뜻하는 것은 아니다. 오장환 문학은 상호모순적인 양면성을 지니고 있다.

그런데, 김기림과 오장환의 관계는 반드시 우호적인 것만은 아니었다. 김기림은 한때 오장환의 시(「캐메라·룸」)를 추천·발표시켜 준 바 있고, 그의 시집 『성벽』이 출판되자 김기림은 "우리 시의 전위부대의 견뢰(堅牢)한 일방(一方)의 보루"[329]라 높이 평가하면서 그것을 이상·정지용의 작품과 동렬(同列)에 놓았다. 김기림은 그의 시집에서 지식인의 자의식과 현대문명의 악(惡)에 대한 깊이있는 통찰력을 발견하였다. 그러나 오장환은 『성벽』출판을 전후하여 감정을 절제해 온 지금까지의 시작 태도를 벗어나 감정주의적인 시를 쓰고, 자기만을 말하는 문학이 아니라 "인간 전체의 복리(福利)"[330]를 구하고, "집단적인 한 종족의 커

---

329) 김기림, 「오장환시집 '성벽'을 읽고」, 『조선일보』, 1937.9.18
330) 오장환, 「문단의 파괴와 참다운 신문학」, 『조선일보』, 1937.1.28~29 참조.

드란 울음소리"331)를 담을 수 있는 문학에 대하여 관심을 갖게 된다. 그 과정은 시의 근대성을 그 나름대로 재해석한 것이었다고 할 수 있다. 이런 맥락에서 그는 지금까지 그를 옹호해 온 김기림 등 구인회 시인들을 정면으로 비판하게 된다. 즉 정지용·김기림·이상 등은 근대문학 수립을 위해 노력해 온 것은 인정하나 "이분들의 작품을 들어 나는 신문학이라고까지 하고 싶지는 않다"332)고 오장환이 공격한 것이다. 그리고 김기림이 높이 평가했던 백석의 시집『사슴』에 대하여도 그것은 시가 아니라고 비판한다. 그는『자오선』과 같은 모더니즘 시인 동인지를 만드는 한편『낭만』(1936.11)과 같은 낭만적인 시정신을 표방하는 시지(詩誌)에 참여하기도 한다. 이러한 사실들은 그가 김기림(구인회)과 연결되어 있었으나 뒤에는 독자적인 문학의 길을 갔음을 뜻하는 것으로 이해된다.

시집『헌사』(1939)는 오장환의 그러한 시적 관심 전환의 산물이다. 이 시집의 의도는 "곡성(哭聲)이 들려온다. 인가(人家)에 인가(人家)가 모이는 곳에"(「할렐루야」)와 같은 구절에서 암시되고 있는 바와 같이, 시인 자신의 번민을 집단의 그것으로 승화시키고자 한다. 그러나 이 시집의 전체적인 인상은 그의 발언과는 상관없이 그가 여전히 퇴폐와 악(惡)의 세계에 대한 유혹을 버리지 못하고 방황하는 시인의 심정을 드러내고 있다는 것이다. 일찌기 「해수(海獸)」에서 퇴폐적인 생활에 대한 자기반성을 보여 주었던 그는 「The Last Train」, 「헌사 Artemis」, 그리고 「FINALE」(『조선일보』, 1940.8.5)에서 스스로 개인적인 비극과의 어떤 결별을 다짐한다. 그러나 그는 다른 글에서 새로운 여행의 욕망을 고백한다. 프랑스·북경·하얼빈·동경 등이 그가 가고 싶어 하는 곳으로 그는 그곳에 가기도 전에 벌써 가 있는 '기분'으로 작품을 쓰기도 한다. 그렇지만 "남에

---

331) 오장환, 「방황하는 시정신」,『인문평론』, 1940.2, p.72.
332) 「문단의 파괴와 참다운 신문학」 참조.

게 내세울, 이렇다 할 생활이 없고", "이제는 다시 돈을 변통할 수도 없는" 처지라고 그는 쓰고 있다. 그가 서정주의 시 「바다」 - "시베리아로 가라/ (……)/ 아니 아프리카로 가라. 아라비아로 가라/ 아니 아라스카로 가라(……)" - 에 전적으로 공감을 표하는 것333)도 그런 맥락에서 이해된다. 그의 방황은 그의 장시 작품으로 어느 정도 극복되는 듯했으나, 전체적으로 보면 그는 도시의 말초적인 자극에 탐닉하다가 더욱 새로운 자극을 구하는 - 스스로 자신에 대한 극도의 불신감(不信感)334), 나아가 도착적(倒錯的)인 태도를 드러내 보이는, 도시세대 시인 중에서 극단적인 방황을 보여 주었던 인물이라 할 수 있다.335) 그의 소망은 다음의 작품에서 나타나는 바와 같이 '회사원이나 관청사람'과 같은 사회적 소속을 갖는 것이었다.

> 또 한 번 멀 - 리 떠나자.
> 거기 항구(港口)와 파도가 이는 곳,
> 오후(午後)만 되면 회사(會社)나 관청(官廳)에서 물밀듯 나오는 사람
> 나도 그 틈에 끼여 천천히 담배를 물고
> 뒷골목에 삐끔삐끔 내다보는
> 소매치기, 행려병자(行旅病者), 어린 거지를 내려다보며
> 다만 떠나가는 널판쪽 모양 몸을 마끼자.
>
> 거기,
> 날마다 드나드는 이국선(異國船)과 해관(海關)의 창고(倉庫)가 있는 곳
> 나도 낯설은 거리에 서서
> 항구(港口)와 물결과는 아무런 관계가 없는 회사원(會社員)이나 관
> 청(官廳)사람과 같이

---

333) 오장환, 「여정(旅程)」, 『문장』, 1940.4 참조.
334) 그는 「팔등잡문」(1940)에서 '자신에 대한 극도의 불신감'을 고백하고 있다.
335) 서인식, 「애수와 퇴폐의 미(美)」, 『인문평론』, 1940.1 참조.

우정 그네들을 따러가 보자.
그러면,
항상 기계와 같이 돌아가는 계절(季節) 가운데
우수(雨水)가 지나고 경칩(驚蟄)이 지나
고향에서는 눈속에 파묻힌 보리 이랑이 물결치듯 소근대며 머리
를 들고
강(江) 기슭 두터운 어름짱이 터지는 소리,
이때의 나는 무엇이 제일 그리울거냐.

찾어온 발길이 아주 맥히는 바닷가에서
그때, 나의 떠나온 도정(道程)이 무엇인가를 생각해보자.
신개지(新開地) 비인 터전에
새로히 포장치는 곡에단(曲藝團)의 쇠망칫소리.
내가 무에라 흐령흐령 울어야하는지,
우두머니 그저 우두머니
밤과 낮, 둘밖에 없는 지상(地上)에
으째서 나 홀로 집을 버렸나. 집을 버렸다.

－「여정(旅程)」[336]

4. 기분 · 도덕의 해방 · 이야기의 세련성

이효석(李孝石, 호 可山, 1907~1942)은 시와 시나리오(「화륜(火輪)」, 1930)를

---

336) 『문장』 폐간호, 1941.4. pp.136~137. 그가 제 2차대전이 일어나기 전 동경으로
건너갔던 사실이 확인된다. 그는 동경에서 '사자업(寫字業)'을 하며 불운한 생활
을 보냈다고 한다(오장환 역, 『에세닌시집』, 동향사, 1946, p.109 참조.) 해방 이
후 그가 서울에서 시집 『병든 서울』(정음사, 1946)을 출판한 사실은 잘 알려져
있는 바와 같으며, 여기서는 다루지 않았으나 1939년 4월부터 1945년 해방 직전
까지 그가 쓴 또 다른 경향의 시들(「초봄의 노래」·「구름과 눈물의 노래」·「절
정의 노래」 등)은 그의 시집 『나 사는 곳』(헌문사, 1947)에 수록되어 있다.

쓴 적이 있지만, 소설가이다. 이 사실은 희곡과 소설(「번영기」 등)을 쓴 적이 있는 김기림과, 소설(「정열의 도시」, 1934)을 쓴 일이 있는 박팔양이 여전히 시인인 것과 같다. 이상은 시인이었으나 소설가가 되었던 경우이다. 그렇지만 이효석이 시를 쓰고 시나리오를 썼다는 사실은 그의 소설을 이해하는 데 참고가 된다. 그는 소설은 시가 되어야 한다고 생각했으며 그의 소설은 영화에 대한 이야기를 자주 한다. 그런데 그런 사실에 못지않게 중요한 것은 소설에 대한 그의 기본 태도이다. 그는 문학의 사회적 기능을 중시하는 동반자 작가 시대를 청산하고 예술주의적 입장에서 순수소설을 쓰기 시작하는데, 단편 「돈(豚)」(1933)은 그 같은 문학적 전환을 시도한 첫 작품이었다. 김기림이 그것을 평하여 묘사나 표현이 아니고 '기분(氣分)'이라는 점에서 모더니즘이라 하였음은 모더니즘 소설론 부분에서 언급한 바 있지만, 그 자신은 그것을 "신경(神經)·델리커시·기분·향기 - 이런 것을 담으려고 애쓴" 작품337)이라고 설명하고 있다. 구인회 회원이 되면서 그는 분명히 새로운 소설을 쓰기 시작하였던 것이다.

기분·향기·델리커시 - 이런 것은 신체적이고 생리적인 것이며 감각적인 것이다. 그가 말하는 신경(神經)이 어떤 것인지는 정확히 단정하기 어려우나 비슷한 문맥에서 이해될 수 있는 말이라 본다.

'신경'이란 기분·향기 등을 민감하게 감수할 수 있는 예민한 신경을 뜻하는 것으로 추측된다. 「돈」의 감각적인 문체가 그 점을 말해 주는데, 그의 문체의 특성은 예컨대 그가 푸른 하늘을 관찰할 때의 기분과 그가 구사하는 行文, 즉 "언제까지든지 푸른 하늘을 우러러보고 있으면 나중에는 현기증이 나며 눈이 둘러 빠질 듯싶다. 두눈을 뽑아서 푸른 물에 채웠다가 라무네 병 속의 구슬같이 차진 놈을 다시 살 속에 박아 넣은

---

337) 이효석, 「낭만·리알 중간의 길」, 『조선일보』, 1934.1.13.

것과도 같이 눈망울이 차고 어리어리하고 푸른 듯하다"338)와 같은 예에 잘 나타난다. 그는 이러한 방법으로 자연이나 시골생활을 대상으로 한 소설도 썼지만, 도시 거주 남녀의 애정풍속을 중심으로 한 도시적 삶과 소재를 다룬 작품을 많이 창작하였다.

「성화(聖畵)」(1935)는 그가 쓴 도시소설 중의 하나이다. 그의 도시소재 소설의 대부분이 그렇듯이 이 작품은 카페・호텔・백화점・휴양지 등의 근대적 소도구를 많이 이용하고 있다. 카페를 경영하는 주인공인 '나'는 방탕한 '란야'와 살면서 무료한 나날을 보내던 중 감옥에서 출감한 옛애인 '유례'와 재회한다. '나'는 그녀를 호텔에 안내하고 함께 백화점에 가며 그녀를 설득하여 함경도 러시아인의 별장지대 주을온천(朱乙溫泉)에 가서 옛사랑을 이루려고 한다. 그러나 실패, 그로 인한 충격으로 자살을 시도하는데, 이때 유례의 애인이자 그녀의 동거인 '건수'가 보석으로 석방된다. 유례는 떠나가고 집 나갔던 '란야'가 돌아온다. 이것이 작품의 줄거리인바 제목 「성화」는 두 남녀가 본능의 욕망을 피하여 성스러운 우정의 문을 통과한다는 뜻인 듯하다. 이 소설은 옛 투사('건수')가 등장한다는 점에서 동반자 작가의 후일담 문학처럼 보이지만, 그것은 한 배경일 뿐 주인공 남녀의 애정 풍속에 초점이 두어져 있다. 여기서 백계(白系) 러시아인들의 별장촌인 온천장이 작품의 무대로서 큰 비중을 차지하고 있으며, 작가는 친숙한 필치로 그 세계를 묘사한다. 주인공은 그런 이국적・현대적인 분위기에 익숙해 있는 자로서 세련성을 지니고 있고 또 그런 분위기에서 그의 옛사랑을 이루려고 한다. 그 광경은 작가의 섬세한 문장으로 그려지고 있어서 보기에 따라서는 한편의 영화나 시와 같은 미묘한(델리케이트한) 느낌을 준다. 그리고 이 같은 근대적 소도구・분위기・사랑・기분 등은 이 소설의 주요소이자 하나

---

338) 이효석, 「들」, 『신동아』, 1936.3.

의 중심 테마를 이룬다. 그런 의미에서 이 작품은 작가가 구하고 있는 새로운 소설의 실상을 생생하게 보여 주는 예라고 할 수 있다.

그것은 도시적인 분위기에 일찍이 감화되고 거기서 얻은 체험을 소설화 하고자 하였던 작가의 문학적 감수성이 거기에 합당한 소설의 언어를 모색한 결과이다. 「성화」 속의 다음과 같은 구절을 보자.

(1) 갖은 진미를 먹어야 할 것, 음악을 풍성히 들어야 할 것, 좋은 그림을 보아야 할 것, 영화를 적당히 감상하고 몸을 충분히 휴양해야 할 것(…)[339]

(2) (…)하기는 그들의 행동의 대상이라는 것도 나에게는 그다지 먼 것이 아니고 종이 한 장의 벽이 놓였을 뿐이었다. 그만큼 나는 그들을 이해하고 동감할 수 있었으나 끝내 그것을 행동으로 옮길 수는 없었다. 행동에는 용기가 필요하고 용기는 생각이 완벽할 때 솟는 것이다.[340]

(1)은 이제 갓 출옥한 여주인공('유례')에게 남주인공('나')이 권고하는 사회생활의 지침을, (2)는 사회주의 사상에 대한 남주인공의 생각을 각각 말한 대목으로서, 그것들을 그대로 작가의 현실적 태도를 드러낸 것이라 할 수 있다. (1)은 음식·음악·그림·영화·휴양 등의 감각적·현대적인 세계이다. 이효석은 대학시절에 영문학을 전공한 작가로서 실제로 그것들 뿐만 아니라 커피·서양화초·피아노·여행 등을 즐기고 그 세계를 이해한 교양인으로 알려져 있다. (2)는 사상으로부터 거리를 취하려는 태도를 드러내고 있다. 이효석이 구인회 가입을 계기로 사상의 문학을 탈피하고 예술주의적 소설을 썼음은 앞에서 말한 대로다. 그는 사상의 실현이 불가능하다는 것을 당시의 상황 체험을 통해 알았다.

339) 『이효석전집 3』(창미사, 1983), p.260.
340) 위의 책, p.257.

사상의 세계와 감각적 세계는 공존하기 어려움을 발견하게 된 그는 사상과 결별한다. 감각적인 분위기 소설 「성화」가 그 점을 대변해 주고 있다. 그러나 그의 친구 유진오는 정작 이렇게 말한다.

어떻든 씨(氏)는 사상이라는 것에서 작위적(作爲的)으로 규제되지 않고 새가 노래부르듯 노래부르는 것을 본령(本領)으로 하는 작가였었다. 그러기에 씨는 소화 7·8년(1932·3년)경의 좌익문학(左翼文學)의 전면적 퇴조기에서도 손쉽게 순수문학으로 전신하여 새로운 조수(潮水)에 삿대질하면서 재등장을 해냈던 것이다. 많은 좌익 작가가 시대의 거류(巨流)에 직면해서 그때까지 자기 몸에 배어 있던 것을 청산하고 새로운 자신을 만들기 위해서 혹은 암중(暗中)에 모색하고 혹은 침체고음(沈潛苦吟)하여 글자 그대로 피의 자기 투쟁을 하지 않으면 안 되었던 것이다.
여기서 씨만은 몸도 가벼이 새로운 시대에로 줄달음질쳤던 것이었다. 어떻든 씨의 경우는 그것은 별로 전신(轉身)도 전향(轉向)도 아니고 본신(本身)의 자기에로의 회귀였었다고 나는 생각한다. 씨는 이 전신(轉身)에서 지금까지 무거운 짐마냥 씨에게 덮어씌워졌던 시대의 압력으로부터 벗어나서 겨우 숨을 돌이킨 그런 형태였었다.[341]

유진오의 이 진술 속에는 그가 진작부터 일본의 신감각파 작가 龍膽寺雄의 작품을 연구하고 있었다는 점도 덧붙여져 있다.

이효석은 영문학과 영화·음악·미술 등 현대의 기술복제 예술의 이해자였다는 점에서 모더니스트였다. 그는 시대변화에 민감한 인물이었고 현대생활의 이해자였다. 그는 "도회란 (…) 비밀을 감추고 있는 (…) 굴 속"(「계절」)이라고 묘사한 일이 있는데, 그는 그 도시의 이면에서 벌어지는 청춘남녀의 애정행각을 자주 작품화하였다. 「성화」도 그런 작품의 하나지만, 「장미 병들다」(1938), 「성찬」·「화분(花粉)」·「벽공무한(碧空

---

341) 유진오, 「작가 이효석」, 『국민문학』(1942.7), 『이효석전집 8』, p.17.

無限)」(발표 당시 제목「창공(蒼空)」, 1940) 등은 그 전형적인 예이다. 이 작품들은 「성화」와 비슷한 세계를 그린 소설이면서도 거기에는 그의 문학의 또 다른 성격 - 애욕문학적인 성격이 드러나 있다. 「장미 병들다」는 함께 일하던 극단이 해체된 뒤 두 남녀가 경험하는 생활의 풍속을 그린 작품이다. 여기서 남녀 주인공은 영화관과 백화점에 들렀다가 카페에 가서 술을 마시며 소일한다. 옛 생활(이념적인 극단)에 대한 향수로 방황하던 여주인공은 결국 하향을 결심하게 되지만, 차비로 빌린 친구의 돈으로 빠아에 가서 춤추고 마시는 데 탕진한다. 소설의 끝부분은 그녀가 함께 간 남주인공에게 성병을 전염시키는 것으로 되어 있다. 이 작품은 한때 이념적인 인물이 사회적 분위기 변화 이후에 겪는 방황, 타락을 다루고 있는 작품인 동시에, 현대의 소비적인 기구를 가까이에서 접촉하고 있는 다분히 소비적이고 향락적인 청춘 남녀들의 이야기이다. 극단 해체라는 그 나름의 동기가 있기는 하나 그것은 벌써 향락과 성(性)의 세계에 노출되어 있다. 이 성의 세계가 애수(哀愁) 어린 어떤 분위기로 덮여 있음이 특징적이다. 이 분위기는 여주인공의 타락의 동기이자 타락 자체이기도 하다.

「성찬(聖餐)」에서는 애욕의 세계가 한층 노골적으로 나타난다. 한 건물 내의 다방 여급 '민자'와 빠아의 여종업원 '보배'는 성적 쾌락을 추구하는 남성편력형 여인들이다. 그들은 단골손님인 신문기자 '준보'를 가운데 두고 '연애 경쟁'을 벌인다. 특히 보배는 한 사람의 남자를 대할 때 마치 "한상의 잔치상을 대하는 것같이 생각"하는 인물이다. "아직 깨끗하다는 것이 현대에 있어서는 자랑도 아무것도 아니다." 준보는 결국 그녀에게 걸려들어 '한끼의 잔치상'이 된다.[342] 「화분」에 이르면 남녀의 애욕은 사랑의 옷을 입고 여러 인물들을 통해 다양하고 복잡한 형

---

342) 『이효석전집 2』, pp.112~113.

태로 제시된다. 이른바 '푸른집'을 중심으로 전개되는 남녀의 애정풍속도를 그리고 있는 이 소설에는 영화감독 부부(현마, 세란), 감독의 비서(단주), 음악가인 처제(미란), 역시 음악가인 그녀의 애인(영훈) 등의 멋쟁이 예술가들이 등장한다. 그들의 복잡한 육체관계는 음악·동경 여행·피서지와 같은 우아하고 세련된 형식에 의해 중재된다. 장편「벽공무한」은 이런 애정 공간을 멀리 하얼빈까지 확대한 것이다. 여기에는 영화배우·하얼빈 교향악단, 카바레, 이국(異國) 여인 '나아자' 등이 서울의 문화사업계 풍속과 함께 등장한다.

　이효석 소설의 인물들은 대개 젊은 남녀들 - 그것도 사회적 관습이나 윤리의 구속으로부터 완전히 벗어나 자율적으로 행동하는 인물들이다. 그들을 간섭하는 어른들은 거의 등장하지 않는다. 이것은 작가가 현대를 '도덕의 해방'으로 인식하고 있음을 말하는 것이다. '열녀불경이부(烈女不更二夫)'의 전통적인 덕목으로 비추어볼 때「장미 병들다」·「화분」등의 주인공(특히 여주인공)들은 그런 규범에서 해방되어 있다. 성도덕은 여러 전통적인 도덕규범 중에서도 가장 완고한 것으로 그것을 부정하는 일은 거기에서 벗어나 자유로와 지고자 하는 것으로 볼 수 있다. 전통적 성도덕에 대한 부정은 도덕의 문란을 의미하기도 한다. 그러나 그것은 독자의 윤리적 판단이다. 작가는 그런 판단을 내리고 있지 않다. 이효석은 어떤 작중인물을 내세워 남녀의 애정 행각을 비판하려 한다기보다는, 그같은 도덕적으로 자유로운 세계를 되풀이하여 그리고 있다. 이런 사실은 그가 현대를 도덕이 해방된 세계로 바라보고 있다는 논리를 가능하게 해 준다. 소설은 작가의 전범(典範)에 의하여 중재된 욕망을 드러내는 형식이다. 이효석의 전범은 예술가·영화감독 등으로 대표되는 그의 소설의 주인공들 자신이라 할 수 있다. 그들은 낡은 윤리가 부정된 자리에서 새로운 윤리를 스스로 '만들어 가는' 인물들로서, 작가에 의해 그 의미가 어느 정도 부여되고 있는 존재들이다. 그가 의미를 부여하는 삶의 전범은 「성화」에서 암시되는 바와 같이 음악·영화·카페 등에 의해 중재되는, 어떤 완전한 현대세계이기도 하고, 「벽공무한」에서 그린 바 있는 경이로운 이국적인 세계이기도 하다. 이효석은 유미적(唯美的)인 세계에 도달하고자 하는 쾌락주의자적인 면을 지니고 있다.

이효석은 분위기(기분)를 중시했던 작가이고, 현대를 도덕이 해방된 시대로 인식했던 작가라 하였으나, 여기에 한 가지 첨가할 것은 그가 소설을 세련된 이야기로 정의한 작가라는 점이다. 이점은 지금까지의 논의에서 드러난 사항이라 하겠지만 좀더 구체적으로 검토할 필요가 있는 문제이다. 이효석의 소설관은 이렇게 요약될 수 있다. 즉, 소설은 1) 현실의 단순한 반영이 아니라 창조적으로 만들어지는 것이고, 2) 세련된 고도의 기교를 요구하는 것이며, 3) 설화성(說話性)이 중요한 단순한 이야기와 같은 것이다. 이 세 가지 요소를 동시적으로 충족시키고자 하는 것이 그의 소설에 대한 관념인데 그중에서 설화성이 특히 중요하다. 그는 '설화체와 생활의 발명'이라는 말로 그의 소설관을 피력하고 있다. 그는 또 '이상(李箱)의 기교'가 '마지막의 것'은 아니며 기교를 드러내는 것보다 '감추는 것'이 참다운 기교라고도 말한다.343)

그러므로 그의 소설은, 작가의 윤리가 작품의 윤리가 되는 일반적인 소설형식에 접근하는 듯하면서도 스스로 그것을 차단하는 점이 있고, 기교주의를 표방하면서도 이상·박태원의 소설과는 구분되는 점이 있으며, 현실에의 관심을 보여 주는 듯하지만, 소설의 세계 속에 칩거하고자 하는 면이 있다. 구체적인 예를 들면 「장미 병들다」에서 남녀 주인공은 사회주의 문학운동과 관련된 연극단체(전체적인 문맥에서 그렇게 암시되어 있다)가 해체된 후 타락한 생활 끝에 성관계를 맺는 것으로 그려지고 있으나 주인공들의 전력(前歷)과 작품의 내용 사이에는 논리적인 필

343) 이효석, 「기교문제」, 『동아일보』, 1937.6.5.

연성이 설정되어 있지 않다. 「성화」의 경우에서도 마찬가지이다. 사상가였던 여주인공, 동반자였던 남주인공의 이력과 그들의 애정행각 사이에 작가는 아무런 논리적 연관성을 부여하지 않고 있다. 그것들은 그냥 세련되게 만들어낸 이야기일 따름이다. 이효석의 소설은 사실주의적 작품의 독법을 스스로 거부하고 있다. 「화분」의 경우도 같다. 이 작품에서 화자(작가)는 어디에 위치하고 있는가? 단주인가 영훈인가, 아니면 미란인가? 독자는 단정하기 어렵다. 작가는 비켜서서 그들이 엮어내는 애정의 드라마를 기교가 드러나지 않는 감각적인 문장으로 보여 주고 있을 뿐이다. 여기서 소설가는 현대인들이 살아가는 삶의 여러 가지 모습을 심각하지 않고 가볍게, 그리고 그것을 독자에게 재미있게 들려 주는 이야기꾼이다. 그런 의미에서 이효석은 현대의 '천일야화(千日夜話)'를 현대의 언어로 들려주는 현대의 '세에라자드'라 할 수 있다. 그는 이처럼 이야기를 발명해 내는 세련된 이야기꾼으로서 「메밀꽃 필 무렵」(1936) · 「황제」 등의 여러 이야기를 만들어낸다. 거기에는 이야기의 작가가 각고의 노력으로 빚어낸 시적인 분위기와 이국적인 정취가 배어 있다.

그리고 그 모든 이야기들은 현대의 풍속에 정통해 있는, 도시 거주의 작가가 창조한 것들이다. 도시의 이면의 애정풍속은 도시에서 관찰될 수 있는 것이고, 세련된 언어의 사회적 기반은 도시인 것이다. 작가는 그가 보고 듣고 생각해 낸 사건들을 토대로 소설을 만들기 때문에 그가 선택한 이야기들에는 그의 사상과 욕망이 어느 정도 개입되지 않을 수 없다. 이효석 소설에 등장하는 사상운동의 이력을 가진 인물들은 이런 문맥에서 이해될 수 있다. 그러나 독자 쪽에서 보면 그런 요소들은 소설의 논리와 무관한 무의미한 것이다. 그 소설들은 그냥 애욕소설 비슷한 것이거나 애욕적인 이야기일 것이다. 그가 한때 연구한 일이 있는 龍瞻寺雄 등의 일본 신감각파 작가의 문학이 일종의 '에로 문학, 넌센스 문학'으로 지칭되고 있는 것은, 이런 점에서 시사하는 바가 있다.344) 넌센스 문학의 예는, 백화점에 근무하던 한 모던 풍의 여성이 그곳으로부터 해고된 다음 다시 백화점으로 들어가 여자용 스타킹을 하나 점원 모르게 갖고 나왔다가 그것을 청계천에 버린다는 이야기를 그린, 구인회 작가 이종명(李鍾鳴, 1905~?)의 소설「하마(阿馬)와 양말」(『조선문학』, 1933.10)이라고 할 수 있다.[345] 이종명은 그와 유사한, 무책임한 애정행각을 벌이는 남녀의 이야기와 그들의 무의미한 죽음의 과정을 그린 소설「애욕지옥」(『매일신보』, 1933.11.29~1934.1.10)을 발표한 일이 있으나 지속적인 작품활동을 하지 않았다. 그런데 이효석의 소설은 애욕적인 인물이 있기는 하지만 이종명의 그것에 비교해 볼 때 무의미한 일을 의도하거나 시종일관 애욕적 생활에 몰두하는 인물이 등장하는 경우는 드물다. 그의 주인공들은 생활을 잃은 자의 애수(「장미 병들다」)를 지니고 있거나 유미주의적 성향을 보이고 있다. 또 생활의 피곤함에 따른, 새로운 세계를 동경하는 인물도 있다(「여수(旅愁)」, 「황제」, 「벽공무한」). 이효석은 맨스필드·체홉 등의 작품에 대해서도 관심을 기울였던 것으로 알려져 있으나, 그 유례를 찾아보기 힘든 독특한 소설을 만들어낸 인물이라 할 것이다.

이효석의 소설은 언어의 조탁을 중시하는 예술주의적·형식주의적 성격을 지니고 있다. 더구나 그의 소설은 시적인 경지를 구현하려고 하는데, 시란 주관적인 것이고, 따라서 그의 작품은 주관적인 언어의 세계에 칩거하면서 외부와의 단절까지는 아니지만 적어도 부분적인 교섭의 수준에서 안주하려는 경험을 드러낸다. 이효석은 다른 작가들에 비하여 주관주의적인 작가이고 '언어의 감옥' 속에 칩거하려는 작가이다. 그 이

344) 市古貞次 編, 『日本文學全史』(東京:學燈社, 1979), pp.91~92 참조. 이에 의하면 龍膽은「방랑시대」(1926), 「아파트의 여자들과 나와」(1928) 등의 가벼운 '에로티시즘 문학' 작가(신감각파)로 평가되고 있다. 한편 또 다른 모더니즘 작가 中村正常의 문학은 '넌센스 문학'으로 평가되고 있다. 이 둘은 일본 모더니즘의 대표적 작가에 속한다.

345) 백철은「1943년 창작계 총결산(5)」(『조선중앙일보』, 1934.1.5)에서 이종명의 소설을 읽으면 '넌센스'함이 느껴진다고 평하고 있다.

유는 첫째 그가 적극적이었든 아니었든 간에 한때 시도하였던 동반자 문학이 불가능해진 상황이 되어버린 역사적 조건과, 둘째 그가 강원도 태생이지만 그곳은 그와 그의 조상들의 토착적인 고향은 아니었고, 이후 어려서부터 서울 유학을 하고 함경도를 거쳐 평양에 정착하지만 그곳 역시 그의 고향은 아니었다는, 그의 전기적 사실 때문이라고 할 수 있다.346) 요컨대 그는 역사와 개인이라는 이중의 의미에서 고향을 잃어 버렸던 인물이다. 따라서 그는 현실적인 일체의 부재감을 소설형식과 그 언어 속에서 구현하고자 하며, 자신의 욕망과 꿈을 소설의 주인공들과 세련된 형식을 통해 창조해내고자 한다. 그의 문학은 그의 욕망의 대리적(代理的)인 성취형식인 것이다. 그러나 소설의 언어는 자기 충족적인 것이 아니라 세계와의 의사소통의 수단이라는 측면에서 그의 소설을 보면, 거기에는 제기할 수 있는 여러 가지 문제가 있을 수 있다. 희곡『역사』(『문장』, 1939.12)는 그의 역사에 대한 관심을 부분적으로나마 보여 주고 있는 작품이다.

5. 행복의 상실·내면 세계로의 후퇴·도시 거주민의 일상적 세계

서울에서 태어나 일본 法政大學을 중퇴한 박태원(朴泰遠, 호 仇甫, 1908~

---

346) 강원도 봉평 현지조사에 의하면 그의 가계는 조부 때에 함경도 함흥지방에서 평창 쪽으로 이주, 봉평에 정착했고, 부친은 평창군 봉평면 면장과 진부면 면장직에 있으며 이효석의 서울유학 뒷바라지를 했다. 이때 이효석의 부친 3형제들이 공동으로 학비부담을 했다 한다. 강원도는 그의 고향이지만 부친의 고향은 아니다. 한편 그의 고향체험과 관련된 작품으로는 「메밀꽃 필 무렵」외에 「산협」·「개살구」등이 있다. 「산협」은 평창군 봉평면 창동리('창말')가, 「개살구」는 진부면 하진부리가 그 무대로 되어 있다.

1986)은 이상과 함께 '구인회'의 대표적인 모더니즘 작가이다. 이 두 사람은 구인회 작가들 중에서도 실험정신이 강하여 여러 가지 표현방식을 시도하였고 심경소설(심리소설)이라는 독특한 소설형식을 창출하였다. 박태원의 「소설가 구보씨(仇甫氏)의 일일(一日)」·「거리(距離)」, 이상의 「날개」·「지주회시(蜘蛛會豕)」 등의 작품이 이에 해당된다. 작품 화자와 주인공, 그리고 작가가 일치하는, 대개 1인칭으로 서술되는 이 작품들은 작가의 내면적 진실과 심리묘사를 추구하는 소설형식으로 이효석의 소설들과는 뚜렷이 구분되는 점이 있다. 박태원은 이 형식을 먼저 시도하여 여러 편의 작품을 썼으나 거기에 머물지 않고 도시 세태묘사 소설을 쓰기도 한다. 「천변풍경(川邊風景)」이 그것이다.

박태원의 소설적 실험은 김기림의 문학적 편력만큼 다양하다. 한 편의 소설을 수많은 쉼표를 사용한 한 개의 장거리 문장으로 쓴다든가(「방란장 주인」), 수식(數式)으로 작품 중간제목을 삼고 작품 속에 신문광고를 삽입하거나(「딱한 사람들」), 소설의 본문 일부를 중간 제목으로 삼거나 '의식의 흐름' 수법을 시도하는(「소설가 구보씨의 일일」) 등 그는 소설형식이 감당할 수 있는 여러 가지 표현 방법을 실험하였다. 그가 전통적인 소설형식을 벗어나 1인칭의 심경소설을 시도하게 되는 이유 중의 하나도 그런 실험정신 때문이었다. 그는 처음부터 심경소설 형식만을 택하지는 않았다. 그는 초기작 중의 하나인 「오월의 훈풍」(『조선문학』, 1933.8)을 3인칭으로 썼으나 곧 그 방법을 중단하고 1인칭 형식에 전념한다. 그는 1인칭 형식이 종래의 형식으로는 잘 묘사할 수 없는 개인의 생활과 내면적 진실을 표현하기에 합당한 형식으로 이해한다. 여기에는 그의 심경소설의 중심적인 주제를 이루는 사회적 생활의 상실, 즉 경제공황기에 처했던 그가 직업을 갖고 정상적인 사회생활을 할 수 없었던 사실이 크게 작용하였던 것으로 판단된다. 그는 역사적 전환기를 맞고 있던 동시대를 개인적 행복의 실현이 거의 불가능한 것으로, 사회적 전체성보다는 작가의 개별성·내면성이 중요한 것으로 인식하고, 심경소설을 통해 개인과 사회와의 관계를 탐구한다. 여기서 심경소설은 작가의 자의식과 문학적인 실험정신의 결합으로 나타난다.

작가가 원만한 사회생활을 잃게 되면 그는 자의식의 세계에 빠져들게 된다. 의식은 이때 작가의 유일하고 확실한 소유물이 되고 그의 문학은 내면의 진실을 증명하는 형식이 된다. 박태원의 심경소설을 이렇게 이해할 때 그 일차적 기능은 자신의 삶의 근거를 따져보는 일이 될 것이다. 심경 소설가로서의 가능성을 보인 작품 「옆집 색씨」(1933)에서 그는 옆집 여학생과의 사랑이 불가능한 자신의 처지를 드러내지만, 그것은 심리묘사가 미흡한 것이었다. 「소설가 구보씨의 일일」·「전말(顚末)」·「거리(距離)」 등은 그 가능성이 구체화된 작품이라 하겠으며, 「거리」(『신인문학』, 1936.1)는 그의 심경소설의 전형이라 할 만하다. 「거리」는 생활을 잃은 작가(주인공)가 자신의 주변 인물들과의 사이에서 느끼는 거리감과 자의식을 섬세하게 드러낸 단편 소설이다. 직업이 없는 작가는, 서울 뒷골목 어느 집 바깥채에 세 들어 약봉지를 만들고, 삯바느질을 하며 가계를 꾸려나가는 모두 홀로 된 모친과 형수에게 얹혀 살고 있다. 방안에서 밀려난 그는, 옆집 양약국의 점원을 알게 되고, 그 점원이 동네 주민들의 신상에 정통해 있는 것을 발견하고는 그의 지식에 경탄한다. 그러나 점원이 자신의 집안일도 훤히 알고 있으리라 생각하고 곧 불쾌해한다. 그는 이때 집세가 밀려 방을 비워 달라고 소동을 피우는 집주인 때문에 곤경에 처해 있을 모친과 형수가 자신이 집에 없는 것을 안타깝게 여기리라 생각하면서도, 자신의 심경(心境)을 다음과 같이 표현하고 있는데, 그것은 그의 심경소설의 성격을 생생하게 대변해 주고 있다.

사실, 어버이니, 자식이니, 지어미니, 형제니, 친구니 하고 떠들어도 사람과 사람의 관계란, 결국, 따지고 보자면 이해관계 이외에 아무엇도 없다 할 것으로, 저편에서 생각하니까, 이편에서도 생각하는 것이요, 이편에서 고마웁게 하니까, 저편에서도 고마웁게 하는 것이지, 저편에서는 죽을 때까지 제 생각은 조금도 할 턱 없는 줄 번연히 알면서도, 이편에서는 언제까지든 그를 생각하고, 그를 위하여서는 아무러한 보수도 받는 일 없이 저로서 할 수 있는 왼갓 것을 하겠다고, 바로 팔 걷고 나설 시럽의 아들놈은 없을 게다. 먼 일가보다 가까운 이웃이란 이걸 두고 한 말인 것으로, 만일 동네 안이 모두들 자기에게만 박절하게 대한다손 치면, 혹은 결코 그렇게 냉정하지는 않을지도 모를 먼 친척을 생각할 것에는 틀림없는 일이라, 속속드리 파헤치고 보자면 사람이란 제게 어떠한 방식으로든 이익을 주는 이를 가장 긴하게 알 밖에 아무 다른 수가 없는 것이다. 남남끼리는 이를 것도 없지만, 부모 형제 사이라도, 결국은 별 수가 없어, 내가 만약 한 달에 돈 백 원씩이라도 벌 수 있다면 (……) 나는 입안에 고인 쓰디쓴 침을 삼키다가, 문득 내가 지금 이웃집 약방에 가 이렇게 앉아 있는 것이라고, 새삼스러이 그것을 깨닫고 (……) 민망스러이 내 얼굴만 힐끔힐끔 곁눈질하던 젊은 점원은 (……) 「일본약국방」이나 그러한 두꺼운 책을 펴놓고 한눈도 파는 일 없이 읽고 있었다.[347]

이 부분은, 현실적인 사건보다는 자의식의 세계에 침잠하여 자신의 삶의 근거를 생각하는 주인공(작가)의 심리 상태의 추이를 길게 묘사하는 그의 심경소설의 일반적인 특질을 잘 보여 주고 있다. 1인칭으로 서술되는 박태원의 심경소설은 이처럼 사건보다는 주인공의 심리묘사에 더 큰 비중을 두는 소설이다. 이 구절은 아울러 그의 문체 실험이 잘 나타나 있는바, 여기서 작가는 긴 문장을 잦은 쉼표로 절단시켜 탄력있고 감각적인 문체를 구사하고 있다. 소설 읽기는 곧 문장 감상이라고 믿는 그는, 신선하고 발랄한 감각적인 문장의 창조를 위해 고심하는 스타일리스트이다. "문장에 대하여 무관심하기 조선 사람만 한 자-없을 것이

347) 박태원, 『소설가 구보씨의 일일』(문장사, 1938), pp.128~129.

요 문장에 대한 수련을 게을리하기 조선 작가만 한 자 - 또한 없을 것이다"348) - 선배작가들에게 이렇게 비판하는 것도 새로운 소설 언어의 실천가로서의 그의 그 자부심 때문이다.

그런데 이 작품에서 주인공(작가)은 사회적 삶의 근거를 인용 부분에서 보듯 사람들의 '이해 관계'로 파악한다. 동기간의 관계를 포함한 인간관계는 결국 이해관계에 있고, 그것이 '돈의 위력'에 의한 것이라고 그는 본다. 그래서 자기는 '돈'이 있다면 자신과 가정의 문제를 해결하고 타인과의 정상적인 관계도 맺을 수 있다고 생각한다. 행복의 상실과 우울, 그리고 자의식의 과잉도 이와 관련된다. 그는 무직자이자 심경소설가로서 그것들을 내면에서 확인한다. 그러나 그는 스스로 아무것도 해결할 수 없음을 발견하고 자기 집에서 되도록 멀리 떨어진 곳으로 걸으며, "문득 만약 내가 이만한 거리(距離)를 가지고 있다면 그것은 틀림없이 나에게 있어서나 또 우리 가족에게 있어서나 일종의 행복과 같은 것을 의미할 것같이 생각하였다"고 서술하고 있다. 그러나 작가의 이 '(내면적, 심리적) 거리 유지'는 기실 자기 도피, 자기 방어의 한 방식에 불과하다. 그는 삶의 현장으로 다시 돌아오지 않을 수 없다. 그렇지만 현실과 내면적인 거리를 유지하고 내면의 진실(행복)이나마 확인되지 않는다면 삶은 너무나 속악(俗惡)한 것이 된다. 그러므로 외부의 현실을 되도록 배제하고 작가의 내면성·개별성을 확인하는 작업은 속악한 현실 속에서도 당분간 지속되지 않으면 안 된다. 여기서 박태원의 심경소설은 심리묘사의 방법을 확장하고 거기에 적절한 문체를 모색하는, 작가의 내면의 진실을 탐구하는 일종의 심리소설의 성격을 띤다. 「거리」는, 돈 때문에 다투고 집을 나간 아내를 찾아 나서는 주인공의 심경을 담은 작품 「전말(顚末)」과 함께, 작중인물의 대화를 표시하는 부호(인용부호)를

---

348) 박태원, 「주로 창작에서 본 1934년의 조선문단」, 『중앙』, 1934.12.

완전히 배제한 긴 독백체 문장으로 구축된 심리묘사 소설이다.

그러나 박태원의 심경소설이 모두 동일한 방법으로 서술되고 있는 것은 아니다. 중편 「소설가 구보씨의 일일」(『조선중앙일보』, 1934.8.1~9.19) 은 작중 인물의 대화를 구분하고 있는데, 시간적으로는 「거리」와는 달리 주인공('仇甫')이 폭넓은 공간에서 여러 부류의 인물과 현실을 관찰하고 또 반응하고 있는 점, 주인공의 신분이 작가로 노출되고 있는 점 등이다. 이 작품을 검토해 보면 몇 가지 중요한 특징이 나타난다.

첫째, 이 소설은 경성 거주민인 작가의 반복되는 일상적인 어느 하루의 일과를 다루고 있다. 이 일과는 목적지를 갖지 않은 작가-주인공의 도시 거리 만보(漫步)하기 형식으로 제시된다. 그의 만보는, '광교-화신-조선은행앞·장곡천정(長谷川町)(다방, 오후2시)-태평통(太平通)-경성역-조선은행앞-(다방)-종로 네거리(황혼)-(다방)-광화문통(光化門通)-(다방)-조선호텔 앞 네거리-종로·낙원동(카페)- 종로네거리-집(귀가, 오전2시)'으로 이어지는, 지리적 공간이동 과정을 따라 진행된다. 그것은 같은 장소를 다시 가는 무료하고 권태로운, 거리의 다방을 휴식처로 하는 것이다. 주인공 구보는 한편으로는 소년시절의 무리한 독서로 건강을 잃고 다른 한편으로는 직업을 갖지 못한 가난한 독신자로서 사회적 분위기에 적응하지 못하고 있는 인물로, 스스로 결코 행복하지 않다고 생각한다. 그는 거리에서 행복을 찾고자 하지만, "구보는 다시 밖으로 나오며 자기는 어데 가 행복을 찾을까 생각한다. 발 가는 대로, 그는 어느 틈엔가 안전지대(安全地帶)에 가 서서 자기의 두 손을 내려다보았다. 한손의 단장(短杖)과 또 한손의 공책(空冊)과 - 물론 구보는 거기에서 행복을 찾을 수는 없다"고 쓰고 있다. 그는 자기 자신의 두통·신경쇠약·중이질환(中耳疾患)·시력장애 등 여러 병적 징후를 스스로 느끼고 있으며, 손에 쥔 동전과 거기에 새겨진 "대정12년(大正 十二年)·11년(十一年)·8년(八年)·12년(十二年)-그 숫자"가 자신의 행복은 아니라고 생각한다. 작가는

"서정 시인조차 황금광(黃金狂)으로 나서는" 세태에 대한 위화감, 지적 열등생인 전당포 둘째아들·민첩한 보험회사 사원에 대한 혐오감, 그리고 짝사랑의 기억, 경성역에 갔을 때의 "인간 본래의 온정(溫情)"을 잃어버린 "군중" 속에서의 고독감 등을 고백함으로써, 그의 불행이 동시대 사회인의 불행과 다르지 않다는 자의식을 정직하게 표출한다. 그의 경성 거리 만보, 거리 위에서의 공간 이동의 일과는 이처럼 타락해 가는 동시대 사회 현실 속에서는 거의 '불가능한 행복 찾기'라는 의미로 특징지어 진다.

둘째, 이 소설은 작가의 소설창작과 거리에서의 만보가 일치된 형태로 제시되는 작품이다. 주인공(작가)은 작품 메모 노트를 손에 들고 걸으면서 도시를 관찰하고 있다. 그는 "왼갖 지식이 작가에게 필요하다"고 생각하는 인물이다. "도회(都會)의 소설가는 모름지기 이 도회의 항구(港口)와 친하여야 한다"고 작가-주인공은 쓰고 있다. 카페에 갔을 때 그는 여급을 자세히 관찰하고 메모한다. "작가에게 있어서 관찰은 무엇에든지 필요하였고, 창작의 준비는 비록 카페 안에서라도 하여야 한다."349) 거리를 움직이며 스스로 최서해의 작품 「홍염(紅焰)」을 생각하거나 친구와 만나 제임스 조이스의 소설 「율리시즈」 이야기를 나누는 것도 그 이유는 서로 비슷하다. 주인공은 도시의 관찰자이자, 그 도시 체험에 반응하면서 기록하는 기록자이다. 그래서 이 소설은 작가의 창작방법을 잘 드러낸다. 그것은 작가-관찰자가 자기 자신의 체험과 심경(心境), 자의식을 객관적으로 기록하면서 그 기록의 과정을 그대로 보여주고자 한 작품 양식이다. 이 양식은 체험의 재구성과 미적 가공의 단계를 전제하기 때문에 수필과는 다르며, 대상과의 미적 거리를 유지하기 때문에 순수한 주관적인 작품과는 구분된다. 이 작품은, 이 소설에

---

349) 『소설가 구보씨의 一日』, p.290.

나타난 작가의 태도에서 알 수 있는 바와 같이 체험의 단편(斷片)들을 작품화한 것이며, 그 결과물인 이 소설에서 볼 수 있는 것처럼 서사 중심의 전개보다는 기존의 본격소설에서 찾아보기 힘든, 작가의 자의식이나, 내면 세계의 깊이있는 묘사에 더 주안점을 둔 소설이다. 사건의 서사적 전개가 아니라 외부세계에 반응하는 주인공의 심리적 추이를 중심으로 한 작품이다. 현실 체험은 이 심리 추이 속에서 재편성된다. 이 소설에는 심경소설의 창작 방법과 그 특성이 생생하게 제시되어 있다.

셋째, 이 작품은 제임스 조이스의 소설 「율리시즈」(Ulysses)[350]를 전제로 하여 제작된 소설이다. 우선 「율리시즈」가 더블린에 거주하는 한 회사원(블룸)의 하루의 일과를 다룬 것과 같이, 이 작품은 경성에서 살고 있는 한 소설가의 하루의 일과를 기록하였다. 물론 그 일과의 내용과 세부사항에는 차이가 있다. 다음으로 이 소설은 제임스 조이스가 「율리시즈」에서 사용한 '의식의 흐름' 수법을 부분적으로나마 채택하고 있다. 구체적인 예를 들어 보면 -

　어느 틈엔가 그 여자(女子)와 축복받은 젊은이는 이 안에서 사라지고, 밤은 완전히 다료(茶寮) 안팎에 왔다. 이제 어디로 가나. 문득 구보(仇甫)는 자기가 그동안 벗을 기다리면서도 벗을 잊고 있었던 사실에 생각이 미치고, 그리고 호젓한 우슴을 웃었다. 그것은 일찍이 사랑하는 여자와 마주 대하여 권태(倦怠)와 고독(孤獨)을 느끼었던 것보다도 좀더 애처로운 일임에 틀림없었다.

　구보의 눈이 갑자기 빛났다. (……) 비록 어떠한 종류의 것이든 추억을 갖는다는 것은 사람의 마음을 고요하게, 또 기쁘게 하여 준다. [東京의 가을이다. 「간다」(神田) 어느 철물전(鐵物廛)에서 한 개의 「네일・크립퍼」를 구한 구보는 「짐보오쬬오」(神保町) 그가 가끔 드나드는 끽다점(喫茶店)을 찾았다(……) 광선(光線)이 잘 안들어오는 그곳

---

350) 「율리시즈」에 대해서는 A. 아놀드, 『조이스 평전』, 진선주 역(정음사, 1979), pp.74
　　~112 참조.

마루바닥에서 구보의 발길에 채인 것. 한권 대학(大學) 노오트에는 논리학(論理學) 석 자(字)와 「임(姙)」자가 든 성명이 기입되어 있었다.

(…………)

그리고 여백에 연필(鉛筆)로 (……) 서부전선이상(西部戰線異常)없다. 吉屋信子・芥川龍之介(……)

이런 것들이 씨어 있었다.]

다료(茶寮)의 주인(主人)이 돌아왔다. 아 언제왔오. 오래 기다렸오 (……)

　　　다료(茶寮)에서

나와 벗과 대창옥(大昌屋)으로 향하며, 구보는 문득 대학 노-트 틈에 끼어 있었던 한 장의 엽서(葉書)를 생각하여 본다. [물론 처음에 그는 망살거렸었다. 그러나 여자의 숙소(宿所)까지를 알 수 있었으면서도 그 한 기회에서 몸을 피할 수는 없었다(……) 소설가다운 왼갓 망상(妄想)을 질기며(……) 牛込區矢來町. 주인집은 그의 新潮社 근처에 있었다. 인품 좋은 주인 여편네가 나왔다 들어간 뒤, 현관에 나온 노-트 주인은 분명(分明)히……] 그들이 걸어가고 있는 쪽에서 미인(美人)이 왔다. 그들을 보고 빙그레 웃고, 그리고 지났다. (벗의 다료(茶寮) 옆, 카페여급(……)

어서옵쇼. 설렁탕 두그릇만 주-. [구보가 노-트를 내어놓고 자기의 실례(失禮)에 가까운 심방에 대한 변해(辯解)를 하였을 때, 여자는, 순간에, 얼굴이 붉어졌었다. 모르는 남자에 정중한 인사를 받은 까닭만이 아닐께다. 어제 어디 갔었니 吉屋信子. 구보는 문득 그런 것들을 생각해내고, 여자 모르게 빙그레 웃었다.] 맞은편에 앉아, 벗은 수까락든 손을 멈추고, 빠안히 구보를 발아보았다(……)[351]

-([ ] 표시 - 인용자)

와 같은 서술 방법이 그것이다. 현재와 과거, 현실과 환상을 교차시키는 '의식의 흐름' 수법을 작가는 위의 인용 부분 뒤에서도 계속하여 구사하고 있거니와, 그는 그 방법을 영화의 이중노출(二重露出, over-lap) 수법

---

351) 『소설가 구보씨의 一日』, pp.267~270.

에서도 배웠지만 조이스의 「율리시즈」에서도 확인할 수 있었다고 밝힌 바 있다.352) 현실과 의식의 세계를 영화식으로 조립하면 이중노출의 결과가 되는 것이다. 인용문 중의 [ ]속의 부분이 환상적인 의식의 세계이고 나머지는 현실세계를 기록한 것이다. 「소설가 구보씨의 일일」에는 실제로 「율리시즈」이야기와 '영화의 한 장면'을 생각하는 대목이 함께 등장한다. 요컨대 「소설가 구보씨의 일일」은 행복을 상실한 도시 거주 작가의 일상성과 그의 창작 태도, 그의 심리묘사 방법의 근거를 생생하게 보여 주는 그의 심경소설의 대표작이다. 그 속에는 그의 실험정신이 구체적으로 나타난다.

「소설가 구보씨의 일일」은 박태원의 소설뿐만 아니라 이상의 심리소설(심경소설)의 근거를 암시하고 있다. 작품 속에 등장하는 두 명의 시인(친구) 중에서 「율리시즈」에 대한 대화를 나누는 인물은 김기림(신문사 기자)이고 위의 인용부분에 나오는 인물(다방주인)은 그 전후 문맥("내용 증명의 서류 우편", "석 달째 밀린 집세" 등)353)으로 보아 이상으로 판단된다. 이들은 가입 시기는 서로 다르지만 모두 '구인회' 회원들이다. 이상은 이 작품의 삽화를 그리기도 하였다. 그런데 백철은 박태원의 소설(「옆집 색시」)이 橫光利一의 심리소설을 염두에 두고 쓴 작품이라고 지적하고 있는데,354) 이상이 쓴 소설 「김유정」(『청색지』, 1939.5. 유고)에는 박태원이 "橫光利一의 작품「기계(機械)」"를 언급하고 있는 대목이 나온다.355) 일본 신감각파 작가로서 심리소설을 쓴 이 작가의 「기계」의 문체 - 자유 간접 화법을 사용한 독백체 문체 - 는 박태원의 「거리」의 문체와 서로 비교해 볼 만한 점이 있다.356) 이 작가의 심리묘사 방법도 박태원의 경우와 같

---

352) 박태원, 「표현·묘사·기교」, 『조선중앙일보』, 1934.12.17~31.
353) 『소설가 구보씨의 一日』, p.284.
354) 백철, 「1933년 창작계 총결산(4)」, 『조선중앙일보』, 1934.1.4 참조.
355) 『이상소설전작집 1』(갑인출판사, 1977), p.230.
356) 橫光利一의 「기계」(1930)는 '네임 프레이트' 공장에서 일하는 세 인물과 주인공

이 서구의 심리소설을 전제로 한 것이지만, 그의 소설과 박태원의 일부 작품 사이에 어떤 영향관계가 개입되어 있을 가능성은 있다. 그렇지만 여기서 중요한 것은 이상의 심경소설의 방법론의 한 계기가 박태원의 소설 쪽에 두어져 있다는 점이다. 박태원의 소설 속에 이상이 등장하고, 박태원이 「제비」(콩트)를 쓸 정도로 두 사람이 문학적으로 긴밀한 관계에 있다는 점이 그것을 말해 준다.

이상의 심리소설은 「지주회시(蜘鼄會豕)」(『중앙』, 1936.7), 「날개」(동, 1936.9) 두 편으로 대표된다. 그의 소설의 형태는, 박태원의 심경소설 형식을 계승한 것이지만, 박태원의 작품에 비하여 더욱 파괴적인 징후를 드러내고 있거나 시적인 성격을 띠고 있으며, 김기림의 「기상도」에서 볼 수 있는 알레고리적인 성격을 드러내고 있다. 「지주회시」라는 제목('거미 한 쌍이 돼지를 만나다'라는 뜻)은 작품에서 서로 "빨고 빨리며" 여위어 가는 가난한 부부(실직한 주인공과 여급인 아내)와, 그 아내가 일하는 카페의 전무 및 주인공의 돈을 빌려가고 갚지 않은 친구 '오(吳)'(살찌고 얼굴에 기름끼가 도는 인물들)를 각각 지칭하는 바, 여기서 이 작품의 주제가 나타난다. 소설의 줄거리는 간단하다. 즉 그날 밤 아내가 '오'와 거래하는 R카

'나'의 자의식 과잉과 '기계'로부터의 인간의 소외를 다룬 작품으로 일본 심리소설의 대표작 중의 하나로 평가되고 있다. 그의 문체는 박태원의 「거리」의 문체와 유사한 점이 있다. 참고로 몇 구절 인용해 둔다.
"……미상불 가루베에게 불을 붙인 것이 나라고 오해한대도 변명할 길이 없기 때문에 어쩌면 야시끼가 나를 때린 것도 내가 가루베와 공모했다고 생각한 때문이었는지도 알 수 없었다. 도대체 실제로 누가 어떤 식으로 나를 보고 있는 것인지 점점 더 내게는 알 수가 없어져갔다. 그러나 사실이 그처럼 불투명한 가운데서도 야시끼나 가루베 두 사람 다 제각기 나를 의심하고 있다는 사실만은 명백했다. 그러나 나 혼자에게만 명백해 보이는 일도 사실 현실로 따져 볼 때 어디까지가 명백한 것인지 누가 그것을 계량할 수 있을 것인가. 그럼에도 불구하고 우리들 사이에는 모든 것을 정확히 볼 수 있는 눈에 보이지 않는 기계가 우리를 관측하고 있어서 그 관측에 따라 우리들을 밀고 나가게 해 주고 있는 것이다."
-『橫光利一全集』제7권(東京:非凡閣, 1936), p.111. 번역문은 『세계단편문학전집』 7(계몽사, 1967)에 수록되어 있는 조연현 역 「기계」에 의거했음.

페 주인의 발길에 채여 계단에서 굴러 떨어졌고 부상을 입었고, 위자료로 '20원'을 받았는데, 아내는 그 돈을 무엇에 쓸까 하지만 주인공('나')는 그 카페에 가서 그것으로 술 마시고 팁으로 주어 버리겠다는 것이다. 주인공은 돈이 생긴다면 아내가 다시 계단에서 굴러떨어지기를 바라기까지 한다. 그러나 그 이야기는 과거에서 현재에 이르는 '오'와 나와의 관계, 아내의 가출과 귀가에 이르는 내력, 그동안의 나의 생활, 사직공원·인천 그리고 현재의 집 등 역사적 시간과 공간이 주인공의 '내적 독백'의 기법에 의해 연결되고 있고, 시간과 공간은 그 질서를 잃고 온통 해체되어 있어서 결코 단순한 이야기로 읽혀지지 않는다. 띄어쓰기가 무시된 문장과 '내적 독백', '의식의 흐름'의 방법이 구사된 심리소설-「지주회시」의 형식적 특성은 그렇게 설명된다. 그의 형태 파괴적인 시 작품처럼 이 소설 역시 언어실험의 한 극단적 형태라 할 수 있다.

이 작품은 예술가인 주인공이 바라본 '돈'을 중심으로 한 가정과 사회의 병리를 풍자한 것으로, 생활을 상실한 작가의 사회적 해체와 퇴폐성을 아울러 드러내고 있다. 작가가 말하는 예술과 사회와의 관계는 두 가지 측면에서 검토될 수 있다. 주인공과 아내와의 관계가 그 하나라면, 주인공과 친구(吳) 및 R카페 주인과의 관계가 다른 하나이다. 우선 주인공과 아내와의 관계는 서로 거미처럼 야위어 가는 관계이자 예술가와 돈을 매개로 한 타락한 부부 관계이다. "낡은 잡지 속에 섞여서 배고파하고", "도전(盜電)하는" 주인공은 자신을 "거미"로 생각하고 있고, 아내의 가출과 귀환에 불만을 가지고 있으나 그녀가 가지고 온 "지폐와 은화"의 음향을 세상에서 비길 수 없는 "숭엄한 감각"으로 인식한다. 그의 문학에 대한 자의식은,

(……)인천서돌아온그의방에서는아내의자취를찾을길이없었다. 부모를배역한이런아들을아내는기어이이렇게잘뻥겨주는구나 -(문학)(시)

영구히인생을망설거리기위하여길아닌길을내디뎠다그러나또튀려는
마음 - 삐뚜러진젊음(정치)가끔그는투어리스트 · 뷰우로에전화를걸었
다원양항해의배는늘방안에서만기적도불고입항도하였다여름이그가
땀흘리는동안에가고 - 그러나그의등의땀이걷히기전에왕복엽서모양으
로아내가초조히돌아왔다.357)

와 같은 부분에서, 가정과 아내와의 관계를 통해서 드러나고 있다. 그의
문학애는 생활과 분리된 채 그의 생존의 마지막 근거를 이루며, 내면의
문제로 化하고 있다. 그는 문학과 함께 생존을 지속한다. 아내의 친구(여
급 '마유미')와 오(吳)는 "거짓말쟁이" 그래서 "미술가라지요"라고 말하는
데, 그것은 아내의 말이기도 하다. 다음으로 주인공과 R카페 주인 및 친
구 '오'와의 관계는 간단히 말해 서로 대립하는 관계이다. '오'는 "방안지
위의 삶"을 사는 사업가로서 미술을 버리고, "돈 없이 계집은 무의미하
다"고 생각하는 인물이며, R카페 주인도 마찬가지이다. 오는 친구의 돈을
갚지 않고도 양심의 가책을 느끼지 않는다. 그는 카페 주인을 데리고 와
서 주인공에게 화해를 권유한다. "「화해라니, 누구를 위해서」, 「친구를
위하여」, 「친구라니」, 「그럼 우리 점을 위해서」, 「그럼 당신 아내를 위해
서」" - 이 대화 속에 주인공의 그들에 대한 적대감이 나타나고 있다. 작가
는 이렇게 기록하고 있다. "유치장에서 연희로(공장에서 가정으로) 20원짜리
- 2백여명 - 칠면조 - 햄 - 소시이지 - 비겨 - 양돼지(……)" 작가는 예술가의 최
후의 자존심으로 그들에게 독설을 발하고 있다. 그것은 생활을 잃은 예
술가의 자존심의 승리이기도 하고 사회적으로 성공한 사람들에 대한
패배의식의 발로이기도 하다. "오네생활에내생활을비교하여아니내생활
에네생활을비교하여어떤것이진정우수한것이냐. 아니어떤것이진정열등한
것이냐." 생활의 패배자가 그의 내면세계로 후퇴하여, 자신이 가지고 있

357) 『이상소설전작집』1, p.157.

는 유일한 수단인 문학으로써 사회에 대결하고자 하는, 물신적 사회에서 생겨나는 문학 물신주의적 태도를 여기서 재확인할 수 있다. 이 작품의 끝부분은 다음과 같은 자의식의 토로로 되어 있다.

> (……)20(二十)원을주머니에넣고집 - 방을나섰다밤은안개로하여흐릿하다공기는제대로썩어들어가는지쉬적지근하여. 또 - 과연거미다(환투)그는그의손가락을코밑에가져다가만히맡아보았다거미내음새는 - 그러나十원을요모조모주무르던그새금한지폐내음새가참그윽할뿐이었다요새주한내음새 - 요것때문에세상은가만있지못하고생사람을더러잡는다 - 더러가뭐냐. 얼마나많이축을내나. 가다듬을수없는어지러운심정이었다. 거미 - 그렇지 - 거미는나밖에없다. 보아라지금이거미의끈적끈적한촉수가어디로몰려가고있나 - 쪽소름이끼치고시근땀이내솟기시작이다.

이 작품의 주제가 '돈'임이 이로써 분명히 드러난다. 그러나 주인공이 그 돈으로 술을 마시러 간다는 결말은 이상문학의 역설적인 성격을 잘 드러내고 있다. 여기에는 그 특유의 퇴폐성 - 사회의 병리학과 엄밀히 대응되는 - 과 파편화된 체험의 단편을 조립하는 그의 문학의 알레고리적 성격이 함께 구현되어 있다. 그는 자신의 해체를 해체로 드러내면서 그의 자의식 과잉상태에서 벗어나지는 못하고 있다. 그러나 「지주회시」의 진실은 주인공의 내면에 있고, 그 가공 방법과 알레고리적 장치들은 하나의 비유라 할 수 있다. 생활인으로서 그는 "술 따로 안주 따로 판다는 목노조합 결의가 아주 마음에 안들어서 못견디겠습니다"(「사회여, 문단에도 일고를 보내라」)고 고백한 바 있다. 이 작품은 알레고리 작가로서의 그의 대표작 중의 하나이다. 그가 일제하 서울생활에서 인식하게 된 근대성과 그 부정의 논리가 생생하게 그려져 있는 작품이 이 소설과 「날개」이다.

「날개」는 「지주회시」의 주제를 주인공과 타자와의 관계가 아닌, 아내와의 관계에서 재조명한 작품이다. 여기서 주인공은 도시의 죄악을 대표하는 '매음'을 자행하는 아내와 기형적인 삶을 살아가는 인물로 그려지고 있다. 이상 자신의 시작품의 한 제목이기도 하고(그는 「매음」이라는 시를 썼다), 오장환이 노래했고(「매음부」), 신석정처럼 전원적인 소재에 도시적 감각을 부여하는 시인 장만영이 다루었던(「매소부(賣笑婦)」)358)이 매음부를 그냥 바라보는 것이 아니라 함께 데리고 산다는 것, 이것이 이 소설의 심각성이자 문제점이다. 여기에 희망 없이 얹혀사는 무기력한 주인공, 그의 아내와의 비정상적인 삶, 거기서 탈출하여 비상하고자 하는 한낮의 욕망, 그것이 이 소설의 줄거리이자 주제이거니와, 그것보다 주목되는 것은 소설의 주인공의 독특한 탈출에의 욕망을 느끼는 방식이다. 그는 두 번째 외출을 끝내고 세 번째 외출에서 비로소 비상을 꿈꾸는데 그 무대가 하필 그가 실제로 방황하였던 번화가에 위치한 '미쓰꼬시'(三越) 백화점으로 되어 있을까? 주인공은 소설의 결말 부분에서 그곳 '옥상'에 올라가 현란한 거리를 바라보다가 다시 내려와 군중 속에 섞인다. 이 부분은 이렇게 서술된다.

나는 또 희락의 거리를 내려다보았다. 거기서는 피곤한 생활이 똑 금붕어 지느러미처럼 흐늑흐늑 허비적거렸다. 눈에 보이지 않는 끈 적끈적한 줄에 엉켜서 헤어나지를 못한다. 나는 피로와 공복 때문에 무너져 들어가는 몸뚱이를 끌고 그 희락의 거리 속으로 섞여 들어가지 않는 수도 없다 생각하였다.
나서서 나는 또 문득 생각하여 보았다. 이 발길이 지금 어디로 향하여 가는 것인가를(……)
이때 뚜우 하고 정오 사이렌이 울렸다. 사람들은 모두 네 활개를 펴고 닭처럼 푸드덕거리는 것 같고, 온갖 유리와 강철과 대리석과 지

---

358) 『장만영선집』(성문각, 1964), pp.38~39.

폐와 잉크가 부글부글 끓고 수선을 떨고 하는 것 같은 찰나, 그야말로 현란을 극한 정오다.

나는 불현듯이 겨드랑이 가렵다. 아하, 그것은 내 인공의 날개가 돋았던 자국이다. 오늘은 없는 이 날개, 머릿속에는 희망과 야심의 말소된 페이지가 딕셔내리 넘어가듯 번뜩였다.

나는 걷던 길을 멈추고 그리고 어디 한 번 이렇게 외쳐 보고 싶었다.

날개야 다시 돋아라

날자. 날자. 날자. 한 번만 더 날자꾸나.

한 번만 더 날아 보자꾸나.[359]

이 작품은 그의 근대성 탐구에 대한 한 결론이라는 것, 그의 개인사에서 보면 이후의 동경행(東京行)을 암시한 작품이라는 것, 이후 모더니즘과 리얼리즘간의 논쟁의 직접적인 원천이 된다는 것 등의 몇 가지 중요한 의미를 지니고 있다. 그런데 그보다는 소설의 화자인 주인공의 비상의 욕망이 그 욕망을 키우게 하고 동시에 좌절시킨, 군중에 싸인 '서울거리의 한복판'에서 다시 소생되고 있다는 점은 주목되어야 한다. 이와 같은 동기 설정은 '태풍'이 휩쓸고 지나간 거리 '메트로폴리스'에서 쾌청한 내일을 꿈꾸는 김기림의 장시 「기상도」(그도 이 작품을 쓰고 일본으로 떠났다)에서의 동기 설정과도 구조적인 면에서 유사한 점이 있다. 이상은 동경에서 쓴 수필 「동경」에서 "나는 택시 속에서 20세기라는 제목을 연구했다"고 썼지만, 그는 거기서 철저히 패배하고 마침내 죽는다. 사후에 발표된 한 산문에서 그는,

문학자가 문학해 놓은 문학이 상품하고 상품화하는 그런 조직이 문학자의 생활의 직접의 보장이 되는 것을 치욕으로 생각할 필요는 없다.

그러나 현대라는 정세가 이러면서도 문학자 - 가장 유능한 - 의 양

---

359) 「날개」(『조광』, 1936.9), 『이상소설전작집 Ⅰ』, pp.50~52.

심을 건드리지 않아도 께름직한 일은 조금도 없는 그런 적절한 시대
는 불행히도 아즉 아닌가 보다.[360]

라고 말하고 있다. 그는 일찍이 문학이 상품으로 팔리는 당대를 인정한
바 있다. 문학 저널리즘은 근대 합리주의의 한 소산이며, 그 역시 거기
에 직업적인 작가로 참가하였다. 그는 세상에 남을 걸작과 작가로서의
명성을 꿈꾸지 않았던가. 그러나 이 합리주의를 지향하는 근대라는 제
도가 '양심'을 건드릴 때, 즉 자신을 비인간화·사물화시키고자 할 때
그는 작가로서의 자신의 불행을 느꼈던 것이리라. 더구나 문학에 대한
물신적 태도로 근대사회와 대결하고자 하였던 그의 문학적 환상은 동
경의 고독한 생활 속에서 엄연한 생존의 논리 속에서 철저히 부서져 갔
다. 그의 일본에서의 구금(拘禁) 생활과 질병의 악화가 가져온 죽음이 그
것을 말해 준다. 그리고 그 이전에 벌써 그의 삶과 문학은 「날개」를 고
비로 하여 긴장감을 잃고 자폐적(自閉的)인 언어 유희의 세계, 자의식 안
에서 서서히 해체되어 가고 있었다. 「봉별기」 등의 작품에서 그런 징후
가 나타나고 있다. 김기림의 다음과 같은 지적은 부분적으로나마 수긍
할 만한 점이 있다.

「봉별기(逢別記)」는 한 소품이려니와, 그 핏자국이 오히려 눈에 선
한 「지주회시」의 고심 역작(力作)에 반하여 「날개」의 가벼운 애상(哀
傷)이 더 사람들의 입맛에 다맞던 듯하다. 이상은 그리하여 「날개」의
한 편으로 문단을 웅비(雄飛)하기 시작한 것이다.[361]

360) 「문학과 정치」, 『이상수필전작집』, p.143.
361) 김기림, 「이상의 모습과 예술」, 『이상선집』(백양당, 1949), pp.6~7. 여기서는 이
상문학의 몇 작품을 대상으로 그 특징적인 면만을 다루었다. 이상문학의 전체적
인 성격에 대해서는 김용직 교수 편 『이상』 및 김윤식 교수의 『이상연구』 참조.

그런데 최명익(崔明翊, 1903~?)은 박태원과 이상이 개척한 심경소설 형식을 계승한 작가라고 할 수 있다. 그는 30년대 말 신세대론의 등장과 함께 주목 받는 소설가가 되었으나 연령상으로는 구인회 세대와 동년배(정지용도 1903년생임)였다. 그의 소설은 박태원·이상의 경우처럼 언어나 형식면에서 치열한 실험을 시도하고 있지는 않지만, 이상과 현실 사이에서 방황하는 무기력한 지식인들을 주인공으로 설정하고 그들의 자의식의 세계를 묘사하고 있다는 점에서 공통성을 보여 주고 있다. 예를 들면 「무성격자」(『조광』, 1937.9)의 주인공 '정일(丁一)'은 중학교 교원 신분의 사회인이지만,362) 상업으로 축재(蓄財)한 인색한 부친과 집안의 아내에 대하여 아무런 애정도 갖고 있지 않으며, 학문과 지식에 대한 정열도 완전히 상실한 채 폐병이 들어 객혈(喀血)을 하는 애인 '문주'와의 퇴폐적인 생활 속으로 도피한다. 부친과 문주가 죽지만 그의 권태와 자의식 과잉 상태는 회복되지 않으며, 그는 오히려 주체할 수 없는 자의식의 세계에 칩거하는 비정상적인 사회인으로 남는다. 이 작품은 주인공이 아버지의 위독 전보를 받고 차를 타고 가면서, 자신의 가정과 문주와의 타락한 생활을 회상하는 형식을 통해 그의 심리의 추이를 섬세하게 묘사하는 방식으로 서술되고 있다. 한편 평양을 배경으로 한 「비오는 길」(『조광』, 1936.5)은 성(城) 밖 공장에서 사서 겸 사환으로 일하는 인물 '병일(丙一)'의 나날의 삶을 통해, 현실사회와 단절된 작가의 자의식의 세계를 묘사한 작품이다. 주인공은 매일 같은 길을 오고가면서 사회와 타인(他人)간의 진정한 의사소통이 불가능하다는 사실을 확인한다. 현실과 조화할 수 없는 그는 다만 현실의 관찰자나 자신의 내면세계의

362) 그의 소설은 3인칭으로 서술되는 것(「비오는 길」, 「무성격자」, 「역설」 등)과 1인칭으로 서술되는 것(「심문(心紋)」, 「장삼이사(張三李四)」)으로 구분해 볼 수 있으나, 그 어느 경우이든 주인공의 심리묘사를 중심으로 서술되고 있어서 인칭의 차이가 결정적인 역할을 하는 것이 아니다. 그의 소설의 주인공은 허구화된 작가로서, 작가와 거의 동일인으로 간주될 수 있다.

탐구자일 따름인 인물이다. 그의 공장 주인은 돈밖에 모르는 속물이며, 그가 우연히 알게 된 길가 사진관 사내는 사업계획에만 전념하는, 현실에 무지몽매(無知蒙昧)한 사람이다. 그는 "산문적 현실"과 "운명적으로 예속된 사회 층"에 속하는 자신을 생각하고 현실은 고독한 것이며 "행복"의 실현은 불가능하다고 믿는다. "이러한 사회 층이 일평생의 노력은 이러한 행복을 잡기 위한 것임을 어느 때 어느 곳에서나 늘 보고 듣는 것이었다. 그러나 병일이는 이러한 것을 진정한 행복이라고 믿을 수 없는 것이었다. 그렇다고 나의 희망과 목표는 무엇인가고 생각할 때에는 병일이의 뇌장은 얼어붙은 듯이 대답이 없었다. (……) 희망과 목표를 향하여 분투하고 노력하는 사람의 물결 가운데서 오직 병일이 자기만이 지향 없이 주저하는 고독감을 느낄 뿐이었다."363) 여기서 주인공의 유일한 도피처는 독서와 사색 - 문학의 세계로 묘사된다. 한편 「심문(心紋)」(『문장』, 1939.6)은 사상운동가였으나 지금은 폐인이 된 인물(현혁)과 그를 간호하는 정신적 지지자인 여급(여옥), 그녀를 찾아 나선 무직의 화가(明一) 등을 통하여 그들의 과거와 현재를 조명한 소설(무대는 하얼빈)이다.364) 이 작품은 사상운동가의 과거의 활동과 그의 몰락 양상을 주인공인 화가를 등장시켜 추적하면서 그들의 내면세계를 조명하고 있다는 점에서 이 작가의 심리(심경)소설의 한 근거를 드러낸 것이라 할 수 있다. 최명익의 심경소설은, 직업을 가진 인물이 등장한다는 점, 주인공들이 자기분열을 경험하고 있으나 완전한 해체의 상태까지는 가지 않는다는 점 외에, 사상운동가를 등장시켜 한 시대의 종언을 묘사하면서 그 이데올로기가 주인공의 자의식 속에 내면화되어 재현되고 있다는 점을 보여주고 있다는 점에서, 박태원·이상 등의 심경소설과는 분명히 구분

---

363) 최명익, 『장삼이사(張三李四)』(을유문화사, 1947), p.131
364) 이 작품은 김윤식, 『한국근대문학사상사』, pp.300~304에서 상세하게 분석된 바 있다.

되는 다른 점이 있다. 최명익 소설은 시대적 전환기를 살아가는 지식인의 내면 심리탐구의 한 형식이다.[365]

한편 이상이 언어의 유희에 몰두해 가고 있을 때, 박태원은 심경소설형식에 만족하지 않고 순수한 객관적 묘사의 세계로 나아갔다. 도시 세태소설 「천변풍경」(1936~37, 장편)[366]이 그것이다. 이 소설은 지금까지의 심경소설이 객관적인 외부세계의 개입을 되도록 배제하고 내면세계의 표현에 치중한 것과는 반대로, 작가의 주관적인 관념의 개입을 차단하고 객관적인 현실 세계의 충실한 묘사를 추구한 작품이다. 작가가 작품이 묘사하는 객관세계의 바깥에서 자신의 모습을 드러내지 않은 채 순수한 관찰자로 남아 있는 이 소설의 배경은 경성 청계천변 뒷골목의 주택가이다. 작품은 그 서두(제1절과 2절)에서 묘사되고 있는 '이발소'와 '빨래터'를 중심으로 전개되며, 그 내용은 주변에 거주하는 서민들의 부침(浮沈)하는 생활상과 인접한 거리의 카페·당구장 등에서 일하는 여급과 소년·소녀들의 경성 생활의 애환(哀歡)이다. 모든 이야기는 구체적으로,

자정이나 되어 천변에는 행인이 드물다. 이따금 기생을 태운 인력거가 지나고 술취한 이의 비틀거리는 주위의 정적을 깨트릴 뿐, 이미 늦인 길거리에, 집집이 문들은 굳게 잠겨 있다. 다만 광교 모퉁이, 종로 은방 이층에, 수일 전에 새로 생긴 동아구락부라는 다맛집과 마지막 손님을 보내고 난 뒤, 점안을 치우기에 바쁜 이발소와, 그리고 때를 만난 평화카페가 잠자지 않고 있을 뿐으로, 더욱이 한약국집 함석빈지는 외등 하나 달지 않은 첨하밑에 우중충하고 또 언짢게 쓸쓸하다(제12절).

365) 김남천, 「신진 소설가의 작품세계」, 『인문평론』, 1940.1, p.60 참조.
366) 이 작품은 『조광』지에 총 12회에 걸쳐 연재되었고 작가가 단행본으로 출판할 때 수정·가필하였다. 여기서의 텍스트는 『천변풍경』(박문서관, 1947).

와 같은 무대를 중심으로 전개되며, 그 세부는 작가의 냉철한 관찰에 의해 추적, 묘사된다. 이 작품에는 일정한 주인공이 없다.

「천변풍경」은 약 1년 동안 전개되는 청계천 주변 경성 서민들의 일상 생활의 축도(縮圖)이다. 예를 들면 경성 주민이던 신전집의 하향과 새 주인의 전입과 하숙옥(下宿屋) 개업, 종로 은방의 몰락과 당구장 출현, 약방집 소년 창수의 하향과 시골 여인 금순의 상경, 금순의 시아버지의 서울 이주, 마을 처녀 이쁜이의 출가와 이혼, 여급 하나꼬의 결혼과 파탄 등의, 천변 서민들의 소소한 일상 생활의 이야기들이 그대로 작품의 내용을 이룬다. 이 작품에 등장하는 여러 부류의 인물들과 그들의 생활상을 간단히 요약해 보면 대체로 다음과 같이 된다.

첫째 유형은 생활의 안정을 누리고 있는 한약국집 주인, 매부가 부회의원(府會議員)인 포목점 주인, 종로 은방의 주인, 민 주사 등으로서, 이들은 경제력을 갖고 있으나 그 행태(行態)가 반드시 긍정적으로 보기 어려운 인물들이다. 한약국집은 시골 출신의 창수를 싼 월급으로 고용하고, 은방 주인은 여급과 연애에 빠지고, 민 주사는 첩을 두고 부회의원을 꿈꾼다. 그러나 은방주인은 밀수가 발각되어 파산하고, 민 주사는 기력이 쇠진하는 것을 걱정하고 부회의원 선거에서 낙선한 뒤 마작에 취미를 붙인다.

둘째 유형은 한약국집 행랑살이를 하는 만돌이 어멈, 딸 하나에 희망을 걸고 삯바느질 하는 이쁜이네, 딸 하나꼬를 카페에 내보내고 있는 그녀의 모친, 곗돈 낙찰에 희망을 걸고 살아가는 점룡이네 등을 포함하는 여인들이다. 이들은 예를 들면, 만돌이 어멈은 남편의 행패 때문에 이쁜이네와 하나꼬 모친은 딸의 불행으로, 점룡이네는 기다리는 곗돈 낙찰이 안 되어, 각각 행복할 수 없는 생활들을 영위하고 있는 인물들이다.

셋째 유형은 평화 카페의 하나꼬와 기미꼬, 그리고 시골서 온 금순이 등의 젊은 직업 여성들이다. 하나꼬는 결혼하지만 행복하지 못한 결혼

생활을 하고, 금순이는 동생 순동이를 만나 기미꼬의 뒷바라지를 하며 열심히 살아가나, 이들의 삶은 한약국집 며느리의 행복한 생활과 대조된다.

넷째 유형은 이발소 소년 재봉이, 한약국집의 창수, 종로구락부의 삼봉·순동·영선·명숙·경순, 그리고 겨울에는 군밤장수, 여름에는 아이스크림 장수를 하는 점룡이 등의 일하는 소년·소녀들이다. 재봉이는 이발사 시험합격이 꿈이고, 창수는 카페 보이나 구락부 '게임돌이 소년'이 꿈이고, 명숙이는 백화점 여점원이나 버스걸이 꿈이다.

이상의 여러 유형에서 나타나는 바와 같이 등장인물들은 일부를 제외하고는 대개 나날의 삶을 영위하고 있는 사람들이다. 일부 경제력이 있는 인물들은 도시를 욕망의 무한 개방공간으로 생각하고 각자의 쾌락을 추구하나, 금력(金力)은 있고 권력은 소유하지 못했기 때문에 각각 한계에 직면한다. 실패하지 않는 인물로는 한약국집 주인과 포목상 주인이 있을 뿐이다. 한편 불행한 여인들의 이면에는 남성들의 횡포가 놓여 있다. 남성들의 봉건적이고 권위주의적인 의식이 여성들의 불행의 한 원인이 된다. 이들에 비하면 도시의 분위기에 일찍 감화되어 민감하게 대처해 나가는 소년소녀들이 보여 주는 생활상은 건강하다. 이들은 권력의 변두리에 있으면서 권력을 원하는 민 주사나, 타락한 생활을 하는 어른들, 자신의 운명에서 벗어나지 못하는 여인들과는 달리, 자신들의 처지에 충실하고, 열심히 일하며 내일의 삶을 꿈꾼다. 이들 중의 일부는 방탕한 사람(이쁜이 남편)을 징계하기도 한다(점룡이). 그러나 이들은, 도시는 곧 적응을 의미하는 것으로 받아들이고 있기 때문에, 생활에 맹목적이며 타산적이고 개인주의적인 면을 지니고 있어서 반드시 긍정적으로 볼 수만은 없는 측면이 있다. 이들은 아직 도시의 소외를 경험하지 않고 타락하지는 않았으나 그들이 어른들처럼 불행해질지 아니면 행복해질지는 미지수이다. 행복해질 수 있을 것인가 하는 문제는 작가 박태원의 「소설가 구보씨의 일일」 이래의 지속적인 작품 주제로 되어 있는 것이다.

작가는 판단을 내리지 않고 그의 '천변 주민들의 삶의 풍경'을 다만 보여 주고 있을 뿐이다. 그는, 그곳에는 여러 부류의 인물들이 각자의 삶을 살아가고 있다는 것, 그것은 지속되리라는 것, 그들의 삶은 이런 형태로 진행되고 있다는 것 등을, 파노라마 영화의 촬영기사처럼 있는 대로 제시한다. 이 소설의 끝부분은 1년 동안 결코 실패한 일이 없는 포목점 주인의 실수로 '중산모'가 바람에 날려 청계천에 떨어지는 것으로 끝난다. 다리 밑에 사는 거지가 그것을 주워 쓰고 동네사람들이 모여들어 그 광경을 구경하는 끝부분은 이렇게 묘사되고 있다.

천변에 구경꾼들은 얼마 동안 좀처럼 흩어지지 않았다. 중산모를 삐뚜스름이 쓴 깍정이 녀석이 바루 흥에 겨워 「채플링」 흉내를 내고 있는 꼴이 제법 흥이 깊었던 까닭이다.

입춘이 내일 모레래서, 그렇게 생각하여 그런지는 몰라도, 대낮의 햇살이 바루 따뜻한 것 같기도 하다.

이 장편에는 자기 자신이 그 청계천변에서 살아가고 있는 한 주민이기도 한 작가 박태원이 오랫동안 관찰한 그 주민들의 일상 생활과 인정(人情)이 고스란히 드러나 있다. 작가로서 그는 작중 등장인물들과 일정한 미적 거리를 유지하고 있으나, 그들의 삶과 그 내면에 흐르는 인정에 애정 어린 눈길을 보내고 있다. 작가는 경성 서민들이 일상적인 삶의 애환과 생활의 부침(浮沈)을 충실히 서술하면서, 그들이 현재 비록 풍족하지 않은 삶을 살아가고 있으나 인간적 위엄을 간직한 채 그들의 오랜 삶의 질서를 유지하고 있으며, 이웃을 생각하고 돌보는 따뜻한 인정을 간직하고 있다고 본다. 예를 들면 착한 아내를 구박하는 방탕한 남편을 나서서 징벌하고, 다른 사람들보다 경제력 있다는 점에서 이웃

주민들을 무시해온 포목점 주인의 실수가 이웃 주민들의 희극적 대상으로 화한다는 이야기 속의 삽화는, 그들 사이의 보이지 않는 어떤 공동체 의식과 윤리 의식이 작용하고 있음을 말하는 것이다. 작가가 좀더 나은 삶에 막연한 기대를 걸고 살아가는 서민들의 일상적인 생활을 애정을 가지고 관찰, 서술하면서 그들이 나날의 삶 속에서 갖가지 애환을 경험하고 있는 동안에도 이제 추운 겨울이 가고 따뜻한 봄이 오고 있음을 말하는 것으로 이 작품을 마무리 짓고 있다. 이것은 작가 자신이 자신의 작중 인물인 경성 주민들에 대해 남다른 애정과 어떤 연대감을 은연중에 드러낸 것이 아닐까?

그렇지만 박태원이 그의 심경소설에서 외부의 세계의 개입을 되도록 배제하고, 「천변풍경」에서 자신의 주관적 이념의 표현이나 사회적 현실에 대한 어떤 가치 판단을 유보한 채 동시대 경성 주민들의 생활상을 개관적으로 묘사하고 있는 사실은 부정되지 않는다. 그는 청계천 주변 서민들이 살아가는 모습, 동시대 세태를 관찰 묘사하는데 충실하고자 한다. 주관적 세계와 객관적 세계를 서로 분리하는 것이다. 그러나 작가가 이처럼 내면과 객관세계를 분리시키는 현상은 소설을 주관과 객관의 통합으로 인식하고자 하는 리얼리즘 문학 측에서 볼 때 적지 않은 문제점을 지닌 것이라 할 수 있다. 이상의 작품과 함께 박태원의 소설을 수용하면서 그것을 옹호하고자 하는 모더니즘 진영과 그것을 부정하고자 하는 리얼리즘 진영 사이에서 논쟁이 벌어지는 것은 그 때문이다. 이 논쟁의 대상 속에는 비단 이들의 소설뿐만 아니라 모더니즘 시인들의 일부 기교주의적 시 작품들도 포함되어 있다. 새로운 언어감각만을 중시하는 시들은, 사회적 연관에서 분리되어 있는 소설처럼, 문학의 사회성을 강조하는 비평가들이 보기에는 역시 많은 문제점을 내포하고 있다고 간주될 수 있는 것이다.

V. 리얼리즘과의 논쟁 - 모더니즘 비판

　모더니즘 문학이 근대의 기술문명 사회에 적극적으로 부응했던 것은 사실이다. 1930년대 모더니즘 시인·소설가들은 자기 시대를 급격한 변화의 시대로 인식하면서 이론과 실제의 양면에서 그 시대에 합당한 문학형식을 모색하고 또 구체화시켰다. 그들은 근대문명의 체험을 수용하고 거기에 어울리는 표현을 부여하여 일종의 도시문학을 탄생시켰다. 급격한 도시화의 과정 속에서 자라난 이 세대들은, 근대문명의 제징후를 그들의 삶의 공간인 도시에서 발견하였으며, 또 그 도시체험을 작품 속에 적극적으로 수용하였다. 그런데 모더니스트들의 도시 수용은 문학의 질적 변화를 가져왔다. 문학의 신비화(정지용), 회화적 이미지를 중심으로 한 풍경시의 등장(김광균), 문학 물신주의(이상), 문학의 퇴폐화 경향(오장환), 소설은 세련된 이야기라는 소설관(이효석), 주관적 내면세계와 객관세계를 분리시키는 소설의 등장(박태원) 등이 그것이다. 이 현상들은 모더니즘 문학이론과는 별도로, 각 시인·소설가들이 각자의 처지에서 서울을 중심으로 한 당시의 도시체험을 수용하는 과정에서 나타난 것들이다. 그것들은 그들의 문학이론에서는 잘 드러나지 않았던 모더니즘 문학의 한 특질로 규정될 수 있는데, 그러한 현상의 이면에는 그들이 경험한 도시체험의 질적 성격의 문제가 놓여 있다고 인식된다. 즉 구인회 작가들을 주축으로 하는 이들 근대도시 제 1세대들이 경험한 도시체험은 개인차가 있으나 대체로 어떤 충격의 형태로 느껴졌던 것이라고 할 수 있다. 여기서 말하는 충격체험이란 도시적 체험의 일반적 속성으로서의 그것이라는 의미도 있지만, 그보다는 도시를 매개로 한 일본 자본주의의 역사적인 충격이라는 다분히 부정적인 의미의 그것이다. 여기에는 동시대의 역사적 정황이 작용하고 있으며 시인들의 시각적인 시, 문학에 대한 물신적 태도, 작가의 내면 탐구 등은 그런 문맥에서 이해될 수 있다. 30년대 한국 모더니즘의 가장 중요한 특질은 그것이 이처럼 전통적인 문학형식을 해체·재편성하였다는 점이다.

그런데 그런 특수한 체험의 소산인 모더니즘 작품들이 그 이론과 별도로 또는 함께 동시대 독자들에게 제시된다고 할 때, 여기서 모더니즘의 또 다른 문제인 그 수용과 평가 문제가 생긴다. 모더니즘 작품에 대한 해석·평가는 김기림을 위시한 그들 자신들에 의해 수행되어 온 것이 사실이다. 지금까지 고찰해 온 바와 같이 그들은 새로운 문학세대로 자처하면서 모더니즘을 옹호하고 서로의 문학을 합리화해 왔다. 그러나 그 논리들은 다분히 일방적이고 주관적인 것이었다고 할 수 있다. 모더니즘의 수용 문제는 자체의 주관적인 논리를 떠나 이를 객관적으로 인식할 수 있는 객관적인 논리를 요구한다. 그런 의미에서 모더니즘 작품의 수용·평가를 두고 동시대 문단에서 전개된 기교주의 논쟁과, 「날개」·「천변풍경」 논쟁, 즉 '모더니즘-리얼리즘 논쟁'은 모더니즘 문학을 어느 정도 객관적으로 평가할 수 있는 계기였다고 할 수 있다. 1930년대 초기의 사회문화적 상황의 변화에 따라 리얼리즘 문학은, 그 상대적 침체기에 빠져 있었으면서도 모더니즘 문학과의 이론상의 차이를 드러내고 있었기 때문에, 양 진영 간의 논쟁은 모더니즘의 객관성뿐만 아니라 동시대 문학의 방향성에 대한 양자간의 이견(異見)을 이해할 수 있는 단서를 제공하기도 한다. 그리고 이 논쟁은 몇몇 시인·소설가의 작품을 대상으로 한 것이지만, 그 진폭(振幅)과 이후의 문학 동향을 검토함으로써, 모더니즘 세대와 그들의 문학의 역사적 성격에 대한 종합적인 평가를 시도할 수 있다. 아울러 이 과정을 통하여 모더니스트들이 인식한 근대문학과 사회에 대한 관계 즉 근대성(modernity)의 문제도 객관적인 입장에서 재평가해 볼 수 있다.

1. 모더니즘 시의 확산과 기교주의 논쟁

30년대 모더니즘은 시와 소설을 포함하는 것이었으나, 소설보다는 시 분야에서의 논의가 활발하였고, 실제적인 확산 폭도 컸다. 구인회의 정지용·김기림·이상 등의 활동, 특히 정지용의 시와 김기림의 비평은 낡은 시학을 벗어나 새로운 감각의 시를 모색하고 있었고 신진 시인들의 시작(詩作) 태도에 커다란 영향을 미쳤다.367) 무절제한 감정주의와 특정한 사상을 중시하는 내용주의를 다같이 비판하고 그 대안으로 내세웠던 김기림의 주지적(主知的) 방법이란 일정한 미적 효과를 염두에 두고 시를 지성에 의한 절제된 언어로 제작하자는 것이었다. 그것은 종래의 시작 태도에 대한 방법론적 전환으로서 문학형식의 역사적 변화와 근대기술문명의 발달을 대응관계에서 인식하고자 한 것이기도 하다. 김기림이 말한 주지적 방법은 단순한 창작 기술의 문제에만 한정되는 것이 아니라 문명비판의 정신을 포함하는 것이었으나 그 자신 이론과 실제 작품 사이에 부합되지 않는 점이 있었으며, 신진 시인들은 문명비판 정신보다는 창작기술로서의 모더니즘에 더 관심을 보였다. 『정지용 시집』 간행을 전후한 시기에 김광균·오장환·백석 외의 여러 시인들이 새로

---

367) 김기림, 「신춘조선시단전망」, 『조선일보』, 1935.1.1~5. 및 「을해년(乙亥年)의 시단」, 『학등』, 1935.12. 참조. 여기서 새로운 감각의 시를 쓰고 있는 시인으로 김기림이 거론하고 있는 사람은 김현승, 민병균, 이시우 등 『삼사문학』 동인, 오장환, 황순원, 노천명, 김조규 등이다.

운 감각의 시를 쓰기 시작하였고, 김기림은 이들의 실험정신을 거론하고 평가하였다. 모더니즘 운동은 벌써 시단의 중요한 관심의 대상으로 나타나고 있었던 것이다.

그러나 모더니즘에 대한 비평가들의 태도는 반드시 긍정적인 것이었다고만 할 수 없다. 정지용의 시의 경우만 하여도 긍정적인 평가와 부정적인 평가로 양분되어 있었고[368] 김기림의 작품에 대한 비평가의 반응은 다분히 부정적인 것이었다.[369] 이에 김기림은 새로운 시학에 대한 무지를 지적하거나 모더니즘 시가 과거의 시와 다른 점을 정식화하여 설명하였다.[370] 한편 이상(李箱)의 시는 이 두 사람의 작품에 비하면 거의 이해되지 않고 있었다. "인테리의 절망적 독백"에 불과하다든가, 일종의 "장난"이라고 하는 것이 그것이다.[371] 이상은 한국시가 그 낙후성에서 머물고 있을 수만은 없다고 말하면서도 자신의 시의 독자가 적음을 불평하였다.[372] 한편 모더니즘 시에 대한 독자의 긍정적인 반응도 발견된다. 모더니즘 문학단체인 '구인회'의 출현을 '물질적 기반의 변화'에 따른 필연적인 현상으로 인식하면서 정지용·김기림의 시에 대한 기대를 보인 권환의 견해[373]가 그 대표적인 예이다. 김기림은 1934년 모더니즘 시가 난해하다는 독자의 오해를 극복하고 그 문단전파를 도모하기 위하여 이상의 초현실주의적인 시와 자신의 작품을 포함한

---

368) 이양하, 「바라든 지용시집」, 『조선일보』, 1935.12.7.~11.
임화, 「1933년의 조선문학의 제경향과 전망」, 『조선일보』, 1934.1.1~14.
369) 백철은 「신춘문예시평」(『신동아』1933.3)에서 김기림의 시는 현실성이 결여된 "감각의 신기루"라고 하였고, 이원조는 「근래시단의 한 경향」(『조선일보』, 1933. 4.26~29)에서 새로운 언어감각만을 지나치게 강조하는 경향을 지적하였다.
370) 김기림, 「시평(詩評)의 재비평」, 『신동아』, 1933.5. 및 「포에시와 모더니티」, 『신동아』, 1933.7. 참조.
371) 임화, 앞의 글 및 김억, 「시는 기지(機智)가 아니다」, 『매일신보』, 1935.4.11 참조.
372) 박태원의 「이상(李箱)의 편모(片貌)」에 들어 있는 이상의 「오감도」에 대한 변명 및 이상의 「문학과 정치」(유고) 참조.
373) 권환, 「33년 문예평단의 회고와 신년의 전망」, 『조선중앙일보』, 1934.1.4.

정지용·장서언 등의 시를 한 편씩 택하여 이를 자세히 분석하고 그 이론적 근거를 제시하였다.374) 1935년에 이르면 모더니즘 시에 대한 난해성 문제는 여전히 남아 있었으나 한 문예지의 앙케이트에 답하는 글에서 그 해에 기대되는 시인으로 김기림은 김광균을, 노천명은 김기림을 각각 거론하고 있다.375)

그런데 모더니즘 시에 대한 이와 같은 엇갈린 수용 태도는 마침내 논쟁의 형태로 나타난다. 1935년 말 비평가 임화가 정지용·김기림, 그리고 신석정의 시를 총괄하여 언어의 기교에만 탐닉하는 기교주의 시라고 비판하고, 김기림이 이를 반박한 것이 그것이다. 이로써 모더니즘 시 수용을 둘러싼 문단의 이견은 표면화되었다. 여기서 두 사람이 논쟁을 벌이게 된 데는 그만한 이유가 있다. 그들은 그 전부터 논쟁적인 관계에 있었던 것으로 이를 포함하여 그 논쟁의 직접적·간접적인 요인들을 정리해 보면 다음과 같다.

첫째, 임화는 1933년의 시단을 개관하는 글에서 정지용의 카톨릭 신앙시, 이상의 형태 파괴적인 시와 함께 김기림의 작품을 "막연한 「아나키」적 불만"과 "찰나적 감격"을 노래하는 "소부르즈와"의 작품이라 비판하고,376) 김기림은 이에 대해 그의 비평은 설명이 결여된 일방적인 판단에 불과한 것이라고 공격한 일이 있다. 임화는 그의 현실에 대한 무관심을 주로 지적하였고, 김기림은 임화의 비평이 작품 자체의 성실한 독서를 통해 거기에 나타난 개성의 정신적 고투를 읽으려 하지 않고 시인의 계급적 입장에 대한 선입관으로써 작품을 판단하는 독단이라하여 불만을 표시했다. "단순히 소뿌르니 하는 레텔을 붙이고 악의와

---

374) 김기림, 「현대시의 발전」, 『조선일보』, 1934.7.12~22.
375) 『조선문단』(1935.6)지 수록 「설문」, p.169, p.171 참조. 동지(同誌)의 「문단탁목조(文壇啄木鳥)」란에서 민병휘는 김기림의 시는 "백과전서를 펴놓고 읽어도 모르겠다"고 말하고 있다. (p.240)
376) 임화, 앞의 글.

중상에 찬 주석까지 다"는 그의 비평은 사실 비평이 아니라는 것이 김기림의 견해이다.[377] 그리고 뒤에 김기림은 임화의 시에 대하여, 그의 시는 "애절(哀切) · 참절(慘切)한 회상의 노래, 노전사(老戰士)의 「백조(白鳥)의 노래」를 연상시키는 시, 「센티멘탈 · 로맨티시즘」에 그친 것"이라 하여, 이병각의 「아드와의 성전(聖戰)」보다 못한 시라고 비판하였다.[378] 임화와 김기림은 그 전부터 이같이 대립하고 있었다.

둘째, 김기림이 구인회의 대표적 비평가라면 임화는 '카프'계의 이론적 지도자 중의 한 사람이었다는 점이다. 김기림은 프로문학파의 "무기로서의 공리성(功利性)"을 강조하는 문학이 한계에 도달하고 있다고 지적한 일이 있고,[379] 이에 카프측의 한 비평가는 그것은 "비속한 반동적 의견"이라고 반박한 바 있다.[380] 그리고 앞에서 말한 바와 같이 김기림과 백철 사이에서도 약간의 논쟁이 있었다. 임화 - 김기림간의 기교주의 논쟁은 문학이론상의 갈등을 야기시킨 각 진영의 이견을 다시 대변하기 위한 것이었다고 할 수 있다.

셋째, 김기림 쪽의 문제로서 그의 비평이 이론적인 일관성을 결(缺)하고 이중성을 띠고 있었다는 점이다. 모더니즘은 그 새로움 때문에 독자들의 오해가 있을 수 있었으나, 김기림의 논리에는 어떤 이중성이 내재되어 있다. 즉 그것은 근대문명사회(난숙기의 일본자본주의)에 대한 지적 인식방법(김기림 · 이상 · 오장환)이기도 하고, 지적 통제에 의한 창작기술(정지용 · 신석정 · 김광균 · 장서언)이기도 하다. 그는 인식과 기술, 내용과 형식, 사상과 기술의 통일을 강조하면서도 어떤 때는 정지용 · 신석정 · 김광균의 시를 옹호하였고, 또 어떤 때는 이상 · 오장환의 시를 새로운

---

377) 김기림, 「문예시평(3)」, 『조선일보』, 1934.3.30.
378) 김기림, 「올해년의 시단」
379) 김기림, 「문예시평」, 『동광』, 1932.10.
380) 안종언(안함광), 「문예시평」, 『비판』, 1932.12.

시의 전범으로 제시하였다. 그들의 시들은 창작 방법에 있어서도 이미 지즘·언어의 몽타쥬·초현실주의 등 하나로 묶기 어려운 복합성을 띠고 있다. 그는 근대문명의 징후를 감수하는 새로운 언어감각의, 일종의 도시문학을 강조하고 있었으나 신석정의 전원시, 백석(白石)의 평북지방 풍물시381)도 주지적인 시의 일종이라고 말하였다. 그가 기본적으로 주장하고자 한 것은 문명비판의 시, 풍자시였다. 요컨대 문학의 사회적 매개기능을 주장한 것이었다. 그러나 그는 매개론과 자율성론 사이에서 방황하고 있었고, 편석촌(片石村) 아닌 본명으로 글을 쓰면서 글의 논조는 활기를 잃고 논리적인 모순을 보이기도 하였다. 그의 논점은 근대도시 서울을 전제로 한 근대문명의 인식과 그 표현을 의도하는 신민족주의 문학운동(모더니즘운동)을 고취하기 위한 것으로, 그 지향점은 매개론과 자율성론을 함께 고려하는 새로운 문학이었으나, 그는 그에 대한 철저한 인식을 보여 주거나, 일관된 논리를 전개하지 않았다. 모더니즘 시가, 시 역시 사회적·경제적 현실의 충실한 반영이 되어야 한다는, 비교적 일관된 논리를 전개해 온 임화와 같은 카프계 이론가로부터 비판을 받게 되는 것은 벌써 피할 수 없는 일이 된다.

기교주의 논쟁은 이상의 몇 가지 원인 때문에 일어났으나, 김기림이 모더니즘의 기교주의적 경향을 반성하는 논문을 발표한 것이 그 기폭제로 작용하였다. 김기림은 이 논문에서 기교주를 시의 가치를 '기술'에 두려는 시론이라고 규정하면서, 30년대 전반기의 당시 문단에도 "이것을 개별적으로는 얼마간이고 지적할 수 있고, 또한 한 경향으로도(……) 추상할 수 있다"고 말하였다.382) 이 글의 논점은 문단내의 반성에 대한 자기 반성의 의미와 함께, 뒤이어 발표한 다른 글383)에서 강조한 시인

---

381) 김기림, 「사슴을 안고」, 『조선일보』, 1936.1.29.
382) 김기림, 「시에 있어서의 기교주의의 반성과 발전」, 『조선일보』, 1935.2.10~14.
383) 김기림, 「시대적 고민의 심각한 축도」, 1935.8.29.

의 시대정신에 대한 관심을 촉구하는 데 있었다. 그는 이즈음 장시 「기상도」를 발표하고 있었으며 그 작품을 통해 이론과 실제의 거리를 좁히고자 시도하고 있었다. 그러나, 임화는 이 논문의 논리를 이용하여 논문 「담천하(曇天下)의 시단 1년」(『신동아』, 1935.12)에서 정지용・김기림・신석정 등의 시인들을 기교파(技巧派)라고 규정하고 모두 무사상의 시들이라고 비판하였다.

임화에 따르면 이들은 모두, 첫째 시적 내용보다 기교를 상위에 두는 기교주의자이고, 둘째 현실생활에 대한 관심을 회피하고 대신 현실이나 자연에 대한 감각을 노래하고 있고, 셋째 그 결과 현실・자연에 대한 단순한 관조자(觀照者)의 냉철함 이상을 표현하지 못한 시인들이라는 것이다. 그리고 그는 신석정을 현실에 대한 정관(靜觀)과 허무를 노래하는 최대의 정관자(靜觀者)로, 카톨릭 신자 정지용을 최대의 신앙자, 김기림을 현실생활의 소비적 면에 대한 감각적 표현에 전념하는 자로 각각 규정하고 비판한다.[384] 그는 또 김기림이 기교주의를 비판하고 있으나 본질적인 문제를 외면했다고 본다. 즉 김기림은 입체파・다다・초현실주의 등의 시와 기교주의 시를 동일계열의 혁명적인 예술로 인식하면서 그것이 완전한 '전체시(全體詩)'로 나아가는 진화의 과정이라 말하고 있으나, 진정한 혁명적인 근대시는 20년대 이래의 '신흥시'-신경향파 시라는 사실을 망각하고 있다고 본다. 그에 의하면 박팔양・김화산・임화 등이 한때 다다・표현파 등의 서구 전위시를 모방한 적이 있으나, 모두 그것을 극복하고 프로문학에 도달했지만 김기림은 시적 정열이 없고 시의 내용과 사상을 방기(放棄)하고 언어의 기교, 현실에의 무관심에 빠져 있다는 것이다. 여기서 임화는, 다다이즘에서 프로문학으로 접근했던 박팔양이 신경향파 시를 중단하고 모더니즘풍의 시를 쓰다가 구인회에 가입

---

384) 임화, 「담천하의 시단1년」, 『문학의 논리』(학예사, 1940), pp.627~628.

했던 사실과, 김화산이 이후 카프로부터 떨어져 나와 서정적인 시를 발표한 후 그것마저 중단했던 사실을 망각하고 있지만, 기교주의적인 시에 대한 반대 의사만은 분명히 한다. 그는 여기서 박재륜·이서해·유치환 등의 시인들을 '기교파의 아류(亞流)'라고 아울러 공격하기도 한다.

김기림은 이에 논문 「시인으로서 현실에 적극 관심」(『조선일보』, 1936. 1.1~5.)[385]을 써서 반론을 제기하였다. 그는 여기서 "기교파의 세력이 시단을 압도하였다"는 임화의 말에 동의하면서, 마침 파리에서 열린 '국제작가회의'(1935)의 내용을 들어 작가들의 현실에 대한 관심을 환기하는 한편 자신은 기실 많은 동료들에게 "현실에의 적극적 관심을 제의해" 왔다고 주장하였다. 그는 모더니즘 시인들을 옹호하면서도 정지용의 문명비판 의식의 결여, 김광균의 이미지즘에의 안주, 그리고 임화가 직접 이름을 거론하지는 않았으나 이상의 비판정신의 결여 등을 지적해 왔었고, 그의 기교주의 반성은 그런 의미도 포함하는 것이었다. 그는 또 자신의 작품에 대해서는 언급을 피하는 대신, 현대문명세계를 직접 다룰 수 있는 장시(그의 「기상도」를 염두에 둔 것이 분명한)의 요구와 그 장르적 성격을 논하고 시인들의 조선어에 대한 관심을 촉구하였다. 김기림의 논리는 모더니즘 이론이 매개론에 입각하고 있음을 재확인하는 것이었다고 할 수 있다.

이 논쟁은 20년대 이래의 사실주의적인 신경향파시(프롤레타리아 시)를 근대시의 정통으로 인식하는 임화(카프)와 모더니즘 시를 진정한 근대시로 보는 김기림(구인회)간의 이론적 갈등이 표면화된 것이다. 김기림이 이 논문에서 내용 우위론의 무기교성을 들어 신경향파 시를 비판하고, 내용과 형식을 조화시킨 '전체시'를 새로운 대안으로 내세운 것은, 문학의 자율성을 무시하려는 '카프'측의 이론에 대한 비판이자, 정지용 등

---

385) 이 논문은 「시와 현실」이란 제목으로 그의 『시론』에 재수록되었으나 '조선어 문제'(연재 3회)에 대한 부분이 빠져 있다.

매개 없는 자율성론에 기울어졌던 '구인회' 동인들에 대한 반성을 촉구한 것이라 하겠다. 그는 구인회 시인들에게 우(右)로부터 기울어지는 전체시의 구현을 요구하면서 경향파 시인들에게도 내용과 형식의 조화를 위한 노력을 요청한다. 그의 「기상도」 출판, 이 시기의 이상의 시와 「지주회시」, 오장환의 장시 등은 이런 문맥에서 재인식될 수 있다.

이에 임화가 다시 「기교파와 조선시단」(『중앙』, 1936.2)을 발표하여 김기림이 지적한 신경향파시의 무기교성을 인정, 변명하면서 김기림이 제시한 '전체시' 모델을 형식과 내용의 형식논리적인 종합이 아니라 변증법적 종합으로 수정하여 수용하면서 형식에 대한 관심을 표명한 것은 이 논쟁에 진전이 있었음을 뜻하는 것이다.

여기에 박용철이 개입하여 김기림의 기교주의론과 임화의 '변설(辯說)'(변증설) 위주의 시론을 다 같이 비판하고 정지용의 시를 옹호하는 이론을 전개하게 되지만, 그의 논리는 논쟁의 본질에서 다소 벗어난 것이자 시의 창작과정을 다분히 신비화시키는 자신의 시론을 주장한 것이었다.[386] 임화는 박용철에 대한 답변에서, 정지용 시의 의의는 인정하나 그가 현실에서부터 종교의 세계로 도피(천국, 미사의식)하는 데 대하여 "금할 수 없는 적의를 느낀다"고 말한다. 임화는 시를 '영혼의 감동'(박용철의 용어로는 영혼의 현동(顯動)), '감정 상태'의 표현으로 보는 그의 견해 - 신비적이고 계시적인 영감에 의해 제작된다는 - 도 부정한다. 시는 감정(정서)과 함께 '이지(理智)'를 포함하는 것이고, 감정은 인간의 '사유와 지성'과 연결되어 있다는 점을 들어 그는 자신의 시관(詩觀)을 설명하고

---

386) 박용철, 「을해(乙亥) 시단 총평」, 『박용철전집Ⅱ』(동광당서점, 1940) 참조. 일찍이 박용철은 「1932년 문단전망」(『동아일보』, 1932.1.11.)에서 '센티멘탈리즘'도 문학에서 굳이 배제할 필요가 없다고 했는데, 이에 대해 김기림은 「1933년 시단의 회고와 전망」(『조선일보』, 1933.12.7~13)에서 박용철의 그러한 문학 태도를 비판한 바 있다. 따라서 박용철과 김기림은 서로 불편한 관계에 있었다고 할 수 있으며, 「을해 시단 총평」에서의 박용철의 김기림에 대한 비판은 그런 문맥에서 이해될 수 있다.

있는데, 이는 박용철(정지용)의 시론뿐만 아니라, 김기림의 감정을 배제하고 감각과 지성을 중시하는 이론에 대한 비판이라고 할 수 있다.

　그런데, 박용철의 시론을 통한, 정지용의 시에 대한 신비주의적 견해를 비판한 임화의 말은, 그가 문학을 그 고답적인 세계에서 끌어내 탈신비화 시켜 왔음을 드러내는 것이다. 정지용은 사실 종교에 귀의한 이후 시를 신의 은총(grace)이나 시신(詩神)의 영감과 관련지어 인식하고 있었고, 그에 따라 『정지용시집』을 출판한 직후부터는 은총(영감)이 없으면 시를 쓰지 못하고 있었다. 그가 "시의 신비는 언어의 신비다. 시는 언어와 Incarnation적 일치(一致)다"[387]라고 한 것도 그런 의미에서였다. 정지용의 경우와는 다르지만, 모더니즘 시인들 중에는 이상, 오장환 등도 문학 물신주의라는 의미에서의 시의 신비화 경향을 보이고 있었다. 이들의 경우는 정지용의 순수성과는 구별되는 퇴폐적인 징후를 문학의 이름으로 합리화하기도 하였다. 김기림은 임화와는 달리 정지용의 종교시가 시대적 불안의 산물이라고 인식하였으나 문학을 '언어' 이상의 것으로 신비화하는 태도는 역시 인정하지 않고 있었다. 또 문학의 이름으로 자기의 삶을 파괴시키는 비생활적(非生活的)인 문학을 배제하였다. "한 사람의 작가는 작가이기 이전에 위선 한 사람의 인간"이므로 "작가이기 위하야 그의 인간을 희생시킨다고 하는 일은(……) 불결한 순교(殉敎)"라고 그는 본다. 예술을 "인생 이상"으로 생각하는 태도는 19세기"적인 것으로, 그에 따르면 그것은 "인생에 대한 한 개의 복수", "머리에 떠오른 사랑스러운 환상"일 뿐이다.[388] 그가 건강한 문학을 주장하고, 또 한편으로는 열정적인 시, 퇴폐적인 시를 쓰지 않는 이유로 그 때문일 것이다. 그렇다 하더라도 김기림과 임화가 다같이 현실주의자이며, 그런 점에서 시의 근대성(modernity)을 그 탈신비화의 방향에서 인식하고

387) 정지용, 「시와 언어」, 『문장』, 1939.12, p.131.
388) 김기림, 「시대적 고민의 심각한 축도」, 『조선일보』, 1935.8.29..

있다는 점은 이 논쟁에서 확인할 수 있었던 객관적 사실이라 할 수 있다.

그러나 임화가 이 논쟁에서 장시 「기상도」를 중심으로 하여 다음과 같이 모더니즘 시를 비판한 것은, 김기림의 논리로 김기림 자신을 비판한 것이자 모더니즘 시의 본질적인 문제를 제기한 것으로 주목된다. 그는 다음과 같이 말하고 있다.

> (……) 이 「기상도」에는 비판정신, 그것보다도 자연·기물(器物)·인간 등의 대상을 「인테리겐차」류의 소비적 취미에 의하야 시적으로 「질서화」하고 있는 한 개 감각적인 심미성이 보다 강하게 노현(露現)되어 있는 것이다.
> 그들은 이 문명의 사실을 본질로부터 받아들이지 않고 마치 군함을 그 성능에서가 아니라 그 외형미에서만 찾는 퇴폐적 군인과 같이 文化의 번지르르한 외면만을 감수(感受)하고 있는 것이다.[389]

임화는 모더니즘 시인들에 대하여 다음과 같이 말하고 있다.

> (……) 기교주의 시는 마치 10년 전의 「신시」가 중세적 시조(時調)나 한시(漢詩)에 대하야, 또 경향시가 「신시」에 대하야 혁명적이었든 것과 같이, 그들 이전에 모든 시가에 대하여 신시대를 체현(體現)하는 시적 반항자인 것과 같은 관념적 환상을 조직하는 것이다. 그러나 이것은 전혀 고의(故意)의 논리적인 기교이거나, 그렇지 않으면 지식계급의 완전히 주관적인 환상(幻想)이다.
> 전후(戰後)의 시단, 미술계를 장식한 입체파, 표현파, 미래파, 「다다」 등등의 주관적 환상을 상기하라.
> 이곳에서 「인테리겐차」적 환상이라 함은 근본적으로는 지식이나 관념상의 변혁이 현실생활을 좌우할 수 있다는 「인테리겐차」의 자기에 대한 과신(過信)이며, 전후의 신흥예술이 가지고 있든 예술상의 환

---

389) 임화, 「담천하의 시단 1년」, 『문학의 논리』, p.637.

상이란 이 환상의 예술상 반영으로, 신시대의 예술적 창조자는 「인 테리겐차」 자기이며, 그들의 급진적인 예술이 곧 혁명의 예술이라고 오인(誤認)하는 그것을 말함이다.390)

여기에 최재서가 현대시의 특질을 보여 준 시로 평가한 「기상도」391) 에 대한 임화의 이견이 드러나 있지만, 그 전체적인 논점은 김기림을 비롯한 모더니즘 시인들이 "관념적 환상을 조작하는" 사람들이라는 의 미에서 시를 신비화시키고 있다는 것이다. 문학의 외면만을 감수한다든 가, 기교를 중시하는 지식인 시인들이라든가 하는 지적도 이와 관련되 어 있다. 이것은 몇 시인들을 대상으로 한 한정된 논의이기는 하지만, 모더니즘의 본질적인 문제를 제기한 것으로서 이를 토대로 모더니즘 문제를 재론해 보면 다음과 같다.

첫째, 임화는 모더니즘을 '기교주의'라고 규정하고 지식인의 환상이 라고 비판하였으나, 그 역사적 배경과 관련된 본질문제는 외면하고 있 다. 그것은 30년대 초기의 역사적 상황의 변화에 따라 제기된 문제로서 문학의 침체를 극복하기 위한 새로운 의사소통의 방법이었다. 그것은 임화가 거론한 '입체파·표현파·다다' 등과는 뚜렷이 구분되는 건설 적인 문학이다. 모더니즘이 지식인의 문학인 것은 사실이나 문명의 징 후를 망각한 것은 아니다. 그런 의미에서 서로 견해를 달리하고 있는 정지용·김기림·신석정 등의 이질적인 시인들을 함께 묶어 논단하는 것은 온당하지 않다. 그리고 모더니즘 시인들이 지식으로서의 어떤 환 상을 보여 주고 있지만 그 환상 자체는 역사적인 것이다. 그것은 이상 과 현실, 관념과 행동, 시인과 사회 사이에서 시인들이 분열을 경험하고

---

390) 위의 글, pp.623~625.
391) 최재서, 「현대시의 생리와 성격」, 『문학과 지성』(인문사, 1938) 참조. 최재서는 여기서 「기상도」는 현대세계의 정치적 기상도를 관측하고 풍자한 것이라 평가 하였다.

있다는 징후이다. 임화 자신도 역사에 대한 환상을 갖고 있는 것은 마찬가지라 할 수 있다. 그가 여전히 '예술의 혁명'을 말하고 있는 것이 그것이다. 역사가 계급의식에 의하여 변혁될 수 있다는 일부 낙관론자의 논리는 오류라는 것이 증명되었으며, 역사는 오히려 인간이 자연을 정복한 후 인간 자신뿐만 아니라 인간의 내면의 자연(정신)까지 지배하려는 비관적인 시대로 바뀌었다.392) 따라서 형식의 혁명은 사물화된 세계와 언어에 대한 일종의 항의일 수 있다. 이상의 형태 파괴적인 시들이 그것이다.

둘째, 모더니즘 시인들이 강조하는 '기교'의 세련성은 그 나름의 근거가 있다. 그것은 벤야민이 그의 「기술복제 시대의 예술」에서 지적한 바와 같이 물질적인 생산력의 발달과 대응되는 것이다. 기술의 발달은 영화예술에서 보는 바와 같이 새로운 형식의 예술을 탄생시켰으며, 그것은 기술자본주의 사회의 예술 수용자들이 요구하는 것이었다. 기술주의는 근대사회의 중요한 특징으로서, 예술 분야에서도 이를 무시할 수 없다. 특히 도시와 같은, 근대문명의 특성을 가까이서 체험할 수 있는 공간에 거주하면서 예술에 종사하고 있는 사람들이 생활 주변의 소재들을 수용하여 이를 작품화하고자 할 때, 그 미적 가공의 과정에서 기교(기술)를 생각하는 것은 그런 맥락에서 이해되어야 한다. 정지용·김기림·이상, 그리고 김광균·오장환 등의 모더니즘 시인들이 영화·현대미술 등 기술복제 예술에 관심을 기울이고 그것들과 교류하면서 시의 새로운 기술을 획득하고자 하는 것도 같은 문맥에서 이해될 수 있다. 그리고 문학에서의 기술 문제에 대한 인식은 그 수단인 언어 사용의 기술 문제로 수렴될 수 있다. 모더니즘 시인들이 여러 가지 표현의 기술을 실험하면서 그것을 이론적으로 정립 발전시키려 하는 것도 그

392) Max Horkheimer and Th. W. Adorno, *Dialectic of Enlightenment*(The Seabury Press, 1969) 참조.

때문이다. 언어 표현 기술을 강조하는 기교주의는 같은 언어예술인 리얼리즘 문학의 경우에도 수용할 만한 가치가 있다. 이런 사실을 인식하지 못하는 것은 근대사회의 성격을 모르는 것이나 다를 바 없다.

셋째, 임화가 지적한 모더니즘 시의 '소비적 취미'와 '감각적 심미성'의 문제는 시장의 상품물신주의의 경향과, 대상의 반영이 아니라 그 미적 가공을 추구하는 시인들의 문학관과 관련되어 있는 문제이다. 대량 생산과 대량 소비를 추구하는 사회를 소재로 하는 문학은 김기림의 「기상도」, 이상의 「지주회시」·「날개」 등에서 보는 바와 같은 현대 생활의 소비적 국면이 작품 속에 드러날 수 있다. 그러나 그것은 단순한 '취미'의 문제라기보다는 그런 소재를 대상으로 작품을 제작한 하나의 결과이다. 그리고 시인이 시장의 소비적 측면을 작품 속에 끌어들인 것은 그것을 찬양하기 위한 것이 아니라 그 이면에 놓여 있는 현대의 물신주의적 사회를 보여 주기 위한 것이다. 한편 모더니즘 시인들은 대상의 충실한 묘사보다는 대상의 주관적 해석에 의한 미적 변형을 통하여 그 재창조를 의도하기 때문에 그렇게 하여 제작된 작품은 감각적 심미성을 띠게 된다. 감각적 심미성의 생산은 모더니즘 미학의 목표 중의 하나이다. 모더니즘 시인은 대상의 반영이 아니라 체험의 단편성을 알레고리·몽타쥬 등의 방법에 의하여 조립하고자 한다. 그들이 체험의 주관적 해석과 그 단편성에 관심을 기울이는 이유는 그들이 의거하는 장르가 주관적인 시 양식이라는 점도 있으나, 그보다는 시대가 그 총체성을 상실하고 파편화되어 버린 사회적 정황을 증명하기 위함이다. 임화가 말한 李箱 시의 절망의 주제, 김기림 시에 나타난 '아나키적인 불만'은 그런 측면에서 이해되어야 한다. 그것들은 시인의 비판정신의 소산이라 할 수 있다.

이 같은 논리는 물론 모더니즘의 이론을 전제로 한 것이다. 임화는 목가시인(牧歌詩人) 신석정을 정지용·김기림에 포함시켜 이들을 비판하면서 대표적인 모더니즘 시인 이상(李箱)을 여기서 제외시켰으나 모더니즘 시 전체의 논리를 고려하면 이와 같은 논의가 가능하다. 그런데 임화는 모더니즘 시인이 추구하는 새로운 시 형태가 지니는 사회적 성격에 대해서는 진지한 성찰을 하려 하지 않았다. 그는 시인에게 요구되는 시의 사회적 내용 획득이라는 사실주의적인 신경향파 시론에 의거하여 모더니즘 시를 평가하였을 따름이다. 그러나 그가 여기서 김기림의 장시 「기상도」는 시인의 '비판정신'보다 '감각적인 심미성'을 표현하는 데 그친 작품이고, 모더니즘 시인들이 문명의 본질을 다루지 못하고 그 '외면'적인 모습만을 드러내고 있다고 지적한 사실은 문제적이라 할 만하다. 그것은 기교주의를 비판하면서 모더니즘 시의 과제라 할 수 있는 시의 사회성(내용적인 차원의) 획득을 목표로 하여 그가 새로 시도한 장시 형식의 작품이 그의 의도만큼 성공하지 못했음을 지적한 것이다. 김기림은 이 작품에서 당시의 경성부를 중심으로 한 세계정치의 기상도 - 약소민족을 침략하는 세계의 제국주의의 모순을 풍자와 알레고리의 방법으로 비판하고자 하였다. 이 작품은 그의 풍자시론을 새로운 시 형식으로써 실천하는 한편, 구인회 시인들의 예술주의적 경향을 스스로 극복해 보이고자 한 것이었다. 그렇지만, 그것이 문명비판보다는 문화의 '외면만'을 感受하여 감각적인 심미성을 더 강하게 드러낸 작품에 불과하다는 임화의 비판은 그의 지성과 방법, 사유와 감성이 통일되지 못한 채 분열되어 있음을 말하는 것이다. 이것은 증대하는 현실에 대한 관심에도 불구하고 그의 새로운 형태의 시가 목표로 해 온 사회적 비판이 여전히 구현되지 못하고 있음을 드러내는 것으로서, 그가 뒤에 고백한 대로 모더니즘 시인들의 세대적 한계라 할 수 있다.

김기림은 사물의 감각적 인상을 재현하는 이미지즘을 비판하고 문명비판의 정신을 그 기본이념으로 하는 주지적 방법을 주장해 왔으나, 그런 주장과는 달리 이미지즘적인 경향의 작품을 자주 써 왔다. 임화가

지적한 '문화의 외면'을 묘사하고 있다는 것이 그것이다. 「기상도」는 특히 그 전반부가 국제열차·공원 등 문명의 외면을 묘사한 감각적인 이미지로 점철되고 있다. 그리고 사물의 즉물성(物體性)을 재현하는 경향은 비단 김기림의 경우뿐만 아니라 대부분의 모더니즘 시인들의 작품에서 나타난다. 정지용은 근대풍경을 감각적인 이미지로 묘사한 바 있고(「슬픈 인상화」·「바다」 등), 임화가 그 이름을 거론하지는 않았으나 신진시인 김광균도 비슷한 방법으로 도시의 인상화풍의 시를 쓴다(「와사등」·「광장」 등). 구인회 후기 회원인 박팔양의 도시를 소재로 한 시편들도 정도의 차이는 있으나 마찬가지이다. 최재서는 김광균의 작품들을 '풍경시(風景詩)'[393]라고 명명하는데, 이 명칭은 비단 김광균의 시뿐만 아니라 대부분의 모더니즘 시인들의 작품들에 대한 것이라 하여도 지나친 말이 아니다. 모더니즘 시들은 그만큼 시각적인 체험의 우위 현상을 보이고 있다.

그 이유는 모더니즘 시인들이 경험한 문명의 충격 체험 때문이며, 그 이면에는 일본 자본주의의 충격이 놓여 있다는 점은 이미 앞에서 지적한 바와 같다. 시인들은 도시적인 근대문명의 풍경들을 다분히 수동적인 화자(話者)를 내세워 작품화한다. 이 시인(화자)들의 수동성은 그들의 도시를 중심으로 한 문명사회 속에서의 생존방식, 즉 일본자본주의 충격을 충격으로 받아들이며 살아가는 도시 거주 시인들의 생존방식을 암시해 준다. 그 풍경은 임화가 옹호하고자 했던 시인 박팔양의 「도회정조」, 「점경(點景)」 등의 작품과 김화산의 시 「사월도상소견(四月途上所見)」, 「1930년대 짜스 풍경화(風景畵)의 파편(破片)과 젊은 시인」(『별건곤』 1930.5.) 등에서 묘사한 서울풍경들과 마찬가지로 역사적인 것이다. 그 풍경들은 도시에 거주하는 모더니즘 시인들이 실제로 경험한 역사적

---

393) 최재서, 「시단의 삼세대(三世代)」, 『조선일보』, 1940.8.5 참조.

체험으로서 그들이 그것들을 대개 전면적으로 묘사하는 것은 그 체험이 충격적이었기 때문이다. 그러나 그 체험이 충격적이었다 하여도 시인들이 그 이면의 본질을 깊이 있게 관찰하지 못하고, 따라서 그들의 시가 문명의 외면만을 묘사한, '깊이'를 지닌 시가 아니라 정지용·김광균의 시처럼 가벼운 느낌의 시, 김기림의 어떤 시처럼 경박한 느낌의 작품이 되고 있다는 사실은 이들의 문학의 한계라 할 만하다. 그들이 개발해 온 세련된 감수성과 언어감각은 결국 근대문명의 징후들을 수용하는 결과를 가져온 것이다. 이상의 경우는 사물화된 언어로 시를 쓰기를 거부하고 초현실주의에 의거한 비유기적인 작품을 제작했으나, 비유기적 작품이 감당할 수 있는 부분적인 문명비판밖에 보여 주지 못하였다. 김기림의 「기상도」는 이와 같은 사실들에 대한 그 나름의 자각의 소산이었으나, 이 작품의 제목이 암시하듯 그 역시 근대문명의 충격으로부터 완전히 자유로울 수가 없었다.

그래서 이 논쟁은 김기림이 임화의 신경향파 시가 드러내고 있는, 시의 형식과 기교 문제에 대한 무자각을 비판하고 임화가 이를 인정하는 것으로 귀결되었다. 이 과정에서 김기림은 그가 지금까지 공격해 온 신경향파 시를 인정하게 되며, 그 결과가 두 사람이 시의 내용과 형식에 대한 재인식으로 나타났음은 앞에서 이미 말한 바와 같다. 이 논쟁은 시의 미적 가공기술의 혁신 쪽에 근대성을 부여해 온 모더니즘 시와 사회적 현실의 반영 쪽에 근대성을 두고자 하는 신경향파 시 사이의 이론적 대결이었다 할 수 있는데, 논쟁 당사자들이 서로의 작품 성과의 미흡함을 드러내면서도 상대방의 문학과 그 현실적 근거를 어느 정도 인정하게 된 것은 이 논쟁의 또 하나의 의의이다. 임화는 「기교파와 조선시단」에서 이렇게 말하고 있다.

(⋯⋯) 기림씨에 대한 현재의 불만은 근본적으로 보면 씨의 이론에서 보는 바 현실에 대한 증대하는 관심과 기교주의 부정의 열정에도 불구하고 씨의 근작(近作)은 심히 그곳에 미치지 못함에 있다. 다음으로 씨가 금번 논문을 보여 주기 전까지의 제노작(諸勞作)에 있어 근대시의 발전에 있어 심히 일방적인 시적(史的) 태도를 가지고 있는 그것에 향해진 것이다.394)

임화의 모더니즘에 대한 비판의 원인 중의 하나가 그를 포함한 신경향파 시인들의 작품의 역사적 의미를 김기림이 인정해 오지 않은 데 있었음이 이로써 분명해진다.

이 논쟁은 두 사람이 더 이상의 반론을 제기하지 않음으로써 일단락되었으나 신경향파 시와 모더니즘 시 사이의 갈등이 완전히 해결된 것은 아니었다. 양자의 시의 개념과 방향성에 대한 이견은 여전히 남아 있다고 보아야 한다. 그 근본적인 이유는 이들의 문학사의 흐름에 대한 인식상의 차이 - 임화가 계급분화 이후의 프롤레타리아 시에서 근대성을 발견하고 있다면 김기림은 시 제작 기술의 혁신을 지향해 온 모더니즘 시에서 근대성을 파악하고 있다 - 때문이라 할 수 있는데, 이와 관련된 약간의 설명을 덧붙여 보면 다음과 같다.

첫째, 시의 개념에 대한 것으로서 김기림은 시를 언어의 건축, 사상과 기술 또는 내용과 형식의 형식논리적 통일체로 보고 있으나, 임화는 시는 현실의 반영, 내용과 형식의 변증법적 통일체로 규정한다. 임화는 기교주의 논쟁을 거치면서 자신의 시관을 발전시켰는데, 그에 따르면 시는 언어를 통한 자기 표현의 형식으로서 그 표현 방법은 '거짓'과 '진실'의 양자택일적인 것이다. 시의 기능은 거짓이 아니라 역사적인 객관적 진리를 반영하는 것으로서 그 진리는 고정되어 있는 것이 아니고

---

394) 『문학의 논리』, p.655.

"사회적 구성의 체제"의 이행(移行)에 따라 발전한다. "(……)시의 진리도 발전하는 것이며 시도 발전하는 것이다. 그러나 이 발전이(……) 기본적으로 사회사의 발전에 제약되는 것이다"라고 그는 말하고 있다.[395] 그는 시의 진실은 역사적 진보에 의해 규정되는 것이며 반진보적인 것은 거짓이라고 본다.

따라서 시의 기능은 이러한 세계관에 의해 당대의 현실을 충실히 반영하는 것이 된다. 그가 신흥계급의 시를 옹호하고 내용과 형식의 변증법적 통일을 말하는 것도 그 때문이라 할 수 있다. 한편 김기림 역시 낡은 시에 만족하지 않는 문학의 진보주의자이다. 그도 임화와 같이 문학과 사회사의 발전을 대응관계에서 파악한다. 그러나 김기림은 임화와 같은 결정론적인 도식으로 역사를 규정하지는 않는다. 그는 현실은 그 장래가 불투명한 불안의 시대가 되었다고 보고 주어져 있는 사물화된 언어가 아니라 이미지의 병치, 은유의 사용, 풍자의 방법 등을 이용하여 언어와 현실과의 관계를 재정립하고 그 현실을 진단하고 비판함으로써 새로운 문학적 의사소통의 방법을 모색하고자 한다. 그의 생각은 시형식의 진보성은 곧 의식의 진보성을 드러내는 것이며, 여기에 사회적 내용이 포함되어야 바람직하다는 것이다. 그는 임화처럼 어떤 당위론에 이끌리는 것이 아니라 주어진 현실내에서 시의 기능을 생각하고 있는데 이는 양자의 사상적 차이 - 김기림의 신민족주의와 임화의 사회주의 사상 - 때문이라 할 것이다.

둘째, 언어 문제에 대한 것으로서 김기림은 요소심리학(要素心理學)에 의거하여 언어를 음성·의미·형태 등으로 구분하고 시작(詩作)에서의 언어 기교를 강조함에 비하여, 임화는 언어는 현실의 반영이라는 측면에서 그 사회적 기능을 중시한다. 신경향파 문학에서는 언어 문제를 한

---

395) 임화, 「시의 일반 개념」, 『삼천리』, 1936.1 참조.

때 도외시하고 있었으나 뒤에 임화는 이에 대한 이론적 논의를 시도한 바 있다. 이 또한 기교주의 논쟁의 한 결과라고 할 수 있는데 임화의 논문 「언어의 마술성」(1937), 「언어의 현실성」(1937), 「예술적 인식 표현의 수단으로서의 언어」(1937) 등이 그것이다.396) 그는 언어란 현실의 반영, 현실인식의 수단으로 규정하고, '언어의 기교'를 중시하는 문학 태도는 언어의 합리성보다는 그 '외형적(外形的) 미감(美感)'만을 제일의적(第一義的)인 것으로 보고 언어를 선택하는 '언어상의 장식주의 - 형식주의'라 하여 비판하고 있다. 그는 여기서 진부한 고어(古語)를 사용하는 태도도 복고주의라 하여 비난하고 있지만(그는 최남선·이병기·정인보 등의 이름을 거론하고 있다) 문장의 아름다움과 기교를 추구하는 경향에 대해서는 다시 이를 세분하여 "합리적인 것보다는 음결(音結)의 묘(妙)"에 관심을 기울이는 경우(정지용·이태준의 작품)와 "은유의 교묘한 구사와 결합"을 추구하는 경우(김기림·이상·박태원 등의 작품)로 구분하여 모두 현실에 대한 무관심한 예술적 태도를 가져왔다고 비판한다.397) 임화는, 신경향파 문학은 이와는 달리 민중의 언어에 충실하고자 하였고 그 결과 문학의 교육적 의미를 추구해 왔다고 옹호하고 있다. 그러나 신경향파 문학이 문학의 공리적 기능을 강조해 온 것은 사실이지만, 소설에 비하면 시의 실제성과는 크게 미흡한 것이었고 그 자신이 지적한 바와 같이398) 매너리즘에 빠져 모더니즘 진영에 비하여 크게 침체되어 있었다. 그가 풍자시에 관심을 보이는 것도 그 때문이다. 그리고 구인회의 시인·작가들이 예술주의적인 경향을 보인 것은 사실이지만 현실에 대해 전혀 무관심하였다고 단정하기 어렵다. 그는 자신이 말한 형식과 내용의 변증법적 통일의 방안보다는 여전히 모더니즘 시를 비판하는 논리를 전개하

---

396) 이 논문들은 모두 『문학과 논리』에 수록되어 있음.
397) 「언어의 마술성」, 『문학의 논리』, pp.587~589 참조.
398) 임화, 「진보적 시가의 작금(昨今)」, 『풍림』2집, 1937.1, pp.13~17 참조.

고 있는 것이다.

그러나 시의 개념과 언어 문제에 대한 이같은 이론적인 경쟁은 그것
이 기교주의 논쟁의 한 부산물이라는 점에서, 또 이론의 발전은 논리적
인 경쟁을 통하여 성취될 수 있다는 점에서 신경향파 시와 모더니즘 시
간의 논쟁은 그 문학사적 의의가 크다. 이 논쟁은 동시대까지 야기되었
던 논쟁 가운데서 시에 대한 것으로는 가장 본격적이었고 그 확산 폭도
컸다. 그런데 이 논쟁은 신경향파 시와 모더니즘 시와 관련된 여러 가
지 문제점을 제기하고 있지만 그것이 소설 아닌 시를 중심으로 한 것이
었다는 점은 세심한 주의를 요한다. 그 논쟁과 그 추이에서 제기된 이
론적인 문제들은 장르론적인 문제에 대한 논의를 배제하고 있는 것이
다. 시는 그것이 모더니즘이든 리얼리즘이든 시인 자신의 주관성을 완
전히 배제하기 어려운 장르이다. 그 길이의 짧음이라든가 감정 상태의
표현이라든가 비유적인 언어의 사용과 같은 시의 장르적 성격은 여전
히 남는다. 김기림이 「기상도」와 같은 장시 형식에 관심을 기울이고,
임화가 단편 서사시나 「현해탄」(『중앙』, 1936.3.)과 같은 산문적인 장시를
선택하는 것은 모두 주관적인 형식의 짧은 서정시를 극복하고 역사성
과 사회성을 구현할 수 있는 새로운 시형식을 모색한 결과로 보인다.
문명비판이든 현실의 반영이든 관념적인 주제들은 거기에 합당한 새로
운 시형식을 요구하고 있기 때문이다.

한편 기교주의 논쟁과 관련하여 한 가지 흥미로운 사실은 김기림과
임화가 신진 시인 김광균과 오장환의 시에 대하여 어느 정도 일치된 긍
정적인 평가를 하게 되었다는 점이다.[399] 그런데 시집 『와사등』으로 대
표되는 김광균의 시는 기교주의를 완전히 극복한 것이라 하기 어렵다.
그럼에도 불구하고 그를 평가한 것은 김기림의 경우나 임화의 경우나

---

399) 김기림, 「오장환씨의 시집 '성벽'을 읽고」, 『조선일보』, 1937.9.18, 「시단의 동태」,
『인문평론』, 1939.12, 임화, 「시단의 신세대」, 『조선일보』, 1939.8.16~26 참조.

그들의 논쟁을 생각할 때 하나의 역설이라 할 만하다. 임화는 김광균의 방황하는 듯한 현실인식 태도를 지적하면서도 그를 인정한다. 한편『성벽』을 출판한 뒤『헌사』와 같은 종족집단의 비극적인 감정을 노래한 오장환의 경우는, 그가「수부」·「황무지」등의 장시를 통해 문명비판에 대한 관심을 보여 준 시인이라는 점에서 김광균의 경우보다는 김기림의 모더니즘 시론을 실천한 시인에 가깝다고 할 수 있다. 김기림은 그의『헌사』에서 "현대의 심연(深淵)"을 발견한다. 그러나 오장환은 이즈음 모더니즘에서 떨어져나와 김기림·정지용·이상 등을 비판하면서 신경향파 시에 접근하고 있었다. 임화는 그의 시가 현대의 "데모니시한 인식"의 소산으로서 그 전통은 이상·이시우 등에서 비롯된 것"으로 규정한다.[400] 그는 오장환의 시에서 "현대시의 비극적 운명"을 본다. 그러나 김기림이나 임화는 모두 그의 시에 나타난 퇴폐성의 문제는 도외시하고 있다. 모더니즘의 전개 과정에서 보면 이들의 오장환·김광균에 대한 관심은 그것이 구인회 동인들을 떠나 신세대로 옮겨지고 있음을 의미하는 것이다.

2. 리얼리즘과의 논쟁 - 모더니즘 소설 비판

기교주의 논쟁의 근본적인 이유는 1930년대 초기를 전후한 시기에 뚜렷한 분화 현상을 보인 동시대의 두 가지 문학론 - 모더니즘과 리얼리즘 사이의 이론적인 갈등 때문이라 할 수 있다. 리얼리즘이 현실의 충실한 반영과 역사의 주체·객체로서의 작가의 세계관을 중시하는 반면,

---

400) 임화,「무인(戊寅)이 걸어온 길 - 저회(低徊)하는 시정신」,『동아일보』, 1938.12. 23
    ~25.

모더니즘은 문학에 대한 기본적인 인식 태도의 전환을 통하여 문학적 소재의 미적 가공기술과 언어의 세련성을 강조하는 경향이 있으므로 창작 태도나 작품해석상에 상당한 이견을 드러내게 된다. 두 이론은 다 같이 문학양식의 역사적 변화를 인식한 결과로써 제기된 이론이고 문학과 사회의 관계를 전제로 하고 있으나, 작품의 창작이론, 진실성의 규정, 가치 평가 등의 문제에서 견해를 달리한다. 즉 리얼리즘 문학은 사회적 집단의 세계관, 전형적 인물, 사회적 총체성의 재현 등을 강조한다. 리얼리즘의 이 같은 특질은 시보다는 객관적인 소설 장르에서 잘 드러난다. 이기영의 「서화(鼠火)」, 「고향(故鄕)」 등은 그런 문학관으로 창작된 소설의 예이다. 이른바 매개적 인물을 주인공으로 채택하고 있는 작품들인 것이다. 그러나 모더니즘은 시의 경우에서도 그렇지만 소설에서 작가의 기교를 중시하고 개별성의 탐구에 역점을 두고자 한다. 주로 1인칭의 작가를 주인공으로 하는 박태원과 이상의 심경소설은 그런 관점의 소산이다. 박태원의 「천변풍경」은 작가의 주관세계로 분리된 순수한 객관세계를 묘사한 소설로서 역시 역사의 주체이자 객체로서의 주인공을 강조하는 리얼리즘 소설과는 구분되는 것이다. 이상과 박태원의 작품을 두고 모더니즘 진영과 리얼리즘 문학 진영과 논쟁이 벌어지게 되는 것도 그 때문이다.

정지용·김기림 등의 시를 대상으로 한 기교주의 논쟁이 끝난 다음에 일어난 리얼리즘 진영과의 논쟁은 그 기본 성격에 있어서 기교주의 논쟁과 비슷하다 하겠으나, 논쟁의 대상이 소설이라는 점, 논쟁에 참가한 인물이 많은 점, 그 논쟁의 진폭이 컸다는 점 등에서 기교주의 논쟁과는 다른 의미를 띠고 있다. 이 논쟁의 표면적인 특징은 이전처럼 김기림 대 임화의 대결이 아니라, 비평가 최재서 대 백철·임화 등의 대결이라는 데 있다. 여기서 영문학 전공의 최재서가 중요한 역할을 하게 되는 것은, 일찍부터 신문지상에 영국의 주지주의 문학 이론을 소개해[401]오던 그가, 자신의 현대문학에 대한 관심을 확대, 논의해 볼 수 있는 적절한 작품을 찾고 있었기 때문이다. 그는 그런 관심에서 김기림의 「기상도」를 다룬 「현대시의 생리와 성격」(1936)을 쓴 바 있다.

모더니즘-리얼리즘 논쟁의 발단은 잘 알려져 있는 바와 같이, 최재서가 1936년에 발표된 소설 이상의 「날개」와 박태원의 「천변풍경」을 대상으로 한 평론 「리얼리즘의 확대와 심화」(『조선일보』, 1936.10.31~11.7)에서 이상의 소설을 "리얼리즘의 심화", 박태원의 소설을 "리얼리즘의 확대"라 평가한 데 있다. 그는 이 글에서 청계천 주변에 사는 서민의 애환과 생활상을 다룬 「천변풍경」이 작가의 외면세계를 충실하게 묘사한 작품이라면, 「날개」를 자세하게 논의했다.

「날개」는 "생활과 행동이 끝나는 곳에서 시작"되고 있다는 것, 그 결과 "고도의 의식화된 소피스트의 주관세계"를 다루고 있다는 것, 이러한 의식의 발달과 "의식의 분열이 현대인의 스테이타스・퀴(現狀)라면 성실한 예술가로서 할 일은 그 분열 상태를 정직하게 표현하는 일"인 바, 이상은 그 과제를 충실히 수행했다는 것 등이 최재서가 본 이 작품의 실상이다. 그리고 그는 생활을 잃고 매음을 하는 아내와 비정상적인 부부생활을 하는 소설의 주인공(나)이 아내의 화장품병과 돋보기로 유희하고 그녀가 준 돈을 '변소'에 버리는 장면에 주목하면서, 이것은 생활에서의 패배자인 주인공의 현실과 돈에 대한 '모독'과 '희화화(戱畵化)'이며, 전도(顚倒)된 가치와 현실에 대한 분노를 뜻하는 것이라고 평가했다. 요컨대 "패배를 당하고 난 현실에 대한 분노-이것이 즉 이상의 예술의 본질이다"[402]라고 규정하면서, 풍자・야유・위트・과장・패러독스 등 작가가 의거하고 모든 지적 수단들이 이 작품의 주제 구현에 크게 기여

401) 「현대 주지주의 문학이론의 건설」, 『조선일보』, 1934.8.~20, 「비평과 과학」, 『조선일보』, 1934.8.31~9.7.
402) 최재서, 『문학과 지성』(인문사, 1938), p.108

하고 있다고 덧붙였다. 최재서는 여기서 작품의 결함으로서 '모랄'의식이 결여되어 있음을 지적하기도 했다. 한편 「천변풍경」에 대해서 그는 청계천변 빨래터와 이발소, 카페 등의 공간을 중심으로 한 도시서민의 군상(群像)을 마치 카메라를 지휘하는 영화 감독과 같은 위치에서 작가가 잘 묘사(촬영)했다고 했다. 이 작가는 '카메라'를 여러 장소로 이동시키며 "도회생활의 페이소스"와 "그 삶의 동태"를 될 수 있는 대로 다각적으로(多角的)으로 묘출(描出)하려고 하였다. 그리하여 작가는 드물게 보는 선명하고 다각적인 도회 묘사에 성공했으나, "디테일을 관통하는 통일적 의식"의 결여로 그 사회에 작용하는 "커다란 사회의 힘"을 제시하지는 못했다고 최재서는 평가했다. 최재서는 이 작품이 완결되지 못하고 그 일단계 연재(14절까지)가 끝난 상태였으므로 이상의 「날개」에 비중을 두어 분석했으나, 전체적으로 모두 리얼리즘 문학을 전진시켰다는 것이 그의 논점이었다.

최재서의 이 논문이 발표되자 백철·한효·임화·김문집 등이 직접·간접으로 반론을 제기했는데, 그 강조점과 논리는 다양하지만, 대체로 1) 최재서가 말하는 리얼리즘의 개념, 2) 「날개」 및 「천변풍경」의 해석과 평가문제, 3) 바람직한 소설의 형식 문제 등으로 요약될 수 있는 성질의 것이다. 이 문제들은 이 논쟁이 표면적으로는 리얼리즘 논쟁으로 보이지만, 사실은 모더니즘과 리얼리즘간의 논쟁을 뜻하는 것이라는 점에서, 모더니즘 소설의 형식과 그 기능 문제와 관련된 중요한 과제를 제기한 것이라 할 수 있어서, 백철을 위시한 반론과 그 파급 양상을 검토해 볼 필요가 있다.

최재서의 논문에 대한 첫 번째 반론은 백철의 평론 「리얼리즘의 재고(再考)」[403]이다. 일찍이 J. 조이스, V. 울프, M. 프루스트 등의 소설을

---

403) 백철, 「리얼리즘의 재고 - 그 앤티휴먼의 경향에 대하야」, 『사해공론』, 1937.1.

국내문단에 소개한 일이 있는 그는 여기서 최재서의 「날개」 해석을 정면으로 비판하면서, 이기영의 장편 「고향」 논의를 통해 자신의 리얼리즘에 대한 견해를 피력한다. 백철은 「날개」가 현실에 대한 분노를 보여주기는커녕 '퇴폐적' 주관적이고 생산성이 없는 '기식적(寄食的) 인물'을 다룬 소설로서, 작가가 보여 주는 행동은 한갓 어린애와 같은 '장난의 세계'라는 것, 금전과 상식을 모독하는 것이 아니라 거기에 '굴복'하고 있다는 것 - 백철은 소설의 주인공이 돈을 주고 아내와 자고, 외출에서 커피를 사먹으려는 이야기를 예로 들었다. - 현실에 대한 부정이 아니라 '타협'이라는 것 등을 들어 최재서가 리얼리즘의 심화라 평가한 것은 전적으로 오해라고 비판한다. 그의 논리는 "리얼리즘의 의의를 시대와 현실의 변천을 머리에 두지" 않은 독단이라는 것이다. 그는 진정한 리얼리즘은 이기영의 「고향」과 같은, "신흥계급 문학의 리얼리즘"이라고 주장한다. 「고향」은 「날개」와는 달리 현실을 그리되 그것을 동적인 전개과정에서 인식한, 신흥계급의 뚜렷한 '세계관'에 의해 쓰여진, 진정으로 심화된 리얼리즘 소설이라고 평가한다. 그의 「날개」에 대한 견해는 다음과 같다.

> 「날개」에 대하야 우리들은 그 작품의 전가치를 부인할 리는 없다. 현대문학은 일면에서 보면 너무 맹목적으로 전진하였다. 전진하다 생각하니, 우리들은 보았어야 할 풍경과 승지(勝地)를 놓쳤고 관찰했어야 할 도표(道標)를 잊었다. 예를 들면 우리들은 객관세계에 대하야 외공(外攻)으로 추격한 데 이어 내공적(內攻的) 방면은 미개척지 그대로 남겼다. 그동안 프루스트와 조이스가 개척한 의식의 세계가 훌륭히 작품 세계로 될 수 있다는 데 대하야 한동안 우리들은 경준(驚駿)한 일이 있다. 「날개」의 세계에도 비록 그들과 같이 커다란 세계를 제공한 것도 없다고 하더라도 조선의 작가가 지금까지 건드려 보지 못했든 내부의 흐름에 들어가서 무엇을 잡다가 정착시켜 보려는

노력은 있다. 그런 의미에 한해서 날개에 대하야 비평가는 반성하는 것이 있고 그 의도를 이해하면 충분하다. 그 이상의 것을 이해하고 성공한 작품으로 보려고 할 때에 비평가는 도로혀 너무 지나쳐서 제 스처어를 과장하는 희극역자(喜劇役者)가 아닐 수 없다.[404]

즉 이상이 당대의 작가들이 별로 다루지 않은 의식의 세계 탐구를 시도한 사실은 인정할 수 있으나 단순한 시도에서 그쳤기 때문에 최재서처럼 작품을 분석, 평가하는 것은 지나친 확대 해석이라는 것이 백철의 생각이다. 백철의 이러한 논리는 한효의 「창작방법론의 신방향」[405] (1937)에서도 거의 동일하게 재현된다. 「날개」는 '천박한 관념적 유희'만을 보여 주는 '죠이스적 아류(亞流)'일 뿐인 작품으로 그 이상의 것은 아니라고 그는 본다. 그는 최재서의 리얼리즘 논의를 부정하고 '사회주의적 리얼리즘'을 적극 옹호한다.

최재서의 리얼리즘 논의에 대한 이러한 민감한 반응의 이면에는 1920년대 말 이후의 리얼리즘에 대한 동시대 비평가(작가)들의 각별한 관심이 놓여 있다. 1929년 김기진의 변증법적 리얼리즘 제창 이래 주로 카프계 비평가들을 중심으로 논의되어 온 리얼리즘은 그 내용상의 변질(1933년부터는 사회주의적 리얼리즘)은 있었으나 반영론을 기본이념으로 한 것이었고, 백철 · 한효 등은 이 논의에 직접 · 간접으로 참여했던 인물이다. 백철이 「고향」을 거론하고 있는 것도 그 때문이다. 상승하는 사회적 집단의 세계관의 방향으로 문학의 제문제를 통합한 것이었다고 할 수 있는 리얼리즘론은 30년대 전반기의 사회적 상황의 변화로 크게 침체되어 있었으나, 구 카프계 비평가들의 지속적인 이론상의 과제로 되어 있었다. 김남천과 함께 뒤늦게 그 논의에 참여하였던 임화가 최재

---

404) 위의 글, pp.41~42.
405) 『동아일보』, 1937.9.23.

서의 논문에 이론을 제기하고 나서는 것도 그런 문맥에서 이해될 수 있다. 임화는 그의 「사실주의의 재인식」(1937)에서 "이상씨의 순수한 심리주의를 「리얼리즘」의 심화, 박태원씨의 「파노라마」적인 「트리비알리즘」을 「리얼리즘」의 확대라 선양(宣揚)하는 것과 같은 「리얼리즘」론이 대도(大途)를 활보하지 않는가"[406]라고 반문하면서 엥겔스의 '디테일의 정확성, 전형적인 상황에서의 전형적인 인물묘사'를 리얼리즘의 이념으로 제시한다. 그는 또 다른 논문에서 이상의 소설은, "타인이 기피, 두려워하는 세계의 진상 일부"를 제시했으나, "물구나무서서" 세상을 보았고 지식이 "비판의 연장이나 행위의 지침"이 아니라 "자의식에 탐닉"하는 수단이 되었고, 결국 이상은 '도야지'와 비슷한 무능함을 드러냈다고 비판한다. "이상은 결국 무능한 「인테리」는 도야지와 다름없다는 것을 솔직히 보인 것이다. 뿐만 아니라 도야지 중에도 아주 무기력한 병든 도야지라는 것을 강조한 것이다. 「종생기」나 그밖의 이상의 소설 가운덴 「인테리」의 시체가 누누(累累)하다 할 수 있다. 이점에서 보면 이상은 극도의 주관주의자였음에 불구하고 물구나무선 형태의 「리얼리스트」였다."[407] 임화가 보기에 박태원의 「소설가 구보씨의 일일」도 비판되어야 할 작품이다. 그는 이 작품이 현대 심리소설의 '에피고넨'에 불과하며, 같은 작가의 「천변풍경」의 세계와 심한 부조화 현상을 드러내고 있다고 본다.[408] 한편 김문집은 「날개」에 대한 백철의 견해에 동조하면서도 "(……) 이 작품은 천편일률의 농촌소설이 아니면 얼빠진 봉건소설이 主流되고 있는 우리 문단에 있어서 자본주의 말기의 도회의 이면을 비극해 보인 하나의 이채로운 작품이었다"[409]고 평가한다.

---

406) 임화, 『문학의 논리』, p.73.
407) 임화, 「방황하는 문학정신」, 『문학의 논리』, p.245.
408) 위의 글, pp.245~247.
409) 김문집, 「날개의 시학적 재비판」, 『비평문학』,(청색지사, 1938), p.39.

지금까지 개관한 논쟁은 그것을 야기시킨 최재서가 침묵한 자리에서 한쪽의 일방적인 공격으로 끝나 당사자간에 더 이상 발전하지 못했으나 몇 가지 중요한 문제를 제기한 것이라 할 수 있다. 1) 최재서가 말한 리얼리즘의 용어와 개념 문제로서 그가 「날개」와 「천변풍경」에 그 용어를 사용한 것은 하나의 착오였다고 본다. 이 논쟁을 지켜본 유진오가 "나는 (…) 「날개」가 리얼리즘의 심화라는 것은 불만"[410]이라 한 것이나, 최재서가 백철에게 자신이 말한 리얼리즘이란 '프로이드즘적인 리얼리즘'[411](심리주의리얼리즘)을 지칭하는 것이라고 해명할 필요성을 느꼈던 것도 그 때문이다. 「천변풍경」의 경우도 마찬가지이다. 예술과 현실의 상관관계에 대한 근본적인 인식론적 문제 전체에 걸려 있는 리얼리즘이라는 용어를 어떤 한정사 없이 사용하거나 정확한 개념 설명 없이 사용하는 것은 오해를 가져올 수 있다.[412] 이렇게 볼 때 이 논쟁은 리얼리즘과 모더니즘간의 논쟁의 성격을 지니는 것이라 할 수 있다. 2) 「날개」와 「천변풍경」의 해석 문제로서, 작품 해석상의 최재서 - 백철·임화 등 사이의 갈등은 심각한 것이었다고 할 것이다. 「천변풍경」에 대하여 최재서가 서민생활의 애환을 충실히 묘사한 작품이라 해석한 것에 비해 임화가 쇄말주의(瑣末主義)('트리비알리즘')적인 것이라 한 것도 그렇지만, 특히 「날개」에 대한 해석은 사람에 따라 각양각색이고 완전히 상반(相反)되는 점도 있다. 여기에는 모더니즘과 리얼리즘이라는 문학이론상의 차이가 작용하고 있다고 보아야 한다. 3) 바람직한 소설의 형식 모델이라는 문제가 남는데, 이것은 작품 해석 문제와도 연관된다 하겠으나, 백철·임화·한효의 논문은 최재서의 논점에서 다소 벗어나 있다

---

410) 유진오, 「현문단의 통폐는 리얼리즘의 오인」, 『동아일보』, 1937.6.3.

411) 「문학좌담회」, 『조선일보』, 1937.1.1.

412) 그는 뒤에 모더니즘이라는 용어를 쓰고 있다. 최재서, 「구라파 현대소설의 이념 (2) 모더니즘편」, 『비판』, 1939.7 참조.

고 평가된다. 최재서는 문제의 논문에서, 박태원의 소설과 이상의 소설이 작가의 외부세계와 내면세계를 각각 객관적인 방법으로 생생하게 묘사한 것이라는 관점에서 그 해설에 치중했을 뿐이지 그것들을 이후의 바람직한 소설형식이라고 주장하지는 않았기 때문이다. 그는 오히려 「천변풍경」의 통일감의 결여와 「날개」의 모랄의 결핍을 지적했다. 그런데도 백철·임화 등이 특정한 작품이나 사회주의적 리얼리즘을 내세워 그를 비판한 것은 그들의 지나친 예민함을 증명한 것이라 하겠다.

이 논쟁은 결국 모더니즘이냐 리얼리즘이냐 하는 문제를 제기한 것이라 평가된다. 최재서는 동시대의 모더니즘 소설에 의미를 부여하고 있음에 반하여 백철·임화 등은 「고향」과 같은 리얼리즘 소설에 문학적 가치를 부여하고 있는 것이다. 특히 「날개」에 대한 해석과 가치 평가상의 이견은 이와 관련되어 있다. 이들의 해석상의 갈등은 V. 울프, F. 카프카의 작품을 놓고 대결한 저 Th. 아도르노(모더니즘)와 G. 루카치(리얼리즘)간의 유명한 논쟁[413]을 연상시킨다. 동일한 작품이라 하여도, 특히 그 작품이 모더니즘 소설일 경우에는 각자가 옹호하는 문학이론에 따라 다른 해석을 할 수 있는 것이다. 「날개」에 대한 상반된 평가도 마찬가지이다. 이 작품을 현실생활이 아닌, 미학적 장치를 사용한 현실에 대한 재구성물로 인식하는 경우(최재서)와 현실생활의 반영으로 인식하는 경우(백철·임화)에 따라 각자의 해석은 달라지게 된다. 그런데 이상은 「지주회시」에서 보는 바와 같이 현실생활을 해체하여 이를 여러 가지 기교를 구사하여 재구성해 온 모더니즘 작가이기 때문에 그의 소설을 반영론의 관점에서 해석하면 그 의미가 제대로 드러나지 않는다. 이런 점에서 볼 때, 「날개」의 세계가 작가 이상의 실제생활의 반영이 아

---

413) G. Lukács, "The Ideology of Modernism", *Realism in Our Time* (Harper & Row Pub., 1964), Th. Adorno, "Reconciliation Under Duress" in Bloch et al., *Aesthetics and Politics* (Verso, 1980) 참조.

니라 미학적인 장치를 사용한 현실에 대한 재구성물, 즉 미적 작품이라는 자리에 서서 그것을 분석한 최재서의 해석은 그점에 철저하지 못했던 백철·임화의 해석보다 성실한 것이었다고 할 수 있다. 백철·임화는 소설의 주인공의 의식을 작가의 '현실적인 세계의 의식'으로 동일시하는 관점[414]에서 접근했기 때문에 "퇴폐·유희·무능력한 인테리(도야지)" 밖에 보지 못했고, 최재서는 주인공의 행위·유희·장난 등은 어디까지나 어떤 비유·상징 요컨대 아도르노가 말하는 '미학적 가상' (aesthetic appearance)으로 인식하는 자리에 있었으므로, 거기서 "현실의 희화화·모독·분노"를 읽을 수 있었다.

최재서의 해석과 같이, 이 작품의 주인공이 보여 주고 있는 무력감·돈에 대한 혐오 등은 아내로 표상되는 타락한 인간관계와 그것이 영위되는 사회에서의 작가의 연약함과 소외의식을 말하는 것이다. 그것은 물신주의적인 사회에 대한 하나의 항의일 수 있다. 진실은 작가(주인공)의 내면에 있고, 그가 보여 주는 것은 허위적인 세계이다. 주인공의 내적 독백은 「지주회시」의 그것과 마찬가지로 소외되고 해체된 주체의 진실과 가상(알레고리)이다. 그의 고독은 어떤 불변의 그것이 아니라 사회적인 것이다. 최재서가 「날개」에서 본 것은 요컨대 일제의 자본주의 전성기·군국주의가 가져온 현대인의 의식의 분열·해체인 동시에 그 분열·해체에 대한 작가의 비판정신이라 할 수 있다. 그는 거기서 1930년대의 한 '서울 풍경'을 본 것이다. 그의 관심은 작품과 사회와의 관계에 있었다. 김문집이 날개에 대하여 자본주의 말기에 도회의 이면을 비극해 보인 하나의 이채로운 작품이라고 한 것은 그런 의미에서 타당한 것이었다고 할 수 있다. 따라서 작품의 주인공의 의식이 작가의 현실의식이라고 본 백철·임화의 논점은 최재서에게 현실과 예술의 차이를

414) Th. Adorno, 위의 글 참조.

무시하는 이데올로기적인 문학이론으로 비쳤음에 틀림없다. 실제로 그는 그들이 주장하는 리얼리즘의 "주관적 공식적·인위적·편파적" 속성을 비판한 바 있다.[415] 그는 뒤에 이상을 가리켜 "현대문명에 파괴돼야 보통으론 도저히 수습할 수 없는 개성의 파편을 추려다가 거기에 될 수 있는 대로 리아리티를 주려고 해서 여러 가지로 테크니크의 실험을 하여 본 작가"[416]라고 평가한 것도 그런 문맥에서이다.

리얼리즘은 인식론적이며 가치론적인 문학이론이다. 리얼리즘에서의 인식의 대상은 모더니즘 문학에서와 같은 삶의 단편(斷片)이 아니라, 사회적 전객체 즉 특정시대의 특정한 현실의 문화적 상부-하부 구조의 총체성이다. 따라서 여기서 중요한 것은 사회적 관계와 과정의 전체상이며 그 진실성의 여부는 작품의 인식내용과 사회와의 관계에서 판단된다. 다시 말해, 리얼리즘이란 기계론적인 반영론이나 초역사적인 이론이 아니라, 각 시대마다 제작되는 작품과 그것이 묘사하고 있는 역사적 현실과의 관계에서 제기되는 것으로 그 작품의 내용과 형식의 현실적인 진실성 여부와 관련된 가치평가적인 이론이다. 따라서 작가가 파악하고 있는 사회적 인간관계, 역사적 과정의 객관적 현상과 본질이 사회과학적인 인식론의 테두리 내에서 경향적으로 올바른가 하는 점이 중시된다. 그리고 인식은 사회적 실천과 분리되지 않으며 인식은 실천으로부터 나오고 다시 실천으로 돌아간다. 작가는 인식과 실천을 매개해 주는 매개적 인물을 설정하게 된다. 전형적인 상황에서의 전형적인 인물로서의 작품의 주인공은 따라서 소외와 자기분열을 극복하고 현실 속에서 적극적으로 활동하는 적극적인 인물로 나타난다. 이 인물은 작가의 현실적 세계의 의식을 미학적으로 매개해 주는 인물로서 역사의 객체이자 주체로서의 성격을 띤다. 따라서 리얼리즘 문학에서 주인공이

415) 최재서, 「문학발견 시대」, 앞의 책, p.53.
416) 최재서, 「고 이상의 예술」, 위의 책, p.118.

보여 주는 행동과 의식은 곧 사회과학적인 '이상적인 진리'로 환원되는 것은 아니지만, 작가의 현실적 세계의 의식(세계관)과 부합된다. 즉 리얼리즘은 작가의 모랄의식(이데올로기)이 작품의 미학이 되는 문학이론이다. 그러나 「날개」는 작가의 현실적 세계의 의식이 곧 작품의 의식과 동일하지 않음을 보여 주고 있다. 이 작품은 박태원의 「소설가 구보씨의 일일」과 마찬가지로 심경소설이지만, 작품과 작가와의 미적 거리가 유지되고 있으며 박태원의 심경소설에 비하여 작가의 현실생활이 크게 변형되고 있다. 박태원의 「천변풍경」도 작가의 현실생활과는 다른, 현실적 소재를 가공한 예술작품이다. 모더니즘은 리얼리즘과는 달리 이처럼 현실과는 다른 작품을 생산해 내고자 하는 문학이론이다. 작품이 현실과 달라짐으로써 그 작품은 사회에 대한 '부정의 지식'이 될 수 있고, 현실과 다른 작품을 제작함으로써 작가는 자신의 진실을 증명할 수 있다고 본다. 이것은 모더니즘 문학이 작품의 사회적 연관성과 자율성을 동시에 인정하고 있음을 말하는 것이다. 한편 리얼리즘 문학은 그 형상성을 중시하고 있으므로 역시 그 자율성을 인정하고 있다 하겠으나, 작가의 현실적 세계의 의식(세계관)과 작품의 의식을 일치시켜야 한다는 생각을 전제로 하고 있다. 그러므로 작품에 나타난 작가의 세계관은 작품 평가의 중요한 기준이 된다. 여기서 주체 - 객체의 통합이론 즉 작가와 작가가 다루는 객관적인 현실세계를 매개적 인물을 통하여 변증법적으로 일치시키고자 하는 리얼리즘의 기본 명제가 나타난다. 백철·임화가 「날개」를 평가한 기본입장이 그것이다. 리얼리즘 이론가 김남천이 이상의 소설과 박태원의 「천변풍경」에서 작가와 세계의 분열상을 인식하고 그들의 소설을 소설 형식의 '붕괴'로 규정하는 것도 그 때문이다.417) 여기서 이효석의 소설은 언급되지 않았으나 언어의 세련성과 만

---

417) 김남천, 「자기 분열의 초극(超克)」, 『조선일보』, 1938.1.26~2.2.

들어지는 이야기를 중시하는 그의 창작태도에서 사회적 연관에서 떨어져 나온 작가의 어떤 분열상을 볼 수 있다. 그러나 그는 생활을 가졌던 작가였으므로 이상과 같은 자기해체로까지는 가지 않는다.

그런데 리얼리즘론은 주체 - 객체의 통합을 가능하게 하는 사회 집단의 힘을 전제로 하고 있기 때문에 그 힘이 뒷받침되어 있지 않으면 그 실현이 불가능하다. 작가의 구체적인 작품이 창작되지 않아 그 이론을 증명하기 어렵게 될 뿐만 아니라, 그 이론 자체가 무력성을 드러내게 된다. 1935년 '카프'의 해체가 그것을 말해 준다. 여기서 리얼리즘은 이론과 실제 사이의 모순을 드러내게 되는데, 모더니즘은 리얼리즘 이론가들과 동일한 세계관을 가졌던 것은 아니지만 그것은 이상과 현실 사이의 괴리를 일찍부터 경험하고 또 예견했던 작가들의 문학이다. 그들은 작품의 '내용의 사회성'을 '형태의 사회성'으로 대체시키면서 동시대의 문학공간에서 자신들에게 부여된 작가의 사회적 기능을 수행하고자 한다. 3인칭 소설에서 1인칭 소설에로의 소설형식의 전환과 내면탐구가 그것이다. 그것은 단순한 소설형식의 자리바꿈이 아니라 사회적 정황의 전환을 의미하는 것이었다. 그러나 리얼리즘 작가들은 자신들의 또 다른 분열상을 겪고 있었으면서도 모더니즘의 그런 측면을 제대로 이해하지 못하고 그들의 과거의 문학이론에만 집착하려 하였다. 그들은 모더니즘을 인정하려 들지 않았고 그 작품의 역사성을 제대로 인식하지 못하였다.

모더니즘은 리얼리즘의 주체 - 객체의 동일성 이론(통합이론의 전제)보다는 차라리 주체 - 객체의 비동일성(非同一性) 이론을 상정하고 있다고 할 수 있다. 그것은 작가와 세계는 처음부터 일치되는 것이 아니라 다만 개체는 각자의 개별성을 유지하면서 사회와 조화를 이룬 상태를 이상적인 상태로 본다. 그 상태가 현재에는 파괴되었다고 인식하는 것이 모더니즘의 전제이다. 이상과 박태원의 작품들이 총체성보다는 개별성

을 존중하고 개체와 사회와의 분리를 말하고 있는 것이 그것이다. 최재
서와의 논쟁을 치른 후 임화가 그들의 작품에서 뒤늦게나마 그런 사실
을 발견하게 된 것은 이 논쟁이 가져온 또 다른 의미라 할 수 있다. 임
화는 그의 「세태소설론」(1938.4)에서 이상과 박태원의 작품을 내성소설
(內省小說)과 세태소설(그는 김유정 등의 농촌세태소설도 포함시키고 있다.)이라
각각 명명하면서 이런 소설의 발생은 "작가 내부에 있어서 말할랴는 것
과 그리려는 것과의 분열" 때문이라고 재정의하고, 그들의 작품을 재검
토하는 태도를 보여 준다. 즉 박태원의 「소설가 구보씨의 一日」에는
"지저분한 현실 가운데서 사체(死體)가 되어 가는 자기의 하루 생활이
내성적으로 술회되었다면, 「천변풍경」에는 자기를 산송장으로 만든 현
실의 여러 지저분한 단면(斷面)이 정밀스럽게 묘사되었다." 그 이면에는
보이지 않는 세계에 대한 "한 개의 보복심리"가 들어 있다고 그는 해석
한다. 그리고 그는 이상의 소설에는 "자기분열의 향락(享樂)이나 자기 무
능의 실현"이 아니라, "제 무력 제 상극(相剋)을 이긴 어떤 길을 찾으려
고 수색"하는 작가의 고통스런 내면이 함축되어 있다고 평가한다.[418]
그가 이들의 작품에서 보이지 않는 세계에 대한 어떤 보복심리, 자기분
열을 초극하려는 어떤 고통스러운 모색을 발견한 것은 그의 해석의 논
리의 진전이라 할 만하다. 임화는 이 작품들에 나타난 역사성을 재인식
하게 된 것이다. 그는 그것들이 사회적 환경의 산물임을 인정한 것이다.
리얼리스트인 채만식의 「탁류」, 김남천의 「소년행(少年行)」 등의 작품에
도 세태와 작가의 심리세계에 대한 관심이 나타나고 있음을 그는 분명
히 인식하게 된 것이다. 그리고 이 논문의 끝에서 그는 이 세태소설과
심리소설의 조류를 "발전시킬 것인가 어찌할 것인가"하는 문제를 제기
하면서 결코 그럴 수는 없다고 말한다. "(……) 그런 것은 문학이 아니고

---

418) 임화, 「세태소설론」, 『문학의 논리』

문학의 한 부분 조그만 측면이 악착(齷齪)하고 있는 슬픈 상태를 너무나 안일하게 긍정해 버리는 태만한 비평정신의 하는 일이다"라고 그는 본다. 그리고 그는,

> (……) 우리의 시대는 결국 소설이 와해(瓦解)된 시대인 것을 생각 지 않을 수가 없다.
> 「죠이스」와 「푸르우스트」를 평하여 어느 비평가가 소설예술의 사 멸(死滅)과 붕괴의 산물이라 하였음은 없는 말이 아니다.[419]

고 결론짓는다. 이 논리는 루카치로 대표되는 리얼리즘 이론[420] - 조이스 등의 심리소설을 소설의 해체로 보고 부정하는 - 에 의거한 소설에 대한 절망론에 다름 아니다. 그는 심리소설(심경소설), 세태소설의 등장이, 그것이 비록 인정할 수 없는 것이라 하여도 그가 말하는 '역사의 변증법'의 한 결과라는 사실을 인식하지 않는다. 임화는 모더니즘 작품의 의미를 이해하게 되었으면서도 그 형식이 지닌 어떤 문학적 가능성을 재인식하고 이를 활성화하려고 하지 않고 리얼리즘 소설 형식에만 여전히 집착하고 있는 것이다. 그는 그것을 평가하든 않든 간에 「고향」과 같은 작품이 사회적 상승기의 산물이라는 것, 또 다른 리얼리스트였던 염상섭의 「삼대」도 그런 시대의 소산이었다는 것을 알고 있으면서도 철저히 인식하지 못하고 있다. 그의 절망론은 그 때문이다. 그의 이런 논리는 심경소설이나 기교주의 문학을 전적으로 부정할 것이 아니라, 그것들로부터 무엇인가 배워서 문학의 길을 모색해야 한다는 한 리얼리즘 작가의 이즈음의 생각과는 대조적이다. 새로운 세계 구성이 불가능하고 현실에서 느끼는 작가들의 심리가 비슷하게 될 때 남는 문제

---

419) 『문학의 논리』, p.360.
420) 루카치, 「브르조아 서사시로서의 장편소설」, 能澤復六 역, 『단편·장편소설』, (동경:淸和書店, 1937), pp.163~179 참조.

는 그런 심리를 어떤 "문장과 형식으로서 표현할까"하는 "기교문제로 돌아가는 것이다."[421] 요컨대 부정만이 능사(能事)가 아니다. 한편 임화의 절망론은 김남천에 의해 비판되면서 임화, 김남천 간의 새로운 논쟁으로 확산되기에 이르는데, 그 논쟁의 중심에 박태원의 세태소설 「천변풍경」(채만식의 「탁류」포함)이 놓이게 되는 것은 모더니즘의 문제 제기가 지속적이었음을 뜻하는 것이다. 김남천은 「천변풍경」의 세태묘사 정신에 모랄과 풍속을 결합시키는 방법에 의해 이른바 장편소설 개조론(가족사 소설론)을 제시하여 리얼리즘론의 새 활로를 찾고자 한다.[422] 그것은 임화의 절망론을 극복하기 위한 것이었으나 동시대 현실의 충실한 묘사라는 리얼리즘의 이념을 변질시킨 것이었다 할 수 있다.

이상·박태원의 작품을 둘러싼 모더니즘과 리얼리즘과의 논쟁은, 이를 확대시키면 모더니즘이냐 리얼리즘이냐, 당시 조선의 리얼리티가 도시에 있느냐(「날개」) 농촌에 있느냐(「고향」), 문학의 기초를 지속적인 현실의 진단과 부정에 두느냐, 아니면 현실의 모순을 비판하며 끝없이 미래의 유토피아를 제시하느냐 하는 등의 여러 가지 문제점을 제기한 것이라 하겠다. 최재서의 「날개」분석에 대해서는 동경에 가 있던 이상 자신-김기림도 일본 유학 중이었다-은 비교적 인정했었다는 것, 이 논쟁은 이상이 동경에서 타계(他界)한 뒤에도 계속되었다는 것, 그것은 「날개」에 나타난 30년대의 '서울 풍경'을 놓고 당시 문단이 고심했던 또 하나의 서울 풍경이었다는 것 등은 이에 부수되는 문제일 것이다. 중요한 것은 이 논쟁으로 「날개」가 「천변풍경」과 함께 범문단적인 관심사로 등장했는데, 그것은 사실 모더니즘 소설의 문단확산과 정착을 뜻하는 것으로 볼 수 있다는 점이다. 그리고 최재서 대 백철간의 논쟁이 최재서의 승리로 평가되기도 하였다는 점[423]도 특기할 만하다.

---

421) 한설야, 「기교주의의 검토」, 『조선일보』, 1937.2.24~2.9. 참조.
422) 김남천, 「세태와 풍속(5)」, 『동아일보』, 1938.10.25.

그러나 한편으로는 이 논쟁이 곧 '모더니즘의 승리'를 의미하는 것이 아니라는 점도 고려되어야 할 것이다. 모더니즘의 승리란 시대적 상황에 대한 확인에 불과하기 때문이다. 그것은 다만 모더니즘 소설의 가능성을 인정받게 된 계기였다고 할 수 있다. 「날개」는 일본 자본주의 전성기하에서 생활을 잃고 자기 해체를 경험한 한 특수한 작가의 특수한 소설형식 - 체험의 단편성·퇴폐성·시적 성격 등 - 으로 남아 있으며, 결코 건강한 문학이라 말하기 어렵다. 「날개」는 같은 작가의 「지주회시」와 함께 분명히 새로운 소설형식을 창조한 것이라 할 수 있으나, 자기 해체와 퇴폐성이라는 작가 자신의 생활의 희생을 통하여 얻어진 것이었다. 이상의 소설은 오장환의 시와 마찬가지로 근대문명사회의 퇴폐성과 문학과의 관계를 단적으로 보여 주고 있는 예이다. 이들 작품의 이면에는 근대 문명사회의 병적인 징후들 - 물신주의와 쾌락주의·인간의 소외 등이 암암리에 작용하고 있다. 문학과 생활의 부조화, 문학적 실천과 사회적 실천의 분리, 문학에 대한 물신주의적 경향 등과 같은 모더니즘문학의 가장 극단적인 징후들이 이들의 문학에서 발견된다. 이상의 경우 그런 부정적인 측면들은 그의 그 후의 소설에서 더욱 뚜렷하게 나타난다. 동경에서 쓴 스스로 걸작이라고 지칭한 「종생기(終生記)」는 그 단적인 예이다. 물론 그것은 비정상적이었던 일본 자본주의 전성기하에서 작가의 비정상적인 삶의 기록이지만, 독자들은 이 소설의 주인공을 역사의 진정한 주체라고 말할 수는 없을 것이다. 한편 사회적 실천과 문학적 실천의 분리현상은 박태원의 소설에서도 나타나고 있다. 그의 소설은 이상 소설의 경우처럼 퇴폐성의 징후를 드러내고 있지는 않지만, 사회적 연관에서 떨어져 나온 개인적인 삶만을 말하거나 주체를 배제시킨 사회적 모습만을 제시하고 있다. 그런 의미에서 그의 문학은 이

---

423) 이원조, 「정축(丁丑) 1년간 문예계 총관」, 『조광』, 1937.11 참조.

상의 문학과 함께 다분히 개인주의적이며 행복론의 결여현상을 드러내고 있다고 할 것이다. 이런 평가는 곧 리얼리즘 문학에 대한 일방적인 옹호를 뜻하는 것이 아니라, 모더니즘 소설이 특수한 시대의 특수한 문학이라는 사실을 지적하기 위한 것이다.

3. 전체주의와 모더니즘의 역사적 의미

기교주의 논쟁과 「날개」・「천변풍경」 논쟁은 모더니즘과 리얼리즘이 서로 얼마나 화해하기 힘든 문학이론인가 하는 사실을 드러내 주고 있다. 논쟁 이후 「경향파와 모더니즘」[424]을 주제로 한 한 좌담에 참석한 임화와 김광균간의 이견에서도 그점이 확인된다. 그러나 이 논쟁은 오히려 비록 근대성의 인식과 문학의 방향 문제에 대해서는 의견을 달리하고 있으나, 양측은 모두 동시대의 문학 전개에서 큰 역할을 담당하고 있다는 사실을 잘보여 준 예라 할 수 있다. 아울러 기교주의 논쟁에서의 김기림과 리얼리즘 비평가의 방황에서 보듯 두 진영은 모두 이론과 실제 사이의 부조화를 경험하고 있음을 드러내고 있다. 그 부조화의 원인 중의 하나가 당시 문단의 상황 때문임은 물론이다. 1931년 만주사변 이후 침체되기 시작한 문단의 분위기는 1937년 중일전쟁을 고비로 국가총동원령이 선포되고 전시체제로 급변하면서 1941년 태평양전쟁으로 치닫게 되는 등 날로 악화되고 있었다. 30년대 초기에 결성된 구인회를 중심으로 한 모더니즘 작가들은 동시대를 한 시대의 종언이자 새로운 시대의 시작일 수 있다는 인식하에 개별성의 탐구를 그 이념으로

---

424) 『조선일보』, 1940.1.13~17.

하여 문단의 침체 극복을 위한 새로운 문학을 제창했었으나, 날로 악화되는 전체주의적(全體主義的) 상황(일제 군국주의)은 그런 인식(이념)이 하나의 환상이었음을 드러내고 있었다. 전체주의 하에서는 개별성의 확인이 불가능해지는 것이다. 이미 해체된 구 카프계의 리얼리즘 작가(동반자 작가 포함)도 입장은 다르나 사정은 마찬가지였다.

이런 분위기 속에서 1930년대 말에 나타난 것이 신세대론, 정확히 말하면 신세대 대망론(待望論)이었다. 이 신세대론은 문학이론의 성격상 일찍 한계를 경험한 리얼리즘 작가들에 의해 제기되었는데[425] 그 근본 취지는 기성 작가들이 30년대 후반기에 등장한 신세대 작가들에게 자신들이 수행해 온 문학적 과제를 새로운 차원에서 활발하게 전개해 주기를 기대하는 것이었다. 그러나 신세대들은 뚜렷한 문학적 이념이 없었고 그들의 대다수가 예술주의적 성향을 보여 주고 있었기 때문에, 신세대론은 실제의 성과보다는 오히려 신·구세대의 불화를 야기시켰음은 이미 잘 알려져 있는 바와 같다. 최재서는 당시까지의 시인들을 3세대로 구분하여 정식화하였는데,[426] 이런 관점에서 보면, 이들 신세대들은 제 3세대, 리얼리즘 작가(구 카프계 작가와 동반자 작가) 및 구인회 회원은 제 2세대, 그 이전에 등장한 시인·작가들은 제 1세대(이광수·염상섭·주요한 등)로 각각 명명될 수 있다. 제 3세대의 등장은 동시대 문단이 세대 교체기에 처하고 있었음을 뜻하는 것이다. 그런데 모더니즘은 김광균·오장환·최명익 등 제 3세대들에게 영향을 미치고 있었던 것이어서 리얼리즘 진영만큼의 위기에 직면하고 있었다고 할 수는 없으나, 사회성의 획득이라는 과제는 여전히 남겨 놓고 있었다. 그런데 오장환은

---

425) 임화의 「소설과 신세대의 성격」(1939), 「시단의 신세대」(1939) (이상 『문학의 논리』 수록), 유진오, 「'순수'에의 지향」(1939), 김남천, 「신진소설가의 작품세계」 (1940), 김오성, 「신세대의 정신적 지표」(1940) 등이 그것이다. 자세한 것은 김윤석, 『한국근대문예비평사연구』 참조.
426) 최재서, 「시단의 3세대」, 『조선일보』, 1940.8.5 참조.

어떤 의미에서 모더니즘의 내용상의 사회성 구현이라는 과제를 나름대로 수행했던 시인이라 할 수 있으나 구인회의 영향 하에서 떨어져 나갔고(정지용·김기림·이상 등에 대한 비판이 그것이다), 김광균은 모더니즘을 고수하면서도 어느새 선배 시인의 작품 수준에 대하여 불만족스럽게 생각하는 경향이 있었다.[427] 모더니즘 문학의 중심 단체인 구인회는 박팔양의 탈퇴[428](1936, 만주 新京으로 가서 『만선일보』창간에 참가), 1937년 이상의 죽음,[429] 김기림의 일본 東北帝大 유학(1936.4~1939.3) 등으로 『시와 소설』(1936) 간행 이후 그 속간을 하지 못하고 있었다. 그동안 김기림·정지용·이상·박태원 등의 왕성한 작품활동을 통해 문단 내에서의 모더니즘 문학 정립에 어느 정도 성공한 만큼 그 기능은 나름대로 수행했다고 할 수 있으나 그 조직은 사실상 해체되어 가고 있었다. 그 사이 『시인부락』·『자오선』·『단층』 등의 신세대들의 동인지가 나오고 있었던 것이어서 구인회 세대들은 시대와의 부조화 외에 신인들의 도전에 직면하고 있었던 것이다.

1939년 일본에서 돌아온 김기림은 마침내 모더니즘의 결산서 「모더니즘의 역사적 위치」(『인문평론』 1939.10)를 쓴다. 이 논문은 구인회 세대에 의하여 씌어진 당시의 유일한 모더니즘 결산서라는 점에서 여러 모로 주목되지만, 구인회 자체의 활동과 관련지어 보면 다음과 같은 몇 가지 평가가 가능하다.

첫째, 이 논문은 시를 중심으로 한 논의이기 때문에 소설 분야가 제외되어 있다는 점이다. 모더니즘은 20년대의 말의 센티멘탈 로맨티시즘과 편내용주의적(偏內容主義的) 경향을 극복하기 위해 제기되었던 새로운 문학 운동으로서 그 과정에서 두 가지 성과를 거두었다고 김기림은 평

---

427) 김광균, 「김기림론」, 『풍림』, 1937.4 참조.
428) 이상, 「사신(5)」, 『이상수필전작집』 참조.
429) 1937년에는 구인회 후기 회원인 김유정도 타계했다.

가하고 있다. 즉 1) "조선에서는 「모더니스트」에 이르러 비로소 「20세기 문학」은 의식적으로 추구"되었으며, 2) 그것은 현대문명에 직면하여 문명 속에서의 인상과 감각을 작품화하려고 한 것으로, "문명의 아들", "도회의 아들의 탄생"이라고 규정하고 있다. 아울러 모더니즘 시인들은 언어의 가치와 그 상호작용, 전체 효과를 고려하여 일종의 "건축학적 설계 아래" 시를 썼고, "기차·비행기·공장의 소음·군중" 등 현대 문명의 징후를 작품 속에 끌어들이고자 했다고 그는 설명하고 있다.[430] 지금까지 논의해 온 바와 같이 모더니즘은 급격한 도시화의 과정에서 자라난 도시세대에 의해 추진된 도시문학의 일종이었다. 그들은 도시에 거주하면서 도시적 생존과 현대문명의 징후를 세련된 감각적인 언어로 시를 써 왔다. 구인회의 조직과 활동은 체계적이지 못했던 모더니즘 시 운동을 활성화하는 데 큰 기여를 하였고, 동시대 시단에도 큰 영향을 미쳤다. 어떤 문학이론의 타당성이 그 실제 기능·역할에 의해 평가될 수 있다면 모더니즘은 분명 그런 기능(역할)을 담당했다고 할 수 있다. 30년대 신세대 시인들의 비상한 관심이 그것이다. 모더니즘의 의의는 그 점에서 신경향파 문학의 영향력과 비교될 만한 것이다. 김기림은 여기서 신경향파 시의 의의를 평가하고 있는데, 이것은 한때 편내용주의라 하여 비판하면서 인정하려 하지 않았던 것과도 대조적이다. 기교주의 논쟁이 그의 재인식을 가져왔다고 할 수 있다.

둘째, 그가 거론해 왔던 여러 시인들의 이름이 거론되지 않고 있다. 김기림은 모더니즘 운동이 몇몇 천재적인 시인과 그 방법론의 세례를 받은 젊은 시인들에 의해 수행되었다고 하면서, 정지용·김기림·이상·신석정·김광균·장만영·박재륜·조영출 등의 이름을 열거하고 있다. 그러나 그가 여러 형식으로 논의해 온 이시우(『삼사문학』동인)·김

---

430) 김기림, 『시론』(백양당, 1947), pp.74~75.

현승·김조규·민병균·노천명 등의 시인들과, 그의 영향권에서 벗어
난 오장환의 경우도 이에 포함시켜 볼 수 있다. 구인회 시인들을 제외
한 나머지 신세대 시인들 중에서 동시대에 시집을 출판한 시인은 목가
시인 신석정(『촛불』)을 위시하여 오장환, 김광균, 장만영(『양(羊)』, 『축제(祝
祭)』), 노천명(『산호림』·『창변(窓邊)』) 등이다. 이들은 구인회 시인 오장환·
김광균 등을 제외하면 구체적인 시창작의 프로그램을 갖고 근대성을
추구한 '진정한 모더니스트'(genuine modernist)라기보다는 그 창작기술을
수용하여 시를 쓴 '영향받은 모더니스트'(affected modernist)라고 하는 것이
타당할 것이다.431) 그밖에도 이른바 제 3세대 시인으로 지칭된 서정
주·함형수·이용악 등의 작품에서도 언어의 기교(창작기술)나 그 세련
성이라는 차원에서의 모더니즘의 영향을 발견할 수 있다.432) 이들은 모
더니즘의 세례를 받으면서도 독자적인 시세계를 구축한 경우에 속한다.
　셋째, 그의 모더니즘 결산서는 객관성이 결여된 다분히 시적인 관심

---

431) 황해도 배천(白川)에 거주하면서 신석정과 친밀한 관계(동서관계)에 있었던 장만
　　영은 구인회 주최 문학강연회에 참석하기 위해 상경하기도 하였고, 그 당시 영
　　랑·지용·기림·석정·천명 등의 시에 관심이 많았다고 스스로 밝히고 있다
　　(장만영, 『이정표(程里標)』, 신흥출판사, 1958, pp.167~168 참조). 한편 노천명은 정
　　지용의 작품과 같은 제목의 시 「황마차(幌馬車)」라는 작품을 쓴 적이 있으며, 그
　　의 황해도 풍물시(유년기를 회상한)는 白石의 평안도 풍물시를 연상시키는 점이
　　있다. 최재서는 「시단의 3세대」에서 그녀의 시는 "아직도 이곳저곳서 모방하여
　　오는 흔적이 있다"고 지적하고 있다. '진정한 모더니스트', '영향받은 모더니스
　　트'라는 용어는 L. Riding과 R. Graves가 A Survey of Modernist Poetry (1927)에서 사용
　　한 것으로, 한국 모더니즘 시인들을 구분 설명하는 데도 사용해 볼 수 있는 적절
　　한 용어로 판단된다(김사엽, 『현대시론』, 1954. p.135 참조).
432) 이른바 제 3세대 시인 중에는 오장환·김광균·장만영·윤곤강·노천명·이용
　　악·서정주·유치환·함형수·이육사·윤동주 등이 포함된다(제 2세대는 김기
　　림·정지용·이상·김상용·임화·白石·신석정·김광섭 등임). 이들의 시는
　　모더니즘을 배제하고서는 제대로 이해되지 않는다고 할 수 있는데, 이들 중 『시
　　인부락』 동인이었던 서정주·오장환 등은 생명파(生命派)로 지칭되고 있다. 생
　　명파의 성격은 에로스에의 충동(서정주의 『화사집』)과 퇴폐와 방황의식(오장환)
　　으로 요약될 수 있으며 그들의 기교는 모더니즘과 접맥되어 있다. 이들 제 3세
　　대와 모더니즘과의 관계에 대해서는 별도의 상세한 고찰이 요구된다.

에서 쓰여진 것이다. 그는 30년대 중반이 모더니즘의 위기였다고 평가하고 있으나, 이것은 그의 「기상도」와 기교주의 논쟁을 지나치게 의식한 것이자 모더니즘 소설을 염두에 두지 않은 것이다. 1936년에는 이상의 시 「위독」(연작)과 소설 「날개」・「지주회시」 등과, 박태원의 「천변풍경」이 발표되었고, 리얼리즘과의 논쟁이 일어났었다. 따라서 이 시기는 모더니즘의 전성기였다고 해도 과언이 아니다. 그리고 1937년에는 『성벽』(오장환)이 간행되었고, 『자오선』이 나와 김광균의 서울시대가 시작되었고, 이효석도 이 시기를 전후하여 많은 작품을 발표하고 있었다. 그밖의 신세대들의 활동도 포함시켜 볼 수 있을 것이다. 물론 김기림은 '내용과 형식의 종합'을 기준으로 평가하고 있으나 자신의 기교주의 논쟁을 모더니즘 전체의 위기로 인식하고 있음에 분명하다 하겠다. 그리고 김기림이 언급하지 않은 소설 분야에 있어서 최명익을 비롯한 여러 작가들이 박태원・이상이 개척한 심경소설을 시도하였다는 사실433)은 반드시 고려되어야 할 것이다.

넷째, 이 논문은 실상 20년대 후반기의 동시대 문인들의 세대론의 일환으로 집필되었다는 점이다. 이 세대론은 이른바 제 3세대에 의해 제기된 것이 아니라 제 2세대에 의해 제기되었다는 점에서 당사자들의 자의식을 날카롭게 드러낸 것이라 할 수 있다. 이들 제 2세대에는 리얼리즘 - 그것은 20년대의 사회주의 사상의 앙양기에 나타났다 - 작가들과 그 진폭 속에서 등장한 '구인회'의 모더니즘 작가들이 포함되는바, 이들의 자의식의 실체는 자신들이야말로 근대문학의 실질적인 건설자들이었다

433) 신세대(3세대) 소설가로는 최명익・허준・정인택・현덕・김유정・김동리・정비석 등을 들 수 있는데, 이들 중 최명익 외에 허준・정인택의 소설에서 심경소설적인 요소를 발견할 수 있다. 그밖에 「단층」파 작가들이 심경소설을 썼다. '단층파'에 대해서는 최재서, 「'단층'파의 심리주의적 경향」, 『문학과 지성』참조. 이들 신세대 작가들의 예술주의적 경향은 리얼리즘문학이 거의 불가능한 상황에서 시대의 조류에 흡수된 것이었다고 할 수 있다.

는 어떤 자부심이라 할 수 있다. 그들의 신세대들에 대한 불만, 특히 리얼리즘 작가들이 신인들에게 드러낸 그들의 진취성의 결여에 대한 불만의 정체가 그것이다. 임화가 자기 시대의 문학적 결산서라 할 수 있는 「조선신문학사」를 쓰고, 김기림의 「모더니즘의 역사적 위치」를 쓰는 것도 그 때문이라 할 수 있다. 그런데 모더니즘의 경우는 신세대 시인들의 도전이라는 또다른 사정이 놓여 있었다. 오장환 외에도 신인들 중에는 김기림의 시에 대한 비판적인 논의를 전개한 일이 있었던 것이다.434) 김기림의 이 논문은 그 앞부분에 W.B. 예이츠의 다음과 같은 싯구 -

여기는 늙은이들 나라가 아니다
젊은이는 서로서로 팔을 끼고
새들은 나무숲에 -
물러가는 세대(世代)는 저들의 노래에 취(醉)하며

를 인용하고 있다. 논문 「모더니즘의 역사적 위치」는 구인회 세대의 결산이자 자기 확인의 방식이었다. 김기림은 한때 소설 비평도 했으나 시이론가이기 때문에 소설을 언급하지 않은 것은 어떤 의미에서 보면 그의 솔직함을 보인 것이라고도 할 수 있다. 모더니즘 소설가에 대해서는 뒤에 이태준이 그의 「문장강화」에서 박태원·이상·이효석 등이 그 자신을 포함하여 소설 문장의 '현대성 획득'을 위하여 노력한 작가들이라고 평가해 주었다.435)

---

434) 구체적인 예를 들면 김종한이 김기림을 '機智의 기관총'이라고 한 것, 한식이 그를 "언어의 기사(技師)"로 지칭하면서 그의 시가 감동적인 시가 못 된다고 한 것, 윤곤강이 "주지(主知)란 속화(俗化)된 위트"라고 비판한 것 등이 그것이다. 김종한, 「시문학의 정도(正道)」(『문장』, 1939.10); 한식, 「시의 현대성」(『문장』, 1939.10); 윤곤강, 「감각과 主知」(『동아일보』, 1940.6, 『시의 진실』, 정음사, 1948), 등 참조. 임화는 「시단의 신세대」, 『문학의 논리』, p.493에서 그 자신과 김기림까지가 구세대 시인이라고 말하고 있다.
435) 이태준, 「문장의 고전·현대, 언문일치」, 『문장』, 1940.3, p.136.

일찍이 주요한·이광수·김동인·염상섭·현진건 등의 근대문학 제1세대들을 비판하고 새로운 문학의 창조자로 자처하고 나왔던 구인회 세대들이 제3세대들의 등장과 함께 기성세대로 지칭되고 있는 것이다. 그런데 제2세대인 구인회 세대들이 제1세대들의 민족주의 이념을 새롭게 계승하고자 했던 것처럼, 제3세대 시인·작가들이 제2세대의 모더니즘을 나름대로 계승하고 있었다는 사실은 부정하기 어렵다. 오장환·김광균·최명익 등의 문학이 그 점을 말해 준다. 그들은 여전히 창작활동을 계속하고 있었다. 그런데도 김기림은 모더니즘이 끝난 듯이 말하면서도 그 자신 그 이유를 명확히 밝히지는 않고 있다. 그가 이후에도 모더니즘과 관련된 몇 편의 글을 더 쓰게 되는 이유도 그 때문인 것으로 보인다.

모더니즘이 결산기에 접어든 이유는 우선 그 세대적 한계 때문이다. 새로 조선일보사 학예부장직을 맡게 된 김기림은 특히 그렇게 생각했던 인물이다. 그는 「시인의 세대적 한계」(『조선일보』, 1940.4.13)에서 자기 세대의 한계에 대하여 구체적으로 논의하였다. 그는 여기서 자신의 모더니즘의 이론적 근거의 일부이기도 했던 영국의 「황무지」의 시인 엘리어트가 '국교(國教)로 달려간 것', H. 리드가 문학비평에서 '미술비평'으로 전향한 것, 같은 세대인 임화가 '고전으로 다라난 것' 등을 예시하면서 자신의 논리를 합리화하고 있다. "영구히 「새로워 질 수 있다」고 한 것은 한 시인이 세대적으로 시대와 보조(步調)가 맞는 동안의 착각인 것 같다"고 그는 쓰고 있다. 그의 이 말 속에는 '시의 사회성, 논쟁, 신세대, 전체주의' 등의 여러 가지 의미가 함축되어 있다. 이즈음 임화는 문학사 연구로 관심의 방향을 돌리고 있었고, 최재서는 모더니즘이 아닌 낭만주의 시를 주장하고 있었으며,[436] 백철은 '시대적 우연'을 받아

---

436) 최재서, 「시의 장래 – 낭만정신의 길」, 『시학』, 1집, 1939.4.

들이면서 신세대 대망론을 소설화하고 있었다. 정지용은 고전의 세계에 관심을 기울이면서 『백록담』(1941)을 출판하는 한편 이태준과 함께 『문장』지에 참여하여 후진 양성에 전념하고 있었으며, 박태원은 계속 도시 세태 소설을 쓰는(「골목안」, 『문장』, 1939.7) 한편 중국고전을 改作하고 있었다(『지나(支那)소설집』, 1939). 그것은 모두 문학과 시대와의 부조화 때문이었다. 김기림이 「시의 장래」(『조선일보』, 1940.8.10, 폐간호)와 「조선문학에의 반성」(『인문평론』, 1940.10)에서 말하고 있는 문제도 시대적인 것이었다. 이 글들은 모더니즘이 날로 악화되는 시대적인 정세의 악화 때문에 더 이상 지속되기 어렵다는 사실을 드러내 주고 있다. 아울러 그것들은 모더니즘 결산서와는 달리 어느 정도 객관적인 자리에서 당대 문학의 과제를 논의하고 있어 주목되는 점이 있다.

「시의 장래」는 짧지만 모더니즘 운동사에서 중요한 글이다. 그는 세계대전의 위기 앞에서 시의 장래를 전망한다. "현대시인과는 조화할 수 없었던 「근대」라는 세계는 바로 우리의 눈 아래서 드디어 파국에 부딪쳤다", "시대와 시인의 끝없는 대립은 시인의 정신 속에 늘 격심한 불균형을 결과했다"고 그는 지적하고 있다. 그는 모더니즘을 반성하고 민족 집단을 재인식하며 모더니즘을 미래의 과제로 설정한다.

우리는 투명한 지성(知性)만이라고 하는 것이 시대의 격동 속에서는 얼마나 쉽사리 부서질 수 있다는 것을 눈으로 보아 왔다. 지성과 정의(情意)의 세계를 아직 갈라서 생각한 것은 낡은 요소심리학(要素心理學)의 잘못이었다. 정신을 육체에서 갈라서 생각하는 것은 오래인 형이상학적 가설이었다. 시는 그 어느 하나에만 의존하지 않는다. 바로 그것을 통일한 한 전체적 인간이야말로 시의 궁전이다. 그리고 이러한 전체적 인간이 시대의 격류 속에서 한 전체로서 체득(體得)하는 균형 - 그것이 오늘의 시인이 그 내면에서 열렬하게 차저 마지않는 일이다.

(·····················)

역사의 전기(轉機)라고 하는 것은 결코 천재의 손으로 처리되지는 않는다. 늘 집단의 참여에 의해서 추진되었다. 오늘 구라파에 있어서만 해도 세계사의 새로운 전개를 위해 여러 민족의 한데 엉켜서 연출하는 심각한 전율을 보라. 새로운 세계는 실로 한 천재의 머리 속에서 빚어지지는 않는다. 차라리 각 민족의 체험에 의해서 열어지는 것이다. 시인의 고립은 끝나 좋은 때가 오는 듯하다. 나는 그렇게 느낀다. 최재서씨는 「시단 3세대」 속에서 「모더니즘」이 문제되어야 할 것을 시사하였다. 그 일문(一文) 만으로는 어떻게 문제되어야 하겠다는 방향이 분명치 않았다. 나는 「모더니즘」뿐만 아니라 오늘의 시가 똑같이 반성될 근거와 필요는 여기 두어야 하리라고 생각한다.

그는 우선 모더니즘의 이론 즉 주지적 방법을 반성한다. 문학사의 흐름을 형식의 변화과정으로 인식하고, 제작되는 시와 그 기교를 중시하고, 시의 사상과 기술, 내용과 형식, 지성과 정의(情意), 감정주의와 주지주의, 낡은 것과 새로운 것을 구분하였던 자신의 이론을 비판한다. 언어를 의미·형태·음향 등으로 나누어 고찰했던 것도 요소심리학의 문제점이었다. 그는 전체적 인간에 대한 재인식이 필요하다고 본다. 그는 다음으로 개인이 아닌 민족집단에 대한 재인식에 도달하고 있다. 모더니즘은 민족주의 문제에 대하여 관심을 가져왔으나 구인회 세대는 지식인으로서의 무력감 때문에 개인의 자의식을 작품화하는 경향을 보여주었다. 한편으로 그들은 민족주의와 모더니즘의 국제주의적 성격 사이에서 심각한 방황을 드러냈었다. 특히 김기림·이상·이효석의 외래 지향성은 두드러졌다. 김기림은 그 점을 반성하고 있는 것이다. 그의 민족집단에 대한 재인식은 오장환의 종족집단에 대한 관심과 유사한 점이 있다. 오장환은 『성벽』을 간행한 후 『헌사』에서 민족 집단의 고통을 노래하고자 했었는데, 김기림은 근대사에 대한 역사인식을 통하여 민족집단을 재발견하고 있다. 여기서 그는 다시 어두운 '센티멘탈리즘'의 시가 성행하고 있는 현실을 언급하면서 그것이 "집단의 체험으로 심화되지 못하는 동안은 격정의 딜레탄티즘에 끈치고 말 것"이라고 지적하고 있다. 마지막으로 그는 모더니즘에 대한 반성을 통하여 모더니즘을 여전히 하나의 미래의 과제로 설정하고 있다. 최재서는 그의 「시단의 3세대」(『조선일보』, 1940.8.5)에서 동시대까지의 시인들을 3세대로 구분하고 제 2세대의 침체를 지적하면서 시단 내에서의 임화 · 김기림 등의 그들의 역할에 대하여 회의적인 평가를 내렸다. 그는 이즈음 '낭만주의의 길'을 새로운 시의 방향으로 제시한 바 있다. 여기서 김기림은 그 모더니즘은 여전히 문제가 되며, 그 사회성은 집단성(민족)의 획득을 통해 가능할 수 있음을 암시하고 있는 것이다. 당시 그는 「요양원」(『조광』, 1939.9), 「공동묘지」(『인문평론』, 1939.10), 「겨울의 노래」(『문장』, 1939.12), 「못」(『춘추』, 1941.2), 「새벽의 아담」(『춘추』, 1942.1), 「연륜(年輪)」 · 「청동(靑銅)」(『춘추』, 1942.5) 등 역사의 병적 징후와 새로운 시대의 도래를 희망하는 역사의식을 담은 작품들을 발표하고 있다. 이 작품들은 오장환의 시들과는 다른 것으로서 모더니즘 시의 진전을 보인 것이다. 그가 「바다와 나비」(『여성』, 1939.4)를 쓴 것도 이즈음이다.

김기림의 자기 비판은 비단 그의 문제에만 해당되는 것이 아니라 기실 대부분의 구인회 세대에 대한 비판일 수 있다. 구인회 세대의 한계는 간단히 말해 근대도시 제 1세대의 역사적 위치와 관련된 것이다. 김기림은 근대기술자본주의가 가져온 문명사회에 어울리는 모더니즘 문학을 주장하였다. 그는 주지적 방법에 의해 제작되는 시와 문명비판 정신을 동시대 시인들에게 요구하였다. 이상은 "물질적 시스템의 변화에 맹종하자는 것이 아니라 시대 변화에 부합되는 새로운 윤리(미학)를 입법(立法)"해야 한다고 말하였다. 정지용은 근대적인 풍경을 감수하고 새로운 풍경에 부응하는 새로운 감각의 시를 썼다. 이효석은 새로운 분위기를 표현하고 기교를 개발하여 세련된 이야기의 소설을 썼고, 박태원은 문장의 기술과 심리묘사 방법에 전념하였으며, 박팔양은 도시의 충격체험을 노래하였다. 이들의 새로운 방법은 김광균·오장환 등의 젊은 시인들의 호응을 받기도 하였다. 이들은 근대화가 무엇을 뜻하는지 알고 있었으나, 근대화가 가져온 대도시의 문명의 징후들을 가까이서 체험하고 기술복제 시대의 예술과 함께 호흡하면서 우리 문학에 새로운 근대성을 부여하고자 하였다. 자기 시대 문명사회에 대한 불안감과 유혹을 경험하면서, 즉 도시 첫세대의 공통적인 속성인 양가적(兩價的)인 감정을 경험하면서 그들은 새로운 문학의 전위로 자처하였다. 그들은 기존의 문학전통을 부정하고 새로운 문학의 건설자가 되고자 하였다. 그 결과 30년대의 특수한 상황 속에서의 그들의 문학은 어느 정도의 새로운 의사 소통의 방법으로서의 역할을 담당할 수 있었다. 그러나 근대 문명사회를 문학적으로 깊이 인식하고 그것을 극복할 수 있는 작품을 생산해 내기에는 그들의 역사의식과 철학이 부족하였다. 그들의 대부분은 근대문명의 외면을 묘사한 풍경시를 쓰는 데 그쳤고, 퇴폐적인 문학, 언어의 감옥에 칩거하는 문학을 보여 주는 데 그쳤다. 이들은 식민지 교육을 오랫동안 받았고 그 교육을 통해 얻은 지식으로 전통을 비판했으나, 진정 새로운 문학은 모험과 부정만이 아닌 전통의 재인식을 통해 완성될 수 있다는 사실을 자각하지 못하였다. 이들은 어떤 의미에서 새로운 문학적 전범 그 자체가 되고자 하였던 인물들이었으나 전통을 몰각한 그런 발상은 하나의 환상에 불과하였다. 이상·김기림·박태원·이효석 등의 작가들이 진정한 새로운 윤리, 새로운 미학을 창조했다고 말하기는 어렵다.

물론 이들이 심경소설, 주지적인 시와 같은 새로운 문학을 창출하였고, 심리묘사·언어의 몽타쥬·이미지즘·초현실주의 등의 새로운 창작 기법을 발견한 사실은 부정되지 않는다. 그것들은 분명히 창조적인 것이었으며 한국근대문학의 영역을 넓히고 그 다양성을 부여한 것이었다. 그러나 그것들은 전통의 부정과 개인주의적인 삶, 퇴폐적인 생활의 산물들이다. 이상과 오장환의 작품에서 발견되는 퇴폐성의 원인은 그들이 근대문명이 가져온 물질의 세계에 너무 집착하였기 때문이다. 그들은 정신이 아닌 물질의 세계에 유혹되고 지나치게 탐닉하였기 때문에 전통적인 '정신'의 세계는 잃어버리고 말았다. 이들이 전통적인 가족관계를 부정하고자 한 것도 같은 맥락에서 이해될 수 있다. 그런데 모더니스트들은 전통적인 문학인 효용론적 공리주의적 문학을 비판하고 대신 만들어지는 문학, 기교적인 문학 - 개별적인 삶을 탐구하는 1인칭 소설, 가벼운 이미지즘의 시, 비유기적인 작품 등 - 을 제시하였다. 그것은 문학 작품에서의 집단의 행복론을 배제하는 결과를 가져왔고, 문학을 집단의 윤리가 아닌 개인의 심정이나 진실을 추구하는 기구로 바꾸어 놓는 현상을 초래하였다. 물론 이들 전부가 집단의 모랄을 배제한 것이었다고 할 수는 없지만, 대체로 그런 경향을 보여 주었다.

그렇게 함으로써 그들은 자신들을 진정한 근대인이라고 자처했지만 그들이 이끌렸던 근대 문명사회, 물질주의적 현실에서 철저한 패배를 맛보면서 그들이 재인식하게 된 것은 오히려 전통과 집단이 아니었던가? 이상이 가부장적인 가족관계에서 결코 자유로울 수 없었던 것(이른바 19세기와 20세기의 틈 사이에서 갈등했다는 것도 그런 것일 것이다), 오장환이 집단을 재인식하게 된 것, 김기림이 소시민성과 집단의식 사이에서 번민한 것, 박태원이 서울 뒷골목의 서민들의 삶에 관심을 갖게 되는 것 등이 그와 관련되는 것이다. 그들은 한때 스스로 자유롭고자 했지만 그들의 정신의 깊은 곳에는 역사라든가 윤리라든가 하는 동시대의 한국인이면 누구나 갖게 마련인 역사의식이나 식민지 지식인으로서의 정신적인 상흔(傷痕) 같은 것이 남아 있었다고 볼 수 있다. 그들은 급격한 도시화의 과정에서 자라난 도시세대로서 모더니즘 예술의 국제주의적인 조류에 휩쓸려들었지만, 그러한 자의식으로부터 완전히 자유로울 수는 없었다.

그런 의미에서 그들이 부정한 이광수의 문학은 한국근대문학사에서 여전히 그 의미를 확보하고 있다고 할 수 있으며 리얼리즘 문학도 마찬가지이다. 리얼리즘은 재래의 공리주의적 문학의 새로운 계승 형태로 보이기도 한다. 그리고 물질적인 감각의 세계와 관련된 모더니스트들이 걸어갔던 문학의 길과 비교해 볼 때, 진보주의자와 보수주의자들을 현실적인 생활 감각 속에서 통합하면서 역사의 전망을 모색한 「三代」의 작가 염상섭과, 전통적인 '정신'의 세계를 계승하면서 '님의 침묵'과 '재회의 희망'을 노래한 시인 한용운이 보여 준 문학적 태도는 한결 돋보이는 점이 있다. 진정한 문학적 모험은 전통과 접맥될 때 원만히 수행될 수 있는 것이다. 김기림의 지적처럼 그런 것들은 어느 누구의 힘으로 단순한 논리를 만들어 지는 것은 아니다. 그러나 김기림에게서도 그의 자각이 여전히 미흡함을 볼 수 있다. 시는 곧 '과학'이라는 명제하에 그가 이즈음 새로운 관심사로 탐구하였던 '과학적 시학'이라는 것이 그것이다.[437] 그는 심리학의 성과를 수용하여 시의 과학을 체계화하겠다고 말하고 있으나 이 역시 그의 세대의 한계라 할 만하다. 시는 심리학이 아니기 때문이다. 그는 여기서 시의 사회학을 끌어들여 심리학과 접맥시키려 했으나 성공하지 못하였다.

「조선문학에의 반성」에서 김기림이 보여 준 전통에 대한 관심은 그런 의미에서 이들 세대의 성실성을 조금이나마 드러낸 것이라고 할 수 있다. 그는 이 논문에서 근대문학의 역사를 뒤돌아보면서 그 역사에 대한 재인식과 철저한 결산이 요구된다고 말하고 있다. 그는 근대문학의 정신이 봉건적 「이데올로기」에 대한 부정에 있었고, 그 진행은 '인간 해방', '인간의 권리와 창조의 주체로서의 개성의 주장' 등에 그 방향성

---

437) 김기림, 「시와 과학과 회화」, 『인문평론』, 1940.10 참조. 자세한 것은 졸고, 「한국현대문학비평사에 있어서의 시비평이론 체계화 작업의 한 양상」, 『비교문학』, 5집(1980) 참조.

을 두어 왔다고 인식하면서, 그러나 그것을 실현할 수 있는 자체의 토대 구축이 미약했다고 말한다. 그래서 "(……) 「근대(近代)」라고 하는 것은 실로 우리에게 있어서는 소비도시와 소비생활면에 「쇼 - 윈도 - 」처럼 단편적(斷片的)으로 진열되었을 뿐"이라고 그는 본다. 이것은 그의 논리의 진전이라 할 수 있다. 그리고 김기림은 근대작가들이 관심을 갖고 지켜보았던 '근대'(서구문학과 사회)가 이제 파탄·해체되고 있는 만큼 지금까지의 근대문학에 대한 정확한 결산이 요구된다고 말하고 있다.

> (……) 한편으로 보면 시작된 것은 실로 새로운 시대가 아니고 「근대」의 결산과정이 아닐까? 새로운 시대는 오히려 당분간은 먼 혼란과 파괴와 모색의 저편에 있는 것이나 아닐까? 그렇다고 하면 지금이 순간에 우리에게 던져진 긴급한 과제는 새세계의 구상이기 전에 먼저 현명하고 정확한 결산이 아닐까 한다. 우리가 깊이 생각해야 할 중요한 점이 여기 숨어 있다고 나는 생각한다.438)

이러한 성찰은 그 나름의 의미를 지니는 것이라 할 수 있다. 그는 「동양에 대한 단장(斷章)」(『문장』, 1941.4)에서도 역사와 전통에 대한 인식을 보여 주고 있다. 이점은 진작부터 고전의 전통에 관심을 기울이고 있던 정지용(「백록담」)과 이태준과는 대조적이지만 이러한 전통에 대한 재인식은 평가할 만하다.

김기림의 자신들의 세대의 한계와 민족집단, 전통에 대한 자각과 반성, 그 반성을 통한 모더니즘(근대문학)에 대한 지속적인 관심은, 리얼리즘 진영의 한 비평가가 보여 주는 논리적 귀결과 유사한 점이 있다. 종래의 장편소설 형식을 반성하고 가족사 소설에 의하여 새로운 리얼리즘 문학의 가능성을 타진하고 있던 전향한 비평가 김남천은 자신의 시

---

438) 『시론』, p.67. 「조선문학에의 반성」은 「우리 신문학과 근대의식」으로 개제되어 『시론』에 재수록 되었음.

대를 병적인 시대로 인식하면서, 부패한 개인주의를 극복함으로써 새로운 소설의 운명을 개척할 수 있다고 본다. 그는 그의 「소설의 운명」(『인문평론』, 1940.11)에서,

> (……) 피안(彼岸)에 대한 구상을 가지고 있지 못한 우리가 무엇으로써 이것(개인주의의 극복 - 인용자)을 행할 수 있을 것인가. 작가의 사상이나 주관 여하에 불구하고 나타날 수 있는 단 하나의 길, 리얼리즘을 배우는 데 의하여서만이 그것은 가능하리라고 나는 대답한다.

고 말하고 있다.[439] 김기림이 근대문학을 반성하고 모더니즘을 재인식하면서 「시의 장래」를 쓰고 있을 때, 김남천이 자신의 세대적 한계를 느끼며 「소설의 운명」을 말하고 있다는 것은 여러 모로 상징적이다. 이러한 진술의 이면에는 모더니즘이든 리얼리즘이든 모두 자본주의와 그 운명을 같이 한다는 것, 다시 말해 자본주의가 그 병적 징후(파시즘·전체주의)를 드러낼 때 모더니즘(리얼리즘)도 불가능하다는 논리가 놓여 있다. 역사적 모더니즘의 한 근거가 리얼리즘과 마찬가지로 타율적으로 편입된 일본 자본주의였기 때문이다. 모더니즘이 일본 자본주의의 충격에 대한 문학적 반응이었다면 리얼리즘의 경우도 마찬가지이다. 모더니즘 문학에서 그 충격은 문학의 질적 변모(풍경시·문학 물신주의·퇴폐성·문명비판 등)로 나타났으나, 리얼리즘 문학에서 그것은 급진적인 사회공학자들의 데모니쉬한 유토피아 사상, 유연성이 결여된 맹목적이고 경직된 작가의 태도로 나타났다. 그것들은 건강한 사회의 소산이 아니다. 「시의 장래」와 「소설의 운명」을 논의한다는 것은 즉 모더니즘과 리얼리즘이 근대에서 싹이 터 그 운명을 같이 해 온 문학들이었음을 드러내는 것이다. 그것들은 근대성이라는 공통된 인식론적 기반을 두면서도

---

439) 자세한 것은 김윤식, 『한국근대문학사상사』, (한길사, 1984), pp.246~256 참조.

그 근대를 해석하고 미래를 전망하는 문학적 이론과 실천에서 그 차이를 드러내고 있을 뿐이다. 여기서 모더니즘은 리얼리즘과 함께 근대문학을 전개시킨 두 개의 추진력이 된다. 문제는 모더니즘이냐 리얼리즘이냐가 아니고, 그것이 기초하고 있는 근대, 다시 말해 그 어느 것도 자기구현을 할 수 없는 당시의 근대의 특수한 정황인 것이다.

그런 의미에서 김기림이 이즈음에 쓴 시 「바다와 나비」는, 근대문학 제2세대로서 새로운 문학에의 모험과 좌절을 함께 체험하였던 구인회 작가들의 내면풍경을 단적으로 드러낸, 그들의 문학적 초상화라 할 수 있다. 이 시 속에는 근대문학 세대들의 정신사의 궤적과 역사에 피곤해진 모습이 생생하게 나타나 있어서, 그것은 그대로 모더니즘의 역사와 그 의미를 대변해 주는 것이라 할 수 있다.

> 아모도 그에게 수심(水深)을 일러준 일이 없기에
> 힌나비는 도모지 바다가 무섭지 않다.
>
> 청(靑)무우 밭인가해서 나려갔다가는
> 어린 날개가 물결에 저러서
> 공주(公主)처럼 지처서 도라온다.
>
> 삼월(三月) 달 바다가 꽃이 되지 않어서 서거픈
> 나비 허리에 새파란 초생달이 시리다[440]

시인의 피곤함의 정체는 곧 증명되었다. 1941년 일본의 진주만 기습으로 전쟁이 일어난 것이다.

---

440) 김기림, 『바다와 나비』(신문화연구소, 1946), p.39.

VI. 결론

1930년대 한국의 역사적 모더니즘은 당대의 특수한 정황 즉 일본 자본주의 전성기하에서의 사회·문화적 충격에 대한 젊은 시인·작가들의 문학적 대응 형식이었다. 그것은 1930년대 초기의 정치적 상황의 악화에 따른 카프 중심의 리얼리즘 문학이 상대적 침체기에 접어들면서 대두된 문학으로서, 그 이면에 작용하고 있는 문학과 사회와의 긴장관계를 고려하지 않고서는 제대로 파악되지 않는다. 모더니즘 문학은 현실의 충실한 반영과 역사 속에 상승하는 집단의 세계관의 표현보다는, 문학적 대상에 대한 새로운 인식과 그 미적 가공기술의 혁신 및 언어의 세련성을 추구하여, 문학의 새로운 활로를 모색하고자 한, 몇 사람의 진보적인 시인·작가들에 의해 추진된 당대의 제도권 내에서의 새로운 문학으로서 1941년 태평양전쟁이 일어나기 전까지 지속되었다. 그것은 파리·베를린·런던 등을 중심으로 전개된 동시대 서구의 모더니즘(아방가르드) 문학과 접맥된 도시문학의 일종이었으나, 근대라는 특수한 상황 속에서 일제에 의해 타율적으로 건설된 근대도시 서울(당시 경성)을 중심으로 확산된 문학운동이었다는 점에서 그 양상과 성격은 서구의 그것과 다른 점이 있다.

지금까지 논의해 온 바와 같이 그것은, 첫째 급격한 도시화의 과정 속에서 자라난 근대도시 제 1세대 시인·작가들의 집단인 '구인회'(1933)를 중심으로 전개되었다. 김기림·정지용·박태원·이상·이효석 등은 그 대표적인 인물로서, 이들은 시대적 변화 - 바야흐로 닥친 근대문명의 제징후를 인식하면서 영화·미술 등 기술복제시대의 예술과 교류하면서 그 새로운 예술정신과 함께 호흡하고 근대사회에 부응하는 새로운 문학형식을 모색하였다. 김광균·오장환·최명익 등은 구인회가 열어 놓은 새로운 문학의 길을 따라갔던 작가들이다.

둘째, 문학이론상으로 모더니즘은 예술형식의 역사적 변화에 따른 근대성을 자각하고 문학의 내용보다는 그 형태적인 새로움에서 근대문학의 성격을 발견하고자 하였다. 문학은 언어에 의해 제작된다는 관점에서 창작의 기교를 중시하고 새로운 형식의 문학을 모색하였는데, 모더니즘 시인·작가들이 시도한 산문시·장시·심경소설·도시(세태)소설 등은 그런 실험의식의 소산이었다. 이들은 리얼리즘의 정치우위론보다는 예술주의적인 성향을 보이면서도 문학의 사회적 기능을 배제하지 않았는데, 파시즘 하에서 새로운 형식의 문학을 만들어 내려고 한 것이었다는 점에서 볼 때, 모더니즘은 문학 생산이론의 일종이었다고 할 수 있다. 그리고 모더니즘은 그 국제주의적 성격을 띠면서도 당시의 역사적 상황에 따른 제국주의에 대한 비판과 조선어 정신을 주축으로 한 민족주의적 이념을 견지하고자 한 문학으로서 모더니스트들은 20년대 민족주의 문학의 새로운 계승자로 자처하였지만, 개인과 집단 사이에서 심각한 분열을 갈등하였다. 전체적으로 보면 그것은 소시민적인 지식인의 자의식 문학이었다.

셋째, 문학 작품 면에서 볼 때 모더니즘은, 김기림·정지용·박태원·이상·이효석 등의 구인회 동인들과 그들이 개척한 문학의 길을 따라갔던 김광균·오장환·최명익 등의 작품에서 나타나는 바와 같이, 도시적 생존방식과 새로운 언어감각과 실험의식을 결합한 일종의 도시문학을 탄생시켰다. 이들은 도시적 소재의 작품만을 제작한 것은 아니었지만, 모더니즘 문학의 성격은 도시적 소재를 새로운 각도에서 인식하고 새로운 방법으로 가공한 산문시·장시·심경소설(도시소설) 등의 도시문학 형식에서 생생하게 드러난다. 이들은 도시를 중심으로 한 근대문명을 작품 속에 적극 수용하였는데, 그 결과 문학에 대한 관념과 작품 자체의 질적인 변모를 가져왔다. 근대문명의 감각적 인상을 묘사한 풍경시(정지용·김광균), 문학에 대한 물신주의적 태도와 퇴폐적인 세계에의 탐닉(이상·오장환), 문명비판적인 장시(김기림·오장환), '의식의 흐름'과 '내적 독백'을 서술한 심리소설(박태원·이상·최명익), 세련된 이야기로서의 소설(이효석), 주체의 윤리의식을 배제한 순수한 객관세계의 묘사(박태원) 등이 그것이다. 일본 자본주의의 충격으로 나타난 이러한 문학에 대한 관념과 문학 자체의 변모는 모더니즘 문학이론과는 별도로, 각 시인·작가들의 도시적 생존과정과 그 문학적 표현과정에서 야기되었는데, 30년대 모더니즘 문학의 가장 중요한 특성을 이루는 것이 이것이다. 이런 현상은 전통적인 효용론적·공리주의적인 문학전통(리얼리즘 포함)에 대한 거부와 부정의 결과로서 나타났는 바 그것은 문학에 대한 관념의 해체와 재편성을 의미하는 것이다.

넷째, 모더니즘은 동시대의 리얼리즘과의 논쟁에서 드러나듯 작품형식의 새로움 외에 그 작품의 내적 깊이와 내용상의 사회성 획득은 부분적인 성과밖에 거두지 못하였다. 모더니스트들은 근대 기술자본주의시대에 부응하는 새로운 문학형식을 창출하고 문학과 사회와의 관계를 재정의했으나, 그 실제 성과는 김기림의 작품에서와 같은 문명비판의 한계, 이상의 작품과 같은 퇴폐성의 문제, 박태원의 소설과 같은 문학적 실천과 사회적 실천의 분리 문제를 초래하는 결과를 초래하였다. 이들의 문학은 리얼리즘 문학의 '내용의 사회성'보다는 그 '형태의 사회성'을 통해 동시대 문단에서 그 나름대로의 사회적 기능을 수행하고 있었으나, 일본 자본주의의 사회문화적 충격을 극복하고 새로운 문학의 방향을 정립하기에는 이들 도시세대의 지적·철학적 이념의 기반이 허약하였다. 정지용·김광균·오장환 등의 문학에 대해서도 비슷한 평가가 가능하다. 이들의 문학은 근대의 특수한 상황의 소산이었고 전체주의(全

體主義)가 등장하자 그 역할마저 수행하기 어렵게 된다.

30년대의 한국 모더니즘은 이미지즘·주지주의·초현실주의·심경
소설(심리소설) 등을 포함하는 것으로서 근대문명에 대한 문학적 감수(感
受)와 문학형태의 새로운 실험에서 문학의 근대성을 부여하려 한 것이
었지만, 동시대의 문학과 사회와의 관계에서 보면 리얼리즘이 추구한
동시대 현실의 반영과 역사의 주체 - 객체로서의 전형적인 인물과 그 감
정 상태를 개진하고자 한, 내용면에서 근대성을 부여하려 한 문학과 대
응되는 점이 있다. 한국문학의 근대성은 모더니즘과 리얼리즘에 의해
추구되었다고 할 수 있다. 그리고 전체주의 시대에 접어들면서 리얼리
즘뿐 만 아니라 모더니즘 문학이 불가능한 것으로 되어 갔다는 점은 이
두 문학형식이 근대문명사회와 그 운명을 함께 하는 문학임을 시사해
준다. 그것들이 각각 사회적 집단의 상승기와 하강기에 등장한 문학양
식이었다는 사실도 재인식되어야 할 것이다.

해방이 되자 많은 모더니즘 작가들은 새로운 문학의 방향을 모색하
였다. 김기림의 노래체 시(『새 노래』, 1947), 오장환의 『병든 서울』, 박태
원의 『홍길동전』(1947) 등이 그 구체적인 예들인데, 그것들은 개인의 진
실성과 관련된 문학이 아니라, 민족 집단이나 역사의식을 담고자 한 것
이었다는 공통점을 지니고 있다. 김기림은 30년대 모더니즘을 돌아보면
서 그것을 특수한 역사 아래서의 "일종의 위장된 예술주의"(『시론』 서문)
라고 규정하였거니와, 현재의 시각에서 보면 거기에는 근대문학의 정신
사의 상흔들이 발견된다. 30년대 모더니즘은 근대라고 하는 단절된 역
사의 소산이었다는 점에서 일종의 '화석화(化石化)된 문학'이었다고 할
수 있다. 해방 후 근대도시 제 2세대인 박인환은 김기림의 장시 「기상
도」를 가리켜 근대의 '고전'이라 하였으나,441) 그것을 진정한 고전이라
고 부르기에는 주저되는 점이 있는 것이다. 모더니스트들은 모든 문학

---

441) 박인환, 「김기림 장시 '기상도(氣象圖)' 전망」, 『신세대』, 1949.1, pp.70~72 참조.

적 전통을 부정하고자 했던 세대들이었고 그들의 문학은 부정의 문학이었다. 그들의 문학은 근대도시 제 2세대인 박인환·김경린 등에 의해 계승되어 이른바 후기 모더니즘의 원동력이 되지만 그 문제점의 극복은 한동안 과제로 남겨졌었다. 30년대 모더니즘 문학에 대한 극복은 1960년대의 김수영에 이르러 어느 정도 가능해지는데, 그 이면에 한국 자본주의의 성장이 있었다는 것은 음미할 만한 사항이다. 그것은 한국 자체의 문학적 토대의 구축과 그에 따른 사회적·정치적 의식의 성숙을 의미하는 것이기도 하다. 이 시기에 이르러 30년대 모더니즘 문학에 대한 비판적 연구가 활발해지기 시작하는 것도 이와 무관하지 않을 것이다. 그리고 서울의 명동을 중심으로 한 이른바 명동파 문인들의 문학 활동[442]도 60년대를 고비로 하여 소멸된다는 사실도 흥미로운 바 있다.

끝으로 이 논문은 모더니즘의 전체적 성격과 그 개념 파악을 위한, 몇 사람의 대표적인 시인·작가들과 그들의 작품을 대상으로 한 역사적 연구였기 때문에, 연구 대상을 한정하였으며 그 작가들의 모든 작품을 망라하여 검토하지 않았다. 그리고 넓은 의미의 30년대의 모더니즘의 개념 속에 포함시켜 볼 수 있는 다른 시인·소설가들 - 이 연구에서 '영향받은 모더니스트'라고 구분하였던 - 의 작품에 대해서도 폭넓게 언급하지 못하였다. 앞으로 이들 작가들의 전작품에 대한 다양한 연구가 이루어질 때 역사적 모더니즘의 성격도 더욱 분명하게 드러날 것이다. '구인회'의 다른 작가들에 대해서도 같은 이야기가 가능할 것이다. 근대 문학을 개인적인 리얼리티를 표현하는 도시문학으로 재정의하고자 한 근대작가들의 단체인 구인회가 구성된 것이 1933년이었으나, 이 단체의 정확한 해체 연대를 규정하기 어렵다는 사실은 분명히 시사적인 데가 있다. 구인회 결성 이후 현대까지 지속되고 있는 근대문학의 중요한 속성 중의 하나가 도시문학일 것이기 때문이다.

---

442) 이봉구, 『그리운 이름 따라 : 명동 20년』(유신문화사, 1966) 참조.

참고문헌

1. 기본 자료
김광균, 『와사등』, 남만사방, 1939.
_____, 『기항지』, 정음사, 1947.
_____, 『김광균문집 와우산(臥牛山)』, 범양사 출판부, 1985.
김기림, 『기상도』, 재판: 산호장, 1948(초판: 창문사, 1936)
_____, 『태양의 풍속』, 학예사, 1939.
_____, 『바다와 나비』, 신문화연구소, 1946.
_____, 『새노래』, 아문각, 1948.
_____, 『바다와 육체』, 평범사, 1948.
_____, 『시의 이해』, 을유문화사, 1950.
박태원, 『소설가 구보씨의 일일』, 문장사, 1938.
_____, 『천변풍경』, 박문출판사, 1947(재판).
_____, 『지나(支那) 소설집』, 인문사, 1939.
박팔양, 『여수시초』, 박문서관, 1940.
오장환, 『성벽』(재판: 아문각, 1947)
_____, 『헌사』, 남만서방, 1939.
_____, 『나 사는 곳』, 헌문사, 1947.
이 상, 『이상선집』, 백양당, 1949.
_____, 『이상시전작집』, 갑인출판사, 1977.
_____, 『이상소설전작집』, 갑인출판사, 1977.
_____, 『이상수필전작집』, 갑인출판사, 1977.
이태준, 『무서록(無序錄)』, 박문서관, 1941.
_____, 『문장강화』, 박문출판사, 1946.
이효석, 『노령근해』, 동지사, 1931.
_____, 『해바라기』, 학예사, 1939.
_____, 『황제』, 박문출판사, 1943.
_____, 『이효석전집』, 창미사, 1983.
최명익, 『장삼이사(張三李四)』, 을유문화사, 1947.
(기타 신문·잡지 수록 자료는 생략함)

2. 국내 논저(단행본)
고 은, 『이상평전』, 민음사, 1974.
구 상·정한모 편, 『30년대의 모더니즘』, 범양사 출판부, 1987.

구연식,『현대시의 고현학적(考現學的) 연구』, 시문학사, 1979.

권영민,『한국현대문학비평사』(자료집 전 7권), 단국대출판부, 1981~82.

_____ 편,『한국현대문학사연표』(서울대학교출판부, 1987)

_____ 편,『염상섭문학연구』(민음사, 1987).

김동석,『예술과 생활』, 박문출판사, 1947.

김문집,『비평문학』, 청색지사, 1938.

김봉군 외,『한국현대작가론』, 민지사, 1984.

김시태,『현대시와 전통』, 성문각, 1978.

김용직,『한국현대시연구』, 일지사, 1974.

_____,『한국근대문학의 사적 이해』, 삼영사, 1977.

_____,『한국근대문학론고』, 서울대학교 출판부, 1985.

_____,『한국근대시사』(상·하), 학연사, 1986.

김용직 외,『한국현대시사연구』, 일지사, 1983.

김용직 편,『이상』, 문학과 지성사, 1977.

김우종,『한국현대소설사』, 성문각, 1982.

김윤식,『한국근대작가론고』, 일지사, 1974.

_____,『한국근대문예비평사연구』, 일지사, 1976.

_____,『한국근대문학사상비판』, 일지사, 1978.

_____,『한국근대문학양식론고』, 아세아문화사, 1980.

_____,『한국근대문학사상사』, 한길사, 1984.

_____,『한국근대문학사상연구 Ⅰ』, 일지사, 1984.

_____,『한국근대소설사연구』, 을유문화사, 1986.

_____,『염상섭연구』, 서울대학교 출판부, 1987.

_____,『한국문학의 근대성과 이데올로기 비판』, 서울대학교 출판부, 1987.

_____,『이상연구』, 문학사상사, 1987.

_____ 편,『한국근대리얼리즘비평선집』, 서울대학교 출판부, 1988.

김윤식·김 현,『한국문학사』, 민음사, 1973.

김윤식·정호웅 편,『한국리얼리즘소설연구』, 탑출판사, 1987.

_____,『한국근대리얼리즘작가연구』, 문학과지성사, 1988.

김인환,『문학과 문학사상』, 열화당, 1978.

김종길,『진실과 언어』, 일지사, 1974.

김춘수,『한국현대시형태론』, 해동문화사, 1958.

김학동,『정지용연구』, 민음사, 1988.

_____,『김기림연구』, 새문사, 1988.

김학동 외,『정지용연구』, 새문사, 1988.

김 현,『한국문학의 위상』, 문학과지성사, 1977.

김현승,『고독과 시』, 지식산업사, 1977.

김환태,『김환태전집』, 현대문학사, 1972; 문학사상사, 1988.

문덕수,『한국모더니즘시연구』, 시문학사, 1981.

민충환,『이태준연구』, 깊은 샘, 1988.

박용철,『박용철전집 Ⅱ』, 동광당서점, 1940.

박철희,『한국시사연구』, 일조각, 1980.

백기만,『씨뿌린 사람들』, 사조사, 1959.

백낙청 편,『리얼리즘과 모더니즘』, 창작과비평사, 1984.

백 철,『조선신문학사조사ㆍ현대편』, 백양당, 1949.

송민호ㆍ윤태영,『절망은 기교를 낳고』, 교학사, 1968.

송 욱,『시학평전』, 일조각, 1963.

신동욱,『한국현대비평사』, 한국일보사, 1975.

_____,『우리 시의 역사적 연구』, 새문사, 1981.

신석정,『난초잎에 어둠이 내리면』, 지식산업사, 1974.

염무웅,『민중시대의 문학』, 창작과비평사, 1979.

원명수,『모더니즘시 연구』, 계명대학교 출판부, 1987.

윤곤강,『시와 진실』, 정음사, 1948.

이상옥 외,『효석문학전집ㆍ8』(효석론), 창미사, 1983.

이선영,『상황의 문학』, 민음사, 1976.

_____ 편,『문예사조사』, 민음사, 1986.

이승훈,『이상시 연구』, 고려원, 1987.

이재선,『한국현대소설사』, 홍성사, 1979.

임헌영ㆍ홍정선 편,『한국근대비평사의 쟁점ㆍ1』, 동성사, 1986.

임 화,『문학의 논리』, 학예사, 1940.

장만영,『이정표』, 신흥출판사, 1959.

전광용 외,『한국현대소설사연구』, 민음사, 1984.

정한모,『현대작가연구』, 범조사, 1959.

_____,『현대시의 정수』, 서울대학교 출판부, 1981.

정한모 외,『한국문학사』, 대한민국 예술원, 1984, '제7장 현대문학 전기'

조동일,『한국문학통사(5)』, 지식산업사, 1988.

조연현,『한국현대문학사』, 성문각, 1971.

조용만,『구인회 만들 무렵』, 정음사, 1984.

최동호,『현대시의 정신사』, 열음사, 1985.

최재서,『문학과 지성』, 인문사, 1938.

한계전,『한국현대시론연구』, 일지사, 1982.

3. 국내 논저(논문)

강연주, 「1930년대 소설론고」, 서울대학교 대학원, 1976.

강은교, 「1930년대 김기림의 모더니즘연구」, 연세대학교 대학원, 1987(박사논문)

강진호, 「이태준연구」, 고려대학교 대학원, 1987.7.

고광원, 「'지주회시'의 구조분석」, 이화여자대학교 대학원, 1985.

권영민, 「한국근대소설론연구」, 서울대학교 대학원, 1984(박사논문)

_____, 「한국근대소설론의 쟁점」, 『소설문학』, 1982.6~1984.4.

_____, 「카프의 조직과 해체」, 『문예중앙』, 1988, 봄~여름(연재)

김동환, 「1930년대 한국전향소설연구」, 서울대학교 대학원, 1987.

김병익, 「문학과 정치」, 『전망을 위한 성찰』, 문학과지성사, 1987.

김삼규, 「장만영연구」, 서강대학교 대학원, 1985.

김시태, 「구인회연구」, 김열규 외편, 『국문학논문선』10, 민중서관, 1977.

김영숙, 「박태원소설연구」, 서울대학교 대학원, 1988.

김용구, 「1930년대 소설유형학시론」, 『관악어문연구』9집, 서울대학교 국어국문학과

김용직, 「한국현대시문학탐구」, 『문학사상』, 1986.7~1987.4(연재)

_____, 「1930년대 한국시의 빛과 그림자」, 『소설문학』, 1988.1.

_____, 「맑은 음질(音質), 고운 해조(諧調)의 세계 - 장만영론」, 『한국문학』, 1982.9.

김윤식, 「한국문학에 있어서의 마르크스주의의 충격」, 『동아연구』7집, 서강대 동아
        연구소, 1986.

_____, 「김환태비평의 비평사적 의의」, 『문학사상』, 1986.5.

_____, 「정지용과 김기림의 작품세계」, 『월간조선』, 1988.3.

_____, 「한국모더니즘문학연구·Ⅰ」, 『한국학보』50집, 1988. 봄

김윤태, 「한국모더니즘시론연구」, 서울대학교 대학원, 1985.

김은전, 「30년대 모더니즘 시운동에 대한 비교문학적 연구(上)」, 『국어교육』31, 1977.

김재용, 「1930년대 도시소설의 변모양상연구」, 연세대학교 대학원, 1987.

김종철, 「30년대의 시인들」, 『문학과 지성』, 1975. 봄

김중신, 「30년대 작가의 현실인식에 관한 연구」, 서울대학교 대학원, 1985.

김 훈, 「한국에 있어서의 모더니즘의 시와 시론」, 서울대학교 대학원, 1968.

김흥규, 「최재서연구」, 『문학과 역사적 인간』, 창작과 비평사, 1980.

민병기, 「30년대 모더니즘 시의 심상체계연구」, 고려대학교 대학원, 1987(박사논문)

박인기, 「한국현대시의 모더니즘수용연구」, 서울대학교 대학원, 1987(박사논문)

백 철, 「구인회와 구보의 모더니티」, 『백철문학전집』·3, 신구문화사, 1968.

서준섭, 「1930년대 한국모더니즘연구」, 서울대학교 대학원, 1977.

_____, 「한국현대문학비평사에 있어서의 시비평이론 체계화 작업의 한 양상」, 『비
        교문학』5, 1980.12.

_____, 「한국현대시에 있어서 장시의 문제」, 『심상』, 1982.5.

_____, 「30년대 모더니즘시 연구의 현황과 문제점」, 『한국학보』29, 1982, 겨울

_____, 「모더니즘과 1930년대의 서울」, 『한국학보』45, 1986, 겨울

_____, 「백철의 리얼리즘론」, 『벽서최승순박사화갑기념논총』, 논총간행위원회 1987.

석　운, 「근대적 자아의 절망과 항거」, 고대문화, 1955.12.

손종호, 「김광섭문학연구」, 충남대학교 대학원, 1988(박사논문).

신형기, 「날개의 시학적 재해석」, 『현상과 인식』, 1983. 겨울

오세영, 「모더니스트 비극적 상황의 주인공들」, 『문학사상』, 1975.1.

_____, 「근대시와 현대시」, 『현대시』1, 문학세계사, 1984.

유문선, 「1930년대 창작방법논쟁연구」, 서울대학교 대학원, 1988.

유병석, 「절창에 가까운 시인의 집단」, 『문학사상』, 1975.1.

유인순, 「김유정소설의 구조분석」, 이화여자대학교 대학원, 1980.

유종호, 「현대시의 50년」, 『비순수의 선언』, 신구문화사, 1963.

유태수, 「1940년 전후의 시정신과 그 형상화」, 『관악어문연구』4, 서울대학교 국어
　　　국문학과, 1979.

이강언, 「1930년대 모더니즘소설연구」, 영남대학교 대학원, 1987(박사논문)

이숭원, 「정지용시 연구」, 서울대학교 대학원, 1980.

이어령, 「이상론」, 『문리대학보』, 1955.3.

이은자, 「김우진 희곡연구」, 서울대학교 대학원, 1987.8.

이익성, 「상허 단편소설연구」, 서울대학교 대학원, 1987.

이주형, 「1930년대 한국장편소설연구」, 서울대학교 대학원, 1983(박사논문).

임헌영, 「한국문학에서의 도시의 의미」, 『문학과 역사』1, 한길사, 1987.

장영수, 「오장환과 이용악의 비교연구」, 고려대학교 대학원, 1987(박사논문).

정재찬, 「1920~30년대 한국경향시의 서사지향성 연구」, 서울대학교 대학원, 1987.

정호웅, 「리얼리즘문학연구사 검토」, 『한국학보』50, 1988. 봄.

정효구, 「소월과 이상시의 구조분석」, 서울대학교 대학원, 1983.

조은희, 「한국현대시에 나타난 다다이즘·초현실주의의 수용양상에 관한 연구」, 서
　　　울대학교 대학원, 1987.

채호석, 「김남천 창작방법론 연구」, 서울대학교 대학원, 1987.

최유찬, 「1930년대 한국리얼리즘론 연구」, 연세대학교 대학원, 1986(박사논문)

최진우, 「1930년대 한국도시소설의 전개」, 서강대학교 대학원, 1981.

최혜실, 「1930년대 한국심리소설연구」, 서울대학교 대학원, 1986.

_____, 「아방가르드 문학이론의 쟁점(특집)」, 『외국문학』1호, 1984. 여름

4. 국외 논저·번역서

골드만, 루시앙, 『소설사회학을 위하여』, 조경숙 역, 청하, 1982.

기비안, 조지, 윌리엄 찰스마 편, 『러시아 모더니즘』, 문석우 역, 열린책들, 1988.

런, 유진, 『마르크시즘과 모더니즘』, 김병익 역, 문학과지성사, 1986.

루카치 · G., 『소설의 이론』, 반성완 역, 심설당, 1983.

메취, 토마스, 페터 스쫀디, 『헤겔미학입문』, 여균동 · 윤미애 역, 종로서적, 1983.

벤야민, 발터, 『현대사회와 예술』, 차봉희 역, 문학과지성사, 1980.

_____, 『발터 벤야민의 문예이론』, 반성완 역, 민음사, 1983.

_____, 「보들레르의 작품에 나타난 제2제정기의 파리(제1장)」, 황현산 역, 『세계의 문학』40, 1986 · 여름

뷔르거, 페터, 『미학이론과 문예학 방법론』, 김경연 역, 문학과지성사, 1987.

에델, 레온, 『현대심리소설연구』, 이종호 역, 형설출판사, 1983.

아도르노, T.W., 『미학이론』, 홍승용 역, 문학과지성사, 1984.

_____, 『아도르노의 문학이론』, 김주연 역, 민음사, 1985.

아아놀드, A., 『조이스평전』, 진선주 역, 정음사, 1979.

엘리엇, T.S., 『엘리옽선집』, 이창배 역, 을유문화사, 1959.

이춘길 편역, 『리얼리즘미학의 기초이론』, 한길사, 1985.

쟈라, 트리스탄, 앙드레 브르통, 『다다/쉬르레알리슴 선언』, 송재영 역, 문학 과지성사, 1987.

조이스, J., 『율리시즈(I · II)』, 김종건 역, 정음사, 1968.

지라르, 르네, 『소설의 이론』, 김윤식 역, 삼영사, 1982.

코올, 스테판, 『리얼리즘의 역사와 이론』, 여균동 편역, 한밭출판사, 1979.

프로인트, 지젤, 『사진과 사회』, 성완경 역, 홍성사, 1979.

하우저, A., 『문학과 예술의 사회사』 현대편, 백낙청 · 염무웅 역, 창작과비평사, 1974.

험프리, 로버트, 『현대소설과 '의식의 흐름'』, 천승걸 역, 삼성미술문화재단, 1984.

Benjamin, Walter, *Charles Baudelaire: une poète lyrique* à l`apogée du capitalisme, tr. fr. Paris: Petite Bibliothéque Payot, 1974.

_____, *Illuminations*, London:1973.

Bloch, E., et al., *Aesthetics and Politics*, London: Verso, 1978.

Bradbury, M. and J. MacFarlane, eds., *Modernism*, London: Penguin Books, 1976.

Bürger, Peter, *Theory of the Avant - Grade*, tr. Michael Shaw, University of Minnesota Press, 1984.

Eagleton, Terry, *Criticism and Ideology*, London: Verso, 1978

Eliot, T.S., *Selected Essays*, Faber and Faber, 1980(1st ed. 1932)

_____, *The Complete Poems and Plays of T.S. Eliot*, Faber and Faber, 1969.

Hulme, T.E., *Speculations*, London: Routledge and Kegan Paul, 1960.

Jay, Martin, *Adorno*, Harvard University Press, 1984.

Lukács, G., *Realism in our Time*, Harper & Row Publishers, 1971.

_____, *History and Class Consciousness*, London: Merlin Press, 1971.

Macherey, Pierre, *A Theory of Literary Production*, London: Routledge & Kegan Paul, 1978.

Read, H., *Collected Essays in Literary Criticism*, London: Faber and Faber, 1950.

Richards, I.A., *Poetries and Sciences*, London: R.K.P., 1970.

_____, *Principles of Literary Criticism*, London: R.K.P., 1970.

Spears, M.K., *Dionysus and the City,* Oxford University Press, 1970.

Wolff, Janet, *The Social Production of Art*, New York University Press, 1984.

三好行雄・竹盛天雄 編,『近代文學』(5),(10), 東京: 有斐閣, 1977.

西脇順三郎,「超現實主義詩論」,『西脇順三郎全集』4, 東京: 筑摩書房, 1971.

市古貞次・三好行雄 編,『日本文學全史』6・現代, 東京: 學燈社, 1979.

阿部知二,「主知的 文學論」,『阿部知二全集』10, 東京: 河出書房新社, 1974.

伊藤整,「新心理主義文學」,『伊藤整全集』・13, 東京: 新潮社, 1973.

長谷川良,『近代日本文學評論史』, 東京: 有精堂, 1977.

横光利一,「新感覺論」,『横光利一全集』10, 東京: 非丹閣, 1936.

_____,「機械」,『横光利一全集』7, 東京: 非丹閣, 1936.

5. 기타 논저

이봉구,『그리운 이름 따라 : 명동 20년』, 유신문화사, 1966.

조용만,『울밑에 핀 봉선화야 : 30년대 문화계 산책』, 범양사 출판부, 1985.

안종화,『한국영화측면비사』, 춘추각, 1962.

유현목,『한국영화발달사』, 한진출판사, 1980.

오광수,『한국현대미술사』, 열화당, 1985.

이경성,『한국근대미술연구』, 동화출판공사, 1975.

임덕순,『정치지리학원론』, 일지사, 1973.

_____,「서울의 수도 기원과 발전과정」,『지리학논총』,별호1, 서울대학교 사회과
      학대학 지리학과, 1985.8.

『京城府史』, 京城府, 1936.

『서울 6백년사』4, 서울특별시, 1981.

『별건곤』, 1929.10(경성號)

『市街地の商圈』, 朝鮮資料集 14輯, 朝鮮總督府, 1926.

仲摩久照 編,『地理風俗 : 朝鮮地方』, 東京:新光社, 1930.

찾아보기

[ㄱ]

「가외가전(街外街傳)」 179
개별성 277
객관적 거리두기(distancing) 111
「거리」 220
「경(鯨)」 184
계급적 민족주의 132
「고향」 25
고흐 71, 191
고희동(高羲東) 74
「광화문통」 154
구본웅 74, 75
구인회(九人會) 13, 21, 47, 51, 52, 56, 62, 299
'구인회'회원들 59
국제주의 127, 137
권환 107, 246
극예술연구회 60
근대 풍경 144
근대성(현대성, modernity) 14, 84
근대시의 형태 109
근대적인 풍경시 148
『근대풍경(近代風景)』 142
「기계(機械)」 118
기교주의 105
기교주의 논쟁 245, 248, 249, 264
「기교파와 조선시단」 252
「기상도」 159, 160, 162, 167, 254
「기술복제 시대의 예술」 80, 116, 256
기술복제 예술 64
기술자본주의 시대 89

김경린 303
김광균 12, 66, 67, 77, 78, 182, 185, 300
김기림 12, 26, 51, 57, 67, 69, 73, 84, 89, 94, 98, 99, 111, 151, 166, 204, 247, 248, 251, 284, 290, 299, 302
김남천 44, 280
김동인 57
김두용 62
김만형 67
김문집 268
김상용 57
김수영 303
김용준 74
김우진 28
김유영 51
김윤식 297
김조규 286
김주경 74
김현승 285
김형만 74, 77
김화산 28, 33

[ㄴ]

『난초잎에 어둠이 내리면』 49
「날개」 232, 267, 269, 272, 276
남촌(南村) 33
낭만적 예술형식의 해체 88
내용의 사회성 301
내용-형식 논쟁 24
내적 독백 43
노천명 286

「눈 오는 밤의 시」 190, 192

[ㄷ]
다다이즘 28, 29
「다시 네거리에서」 43
『단층』 63
「담천하의 시단 1년」 95, 250
데카당 문학 27
도시문학 13, 21, 124
도시소설 43, 44, 125
도시의 인상화 182
도시체험 140
도시풍경시 168
「돈(豚)」 209
「떠나가는 풍선(風船)」 130

[ㄹ]
러시아 모더니즘 40
러시아의 미래파 시인들 39
루카치 88
리얼리즘 13, 23, 265, 273, 275
리얼리즘 소설 42
리얼리즘과의 논쟁 18
「리얼리즘의 재고(再考)」 268
「리얼리즘의 확대와 심화」 267
리얼리티의 다양성 이론 96

[ㅁ]
마네 76
『마르크시즘과 모더니즘 』 17
「망향」 190
매개론 98
맨스필드 217
「메밀꽃 필 무렵 」 216
모네 76
모더니즘 23, 266, 273
모더니즘 문학 18

모더니즘 문학과 사회 107
모더니즘 세대 22
모더니즘 소설 42
모더니즘 소설론 110, 125
모더니즘 시론 94
모더니즘 운동 47
모더니즘 이론 83
모더니즘 작품 139
모더니즘 작품과 도시 139
모더니즘-리얼리즘 논쟁 244
모더니즘세대 72
모더니즘의 역사적 위치 284
모더니즘이라는 용어와 개념 12
「목욕간」 184
몽타쥬(montage) 164
『무서록(無序錄)』 71
「무화과」 25
『문장강화』 288
문학 물신주의 167, 177, 243
문학 형식의 역사적 변화 84
문학과 논리 263
『문학과 지성』 46, 93, 267
문학생산이론 105
『문학의 논리』 95
문학의 퇴폐화 243
문화적 상부-하부 구조 275
물신주의적 사회 167
미래파 71
미학적 가상(aesthetic appearance) 274
미학적 불연속성(aesthetic discontinuity)
    28
민병균 286
민족주의 127
민족주의 문학 133
밀레 71

[ㅂ]

「바다 1」 146

「바다와 나비」 292, 298

『박용철전집Ⅱ』 252

박인환 303

박태원 12, 26, 51, 57, 112, 117, 218, 267, 284, 299, 302

박팔양 28, 51, 57, 79, 284

반영론 105, 275

『발터 벤야민의 문예이론』 189

『백록담』 149

백석 135, 194

백철 62, 117, 266, 268

벤야민 88, 164, 256

「벽공무한」 214

「변증적 리얼리즘」 24

『병든 서울』 208, 302

「보헤미안」 168

본격소설 114, 115

북촌(北村) 33

브레히트 88

「비 오는 길」 235

비유기적 작품(non-organic work) 108, 171

[ㅅ]

사소설(私小說) 114

『사슴』 135, 194

「사실주의의 재인식」 271

「사월도상소견(四月途上所見)」 33

사회주의적 리얼리즘 24

산문시 133, 300

산문시 형식 103

「산상정(山上町)」 185

「산협」 218

「삼대」 25

『새 노래』 302

새로운 문학정신 23

새로운 문화양식 85

새로운 시대정신 85

서구의 모더니즘 21

『서울 6백년사』 32

서정주 286

서정주의 207

「서화」 25

서화협회(書畵協會) 74

「선부(船夫)의 노래」 197

「설야(雪夜)」 186

「성벽」 193, 205

「성씨보」 193

「성찬(聖餐)」 213

「성화(聖畵)」 210

세계주의 130

세잔느 76

세태소설론 278

센티멘탈 로맨티시즘 89

센티멘탈 로맨티시즘과 편내용주의적(偏內容主義的) 경향 284

「소설가 구보씨의 일일」 221, 223, 276

소설과 기교 112

「소설의 운명」 297

송욱 35

「수부(首府)」 199

「슬픈 인상화」 143

「시대적 고민의 심각한 축도」 253

『시론』 85, 296

『시문학』 49

「시에 있어서의 기교주의의 반성과 발전」 249

『시와 소설』 53, 61, 179

시와 소설의 밤 56

시의 근대성 91

「시의 기술·인식·현실 등 제문제」
　99
「시의 장래」 290
『시인부락』 63, 193
「시인으로서 현실에 적극 관심」 251
『시학평전』 35
신감각파 15, 16
신민족주의 문학운동 129
신변소설 114
신석정 49
신세대(3세대) 소설가 287
신세대론 283
신심리주의 문학 117
심경소설(心境小說) 42, 112, 113, 114,
　115, 125, 266, 276, 300
심리묘사 115
심리소설 228
심리주의 15, 16
「심문(心紋)」 236

[ㅇ]
아나키즘 29
아도르노 88, 274
阿部知二 93
「아스팔트」 150
「아츰」 146
아폴리네르 175
알레고리 164
알레고리(allegory) 문학 163
「압천(鴨川)」 148
「야가(夜街)」 198
야수파 64, 73
야수파(fauvist)화가 68
양가적(兩價的)인 반응 38
「언어와 문장」 112
「언어의 마술성」 263
「언어의 현실성」 263

『에세닌시집』 208
「여정(旅程)」 208
「역단(易斷)」 177
역사적 모더니즘 15
염상섭 25, 44, 132
영국 모더니즘 39
영향받은 모더니스트(affected modernist)
　286
영화의 '이중노출(二重露出)'(over-lap)
　수법 80
영화의 이미지 190
예술의 리얼리티(reality) 문제 96
「오감도(烏瞰圖)」 174, 175
오장환 12, 78, 135, 184, 192, 204,
　300, 302
「오전의 시론」 70
「오전의 시론 기술편」 101, 102
「오전의 시론, 기초편 속론」 105
「오전의 시론, 기초편」 100
「오후의 구도」 183, 184
「옥상정원」 155
『와사등(瓦斯燈)』 67, 184, 186, 187
「외인촌」 186
龍瞻寺雄 121
「운동(運動)」 170
「위독」연작 180
유영국 74
유진 런 16
유진오 44, 122, 212
유치진 51
유현목 51
「율리시즈(Ulysses)」 225
『을해명시선집(乙亥名詩選集)』 183
의식의 흐름 43, 116
이광수 54, 57
이규상(李揆祥) 77
이기영 25, 43

이데올로기 138
이무영 51
이미지즘 15
이북명 44
이상 12, 26, 50, 51, 57, 117, 167, 169,
　　174, 178, 181, 227, 228, 267, 284,
　　299
『이상선집』 234
『이상소설전작집 1』 233
『이상수필전작집』 40, 234
이시우 285
이야기 시(narrative poetry) 162
이양하 52, 134, 145
이용악 286
이원조 149
이종명 51, 120, 217
이중노출(二重露出)(over-lap)의 수법
　　116, 226
이쾌대 74
이태준 44, 51, 57, 135, 288
이효석 12, 26, 51, 119, 123, 208, 214,
　　299
『이효석전집 1』 23
『인간수업』 43
인상파 67, 76
「인텔리의 장래」 26
일만(日滿) 경제블럭 204
일본 모더니즘 40, 122
일본의 신감각파 121
임화 28, 43, 72, 95, 247, 248, 250,
　　252, 254, 263, 266, 268, 271, 278
입체파 71
입체파 운동 64

[ㅈ]
자본주의 난숙기 27
「자상(自像)」 181

자연발생적 시 89
『자오선』 63, 182
자율성론 98
「장곡천정에 오는 눈」 190
장만영 232, 286
『장만영선집』 232
「장미 병들다」 213
장서언 50
장시 159, 160, 162, 199, 300
장편소설 개조론 280
「적도(赤道)」 54
전원문학 27
「전율하는 세기」 157
전체시(全體詩) 250
전체주의 282
「점경(點景)」 79
정노풍 132
정지용 12, 26, 51, 57, 142, 145, 299
『정지용시집』 142, 144, 145, 167
「제비」 176
제임스 조이스 117, 225, 269
「조선문학에의 반성」 290, 295
조선시가지계획령 32
조선신문예강좌 56
조선어에 대한 자각 134
『조선의 건축』 76
조선주의 130
『조선지광』142
조영출 168
조용만 51
주요한 55
주지적 문학론(主知的文學論) 93
주지적 방법 98, 104
주지적 시 89
주지적 정신 90
주지주의 15
주지주의 문학 이론 266

주지주의 시론 97
주체-객체의 동일성 이론 277
주체-객체의 비동일성(非同一性) 이론 277
쥘리앙 뒤비비에 190
지비(紙碑) 176
지성 90
『지옥에서의 한철』 195
「지주회시(鼅䵷會豖)」228, 274
진정한 모더니스트(genuine modernist) 286

[ㅊ]
채만식 44
「천변풍경」 237, 238, 267, 272
체홉 217
초현실주의 15
초현실주의 운동 64
초현실파 71
총체성 277
최명익 12, 235, 300
최재덕 74, 77
최재서 46, 117, 255, 266, 268, 274, 278
「추일서정」 191
春山行夫 94
충격 체험 259

[ㅋ]
『카톨릭청년』 49
카페 프랑스 148
카프(KAPF) 21
「캐메라·룸」 184
쿠르베 76

[ㅌ]
『태양의 풍속』 67, 108, 155, 167

퇴폐적 생태학 182

[ㅍ]
「파첩(破帖)」 173
「팔등잡문(八等雜文)」 193
편석촌 48
포말리즘(formalism) 101
「표현·묘사·기교」 112
표현주의 문학 28
풍경시 243
풍자문학 106, 165
풍자문학론 107
풍자시론 107
프라이 166
프랑스의 초현실주의 운동 39
프로문학 29
프로 시가 95
프루스트 269

[ㅎ]
『학조(學潮)』 142
한국 모더니즘 39
『한국근대문학사상사』 297
『한국영화 발달사』 51
한효 268
「할렐루야」 206
함형수 286
「해수(海獸)」 194
「향수」 148
『헌사(獻詞)』 196, 202, 206
헤겔 88
헤겔식 38
현대미술 66, 72
「현대미술의 요람(搖籃)」 76
현대소설의 유형 111
「현대시의 기술」 101
「현대시의 생리와 성격」 255

「현대주지주의 문학이론」 93
현진건 54
형식의 혁명 87
형태의 사회성 301
「홍길동전」 302
「화분(花粉)」 212, 216
「환등(幻燈)」 190
「황무지」 202, 205
「황제」 216
「황혼」 192
橫光利一 118
「흙」 54

[기타]
13인 구락부 51

1930년대 한국 모더니즘문학 11
30년대 회화 79
A. 랭보 195
G.W 생 48, 54
H. 리드 88
I.A.리처즈의 과학적 문학 이론 98
N. 프라이 166
T.E.흄의 기하학적 예술이론 98
T.S.엘리어트의 몰개성론(沒個性論) 98
「The Last Train」 206
W.B. 예이츠 288

(기타) 부분에서 앞부분과 중복되는 사항-삭제함=참고바랍니다

저자 소개

서준섭

강원도 강릉생. 강원대학교 국어교육과 졸업, 서울대학교 대학원 국어
국문학과 석·박사과정 졸업. 「1930년대 한국 모더니즘 문학 연구」로
문학박사 학위 취득.
현재 강원대학교 사범대학 국어교육과 교수, 문학평론가.
저서 : 『감각의 뒤편』, 『문학극장』, 『생성과 차이』, 『창조적 상상력』,
　　　『현대문학과 사회문화적 상상력』 외 다수.

▌한국 모더니즘 문학 연구_[개정판]

초 판 1쇄 인쇄 2017년 8월 20일
초 판 1쇄 발행 2017년 8월 25일
저　자 서준섭
펴낸이 이대현
편　집 박윤정
디자인 홍성권
펴낸곳 도서출판 역락 | 등록 제303-2002-000014호(등록일 1999년 4월 19일)
주　소 서울시 서초구 반포4동 577-25 문창빌딩 2층
전　화 02-3409-2058(영업부), 2060(편집부) | 팩시밀리 02-3409-2059
전자우편 youkrack@hanmail.net
ISBN 979-11-5686-951-1 93810